剑来

6 剑符在扁舟

◎ 烽火戏诸侯 著

浙江文艺出版社
Zhejiang Literature & Art Publishing House

第一章
夜宿古寺有妖气

胭脂郡一条阴暗巷弄内,一名少年虽然衣衫朴素,可是唇红齿白,皮囊好似妙龄少女。他靠墙而坐,怀里抱着一个不断呕血的将死男子,两人身旁还蹲着个望风的男人。三人正是米铺的店伙计,都是米老魔的弟子。

少年怀中的师兄正是等于与崇妙道人互换了性命的魔道中人。不愧是魔头,他咧开嘴笑了,临死前最后一句话竟然是:"小师弟,我与你二师兄,你更喜欢谁?"

少年动作轻柔地扶住男子下巴,低下头,眼神中满是深情,哽咽道:"当然是你。"

男子伸手从怀中掏出一本泛黄的书,颤颤巍巍交给俊美少年。少年接过那本秘籍后,怀中男子已经死去。少年一手攥紧秘籍,高高拿起,喊了一声"二师兄",转过身去。

二师兄的注意力几乎全部都在秘籍上,少年骤然加速转身,一手持书,一手迅猛戳向二师兄的脖子,原来是袖刀。一戳一拔,如此重复了三次,二师兄几乎整个脖子都被少年戳烂,少年俊美的脸庞上溅满鲜血,嘴角却满是笑意。

二师兄双手捂住脖子,瘫靠着墙根,瞪大眼睛望着那个暴起杀人的小师弟。

少年先收起那本秘籍,伸手抹了抹脸庞,不断将鲜血擦拭在二师兄衣服上,然后从二师兄怀中又掏出一本秘籍,嬉笑道:"二师兄,我方才骗大师兄呢,其实我更喜欢你一些,不过呢,我当然是最喜欢自己了。大师兄常说人不为己天诛地灭,虽然咱们那个脾气古怪的臭师父总讥讽大师兄没读过书,根本不晓得这句话的真意,但我觉得大师兄理解得挺好,反正我也是这么觉得的。再说了,咱们本来就是邪魔外道,所以二师兄别怪我啊,你大不了就当是陪着大师兄一起走趟黄泉路。到了下边,告诉大师兄,就说其实我是更喜欢你一些的……"

二师兄死不瞑目，少年仍是念念叨叨，摇头晃脑，在两具尸体上摸来摸去，看有没有漏网之鱼。少年的身体突然变得僵硬，他停下手，乖乖从怀中掏出两本秘籍，放在自己头顶。

一个少年熟悉到了骨子里的沧桑嗓音带着更熟悉的那种讥讽意味在少年头顶响起："真够出息的，不愧是我米老魔的得意高徒，本事没学到几两，大魔头的气概倒是学到了好几斤。"

少年牙齿打战，这次是真的怕了。

米老魔转头重重吐出一口血水，血水沾到墙壁上后，立即化作一团黑色血雾。这个在胭脂郡城蛰伏将近二十年的老人低声咒骂道："好你个琉璃仙翁陈晓勇，就算你这次逃得出胭脂郡，我也要打死你这条落水狗！"他一脸嫌弃地看着少年："起来吧，收好那两本东西。既然你两个师兄都死了，你现在就是我的大弟子了。"

少年战战兢兢起身，米老魔从袖中拿出一盏灯油黏稠的小油灯，重重吸了一口气，两名弟子的魂魄被从尸身中抽离出来，全部飘入油灯之中。弟子的面容在黏稠灯油上浮现出来，露出痛苦不堪的扭曲神色，但是很快一闪而逝，融为灯油的一部分，看得俊美少年背脊发寒。

小巷两端各自出现一人缓缓逼近，正是之前前往米铺的那对夫妇。妇人腰肢扭摆得比大风中的柳条幅度还要大："米老魔，这么巧，又见面了。"

米老魔眼神一凛，冷笑道："怎么，要反悔？咱们双方可是事先说好了，琉璃盏归我，陈老儿的其余家当全部归你们。"

妇人一只手五指如钩，在墙壁上缓缓划过，媚笑道："话是这么说，可如今琉璃仙翁当了缩头乌龟，他能装死，我们夫妻两个总不能陪着他在这里等死吧。米老魔，你是不是得分出点好处来，总不能让我们夫妻白跑一趟吧？"

米老魔脸色阴晴不定，俊美少年低着头，贴着墙根站立，眼珠子悄悄转动。

东边城楼之上，随着马将军带兵离开城头驰援城内，这边已经无人看守。

一个身穿粉色道袍的年轻人站在城楼顶楼的廊道外，面带微笑，望向米老魔所处的那条巷弄，嗤笑道："一个小破琉璃盏，我当年用来喝酒的不值钱物件，也能争得如此头破血流？过了一千年，彩衣国就已经变得这么没意思了吗？"他看了一眼就不愿浪费时间，转头望向那座郡守府："龙虎山天师府……呵呵，没想到吧，你派人在两百年前添加的那张符箓，以天师印章的形象放在胭脂郡城内，人家彩衣国皇帝出于私心，根本就不愿好好加持灵气。而且乱葬岗的出现应该也打乱了你们双方的布局，使得我终于脱离牢笼。人算到底不如天算啊。"

他一手扶住栏杆，一手掐诀，以胭脂郡为起始，从五百年前的彩衣国国势推演到现在，突然笑了，望向整个宝瓶洲的最北方，啧啧道："高人，高人，彩衣国少了一件传承已久的镇国之宝，庇护彩衣国的灵犀派也元气大伤，被人偷走那件镇派之宝的彩衣仙裳。包括古榆国在内的三个邻国岂会袖手旁观？趁人病要人命，很简单的道理。彩衣国皇帝长年怠政，朝野早已非议不断，只要彩衣国京城一带再出现一场天灾，必然是民怨沸腾，说不定就要动荡大乱，而且这一乱，就是数国混战。"粉色道袍的柳赤诚点头道："既然大势如此，我也要收几个弟子才行。"

他一步跨出，身影飘幻，转瞬即逝，下一刻便从那条狭窄阴暗的巷弄走出，正要打生打死的米老魔和夫妇二人吓得纹丝不动。那种气势上的碾压，就如几只小虾小蟹在原本缓缓流淌的寂静河道之中遇见了一条身躯就几乎塞满整座河床的蛟龙。

柳赤诚根本没有废话，随手一挥袖，巷弄中的夫妇二人就当场灰飞烟灭了，连一点灰烬都没有留下，至于什么灵器、法器和小雪钱之类的，当然也是一并消失于天地间。

见惯了风雨的米老魔仍是满头汗水，问道："仙师为何不一并杀了我？"

柳赤诚微笑道："穿了件道袍，就要除魔卫道啊？就不许我只是觉得它好看才穿的？"

米老魔无言以对。他娘的，绝对是魔道巨擘，并且是传说中站在山巅最高处的那种。

柳赤诚一弹指，将米老魔弹得从巷子中间倒飞至巷子尽头："别碍眼了，赶紧滚蛋。还有，你这个弟子，我收下了。"

他走到少年跟前，双手负后，低头望去，笑眯眯问道："小家伙，姓甚名谁？"

俊美少年迟迟抬头，咽了口唾沫，怯生生道："回禀仙师，我叫元田地。"

"嗯？"柳赤诚略带疑惑，"是'天地'的天地？"

少年摇头，脸色发白，生怕自己下一刻就要头颅粉碎，他不敢骗人，老老实实回答道："我娘亲怀上我的时候，家里穷，怀胎九个月的时候，她还在田地里做农活，结果不小心就早产把我生下来了，我爹就给我取名'田地'了。"

柳赤诚笑容灿烂，轻轻拍了拍少年肩膀："那你的名字真是不错，我喜欢。以后你就是我的弟子了，师父先送你一件门派入室礼。"

只见他抬手打了个响指，四面八方的猩红瘴气就疯狂涌来，丝丝缕缕汇聚成一个巨大的红色球体。柳赤诚两根手指随便一搓，这颗大球就变成了拳头大小。

柳赤诚轻轻拍了拍少年额头，笑道："忘了告诉你，做我的弟子，得活着才行，如果你能成功撑到天亮，你就是咱们这么个大门派的第……二位大人物了。"

少年的背撞在墙壁上，疼痛感难以言喻，眉心如开裂一般。

柳赤诚对此无动于衷，闭上眼睛深呼吸一口气，睁眼后遥望西边，自言自语道："还是大师兄你的白帝城气味更好啊。"

这场无妄之灾爆发得快，让人措手不及，可是落幕得也快，让人觉得不可思议，以致整座郡守府和马将军麾下入城精锐都误以为大妖魔头们是不是还有更加迅猛的后手。可是当朝阳升起时，霞光万丈，郡城开始恢复正常，入魔障的百姓人数自行锐减。众人惴惴不安地等待着灵犀派仙师乘坐彩鸾来此安定军心，他们却"失约"未至，从正午时分一直到晚上，都没有看到半点身影。再就是刘太守"病倒在床"。所幸子时过后，胭脂郡城再没有妖魔作祟的惨事发生，中间只有几起街痞无赖的浑水摸鱼，入室打劫，被正在气头上的马将军直接让人带兵镇压，当场击杀了两个持械反抗的歹人，其实那两个可怜虫只是下意识拿起两根木棍而已。

又是一夜过去，胭脂郡还是安静祥和，但是仍然没人敢掉以轻心，大批披甲将士日夜不歇，一队队在城内戒严巡守。第二天清晨，彩鸾依然没有驾临郡城上空，只有一老一少两名剑仙御剑凌空而至，其中一个陈平安三人都认识，正是姓傅的圆脸少女，另一个则是灵犀派的太上长老。两人落在郡守府，刘太守的病立即就好了，那位太上长老虽然气度不俗，谈吐儒雅，可是眉宇之间难掩忧色，坐了没多久，在确定胭脂郡已经清除瘴气后，很快就与姓傅的少女告辞，御风远去，赶回灵犀派山门。

原来他们在南下救援胭脂郡的途中突然又得到师门飞剑传讯，传承千年的镇派之宝竟然不翼而飞了！只不过这等涉及门派生死存亡的机要密事，他当然不会跟外人说出口。事实上，如果不是碍于颜面，主要是怕给神诰宗少女留下不好的印象，这名中五境剑修根本就不会去胭脂郡，彩衣国一郡安危哪里抵得上那件彩鸾衣裳重要？这可是门派之根基所在。

再之后对于郡守府又有一桩天大的好事发生，就是那位来自神诰宗的少女剑仙看中了刘太守的小女儿刘高馨，说可以亲自帮她引荐，让她进入神诰宗外门，而且极有机会直接成为内门某位祖师爷的嫡传弟子。

整座郡守府欢天喜地，唯独少女闷闷不乐，然后就被她爹娘、她大姐二哥骂了，甚至还被她的师父痛骂了。

圆脸少女虽然在神诰宗辈分奇高，在赵鸾、杨晃那边脸色冷淡，但是到了刘高馨这边还真是好说话，乐哈哈笑呵呵的，还拉着刘高馨逛荡郡城，买一些少女的闺房用品。

不像去年的春去极晚，夏来极迟，今年的春天，初春来了，暮春走了，明天马上就是立夏时节，那么今年的整个春天，就算这么过去了。

这一天拂晓时分，少女刘高馨离开了郡城，她没有依依惜别，只留下了一封封书信在房间。少女红着眼睛，跟那个来自仙家的傅姐姐各自骑乘着一匹雪白骏马，马蹄声阵阵，回荡在青石板上，她与家人和家乡愈行愈远。她心有灵犀地猛然转头望去，看到一个背负剑匣的少年站在远方一座屋脊上，正在对她轻轻挥手告别。她噘起嘴，猛然转回头，满脸的泪珠儿就那么一粒粒摔成碎瓣儿，心情却蓦然转好，高高扬起脑袋，背对着那个悄悄为自己送行的家伙，又开心地笑了起来。

圆脸少女转头瞥了眼，只觉得远方屋脊上的少年似乎有些眼熟，但是没什么印象，便懒得再想了。

陈平安为刘高馨送行后，便独自坐在屋脊上，摘下腰间的酒葫芦，一口一口喝着酒，怀念着齐先生，便有春风萦绕少年袖。

陈平安三人还是被郡守府强行挽留了三天。刘高华经此风波，好像脱胎换骨了，再没有初见时的那种颓态，经常去找他爹讨教学问，既有道德文章，也有经世济民，想到什么就问什么。刘太守还是不待见这个儿子，可是刘高华再不会他爹一流露出不耐烦就心里发虚、打退堂鼓，反正这两天他把刘太守给烦得不行。更多时候，刘高华还是黏在徐远霞和张山峰身边，再就是防贼一样紧紧盯着那个穷书生柳赤诚。他不介意这个白水国寒士娶他大姐，但是在柳赤诚把他姐用八抬大轿娶进家门之前就想要占便宜，他可不会答应。

既然是共患难的朋友，刘高华就没了那么多讲究约束，把一些彩衣国的庙堂事、官场事当作下酒菜，私底下说给陈平安他们听。

胭脂郡城这场殃及千家万户的劫难，虽然大妖魔头已经纷纷销声匿迹，或被镇压打杀，或是远遁潜伏，但是对于胭脂郡那些百姓人家的影响，深远且绵长。百姓人心惶惶，许多富贵门庭开始偷偷着手准备搬离郡城，去往州城，甚至是京城。哪怕不是举家迁移，这些有钱有势的门户也都想着绝不能把鸡蛋放在一个篮子里，这本就是世情常理。

据说彩衣国朝廷那边得知消息后，已经有礼部和兵部的人，官儿都不大的那种，慢悠悠离开京城衙门，南下胭脂郡，说是调查案情，安抚人心。不过在官场摸爬滚打了半辈子的刘太守知道，这不过是那位皇帝陛下做做样子罢了，拨款赈灾的户部银两，那是一两都不用奢望的。要收拾胭脂郡这个烂摊子，官邸存银远远不够，而他又不是那种横征暴敛的无良官员，所以还得靠他这个郡守的一张大髯老脸去求人，靠什么载入地方县志的美名、撰文立碑以供后人瞻仰来跟城内的郡望豪绅们求银子，而且必须赶在京城两部衙门的那些个钦差大人进入郡城之前把银子的事情敲定，千万别给皇帝陛下心里添堵，更别给本就日子难熬的户部衙门添麻烦，他这个太守才有可能保得住官帽子。

人生有起有落，不管是官场商场，还是修行路上，都是一样的。比如这次陈平安等三人出手，不管是出于义愤还是恻隐之心，大概是好人有好报了一次，徐远霞和张山峰最终一合计，竟然各自收获颇丰。

徐远霞新得了一把神兵利器，是米老魔大弟子遗落的一把短刀。这把短刀原先的主人是货真价实的魔道中人，不承想这把短刀出鞘之后却是刀气雪亮，光明辉煌，丝毫没有邪祟气息。再就是马将军的副将——那名披甲武人，在两场并肩作战后，对徐远霞一见如故，硬是"报失"了一张军中头等强弓和官邸库藏的五支墨家特制箭矢，将其一起偷偷赠送给徐远霞。徐远霞起先不愿接受，"军法如山"这四个字，彩衣国别处不好说，看那个马将军带兵治军，多半是不含糊的。副将知道他的顾虑后，哈哈大笑，觉得与他实在是脾气相投，干脆就泄露天机，说这本就是马将军点头答应的。一开始自己只敢要一支箭矢，是马将军先跟刘太守通了气，打了声招呼，之后大手一挥，将那份递交给朝廷兵部禀报战损的官文在箭矢一项直接从十六改成了二十一。

张山峰收缴了两件品相不好的灵器，一件破损得厉害，是一只薄如瓷片的白玉酒杯，能够自行汲取天地灵气，每半旬时光就可使天地灵气凝聚为一粒灵气饱满的露珠。他将酒杯收入囊中的时候，酒杯给磕出了一个缺口，想必会一定程度影响凝气的速度。还有一双传说中的青神山竹筷，一根筷子篆刻有"青神山"，另外一根则篆刻有"神霄竹"，一看就是有些年头的老物件了，至于是不是真的取自青神山，暂时无从证实，但是竹筷确实蕴含着充沛灵气。不管如何，它们都是所有下五境练气士梦寐以求的灵器。

陈平安没有拿出青色木盒和金银两色金身碎片，事关重大，福祸相倚，这些东西，可不是当年在家乡小镇抓到的山龟或是捕蛇鹰。他只是拿出了那截焦炭似的乌木，和绘有五岳真形图的白碗。

徐远霞没看出白碗的门道，但是对那块沉甸甸的木头啧啧称奇，说这是雷击木，不是寻常的雷电劈中树木就能够生成，必须是某些蕴含着天威的特殊五雷之属。而且被雷劈中的树木必须存活下来，不能是死木，因为死木根本就留不住那份玄之又玄的雷法天威。徐远霞掂量着手中乌木，笑道："陈平安，你信不信，只要将其送给农家练气士，人家回头就能帮你变成一棵生机勃勃的小树苗？"

陈平安立马懂了，是值钱货！

郡守府还象征性赠送了这些"豪侠义士"每人五百两银子作为赏金。徐远霞不愿收，张山峰也不愿，唯独陈平安收下了。为此，张山峰还调侃陈平安是真财迷，陈平安一笑置之。

赵府那男孩叫赵树下，女童叫鸾鸾，如今因祸得福，都脱离了贱籍，跟随了那位绰号"渔翁先生"的老者，鸾鸾更是成了老者的关门弟子。

陈平安每天清晨在住处的院子里练习走桩，赵树下就蹲在院门口，托着腮帮仔细看着，陈平安对此睁一只眼闭一只眼。这是撼山拳谱上的东西，他本来就没把拳谱当作自己的东西，更不好随便传授别人拳法。但是赵树下有心"偷师学艺"，他觉得其实不是什么坏事。这个孩子，心地很好。所以他就故意放慢了走桩速度，并且走了一遍又一遍。

最后一天,日头高照。立夏已至,万物长成。陈平安在暮色里对赵树下说道:"你能不能把那个走桩的拳架认认真真练习一百……练习十万遍?"

赵树下使劲点头。

陈平安叮嘱道:"不可以求快,只能求稳,并且每次都不能出现差错,在三五年之内练习十万拳,走完六步只算一拳。记住,如果觉得哪一步走岔了,就要从头再来一遍,不可以有半点含糊。"他仔细思量了一番:"练拳是……很笨的事情。赵树下,你人可以聪明,当然,你确实很聪明,比我强多了,但是拳要练得越笨越好。知道吗?"

赵树下眼神坚毅,双手握拳道:"知道!吃得苦中苦,方为人上人!"

陈平安被逗乐了,问道:"做了人上人,想做什么?"

赵树下想也不想就脱口而出:"给鸾鸾买好多冬天穿在身上都暖和的好衣裳!"

陈平安又问:"那你自己呢?"

赵树下抹了抹嘴,憧憬道:"顿顿吃上饱饭!"

陈平安收敛笑意,微微皱眉:"就这样?"

赵树下是底层穷苦出身,最擅长察言观色,当下便有些难为情,害怕这位大恩人觉得自己没出息。可他是真没啥杂念,也不愿欺骗陈平安,便耷拉着脑袋,愧疚道:"真没了。"

"吃上饱饭怎么够?"陈平安故意板起的脸一下子柔和了许多,揉了揉他的脑袋,"还得餐餐有肉!"

赵树下顿时咧嘴傻乐呵。

张山峰、刘高华、柳赤诚三人肩并肩蹲在廊椅上,鸾鸾被刘高华姐姐抱在怀中,离三个大老爷们儿稍稍有点远。看到这一幕后,大家都忍俊不禁。

这一场萍水相逢,虽有波折,可是好聚且好散,殊为不易。

这天正午时分,柳赤诚跟随陈平安等人一起离开郡城,刘高华和他大姐,还有赵树下和鸾鸾,以及渔翁先生都来送行,一直送到城外五里的路边行亭。行亭附近杨柳依依。

柳赤诚跟刘姑娘在树荫下依依惜别,不知说了什么情话,刘姑娘虽然伤感,却也有些笑意,眼神中明显带着许多念想和盼头。

陈平安单独找到了渔翁先生,交给他五百两银票和一张金色材质的符纸,说这些是赵树下和鸾鸾的拜师礼,恳请他务必收下。渔翁先生也是豁达的性情,毫不扭捏地收下了,笑着说让陈平安放心,他一定将树下和鸾鸾两个孩子视若己出,绝不会委屈了他们。

陈平安最后抱拳道:"先生之风,山高水长。"这是陈平安的肺腑之言,所以他头一回把话说得文绉绉,却毫不难为情。

渔翁先生一手牵着一个孩子,目送四人步行远去,轻声笑道:"仙气侠义兼具,真国士也。"

刘高华用手肘轻轻推了一下大姐胳膊,笑问道:"姐,柳赤诚给你灌了什么迷魂汤,竟然能让你憋着不哭?"

刘姑娘微笑道:"柳郎说等他功成名就了,一定会回来娶我,到时候一定要跟老丈人把臂言欢,让咱爹在酒桌上一口一个贤婿。"

刘高华龇牙咧嘴:"读书人的屁话,你真信啊?"

刘姑娘双手捧在心口,痴痴望向那个头顶柳条花环的书生背影,喃喃道:"书上都是这么说的呀。"

刘高华无奈道:"一个大老爷们儿,多大岁数的人了,戴着个柳条花环也不害臊,这种穷秀才能有啥出息?"

刘姑娘一脚踩在弟弟脚背上,气恼道:"不许这么说你姐夫。"

刘高华疼得赶紧缩回脚,站远一些,双手抱住后脑勺,优哉游哉,结果脑袋给人重重一巴掌拍下。刘高华转头就要破口大骂,结果整个人像是给人勒住了脖子,死活开不了口,涨红着脸憋了半天,悻悻然喊道:"爹。"刘姑娘更是紧张万分。

脱了官服换上一身文士青衫的刘太守站在两个儿女之间问道:"你跟陈平安是朋友?"

刘高华一时半会儿吃不准老爹的名士脾气和言语深意,小心翼翼道:"算是?"

刘太守瞥了眼儿子,呵呵一笑,不再多说一个字,转身走向渔翁先生,与老人一路聊起了道德文章。

刘姑娘偷偷拍着心口,如释重负。

刘高华轻声问道:"姐,我又说错话啦?"

刘姑娘幸灾乐祸道:"债多不压身,就这样了,你怕什么?"

刘高华一声哀号。

姐弟二人不敢凑到父亲身边去,怕遭白眼,更怕自投罗网,就在后边不远不近地跟着。

赵树下突然放慢脚步,来到刘高华身边,悄悄道:"刘大哥,我家先生夸你好呢,说你有孝心,秉性纯良,你爹说哪里哪里,勉勉强强不辱家风而已。"

结果刘高华恁大一个大老爷们儿,刚在背后说柳赤诚没出息,现在自己快步跑向河边,说是洗把脸去了。

一行人难得偷闲,沿着官道缓缓走回胭脂郡城,先后与一个俊美少年擦肩而过。少年手中甩着一大把柳条儿,眉心处有一抹枣红印记,长得真是漂亮。

三天后的夜晚,陈平安四人在去往梳水国的一条僻静山路上,落脚在一个破败古寺内。刘太守之前说过一件事,听说梳水国的地龙山有一处不见于官府记载的古怪"渡口",极有可能就是陈平安想要找的那种地方,是山上神仙乘船在云海中御风远游的出发点。徐远霞到时候会在那里跟两人告别,独自去往宝瓶洲东南的青鸾国,将朋友的那坛骨灰送回家乡。

　　徐远霞喜欢步行游历山川,而且还喜欢写山水游记,记录那些奇险雄怪的风景地貌,所以一直不愿意乘坐仙家渡船。柳赤诚则是要去宝瓶洲西南的一个谁都没听过的地方,就连见多识广的徐远霞都从未耳闻。

　　夜间这座荒废已久的古寺有些瘆人,佛家的四大天王神像俱已倒地,而且寺庙占地很大,空荡荡的,穿堂风、过廊风,加上山林之间偶有鸦声骤然而起,吓得柳赤诚嘴皮子一直打战,哪怕点燃了一堆篝火,还是拼了命往徐远霞身边靠,总觉得这哥们儿长得最凶,肯定能够镇住鬼魅阴物,而陈平安和张山峰那样的少年,多半靠不住。至于暂居他体内的那只"脂粉老鬼",柳赤诚从来不觉得他有多厉害。连金丹境神仙都不是,只会躲起来吹牛。要是真厉害,还会给人镇压那么多年,需要他柳赤诚去救?再说了,真正的神仙,哪一个不是仙风道骨,谁他娘的披上一件粉色道袍招摇过市?反正他柳赤诚臊得慌。

　　柳赤诚所思所想,被他取了个"脂粉老鬼"绰号的家伙一清二楚。而老鬼披上粉色道袍长久现世后,柳赤诚几次都是彻底失忆,直到老鬼愿意返还身躯为止,这让柳赤诚恨得牙痒痒。

　　他撅起屁股蹲着,伸手烤火取暖,满脸愁容。过会儿又扬起脑袋左看右看,觉得古寺在夜幕笼罩下越发可怕。好在徐远霞在喝酒,小张道士在那边练剑,让柳赤诚略微心安几分。至于陈平安,则去了远处找生火煮饭的枯枝。柳赤诚确实佩服这个姓陈的少年,天不怕地不怕的,而且一根筋,每天来来回回地练习那两个拳架,雷打不动。他觉得自己要是读书能有陈平安练拳一半功,早就是观湖书院的读书种子了。

　　柳赤诚很快看到陈平安一路小跑回来,除了一大捧枯枝,还拎着个四五尺高的古老物件。陈平安询问他这到底是啥,值不值钱。柳赤诚看得直翻白眼,没好气道:"就是个长檠,放油灯的,穷苦门户只有短檠,可没这么讲究。按照一些稗官野史的记载,在很久以前,佛家的寺庙比皇帝老子还有钱,这不是反了天是什么,于是就有了几次灭佛。你手里这个长檠要是新的就还行,现在就是破铜烂铁,不值几文钱。"

　　陈平安有些惋惜,放下枯枝后,屁颠屁颠地将长檠重新给拿回原地放着了。

　　柳赤诚摸着额头,觉得自己跟这么一号土鳖行走江湖,挺丢人现眼的。

　　饭菜煮热后,柳赤诚挑三拣四吃过了晚餐,就开始收拾被褥,准备做春秋大梦。徐远霞喝够了酒,向后一倒就开始呼呼大睡,鼾声如雷。

今天张山峰负责守前半夜,陈平安守后半夜。陈平安先是把那些菩萨天王的破败神像收拢起来,分别堆在能够遮挡风雨的角落。做完这些,就开始在坑洼不平的空地上练习走桩。

如今陈平安的拳,按照柳赤诚的话说,就是一次出拳慢得能够让他睡一觉。可今夜却突然开始加快打拳的速度,最终快若奔雷,身体四周呼啸成风,片刻之后,才又开始放慢速度。

张山峰走过去看了一会儿,笑问道:"怎么,有点心烦?"

陈平安站定收起拳架,无奈道:"摸到了一点门槛,可就是跨不过去,不上不下的,就觉得有些不痛快。"

张山峰笑道:"你小子这是要破境的意思啊,二十岁以下的武道四境小宗师,便是在我们北俱芦洲的江湖,都很生猛了。"

陈平安叹了口气:"出门前有人告诉我,到达老龙城之前,最好能够跻身纯粹武夫的炼气境。"

突然之间,远处张山峰搁放在行囊上边的听妖铃剧烈振动起来,张山峰心中一惊:"有妖气接近寺庙!"

陈平安点点头:"你先把听妖铃收起来,免得打草惊蛇。"

徐远霞迅速坐起身,大笑道:"咱仨真是生意兴隆啊,财运来了,挡都挡不住!"笑过之后,徐远霞一抹络腮胡,双手各自按住腰间长短刀的刀柄,沉声道:"但是切记,斩妖除魔,还是保命第一。"

陈平安和张山峰相视一笑,张山峰嘿嘿道:"我还有一张神行符。"

陈平安憋了一会儿,闷闷道:"我跑得快!"

龙泉郡,小镇谢家。

一名手中拿着几本书的长眉少年跑入院中,开心道:"老祖宗,今天我跟师父学了一门新剑诀。"

天君谢实点了点头,放下手中书籍。与人言语之时,哪怕是少年这样隔着无数辈分的晚辈,谢实还是会这般郑重其事,绝不会左看右晃,心不在焉。少年如今还不知道这份气度的意义所在,更多还是想着老祖宗的道家天君头衔,想着此次南下返乡的千秋大业,以及沉浸在谢家必然崛起的巨大喜悦当中,对于这类细枝末节,毕竟年少,反而没有太大感觉。

谢实接过那几本书,放在石桌上,伸手示意少年落座。

少年轻轻坐下后,问道:"老祖宗,可入得法眼?"

谢实轻轻拍了拍书,笑道:"怎么会入不得,我若是去考取功名,拿到会试资格都悬乎。"

谢实虽然相貌粗朴,跟小镇庄稼汉相差无几,可事实上却博览群书,通晓三教学问,他待在谢家老宅这段时日就是在小院看书。少年每天在阮家铺子那边打铁、铸剑归来,都会捎带几本从小镇新开书铺购得的书籍。谢实早就告诉少年,不必拘泥于道家典籍,什么书都可以买。

谢实突然站起身,少年自然而然跟着起身,一大一小就这么站了约莫半炷香工夫,少年才惊骇地发现自己娘亲言笑晏晏地领着一个"年轻道士"来到院子。等到妇人离开后,谢实正要说话,登门拜访的莲花冠道人伸手示意,让他坐下。

陆沉一屁股坐在石凳上,以手掌作扇子,缓缓扇动清风,像是跟人拉家常一般,与谢实吩咐道:"等到宝瓶洲事了,你返回俱芦洲之后一甲子,贺小凉那边你多看着点,也不用如何帮她,只需保证她别死了就行。等她站稳脚跟,开宗立派,那个时候你倒是可以锦上添花。人也好,钱也罢,法宝器物都行,多多益善,你们两个也算结下一桩善缘。"

谢实再次起身,拱手行礼道:"谨遵掌教法旨!"

"你这古板脾气,真是不讨喜啊。"陆沉调侃一句,转头对少年笑眯眯道,"长眉儿,来来来,给你一样临别赠礼。"

长眉少年战战兢兢,既有雀跃也有敬畏,赶紧望向老祖谢实。谢实点了点头,示意他放心收下便是。

上五境的玉璞境修士其实都不太敢随便施舍福缘,但是掌教陆沉送人东西当然是好是坏早有定数,绝无差池。当着谢实的面送给长眉少年东西还能是坏事?注定是天底下一等一的幸事!这也算少年的莫大福气。

陆沉手腕翻转,手心很快多出一座玲珑剔透的七彩宝塔,光彩流转,妙不可言。若是细看,可以发现不过半尺高度的小小宝塔,光是各处悬挂的匾额就多达三十六块。

谢实刚刚坐下,又一次猛然起身,对少年沉声道:"还不跪下谢恩!"

这次陆沉倒是没有勉强,由着怀捧小塔的少年迷迷糊糊跪下去,砰砰砰磕了三个响头。

陆沉微笑道:"知道你是温和的性子,不用担心你仗势欺人,这座小塔能够镇压世间所有上五境之下的邪魔阴物,勉强算是一件半仙兵吧。只是切记一点,肉眼可见的邪祟阴物鬼魅不见得是最坏的,人心微澜处,更有可能心魔横生。"

少年面红耳赤,朗声道:"晚辈一定铭记在心!"

陆沉还是那副惫懒姿态,笑道:"以后你跟阮邛练剑大成,既然是剑修,就肯定要行走四方,到时候多多观察人心。之所以送给你这座宝塔,为的就是让你不用太顾及身外事,多思量一些自家事。佛家有个说法,叫作自了汉,挺有意思。对了,谢实,记得帮这孩子找一件好点的咫尺物,不拔苗助长是好事,可当长辈的太过吝啬,也不好。"

谢实又要起身领命,陆沉气笑道:"信不信一巴掌拍死你,还没完没了了!"

谢实只得乖乖坐在原地。

陆沉想了想,沉默片刻,站起身,再没有笑意,郑重其事道:"以后记得保护好李希圣,如果出了问题,贫道就算坏了两边的规矩,也要从白玉京返回这个浩然天下,唯你谢实是问!"

已经吃过挂落的谢实当下坐也不是站也不是,陆沉一拍额头:"有你这么些不开窍的徒子徒孙,难怪贫道这一脉道统香火不旺啊。"

陆沉抬起头,举起手臂,屈指轻弹那顶莲花冠,面带笑意,轻声道:"喂喂喂,七十,在不在? 在的话,麻烦你开门送客啦!"

谢实脸色微变,赶紧顺着掌教的视线抬头望去。以他一洲道主的浩瀚道法,竭尽目力,仍是只能透过重重云海,最终在一处天幕穹顶看到些许波澜涟漪。

陆沉一闪而逝,瞬间那处天幕穹顶开启的"小门"就随之关上。

道祖座下三弟子中的陆沉就这么悄无声息地离开了浩然天下,几乎没有半点动静,但是这位头戴莲花冠的掌教老爷在青冥天下那边闹出的动静可就大了。

同样是天幕穹顶,只不过换成了道教坐镇的青冥天下,一道粗如山峰的金色虹光破开一个大如山岳的金色云海洞窟后轰然砸下,笔直落在了一座高达万丈的高楼之巅。

一个手持竹杖、背负书箱的年迈文士行走于青冥天下的绵延山脉之中,身边跟着一个刚收的少年书童。这个清瘦老人伸手遮在额头,仰头望去,笑了笑:"看来给齐静春气得不轻啊。"

少年好奇问道:"先生,齐静春是谁呀?"

清瘦老人笑道:"是我家乡那边的一个读书人,年纪不大,学问很高。"

少年接下来的问题有些童心童趣:"那有多高?"

清瘦老人想了想,回答得貌似有些敷衍:"你家乡不是有句谚语嘛,大水漫不过鸭子背。"

少年嘀咕道:"看来不太高。"

清瘦老人爽朗笑道:"读书人的真正功夫可不能一味求学问高远,一身所学还得能够带着老百姓一起跋山涉水才行。读书人除了要让自己有安身之地,也要让老百姓有安身之地,否则一个人的学问再高,文章写得再漂亮,于己有益,却于事无补啊。"

少年无奈道:"先生,我看你的道理说得倒是挺高。"

清瘦老人伸手敲了少年一个栗暴，然后自顾自叹息起来。

少年百无聊赖，反正无所事事，就干脆也跟着老先生叹息起来。

清瘦老人是想着自己故乡如今的时节，应该是大地处处黄花了。

谢实在掌教陆沉离开这个天下后，虽然十分失落，但是整个人的心境明显轻松了许多。之前有陆沉身在小镇，谢实其实很忐忑，唯恐哪里做得不对，一不小心就会被那位掌教老爷看在眼里，记在心里。

谢实轻轻呼出一口气，气势浑然一变，站在院子里遥望西边大山里的梧桐山渡口。很快，那边就会出现一艘冠绝北俱芦洲的巨大渡船，上边会有数位名动一洲的大人物。此次打醮山鲲船在宝瓶洲中部被人击毁，除了打醮山的数位祖师悉数出动，还有几大势力一起南下，名义上是联手调查此地沉船事件，至于真相如何，除了势力最小的打醮山从头到尾被蒙在鼓里，谢实知道，大骊国师崔瀺知道，新渡船上的两位大佬也心知肚明。

剑瓮先生是最关键的那枚棋子，是死士。哪怕是北俱芦洲也只有极少数人清楚这名散修的那顶貂帽其实正是法宝剑瓮。剑瓮在帮人温养飞剑的同时，也孕育出无数缕剑气，数百年积攒下来，剑瓮里边的剑气早已攒聚得密密麻麻。所以剑瓮先生的倾力一击，以彻底毁掉法器剑瓮作为代价，几乎相当于一位玉璞境剑修的全力一击，足够击沉那艘打醮山鲲船了。

这一切，都是为了让谢实顺理成章地走出第二步，让这位北俱芦洲的道家天君亲自去往观湖书院以北地带坐镇其中，彻底掐断宝瓶洲南北双方的联系，不让大骊吞并整个宝瓶洲北方的"大势"出现任何意外。

谢实拍了拍少年肩头："陪我去一个地方。"

长眉少年跟随自家老祖宗走进了杨家铺子，走出来的时候身上就多了一件所谓的咫尺物，以及那个杨老头的一个承诺。付出的，同样是天君谢实的一个承诺。

回到家中小院，谢实便跟少年说了关于鲲船失事的大致脉络。

少年看到老祖神色凝重的面容，好奇地问道："老祖宗，既然咱们宝瓶洲是浩然天下最小的一个洲，而老祖又是北俱芦洲这么一个大洲的道主，还需要担心什么吗？"

谢实摇头笑道："你把天下事想得太简单了，以后注定会有无数人叫嚣着'这是北俱芦洲欺负我东宝瓶洲无人吗'，然而这些人中的大半只会摇旗呐喊、隔岸观火，小半会蠢蠢欲动，在这其中又会有一拨人因为各种各样的原因从四面八方赶过来，里面会隐藏着真正的高手，比如……一些个类似风雪庙魏晋的人物，而且这类人到最后会越来越多。不过你暂时只需要拭目以待。总之这件事，无论以后发展到何种态势，你在成为上五境练气士之前都不要插手，安心跟随阮邛修行剑道。"见长眉少年心事重重，谢实哑然失笑:"就算发生最坏的结果,也不是一年半载就能出现的,你操心什么?"

少年闷闷不乐,转身走向院门:"老祖宗,我去练习剑术了。"

谢实独自坐在石桌旁闭目养神,默默推演宝瓶洲的大势走向。

另一边,谢实和少年前脚走出杨家铺子没多久,曹曦后脚就找上了门。店里边的伙计都没当回事,如今小镇繁华,有钱人见多了,不差这个胖子。

曹曦笑着询问杨老前辈可是住在后院,一名年轻伙计正在药柜那边称量药材,瞥了眼身材臃肿的富家翁,朝悬挂竹帘子的大堂后门扬了扬下巴,懒得多说什么。曹曦道了声谢,往那边缓缓行去,掀起帘子,四四方方的大天井,屋檐下四条廊道,比起曹氏祖宅是要稍稍气派一些。后院正房对面的廊道里头放着一条长凳,仿佛专门为曹曦这种访客准备的。

对面正房外,杨老头正坐在板凳上抽旱烟,青竹烟杆早已摩挲得泛黄古旧。透过烟雾,老人看着那个从南婆娑洲跨海而来的剑仙。双方当然互相认识,曹曦离开小镇的时候年纪已经不小,只是曹曦对这个躲在药铺后边年复一年坐井观天的杨老头记忆极为淡薄,不过相信杨老头对他曹曦绝不陌生,说不定当年他成功走出骊珠洞天都有老人的幕后安排。

曹曦来此当然不是为了报恩,他从来不是什么滴水之恩涌泉相报的人,就算杨老头找上门,他都未必愿意搭理。杨老头在骊珠洞天或者说龙泉郡,谁都要卖他几分面子,可是曹曦做完了这次的一锤子买卖就要返回婆娑洲,厚着脸皮跟颍阴陈氏老祖讨要报酬,杨老头的身份再神秘,未来在宝瓶洲再牛气,关他曹曦屁事。至于那支留在大骊王朝的上柱国曹氏将来是福是祸,看他们自己的造化,曹曦最多离开之前象征性帮衬一二,至于大骊宋氏皇帝领不领情,无所谓。曹曦膝下子孙无数,更何况修道修道,从来不是为了修什么子孙满堂,这只是额外的彩头罢了。

曹曦的第一个问题是:"杨老前辈,在数千年的漫长岁月里,在这个天下的洞天之中,占地面积最小的骊珠洞天从你眼皮子底下走出去的人物,谁的成就最高?"

杨老头反问道:"你算哪根葱?"

曹曦扬起手腕,上边系着一根碧绿绳子,笑嘻嘻道:"这里还真有'一根葱'。"

杨老头没好气道:"有屁快放。"

曹曦放下手臂,立即换了一副嘴脸,搓手谄媚道:"杨老前辈,晚辈听说您神通广大,您可知晓我那娘亲的魂魄去处? 是消散于坟茔旁的天地间,还是投胎转世,还是……给老前辈您悄悄收拢了起来,以便待价而沽?"

杨老头不理会那个陆地剑仙言语中暗藏的杀机,直截了当道:"你曹曦是想出价买走? 只要你给得起,别说你娘的魂魄,就是你爹的,都没问题。"

曹曦放声大笑,一只手指向吞云吐雾的老人:"杨老前辈真是爽快人,好好好! 这趟总算没白来！嘿嘿，就是不知道老前辈的一条命值多少钱？"

杨老头语气平淡地道："要做买卖，欢迎。登了门见了人，不愿意掏钱，趁早滚蛋。"

曹曦闻言后眯起眼，拇指和食指轻轻摩挲起来，双手都是如此，姿势显得极为滑稽。

曹曦杀机毕露，杨老头根本就无动于衷。

曹曦蓦然哈哈大笑起来："买卖可以做，我曹曦生平最喜欢跟人做买卖了，只是希望老前辈的价格千万别太高，那我是不会买的。我是什么人，杨老前辈可能不太清楚，为了修行，亲儿子亲孙子我都能卖了换钱。只不过如今阔绰了，发达了，衣锦还乡，睹物思人，才有了一点点恋旧的念头。"

杨老头缓缓道："有个丫头叫李柳，跟随她爹娘一起去了北边俱芦洲，你父母的魂魄如今都在她身上。你要愿意公平买卖，我就跟你做生意，保证没有纰漏，到时候全须全尾儿交给你。当然，你要反悔，强取豪夺也可以，现在就可以转身离开，以后发生什么，后果自负。"

曹曦苦着脸道："全须全尾儿……杨老前辈您说话也太不中听了。好吧，您可以开价了。"

杨老头用烟杆指了指曹曦的手腕，曹曦勃然大怒："啥玩意儿？要老子将这把本命飞剑送给那李柳？！杨老头，你失心疯了吧？"

杨老头斜眼瞥去，继续道："你炼化这条大江之前的那把飞剑，一直留着吧？可以拿出来赠给李柳，记得连你的剑诀一并传授给她。"

曹曦脸色阴晴不定，杨老头冷笑道："别觉得吃亏，你这辈子就没收过好的徒弟，我等于无偿帮你找到一个。说不定将来所有人提及你曹曦的时候，就都会是这么一种说法：'曹曦啊，就是李柳的师父。'"

曹曦有了点兴致，搓手啧啧道："那闺女这么厉害？"

杨老头扯了扯嘴角："你最好自己去找她，我相信你会心甘情愿地交出那把飞剑。"

"这桩生意，老子做了！要赌就赌一桩大的，这才符合我曹大剑仙的身份！"曹曦一拍大腿，微微降低声调，"除此之外，你我之间还有什么买卖可做？"

杨老头语气淡漠："你爹的魂魄。"

曹曦愕然，随即翻白眼道："免谈免谈，送我都不要。"

杨老头开始吞云吐雾："不要拉倒，那就换一个。你去找真武山马苦玄，当他的护道人，最近二十年里不用时时刻刻盯着，只要凑够十年时间就行了。"

曹曦皮笑肉不笑道："一个有望跻身十二境的剑仙给一个孩子当护道人？！我曹曦虽不太在乎颜面，在那婆娑洲确实是以厚颜无耻著称于世，可这点面子还是要的啊！"

杨老头沉声道："我可以让曹峻投军大骊，在沙场上砥砺破碎剑心，我还可以让人暗中护着他二十年,直到剑心修补完整。"

曹曦神色凝重起来,杨老头嗤笑道:"少在这里得了便宜还卖乖,你曹曦的那点面子,跟家族多出一个陆地剑仙,哪个更值钱?"

曹曦一脸为难地道:"曹峻那小子一看就是白眼狼,让他成了陆地剑仙,岂不是要造反?曹家是牛气了,一门两剑仙嘛,搁在哪儿都可以挺直腰杆做人,哦,不对,应该是做神仙,可老祖我指不定要被那小子秋后算账……"

杨老头根本不接这一茬,直接说道:"曹峻成为陆地剑仙之后,必须答应为我做一件事。放心,不会要他去死,对那个时候的曹峻而言,不会太难。"

曹曦有些狐疑,问道:"杨老前辈,你为什么不直接找曹峻?这里面该不会有什么算计吧?咱们哥俩怎么也算半个同乡,老乡见老乡的,不说两眼泪汪汪吧,也可不能坑害老乡啊,是不是?"

杨老头直截了当道:"曹峻现在没资格跟我谈买卖,你曹曦有。"

曹曦半天说不出话来。

离开杨家铺子后,曹曦站在大街上,回望一眼药铺,自言自语道:"这些事情,该不会也被陈淳安那个老家伙算到了吧?"

泥瓶巷。深夜时分,一个满身富贵气的锦衣少年坐在院子里发着呆。

那位阴阳家大修士,在京城被皇叔宋长镜捶杀之前,曾经私底下找过他,发表过一番惊世骇俗的言论。老人甚至向他坦言自己对大骊现任皇帝的那桩天大阴谋。老人让皇帝陛下擅自修行,违反儒家圣人订立的规矩,以皇帝身份偷偷跻身中五境不说,甚至一路势如破竹,达到了第十境。皇帝是为了亲眼看到大骊王朝吞并一洲,而阴阳家大修士是为了将大骊皇帝,也就是宋集薪的父亲,制成一只牵线木偶,因为大骊皇帝正式闭关冲刺上五境门槛的时候,就是彻底失去灵智沦为傀儡的时刻。

阿良打断了大骊皇帝的长生桥,皇帝在长生桥断裂破碎之际极有可能看到了蛛丝马迹,那些原本隐藏在桥身之中的种种机关和伏笔极有可能已经泄露。虽然大骊皇帝当时在白玉楼外的广场上掩饰得极好,可是皇帝到底没有想到,阴阳家修士在宋集薪身上也动了手脚。阿良的那一拳彻底打乱了老人这一脉阴阳家长达数十年处心积虑的深远布局,只不过这一切远远没有结束。

此时此刻,宋集薪回想那些言语,心情沉重至极。

稚圭披衣而出,问道:"公子,有心事?"

宋集薪转头笑道:"就是睡不着而已。"

稚圭哦了一声,搬了条小板凳坐在宋集薪身边。

宋集薪突然提议道:"月明星稀,风光大好,不如咱俩随便走走?"

稚圭懒洋洋道："好啊，都听公子的。"

仍是主仆的二人一起走过了小镇的街街巷巷，在齐先生教书的老旧学塾后院的石制棋桌旁，宋集薪伸手抹过冰凉的桌面。他次次坐在北边，赵繇坐在南边，当时不知道为何如此安排，如今水落石出，才知道原来如此。宋集薪笑道："不知道赵繇过得如何。"

到了这边，稚圭有些沉默寡言。

之后，两人继续散步，走得漫无目的，随心所欲。铁锁井的铁链已经被一名外乡男子取走，这就是仙家机缘；杏花巷的那只黑猫好像跟着闷葫芦似的傻子马苦玄一起离开了小镇；拆掉廊桥、恢复原貌的石拱桥，桥底下的老剑条不见了踪迹；听说圣人阮邛好像马上就要在某座大山开宗立派，到时候注定是一场盛事，大骊礼部衙门将此事当作今年春末的头等大事，精心操办；骑龙巷相邻的压岁铺子、草头铺子都姓了陈，这可是稀罕事，小镇姓陈的家伙几乎人人是四姓十族的仆役婢女；神仙坟和老瓷山新建的文武两庙已经竣工，分别祭祀袁曹两家的老祖，昔年的大骊中兴双璧，如今也算叶落归根，一副副楹联出自大家手笔，就连远在南涧国的文坛名宿都寄来了亲笔手书的对联，铁画银钩，风骨铮铮。

宋集薪在祭祀圣人的庙外扯了扯嘴角："哈，风骨铮铮。"

最后这位出身大骊宋氏的天潢贵胄转头望向遥远的西边大山，好像是落魄山方向，那边有一座香火极差的山神庙。他突然变得神色黯然，也有些失魂落魄。

除去披云山的北岳正神的大庙不说，西边大山里头还有些寻常的山神庙。香火最旺的是最北边的风凉山，因为靠近龙泉郡城，神道开辟得最为宽阔平整，入山方便，沿路的茶肆酒馆以及供善男信女们半路歇脚的大小客栈，如雨后春笋一般冒出来。山脚有一个集市，贩卖各种茶酒面食和花鸟鱼虫，以至于小镇的许多孩子一听说爹娘要去那边烧香就开心得很，不比过年差多少。

一个名叫董水井的少年在那边摆摊子，只卖馄饨。虾仁、春笋、豆干都极具风味，最后撒下一把葱花，加上少年自制的一小碟辣椒酱，那滋味，真是绝了。

少年原来在龙尾郡陈氏新办的学塾读书，但是不知为什么，哪怕不需要花钱，少年还是退了学。他将在小镇的两栋老宅卖了一栋，在新郡城那边买了崭新的大宅子，离着风凉山不过十几里路。

馄饨摊从一大早开到黄昏，没个准时，只要有客人，天色再晚，少年也会等客人慢慢吃完才收拾摊子推车返回。郡城如今不设夜禁，处处是尘土飞扬的热闹场景，若是夜间在风凉山之巅的山神庙眺望郡城，就像一盏大灯笼搁在大地上。

这天夜幕降临，董水井已经开始收拾馄饨摊子，准备打道回府。不承想从远方走来一个奇怪的男子，不挎剑不背剑，而是横剑在身后。他走到摊子旁，笑问道："店家，还卖馄饨不?"

董水井咧嘴笑道:"卖!怎么不卖!就是得烧水,客人要稍等会儿。"

男人笑着坐在桌旁,等来了一大碗热腾腾的馄饨,漂在红汤上的葱花瞧着就很诱人。董水井问他能不能吃辣,男人说越辣越好,少年就递过去满满一碟辣椒酱。男人拿出一双筷子,不急着下筷,先低下头去,闭上眼睛闻了闻香味,啧啧道:"这味儿,对头!"又随口问道,"知不知道墨家?"

坐在不远处的董水井点头道:"当然,以前先生说过,墨家曾经是四大显学之一,所推崇的学问很了不起,就是知不易行更难,很考验弟子的心性,再就是比较容易钻牛角尖,先生说比较……可爱。"说到这里,董水井挠挠头,憨憨一笑,"是我家先生说的。"

男人嚼着一只馄饨,使劲点头道:"说得真好。那你有没有听说过墨家游侠当中的赊刀人?赊欠的赊,刀剑的刀。"

董水井一脸茫然,轻轻摇头,这个齐先生真没有说过。

男人放下筷子,拍了拍肚子,重重呼出一口气,很是惬意,然后笑道:"那你想不想当赊刀人?"

董水井眼神一凝,很快就恢复正常,笑着摇头:"卖馄饨挺好的,能挣钱,还安稳。"

当初他、李宝瓶、林守一、李槐、石春嘉五个学塾弟子一起把真实身份是大骊死士的车夫骗得团团转,虽说出谋划策和查漏补缺的是李宝瓶和林守一,但事实上任何一个人只要露出丝毫马脚就会前功尽弃,所以最终正式成为齐静春嫡传弟子的五个孩子,没有一个是省油的灯。就像董水井,这么大点年纪就知道找到阮秀姑娘,让她帮着以一个天价卖出小镇老宅,然后迅速去郡城那边买地,不是一座宅子,而是一整条街!天上掉下的大钱有它的花钱法子,钱能生钱;养家糊口的小钱也该有它的挣钱法子。不花钱就等于是在挣钱了,两者并不冲突。

"不用着急回答我。"男人摆摆手,微笑道,"至于为何选择你,董水井,我已经观察你挺长时间了,方方面面都谈不上最好,但是都没有什么问题。这就足够了。"

董水井无奈道:"你是?"

男人没有藏掖,开门见山道:"我叫许弱,墨家子弟,来自中土神洲。我不是赊刀人,但是我有一个很要好的朋友,他在死前要我答应他,帮他选一个合适的弟子继承衣钵。他是墨家上一代赊刀人的祖师爷,是一个很厉害的家伙,曾经跟阿良喝过很多次酒,酒钱就是他付的。阿良在中土神洲游历的时候欠下一屁股债,还是他帮着还清的。"

"阿良又是谁?"

"你家先生的先生的死对头的儿子。"

"啥?!"董水井蒙了,这是什么跟什么啊。

男人站起身:"我下次再来,你好好琢磨琢磨。"

董水井突然喊道："等会儿！"

男人微笑道："这碗馄饨的钱先欠着，说不定以后你答应做赊刀人……"

董水井坚持道："这哪行，只要是做买卖，就要亲兄弟明算账。"

男人点了点头，掏出几个铜钱："哈哈，真像赊刀人的风格。"

夕阳西下，许弱扬长而去。董水井坐在原地，目送他远去，抬起手臂擦了擦额头汗水。之所以壮着胆子要那几枚铜钱，可不是董水井一根筋，而是一种充满市井气息的试探人心。

董水井默默坐在桌旁，一动不动地发着呆，没有什么天上掉馅饼的狂喜情绪，反而有些茫然。他不喜欢这种感觉。他的野心其实不大，就想着以后挣了钱，衣食无忧，在住人的那栋宅子里有一口能够汲水的水井，旁边种着一棵柳树，每年春天都会吐出嫩芽，风一吹，柳条儿就会晃悠起来，很……可爱。

荒郊野岭，月黑风高夜，适合杀人越货，也适合斩妖除魔，就只看是那道高一尺，还是那魔高一丈了。

梳水国的破败古寺外，有莺莺燕燕的欢声笑语传来，最终响起了阵阵敲门声。徐远霞看了眼陈平安，瞥了眼张山峰，调侃道："你们俩谁去迎客？我去开门的话，怕吓着了母妖精，到时候人家二话不说掉头就跑，咋办？"

张山峰拍了拍胸脯："小道比陈平安相貌英俊一些……"

柳赤诚被听妖铃惊醒，迷迷糊糊，一听母妖精，立即想到了神仙志怪小说里的狐仙艳鬼，胆气横生，赶紧从地铺爬起身，嚷嚷道："我去我去，书上的古灵精怪们最喜好文弱书生，你们仨个个拿刀背剑的，还是我最合适。不过事先说好，碰上了好妖精，咱们有话好好说，若是人家愿意与我共度春宵一刻，你们别拦着；可如果碰上了吃人心肝的坏鬼魅，你们可得救我！"

柳赤诚屁颠屁颠跑去打开大门，呼啦一下狂风大作，吹拂得他睁不开眼。他只觉得香风飘过，身边响起两个银铃般的娇媚嗓音，还有一条绸缎袖巾掠过他的脸庞，丝滑细腻，让他有些陶醉，他赶忙关上门。等到山风停歇，柳赤诚转身定睛一看，看到了三个姿容美艳的女子，其中两个娇笑着奔向徐远霞三人的火堆，她们体态丰腴，仅是背影就晃荡得柳赤诚心神摇曳。还有一个年纪稍小的妙龄少女，身穿淡粉长裙，脚踩绣花鞋，怯生生地站在柳赤诚身前不远处，手指使劲捻着衣裙，比起她那两个性情豪放的美人姐姐，显得小家碧玉，尤为动人。

徐远霞正盘腿坐着喝酒，看见两个美人过来，本来都已伸开双臂，谁知她俩一个坐在了张山峰身边，一个落在了陈平安身旁，让徐远霞的动作僵在那边。他愣了愣，只得自顾自喝酒以掩饰窘态。

坐在张山峰身边的妖娆女子用肩头蹭了蹭他,娇滴滴问道:"哟,小道长,还背着把木剑哩,是不是传说中的桃木剑?要不要拔剑出鞘,给姐姐瞅瞅是长是短?"

张山峰耳根子红透,不敢搭话。

依偎在陈平安身边的女子生了张瓜子脸,眉眼带春,伸出纤细如青葱的一双手,嗓音轻柔道:"这位公子,奴家与姐妹们这次赶夜路,山岭夜间好大的山风,吹得奴家小手儿冰凉冰凉,不信公子你摸摸看?"

陈平安指了指火堆,笑道:"姑娘手冷就烤火,很快就可以暖和起来。"

那个粉裙绣花鞋的妙龄少女没有凑热闹,独自蹲在篝火边,低着头伸出手去。柳赤诚在她身边坐下,主动套近乎,笑问道:"小姑娘,你们可是梳水国人氏?"

少女轻轻点头,抬起头,睫毛颤颤,欲言又止。

徐远霞看了一眼少女的绣花鞋边沿,然后望向那两个媚态女子,笑道:"除了这个小姑娘脚上沾了些泥土,为何两位姐姐走了这么远的山路还是纤尘不染?该不会是山野而生的鬼魅精怪吧?那我们四人可就要遭殃了,到时候只求两位姐姐给兄弟们一个痛快,牡丹花下死,做鬼也风流。嘿嘿,不知姐姐们意下如何?"

柳赤诚笑呵呵道:"这两位姐姐生得如此国色天香,怎么可能是鬼怪呢?相由心生,不可能不可能。退一万步说,即便真是鬼魅,那肯定也是素手添香的好鬼。咱们今夜对花酌酒,虽是阴阳殊途,却是人鬼相逢,能够桃李春风一杯酒,那才是一桩真正的雅事。姐姐们,对不对?等会儿可千万莫要喝着酒,一不小心露出吓人的鬼魅本态,那可就不美了。"

两个妖媚女子相视一笑。在此祸害生人百余年,还真是头回遇上这么些没心没肺的家伙,是艺高人胆大,还是初出茅庐的雏儿根本不知山水神怪的厉害?她们中一个掩嘴娇笑起来,一个干脆就捧腹大笑。

那个少女猛然抬头,露出惨白脸色,尖叫道:"你们快跑啊!她们是——"

对面掩嘴娇笑的美人神色一凝,一只长袖一甩而去,击中少女额头,打得少女后仰倒地,眉心处红肿一片。少女身边的柳赤诚吓了一大跳。

几乎同时,张山峰双指并拢掐剑诀,背后桃木剑瞬间掠出,在空中疾速划出一道圆弧,直接钉入出手女子的背部。女子被桃木剑贯穿娇躯,扑倒在地,并无鲜血喷涌的画面,灵光流转的木剑就像钉中了一件鼓鼓荡荡的衣裳而已。

女子面容和身躯狰狞扭曲,显然并非修炼出人形的精怪,而是没有实体依托的鬼魅之流。只见女鬼全身黑烟滚动,不断挣扎,试图逃离篝火附近,却死活无法脱离斜立于地面的那把桃木剑的约束,就像是一头被铁链拴住的野兽。

张山峰口诵法诀,桃木剑身上灵光绚烂,女鬼再也无法维持人形。一抹刀罡炸裂而起,原来是徐远霞迅猛抽刀。那把长刀在火焰中一划而过,如同仙人淬炼神兵,直劈那个被桃木剑钉住魂魄的女鬼。黑烟遇上那把罡气光芒遍布全身的神兵利器,立即消融殆尽,女鬼刺破耳膜的哀号声响彻古寺。

另一边,陈平安正一手做扯人脖颈状,一手出拳如疾风骤雨,捶打另一个女鬼心口,打得女鬼烟消云散。

柳赤诚也不傻,顾不上怜香惜玉,屁滚尿流地从倒地少女身边跑开,绕过篝火来到三人身后。

少女挣扎着坐起身,泫然欲泣:"你们快跑吧,我们嬷嬷很快就会赶来的……"

话音未落,听妖铃又开始剧震,大门被一股强劲阴风直接吹开,一缕阴寒山风当场砸中少女背脊。少女口吐鲜血,娇小身躯掠过火堆,扑向年轻道士和大髯汉子。徐远霞赶紧收起手中长刀,以免伤及无辜。可就在这一瞬间,少女露出狡黠笑意,闪电般出手,在徐远霞和张山峰胸口各自点了数下,身形反弹些许,就那么站在火堆之中,用绣花鞋轻轻拨弄着熊熊烈火,那些滚烫炭火根本无法伤及她分毫。

她不再理会无法动弹的大髯汉子和年轻道士,只是一脚踢飞了那把桃木剑。绣花鞋尖触及桃木剑的瞬间,出现了些许焦黑。她居高临下地望向那个场中唯一还有一战之力的背匣少年,笑道:"你要是愿意逃命,我可以放你一马。"

大门那边,阴风呼啸,出现数个手持黑幡、鬼气萦绕的男女,望着寺庙内少女的眼神炙热无比,高呼道:"嬷嬷神通盖世,千秋万岁!"

陈平安站起身,问道:"你是人是鬼?"

少女模样的嬷嬷阴恻恻笑道:"人心鬼蜮,人心在前鬼蜮在后,由此可见,你们的人心更可怕一些。本仙在梳水国此处两百年,有一拿手菜,名为爆炒心肝,必须用新鲜摘下的心肝,放入大量辛辣作料,否则腥膻味实在太重了,让人根本下不了筷子。不过也有例外,几年前有个路过此地的老道士,道行不弱,打杀了本仙手底下好些个乖巧丫头。那个道士倒是生了一副上等心肝,难得的好味道,就是不知道你们四个身手不错的外乡人,心肝滋味如何? 想来应该不会太差,练家子的体魄神魂,到底比凡夫俗子底子更好——"

古寺门外,极远处有一个极清晰的苍老嗓音突然响起:"宜祭剑。"

少女脸色巨变。大门那边剑光四起,那些横行一方的阴物人头滚滚而落。

很快,一个神色木讷的黑衣老人大步跨入门槛,他的腰间悬挂剑鞘,身边跟着一把出鞘长剑。青铜剑身布满裂纹,而且没有半点剑气流淌,但是安安静静悬停在老人身侧的锈迹斑斑的长剑,还是拥有一种无言的震慑力。

纯粹的剑气,充沛的剑意,凌厉的剑术。闯荡江湖,往往一山还有一山高。

少女明显知晓此人的身份,双手指甲长如十支银钩,背脊弯曲,死死盯住黑衣老人,色厉内荏道:"宋雨烧,你一个江湖中人,难道要跟我们梳水四煞为敌? 信不信我们联手铲平你的剑水山庄?!"

老人神色平静,看着这个恶名昭彰的梳水国魔道巨擘,缓缓开口道:"你似(是)不似(是)个撒(傻)子。"

貌似少女的魔头脸色阴晴不定:"宋雨烧,你今日铁了心要与本仙掰掰腕子?"

名叫宋雨烧的黑衣老人从怀中掏出一本老皇历,翻开一页,手指抵住一处,默念道:"宜斋戒,宜求财。"而后收起老皇历,收剑入鞘,向少女伸手道,"容你破财消灾。"

少女很清楚眼前这个老怪胎的江湖规矩,二话不说从袖中掏出一枚黄玉铜钱,铜钱正面篆刻有"出梅入伏",反面则是"雷轰天顶"。这种玉钱,跟小雪钱一样,都是山上神仙用来做买卖的货币。少女手心这枚玉钱的昵称为"小暑钱",小雪钱与之相比,价值就像市井坊间的铜钱对比银两,相差很大。她将这枚小暑钱轻轻抛给黑衣老人,非但没有撂下狠话,反而笑靥如花道:"不打不相识,希望以后本仙去剑水山庄登门拜访,老庄主可别拒人于千里之外。"

宋雨烧面无表情,收起小暑钱,任由少女化作一股乌青浓烟,缓缓飘离寺庙。他屈指轻弹,有一缕缕清风如箭矢,分别击中徐远霞和张山峰心口的几处窍穴。这是张山峰第一次见识江湖高手的点穴手法,他恢复自由后立即大口喘息,身体还是有些不适。

徐远霞本就是武功绝顶的纯粹武夫,此次阴沟里翻船,难免面红耳赤,对着老人抱拳道:"谢过宋剑圣的仗义相助!"

宋雨烧是个脾气乖僻的,对他的话置若罔闻,径直走到火堆旁,盘腿而坐,横剑在膝,开始闭目养神。

徐远霞便放低嗓音,为张山峰和陈平安大致介绍了一番江湖事。

在宝瓶洲中部地带,即彩衣国及其附近的十数国,有四位剑道宗师名动一方。其中一位来自彩衣国,佩剑烛阳,剑术通神,只不过早已退出江湖,隐居山林三十余年。近期传出一个惊人噩耗,老剑神竟然死于仇家报复。这个消息在江湖上掀起了一阵惊涛骇浪,使得江湖中人人心浮动。

然后就是眼前这位黑衣老人,他身为梳水国剑水山庄的老庄主,性情古怪,比起彩衣国剑神要低一个辈分,有"剑圣"的美誉,佩剑铁水。他创立的剑水山庄是梳水国第一大江湖门派,现任庄主是宋雨烧的嫡长孙,剑术造诣同样惊才绝艳。

第三位来自古榆国的剑尊杀伤力极大,但武德极差,是一个居无定所的江湖散仙,并无开创门派,独来独往,传闻跟古榆国皇帝关系不错,佩剑绿珠。

松溪国还有一位年纪最轻的后起之秀,自封青竹剑仙。

这四位剑道宗师闪亮于包括彩衣国在内的十数国的江湖上空,便是山上仙家都不敢小觑。

宋雨烧蓦然睁开眼睛,冷笑道:"鬼鬼祟祟,给我显形!"

长剑铿然出鞘,这位被尊崇为"剑圣"的老人,随手向寺庙神台方向劈斩而去,一大片耀眼的清亮剑气骤然而起,本就残败不堪的神台彻底碎裂,后边露出一个模样娇俏的瘦弱少女。少女双手捧住小脑袋,好像这样就谁也瞧不见她了。

她一出现,张山峰的那串听妖铃又轻微颤动起来。

世间精灵妖怪以及阴物鬼魅的修炼之法几乎全部道统不正,只要道行不深,境界不高,往往在听妖铃之下无处遁形,这也是听妖铃能够成为仅次于白泽图的练气士必需之物,备受推崇的原因。徐远霞在跻身武道第四境之前,也曾有过一串类似的铃铛,用以防身示警。

徐远霞和张山峰都将更多的注意力放在少女身上,而想要正式练剑却一直不得其门而入的陈平安却被老人这出鞘一剑所惊艳。这一剑看似轻描淡写,随手一挥而已,但是剑气如虹,就像一条飞流直下的瀑布,所向披靡。

柳赤诚在那个嬷嬷出手后就变得异常沉默,始终蹲在篝火旁,一声不吭,伸出双掌低头烤火。

"好好一处佛门清净地,岂容你这等小妖玷污!"宋雨烧脸色冷硬,手腕一抖,只见青铜剑尖轻颤,瞬间就激射出一抹刺眼白芒,像是山上仙师的缚妖索,扭扭曲曲,很快在空中撒开,又像是一张天道浩荡的恢恢法网,对着那只被断定为妖物的胆怯少女当头罩下。

陈平安不动声色地将这幅画面收入眼帘,大开眼界。本该细致入微的剑气竟然也能如此娴熟驾驭,变化万千?老人单手持剑,一切信手拈来。尤其是那份沉静气度,最让他神往。

少女被大网罩住,痛得满地打滚,很快就不能保持人形,大半脸庞露出狐狸的面容,手背、脖颈生出一丛丛雪白绒毛,泛起淡淡的狐臊味。

那只道行薄弱的雪白狐妖在地上挣扎哀号:"我没有害过人,我一个人都没有害过,我只逗弄吓唬过一些借宿古寺的书生,不要杀我,不要杀我……"

宋雨烧似乎有些心结,手中长剑虹光绽放,他厉色道:"妖就是妖,魔就是魔,今日不害人又如何? 等你道行高了,自然而然就会屠戮无辜,以此为乐!"

大半身躯变成白狐的少女匍匐在地,奄奄一息道:"我还从那个嬷嬷和她的于下于中救下过两个读书人! 我将好些珍藏已久的东西送给了她们,才让她们放过了读书人。我不会害人的,我这辈子都不会的……"

宋雨烧冷笑道:"小小狐仙,死不足惜! 老夫敢说剑下斩杀一百个妖魅,最多只冤枉一个!"

年幼狐仙已经无力辩解什么,身体抽搐,衣衫破碎,浑身浴血,一双原本黑黝黝异常发亮的水灵眼眸已经黯淡无光。弥留之际,少女却并未怨恨老人的凶狠出手,只是痴痴望向古寺大门，像是在等待一个穷酸秀才的登门拜访，然后她就可以又吓唬一下这些秀才，得逗一次，就能让她开心好几个月。

柳赤诚缓缓抬起头，深邃眼眸中金光流转，嘴角有些冷漠笑意，还有些阅尽人世的无奈叹息，只觉得人生再过千年，还是这般无趣。

就在他准备站起身的时候，陈平安先站了起来，轻轻颠了颠背后剑匣，开口问道："宋老前辈，如果这狐仙刚好是那个被冤枉的妖魅，又该如何？"

宋雨烧扯了扯嘴角，笑道："那正好，可以确定之前九十九个以及之后九十九个，板上钉钉都是祸害百姓的作祟妖魔了，因此老夫出剑，只会更加爽利。"

陈平安指向那个已经完全变作狐狸的少女："那她怎么办？"

宋雨烧拍了拍胸口处，直截了当道："若是老皇历上说'宜下葬'，老夫便会把它葬了；若是不宜，那就曝晒尸体。它争取下辈子投个好胎，莫要再做山泽妖魅了。当然，更不要再被老夫遇上。"

陈平安道："老前辈遇妖杀妖，遇魔降魔，当然做得对，但是可以做得更对。"

宋雨烧仔细凝视着他，突然笑出声："瓜娃子，你似不似个撒子哟？不过是借宿古寺，就当自个儿是救苦救难的菩萨啦？"

陈平安犹豫了一下，问道："宋老前辈，你要如何才能放过这个狐魅？"

宋雨烧站起身，沉声道："念在娃儿你也是个用剑的江湖中人，老夫就把本该斩杀狐妖的那一剑用来对付你。你如果接得住，这件事就算了了，这个狐妖将来无论是作孽还是行善，善恶报应，以后就由你来承担；若是接不住，死于老夫剑下，你就怨自己本事不够强出头。咋样？"

徐远霞和张山峰也都站起身，如临大敌。

宋雨烧哈哈笑道："没关系，你们两个要出手，老夫大不了就多出两剑，还是一样的规矩。"老人声音洪亮，中气十足，震得古寺内一根根腐朽梁木随之颤抖，撒落无数灰尘。

"可以！"陈平安点了点头，然后对徐远霞和张山峰摇摇头，示意他们不用插手。

"小心了。"老人不是拖泥带水的性格，出声提醒之后，就是一剑挥下。

两人相距不过一丈，剑芒罡气转瞬间就劈到陈平安身前。陈平安袖中早已滑落一张方寸符，剑气近身的刹那，陈平安的身影原地消失。

宋雨烧嗤笑一声，原来那抹剑气劈斩在空处后，继续前行，正好朝着那个雪白狐狸的方向。

出自李希圣所赠《丹书真迹》的方寸符玄妙神奇，但属于一次性消耗物品。陈平安祭出此符后，已经出现在两丈外的空地，当他发现剑气继续斩向狐魅时，已来不及再掏出一张方寸符，只得脚尖一点，向前迅猛跃去，同时向肩头伸手，按住槐木剑除魔的剑柄，对着那抹剑气当空一斩而去。

虽是出剑，其实归根结底，陈平安还是以拳法为本，走的是崔姓老人所授铁骑凿阵式的刚猛路数。陈平安不过是武道三境的体魄神魂，更不是那种能够将拳法、剑意融会贯通的武道大宗师，落在真正的行家眼中，这次匆忙出手，以木剑取代拳招，就显得颇为别扭。

流淌拳意的槐木剑劈砍在老人的那道剑气之上，强行阻止其斩杀那个年幼狐妖。一时间剑光炸裂，剑气四溅。

陈平安手持槐木剑，双脚落定后错步转身，挡在狐妖身前，对着那些分裂开来的剑气就是一顿胡乱挥舞，出剑架势完全就是某人调侃过的好一通王八拳。

张山峰松了口气后，不忍直视。

徐远霞伸手捂住额头，无奈道："本以为这家伙拳法相当不俗，背了这么久的剑匣，肯定是一名深藏不露的少侠剑客……"

身前剑气尽碎，陈平安打完收工，赶紧掂量了一下手中槐木剑。除魔虽是轻巧木剑，竟然极为坚韧，对上那位梳水国剑道宗师的磅礴剑气，剑身上下没有一处缺口，陈平安心中大定。

宋雨烧洒然一笑，自嘲道："不承想世间还有人能用一顿王八拳挡下老夫的一剑。行吧，老夫言出必行，小娃儿接住就是接住了，老夫便不再为难地上那个狐妖。你们一人一妖好自为之，须知报应不爽，希望你们好好珍惜这桩暂时不知善恶的缘分。"

老人收剑入鞘，一直盘腿而坐的他这才站起身，转身离去。走出寺庙大门后，他抬头望向阴沉夜幕，喃喃道："斩不尽的妖魔鬼怪，杀不完的魑魅魍魉，什么时候是个头啊？"

这位昔年创建了剑水山庄的开山鼻祖突然又转头笑道："你们四人如果感兴趣的话，可以去往老夫的庄子上。近期剑庄正在选举梳水国的武林盟主，好歹算是一件江湖盛事。你们如果到了剑庄，老夫多半不在，可以直接找到年纪最大的楚管事，就说你们是我在江湖上新遇到的朋友，薄酒几杯还是有的。"他最后望向陈平安："今夜你这份'把一件好事，做得更对更好'的耐心，老夫在暮年之前，其实一直如你这般，只多不少。但是……罢了，老家伙的丧气话，便不说给少年郎听了。总之，希望你能够坚持下去。"

迟暮老人拍了拍腰间长剑，在夜幕中默然远去。陈平安怔怔出神，回过神后，转过头去，瞪大眼睛，年幼狐妖不知何时已经不见了。

徐远霞伸手指了指自己脸庞，打趣道："陈平安啊陈平安，英雄救美，事后能否让美人以身相许，还得看这个啊！"

陈平安将槐木剑收入魏檗打造的木匣，一路小跑至火堆，伸手凑近篝火，有意无意瞥了眼坐在对面打哈欠的柳赤诚。后者嬉皮笑脸道："瞅啥瞅，这会儿总算开始羡慕我的英俊潇洒啦？唉，其实我也羡慕你陈平安，我若是有你一半的武功，早就在江湖上成为万千女侠仙子的梦中情郎了!"

陈平安翻了个白眼,摘下酒葫芦,仰头灌了一大口酒,心情激荡。之所以没有请动两位小祖宗飞出养剑葫芦,反而要以身涉险,并非是他意气用事。

陈平安叹了口气,站起身去往空地。别好酒葫芦后,闭上眼睛,仔细回味梳水国老剑圣的三次出剑:一次劈中神台,让狐妖被迫现身;一次手腕轻抖,剑气成网;最后一次当然就是那直扑自己的当头一剑。

陈平安缓缓抽出槐木剑,学那老人横剑在胸前,如剑在鞘,将出未出。不知为何,他总觉得自己哪怕是依葫芦画瓢千次万次都学不像,别说神似,恐怕形似都难。这跟他当年看着宁姑娘走六步拳桩大不一样。

原来出剑到底跟练拳是不一样的。陈平安叹息一声,只得再次收起那把两次追随自己游历江湖的槐木剑。

有人笑言:"陈平安,你的木剑太轻了,所以味道怎么都不对。举重若轻,是剑道高处的境界,你一个初学者,又不是什么练剑的天纵奇才,当然会觉得哪里都不对劲。不谈登顶,只说入门,练拳一事,有个稍有名气的师父带路就行了,可是习剑,还是需要一位明师领路才行。你其实应该跟那个宋雨烧诚心问道,此人武道境界不高,但是已经走出了自己的剑道,这很不容易。"

陈平安转头望去。这番真知灼见,不是徐远霞说出口的,也不是能够驾驭桃木剑飞掠的张山峰说的,反而是最不跟江湖沾边的书生柳赤诚说的。说这一席话的时候,柳赤诚站在添加了许多枯枝的熊熊火堆旁,整个人的修长身影随着火光缓缓晃荡。

张山峰正在跟徐远霞请教江湖点穴的门道,一问一答,十分专注,便没怎么在意柳赤诚的言语。又或者说,两人根本就没有听到柳赤诚的言语。因为从头到尾,柳赤诚都未开口说话,但陈平安真真切切听到了柳赤诚的嗓音。于是他问了一个奇怪问题:"是你?在胭脂郡城,我听刘太守私底下说,你其实是一位金丹境神仙,在城外显露过一手神通。"

柳赤诚摆摆手,缓缓绕过火堆,来到陈平安身旁,笑呵呵道:"行了,咱们俩就别钩心斗角啦。你已经知道我是大妖,我也知道你背后所负之剑大有来历,否则它方才就不会压抑不住,在感知到我的气息后自发颤鸣起来。你虽然很快就强行压下它的动静,可我又不眼瞎耳背。陈平安,你能否告诉我,这把剑,是何方神圣铸造而成?你要送往倒悬山,交到谁手上?"

陈平安神色凝重,问道:"你要抢剑?"

柳赤诚笑着眯起眼,像是听到一个天大笑话。他双手负后,摇头笑道:"剑是好剑,可我还真没兴趣。我知道你不信这种话,没关系,我比你强出太多,你只需要看我做的事情就行了。对了,你有没有听说过这样一句话,世间好物不坚牢,彩云易散琉璃脆。"

陈平安点头道:"诗文中看到过。"

柳赤诚一挥袖子,烟水朦胧,云遮雾绕。从篝火另一边,往这处看来是没有半点异样,柳赤诚和陈平安正相谈甚欢。事实上,这名白水国寒士一身粉色道袍,玉树临风,此情此景,诡谲至极。柳赤诚继续道:"'彩云易散',是说白帝城的彩云间,云霞聚散如飞烟,风景壮丽。'琉璃脆',是说曾经有个出身白帝城魔教道统的大妖,就像今夜这般,为了一个看似无足轻重的小妖魅跟大师兄起了争执。他为天下大势,我为小小情理,师兄弟就此决裂。如今回头再看,真是滑稽可笑,就跟两个孩子闹脾气差不多。反正我一气之下砸烂了白帝城彩云间的一整栋琉璃阁楼,最后只留下几只琉璃小酒盏而已,从此脱离白帝城,云游四方。没了师门庇护,我被身为正道领袖的卫道士追杀千万里,最终被打入大牢,被镇压了千年之久。我那个大师兄,从头到尾,只是袖手旁观。"

陈平安皱眉问道:"你与我说这些,是为了什么?"

柳赤诚微微一笑,双手一抖,甩了甩粉色道袍的两只大袖,双手叠放在腹部,气象森严:"因为我最近有了收徒弟的念头,觉得你陈平安挺不错的,想传授你世间最上乘的剑法。我师兄身为魔教领袖,却比神仙还神仙,便是许多正道仙家的高人,一样愿意对我师兄顶礼膜拜。所以我教你的剑法,亦是足以帮你登顶大道的正宗剑法。机缘一到,你有望直达上五境。要知道'正宗'的这个'宗'字,可不是能够乱用的字眼。宋雨烧之流,虽然摸索出了自己的剑道真意,可以他的武学高度,撑死了就是帮你跻身中五境。陈平安,你意下如何? 可愿意以弟子身份,随我修习大道?"

陈平安反问道:"当魔头?"

柳赤诚微笑道:"在我看来,大道崎岖难行,唯有坚韧不拔之辈方能走到最后,甚至有望比那些才华横溢的天之骄子走得更远更高。你陈平安跟我是同道中人,如今我已经帮你收取了一个大师兄。你放心,你是我最后一个弟子,最多百年光阴,我们师徒三人必然扬名天下,重返白帝城,在那里占据一席之地。"柳赤诚凝视着陈平安的眼睛,笑了笑,"我和大师兄当初所在师门很有意思,大师兄是人,修行魔道术法;我是妖,修习人族神通。我们那位师父订立下来的宗旨,正是'有教无类'四个字,这一点与身为道祖座下二弟子的那位真无敌很像。除了白帝城,天下魔教还有数大道统,一个个势力大到惊人,盘根错节,便是宗字头的正道仙家一样要避其锋芒。所以说,只要你拳头够硬、境界够高,什么魔道正道都是无稽之谈,根本无所谓的。"

陈平安咧嘴一笑:"认不认你当师父,我得问过才行。"他的额头早已渗出汗水,但是这一刻的背匣少年,神色自若,并无半点畏惧。

"哦?"柳赤诚眼前一亮,"我就知道你小子必然有不错的师承。没关系,说来听听。审时度势,良禽择木而栖,不丢人。我也不勉强你,更不会拿话唬你,只要你的师承高于我,我绝不强求这桩师徒情分。"

文圣老秀才，不出意外早已离开宝瓶洲，陈平安上哪里去找？齐先生又逝世了，仿佛已经没了推托的借口，但是陈平安绝不愿意跟随此人修行什么通天大道。

陈平安深呼吸一口气，那就赌一次。成与不成，在此一举。实在不行，大不了拼命；还是不行的话，就像阿良说的，天大地大，活着最大，认了柳赤诚当师父便是。不管如何，肯定要先把剑送到倒悬山，亲手交给宁姑娘！

没有人知道，陈平安第一次护送李宝瓶他们远游大隋，之后跟随少年崔瀺返回黄庭国，再到这次在胭脂郡城目送刘高馨远行，为何次次在高山之巅、大水之畔，都必定会练习立桩剑炉，而且哪怕练习完毕，也会长久站在原地，在今年最后的春风里，喝着酒，喃喃自语。

陈平安在内心深处，知道那个人肯定去世了。那个人曾说过：遇事不决，可问春风。

柳赤诚忍俊不禁起来，因为他看到眼前少年有样学样，学着他抖了抖手腕、抬了抬袖子。但是柳赤诚很快就笑不出来了，因为在少年高高提起的双手之间，有缕缕春风欢快地萦绕双袖，如一尾尾青色蛟龙在云海游弋。

陈平安轻声问道："齐先生？"

柳赤诚心头剧震，这一刻，简直就像是千年之前那场大战，他对上了那位一手持仙剑、一手托法印的张天师！

一个温暖醇厚的嗓音在陈平安身旁响起："在的。"

柳赤诚一袭粉色道袍在微风中缓缓飘拂摇荡，这位千年之前的白帝城巨擘，破天荒地有些拘谨。

陈平安身边由一缕缕春风凝聚而成的身影是一名双鬓霜白的青衫儒士，虚无缥缈，面带微笑。柳赤诚观其气象，不过是一盏几近枯涸的油灯而已，但是气象之外，又有一点说不清道不明的味道。换成任何一名上五境之下的练气士，恐怕就捉摸不透其中关节。暂时依附于柳赤诚之身的他，在修为达到巅峰之际，是货真价实的十二境仙人境。在尚未叛出魔教道统之前，他在那座黄河小洞天江水倾泻之下、绚烂彩云之间的白帝城，恰好见过太多屹立于群山之巅的能人异士，因此他一下子就束手束脚，不敢轻举妄动。越是看不出深浅虚实，柳赤诚越是不敢轻视。

齐静春与陈平安并肩而立，以眼神示意陈平安只管放心，他对柳赤诚笑着自我介绍道："齐静春，文圣门下弟子，曾是山崖书院山长。"

柳赤诚有些茫然，眼前这家伙的架子倒是不大，温文尔雅的模样，只是文圣、齐静春、山崖书院……什么乱七八糟的，难道是自己被龙虎山张天师厌胜的这一千年中涌现出来的一对儒家师徒？只是"文圣"这个说法可不简单，某个人的称呼单以"圣"字作为后缀，例如礼圣、亚圣，无一不是有资格在儒家文庙里竖立神像的家伙，而且神像的位置必然极其靠前。

要怪就怪柳赤诚这个半吊子读书人根脚太浅,成天不务正业,对于一洲形势从来不感兴趣,光想着靠肚子里那点可怜的墨水去风花雪月,蒙骗女子感情。当然,他自己也有责任,觉得东宝瓶洲这么一块蛮夷之地,哪怕耗上千年光阴积攒底蕴,上五境修士肯定还是屈指可数,自己根本无须上心。

齐静春随手挥袖,柳赤诚造就的禁制便消散一空。

君子待人以诚。

如此一来,徐远霞和张山峰很快就发现这边的异样,一下子面面相觑。那个穿粉色道袍的家伙,是穷书生柳赤诚?为何他还有这种脂粉味十足的古怪癖好?那个上了岁数的青衫儒士,又是何方神圣?

柳赤诚眯起眼,这个青衫儒士竟然瞬间就破去自己布置的障眼法,他如今虽然只有半个玉璞境的修为,但是白帝城魔教道统传承下来的高深神通,哪怕是一个实打实的玉璞境练气士也没办法如此轻而易举地破开。

张山峰要起身去往陈平安那边,却被徐远霞一把抓住胳膊。徐远霞轻声提醒道:"我们继续聊我们的,那边的事情,绝对不要掺和。咱俩最好就是非礼勿视,非礼勿听。"

徐远霞看到那个青衫儒士向他们望来,微笑着点头致意,徐远霞连忙抱拳还礼。

齐静春笑问道:"前辈可是白帝城的琉璃阁主?"

柳赤诚点头道:"怎么,听说过我的大名?是不是我在中土神洲早已恶名昭彰了?"

齐静春摇头道:"我曾经游历黄河大水,在河畔与白帝城城主见过一次,便聊到了前辈。"

柳赤诚突然破口大骂道:"放你的屁!我大师兄怎么可能出城见人?!就我大师兄那脾气,就算是那些个文庙里的老头儿慕名而来,他也不会主动出城迎客,最多就是在城头彩云间露个面而已,这就已经算是卖了你们儒家天大的面子了。你还二人相见于大河之畔?好小子,吹牛也该有个底线!"

齐静春哑然失笑道:"城主还曾邀请我手谈三局,只是当时我临时有事,必须马上返回学宫,便先欠下了,不承想在那之后,我就再没有机会重返白帝城,实属无奈。"

柳赤诚抬起双手,使劲揉着脸颊,一肚子火气。他虽然与大师兄决裂,再无半点香火情,可内心深处对于那位白帝城城主,他始终心怀敬意,这是一种很纯粹的仰慕以及崇拜。他在犹豫要不要果断出手,一巴掌拍散这家伙弥留人间的最后这点残魂神意。

既然眼前这位琉璃阁主不愿意相信他的话,齐静春也就不再多说什么。对于这个重新现世的白帝城大妖,他的观感其实不差。此人第一次心生杀机,是梳水国剑客对那个年幼狐妖不分青红皂白就痛下杀手。满口仁义道德的读书人中不缺道貌岸然的伪君子,魔道中人其实亦不缺大风流之辈。齐静春当年数次跟随左师兄一起远游天下山川，早有见识，当然不会非黑即白。何况白帝城千年前那桩琉璃崩碎的公案，齐静春本就对眼前这个大妖心存肯定。

齐静春拍了拍陈平安的肩膀，对柳赤诚笑道："陈平安向你拜师一事，肯定不行。但是练剑一事，如果前辈愿意教，陈平安愿意学，我齐静春乐见其成。"

柳赤诚伸出一根手指，轻轻摇晃："你现在什么处境，你我心知肚明。几缕春风凝聚而成的那点魂魄罢了，哪怕你生前是上五境的儒家圣人，可今时不同往日，你觉得自己有本事跟我讨价还价？"

齐静春看了眼身穿粉色道袍的大妖，看到了他的杀机涌现。

妖族本心易摇不易定，他们在做许多抉择时更倾向于顺从先天而生的暴躁本性，这便有了许多世间惨状。浩然天下对世间大妖镇压、束缚极多，并非没有缘由。曾有人提出"非我族类，其心必异"，以及"妖魅精怪，天生苟且偷生，喜欢夺万物生机，唯有人族教化，愿意慷慨赴义"，这些观点言论对于妖族自然不是很中听。事实上在礼圣坐镇天下期间，不乏有学宫圣人提出建议，干脆对所有跻身上五境的大妖进行围剿，全部拘押在牢狱之中，永绝后患。只是最终礼圣没有接纳而已。

齐静春有些感慨，归根结底，世间妖物的道理，全落在一个"活"字上，即孜孜不倦地追求自己成为强者，无拘无束，无法无天。而浩然天下的道理，则落在"规矩"两个字上，在规矩之内，泽被苍生。

齐静春伸出一只手，笑道："你如果不讲理，只想要以力服人，那我可就要借剑斩去你一半道行了。"

陈平安背后的槐木剑匣，那把被他私底下取名为"降妖"的长剑，如久旱逢甘霖，欢快颤鸣，一寸寸缓缓出鞘，气冲斗牛！

柳赤诚的粉色道袍鼓鼓荡荡，眼眸里充满了戾气，浑身上下充满了磅礴妖气，笑问道："姓齐的，你确定有机会握住那把专门针对妖族的神兵？我就算一拳打不烂你的魂魄，你就不怕我一拳将陈平安打成肉泥？"

齐静春神色如常，像是在讲述一个最为天经地义的道理："我齐静春尚且在世一时半刻，就没有谁能欺负小师弟一点半点。"

柳赤诚哈哈大笑道："我还真不信这个邪！"

他瞳孔剧缩，整个人笼罩在淡金色的光球之中。在他的头顶上方，就像当初一座黄河小洞天被那人一剑劈砍出大洞的光景，庇护柳赤诚的这座白帝城混元金光阵先是露出一点破绽，显露出小如芥子的一粒黑点，然后是一条细微黑线，最终哗啦一下金光大阵被彻底劈开。

剑尖直指柳赤诚眉心处，相距不过寸余。柳赤诚纹丝不动，并非失去了先手，他就没有一战之力，恰恰相反，白帝城向来以道法驳杂、神通繁多著称于世，仅是身上这件媲美半仙兵的法袍,就能够让他站着不动,力扛那一剑。但是那个单手持剑的青衫儒士手中所持长剑不是那把阮邛铸造的长剑,而是那把简简单单的槐木剑。于是柳赤诚选择退一步,息事宁人。因为那个名叫齐静春的家伙,本就没有太过咄咄逼人的意思。

齐静春缓缓收起木剑,放回陈平安背后的剑匣,笑道:"如果这一剑是阿良出手,或是左师兄,那就是另外一番光景了。"

柳赤诚问道:"大师兄当真出城见你,还主动邀约下棋三局?"

齐静春点了点头。事实即是如此,既不用引以为傲,也无须藏藏掖掖,何况齐静春从来没把这些经历放在心上。这样的心性,与崔东山至今还对曾与白帝城城主在彩云间下棋十局沾沾自喜,有着天壤之别。

柳赤诚喟叹一声,神色恍惚,就好像心中有一只琉璃盏砰的一声碎裂,既有失落,又有释然。在他心中,不管如何怨恨愤懑于大师兄的大道无情,但是那个眼高于顶的男人,终究是无敌的存在,是琉璃无垢的风流人物,不该为了谁而破例。

柳赤诚有些心灰意冷:"既然跟陈平安做不了师徒,就不教他剑术了,我的道法还没那么廉价。姓齐的,既然你本事这么大,自己传授便是。"他像是有些赌气,径直转身,大步走向古寺大门。

齐静春突然出声道:"暂且留步,我有一言相赠。"

柳赤诚转过身,有些疑惑不解。骤然间,他的心湖之中,有奇光异彩的阵阵涟漪微漾,随后他的脸上浮现出惊骇和狂喜。百感交集之后,他轻声问道:"好一个齐静春,你这等人物,在任何一座天下都是了不得的山巅仙人,怎会沦落至此?"

齐静春笑着反问道:"何来沦落一说?"

柳赤诚微微一怔,心悦诚服道:"我自愧不如。这次就算我欠陈平安一个人情,以后等我在中土神洲重新扬名,可以让陈平安去白帝城找我。"

他离开之前,大袖一挥,将一个躲藏在暗处的年幼狐妖抓住,带着狐妖离了古寺。

年幼狐妖先前换了一身崭新衣裳,脸上涂抹了好几重的胭脂,红一块绿一块,滑稽可笑,大概这就是她误以为的红粉佳人了? 她怀中还有一本常年贴身珍藏的最心爱的秘籍,刊印粗劣,错字连篇,名为《才子佳人》。这本书写了一个个男女情爱的故事,顺便说了些大家闺秀的贤淑礼节,比如与人说话要嗓音酥软温柔,初次看见英俊书生的时候要先羞赧低头一次,然后怯生生抬头偷看一次,再脸红低头一次……里头的学问可大了,让她受益匪浅,有些结局伤感的故事,她还会看一次落泪一次。

柳赤诚强行掳走她,她本来吓得不轻,只是当她看到古寺外边站着一个俊美少年后,又雀跃起来,觉得老天爷待自己不薄。

柳赤诚带着徒弟和狐魅下山远去,不知去往何方。齐静春环顾四周,也带着陈平安离开古寺,在门外空地,借助月色,一起眺望远处的山岭夜景。

齐静春轻声道:"人有三魂七魄,三魂为胎光、爽灵、幽精。我死后,将一身魂魄气运,绝大部分都还给了此方天地;李宝瓶、李槐他们这些弟子,我分别给了一个'齐'字;而在你、赵繇和宋集薪三人身边,都以残余三魂偷偷留下了一缕春风。我现在这个身份,其实不能算是完整的齐静春,只算是护送你们走上一段路程的护道人。宋集薪选择的道路与儒家正统愈行愈远,世事如此,各有缘法,不可强求。

"赵繇当时被崔瀺阻拦,迫于形势,不得不交出那方'天下迎春'印章,这本就是我早已算到的事情,所以我事先就跟赵繇说过,要他无须拘泥于一方印章的存亡。但是在那之后,赵繇去往别洲途中另有机缘,他的心境还是随之出现了一点纰漏,以后说不得还要你这个名义上的小师叔帮他一次。"

陈平安欲言又止。

齐静春笑道:"你是说没答应我先生的要求,所以不算我的小师弟? 没关系,你不认老秀才当先生,我还是要认你做小师弟的。"

陈平安挠挠头,点头道:"好!"

齐静春拍了拍陈平安的肩膀:"这一路行来,累不累?"

陈平安摇头道:"精彩得很,除了练拳,还会逢山遇水,结识了徐大侠和张山峰这样的新朋友,见到了许许多多的精魅神怪,不累。"似乎害怕齐先生不相信,他又强调:"真的不累!"

齐静春嗯了一声。他知道,这只是少年自己觉得不累而已。怎么可能一路坎坷颠簸,半点不累? 日复一日的枯燥练拳,单薄肩头上挑着的,大多是别人的期许和世道的艰辛,少年还需要处处提防人心的险恶,所面对的人和事全是莫名其妙的存在,不累才是怪事。不过是少年自己肩挑重担,却想着莫让别人担心罢了。

得知齐先生不是事事知晓后,陈平安就一股脑跟他说起了神奇的过山鲫、黄庭国客栈的那条行云流水巷,说了胭脂郡城隍殿的沈温对齐先生的仰慕,还说了那对山水印的厉害,说了从棋墩山搬到披云山的魏檗,说了性情各异的嫁衣女鬼、枯骨艳鬼们。当然,陈平安说得最多的,还是戴斗笠的那个男人,说了那个男人在说起齐先生的时候,分明笑容灿烂,却好像极为伤感;还说了他给一个叫道老二的家伙一拳打回了人间的事。然后陈平安告诉齐先生,重逢之后,阿良告诉自己,不用着急练剑,练拳练到了极致就已经是在练剑了,所以他不是特别着急……

齐静春与滔滔不绝的少年并肩而立,笑问道:"是不是很想念阿良?"

陈平安抬头望向天幕,喃喃道:"阿良总会回来的。"他又转头望向齐先生:"对吧?"

齐静春笑着点头。陈平安便又问道:"那么齐先生呢?"

齐静春叹息一声,摇头道:"送君千里,终须一别。我齐静春这辈子就只能这样了。"

陈平安低下头，默默望着脚下。就像当初在杨家铺子，虽然陈平安早有预感，可他听到杨老头亲口说出"不值得"三个字后，还是会照旧伤心，而且不是一般的伤心。

齐静春将手轻轻放在少年脑袋上："此次我以这些魂魄残余，说是担任你们三人的护道人，最后所有春风齐聚于此，其实何尝不是让你代替我齐静春走了一趟江湖，我已经没有遗憾了。"齐静春会心一笑，"可以伤感，但也可以喝酒嘛。"

陈平安摘下腰间的养剑葫芦，红着眼睛，递给齐静春。

身形越发涣散不定的齐静春伸了个懒腰，摇头笑道："我那份就当余着吧。"

陈平安自己也没有喝酒，别回腰间。他怕自己真喝成了一个酒鬼。

齐静春突然说道："陈平安，我最后陪你练一次拳？"

陈平安纳闷道："六步走桩？"

齐静春点点头。陈平安深吸一口气，缓缓前行，悠然出拳。

月辉素洁，青衫儒士在陈平安身侧，跟随他前行出拳，亦是悠然。

陈平安走完一趟拳桩后，轻轻停下脚步，他没有转头望去，就那么看着远方，双袖再无春风萦绕。

他知道，齐先生，真的走了。

第二章
观 瀑

陈平安守后半夜,他回到古寺内,徐远霞和张山峰都没有开口问什么,陈平安也就没有说什么。一夜到天明,陈平安一直对着篝火,火光映照着那张略微白皙几分的脸庞,不知道他在想些什么。

天蒙蒙亮,徐远霞还在酣睡,张山峰收拾好被褥后,发现陈平安不在古寺。张山峰走出大门,发现陈平安破天荒地没有练习拳桩,而是手持槐木剑,一动不动。

陈平安听到脚步声,回头笑道:"起了?"

张山峰点点头,摊开手臂,一番舒展筋骨。清晨山风吹拂,还是有些寒意,张山峰摘下背后的那把桃木剑,开始练习一套万年不变的剑术,辗转腾挪,人随剑走,身姿轻灵。

张山峰臂长如猿,剑招衔接圆转如意,按照江湖高手的眼光来看,天生就是练剑的好坯子,当然,在山上仙家看来,恐怕就没有这个说法了,更多还是注重"养气练气",讲究一个登山够快,快到在同辈人当中好似一骑绝尘,快到连百岁千年的老家伙都望尘莫及。

在张山峰收剑之后,陈平安还是保持持剑姿势,犹豫不决,就是递不出一剑。

吃早餐的时候,三人一合计,打算去一趟宋雨烧创建的剑水山庄,稍作休整,打听清楚那座梳水国仙家渡口的具体位置后,再动身也不迟。

山庄离此七百余里,多是崇山峻岭,好在入夏之后,风和日丽,三人放开手脚赶路,很快就到了剑水山庄辖境。庄子建在一座秀美大山的山脚。去往山庄之前,他们经过一座川流不息的繁华小镇，陈平安独自去买了酒装入养剑葫芦，徐远霞去了趟书肆，张山峰负责购置添补干粮肉脯。钱到用时方恨少，大髯汉子看上了一本定价极高的梳水国前朝孤本，品相极好，没奈何囊中羞涩，懊恼自己当初在胭脂郡脸皮太薄，就应该跟陈平安一样，大大方方收下那五百两银子。

三人继续赶往剑水山庄的途中，张山峰提及了价值还要在小暑钱之上的谷雨钱，说他这辈子还没能见过一次，只闻其名。一枚小暑钱等同于百枚小雪钱，一枚材质珍稀的谷雨钱，又价值百枚小暑钱。金丹境、元婴境的地仙们，好像都是用这种钱币来交易法宝，而且谷雨钱本身就是练气士的大补之物，能够让练气士快速补气，恢复元气。

徐远霞提醒他们两个，这次在胭脂郡斩妖除魔的收获，若是无益于自己当下的修行，最好找一处山上店铺出售，哪怕折价，只要别太贱卖，所得之钱都应该足够购置一两件裨益修行的灵器。落袋为安，钱财是如此，实打实的境界提升更是如此。

张山峰对此心中早就有数，说要购买几张梦寐以求的攻伐符箓，若是雷法符箓最佳；再就是希望能找到一把价格公道的法剑。桃木剑虽然也能降服鬼魅阴物，可受限于桃木材质本身的孱弱，万一遇上力大无比的山泽大妖，他铁定遭殃。

陈平安有些犯嘀咕，他当然是恨不得世间万千法宝，只进口袋不出口袋。而且他跟张山峰不太一样，他的立身之本是纯粹武夫的体魄和拳法，还有养剑葫芦里的两位小祖宗，所以暂时没想着卖出那些缴获而来的小物件，或是与练气士以物易物。

到了车水马龙的剑水山庄，三个人发现处境有些尴尬，剑庄是有一个年纪很大的楚管事不假，可门房和负责待客的外府管事一听说三个陌生外乡人开口就要见楚老祖，虽然脸上没有流露出什么，但还是一口回绝了。要知道楚老祖将近百岁高龄，是跟老庄主一起打天下的功勋元老，早已不理俗务，甚至可以说，老庄主在将庄子交到嫡长孙手上后，神龙见首不见尾，经常一出门就是三年五载不回庄子，德高望重的楚老祖就是剑水山庄的二庄主，是想见就能见的？当咱们剑水山庄是小镇的街边店铺呢？

于是三人吃了个不软不硬的闭门羹，张山峰问徐远霞，能否给那个管事点银子，让他通融通融。徐远霞苦笑道："江湖中人，尤其是剑水山庄这种江湖执牛耳者，你随便掏银子，是打人家的脸，只会适得其反。"

张山峰笑道："实在不行，徐大哥你在大门口耍一套刀法，保管咱仨立即成为座上宾。"

宝瓶洲的江湖，水其实不深，比不上顶尖剑客辈出的北俱芦洲，徐远霞这种四境的纯粹武夫，在彩衣国、梳水国这种小国江湖，已经属于横着走的宗师，又有趁手的神兵利器在身，如虎添翼。当初在破败古寺，如果不是着了道，被那貌似少女的嬷嬷偷袭，而是堂堂正正倾力一战，徐远霞未必就会输给那名梳水国四煞之一的嬷嬷。

徐远霞用手心抹着络腮胡子，觉得实在不行，就只能出此下策了。张山峰突然扯了扯两人袖子，徐远霞和陈平安转头望去，一驾装饰豪奢的巨大马车缓缓停下，气势凌人，马车上走下了一名少女和一名魁梧壮汉，少女是熟面孔，正是古寺中设计逞凶的魔头"嬷嬷"。当时她对梳水国剑圣宋雨烧说，她要亲自拜访剑水山庄，没想到就真来了，半点不含糊。

壮汉身高九尺，赤手空拳，气焰惊人，所到之处，远道而来的各方江湖豪客、门派高手和武林名宿，纷纷主动让路。

陈平安三人看到了少女魔头，她也看到了他们。少女跟壮汉说了一声，就径直走向三人，身姿婀娜地施了一个万福，然后微笑道："三位英雄好汉，不打不相识，此次做客剑水山庄，咱们双方不如在酒桌上一笑泯恩仇？"

徐远霞跟陈平安、张山峰对视一眼后，转头笑道："可以啊。"

很快，山庄那边就有一个佝偻老人出门迎接少女和壮汉。原来壮汉在登门之前，投了拜帖，山庄不敢怠慢。

徐远霞借这个机会，跟老者转告宋雨烧的那番言辞，这老者正是剑庄大管事楚姓老人。他一听就确定这是老庄主的语气，相比对待少女和壮汉的小心谨慎，就多出了许多真诚热络。而且能够入了老庄主法眼的江湖朋友，在这个节骨眼上，多多益善，少庄主的那把盟主交椅，说不定就可以坐得稳当了！

进了庄子，穿廊过道绕影壁，剑庄建造得别有洞天。三人被楚管事亲自安排在风景优美的一座独栋大院，少女和壮汉刚好下榻在邻近的一座院子。

陈平安在进院子前就听到了水声，一问附近是否有溪涧，才知道原来院子后边，沿着石板路一路前行，离此不算近，有条飞流直下的大瀑布，是剑水山庄名动梳水国的一处美景胜地。雨后天晴，瀑布上就会有彩虹挂空，景象壮丽，动人心魄。

徐远霞和张山峰暂时不想出门走动，陈平安就独自去观看瀑布。

张山峰在院子里练习剑术，徐远霞坐在石凳上，自嘲道："好嘛，我一个四境武夫，都没听到瀑布声，你小子倒是耳朵尖。"

那名楚姓老人在走出一段路程后，停下脚步，转头望着瀑布方向，自言自语道："这背剑少年，难道是一位返老还童的大宗师？"

龙泉郡迎来了一支车队，绝对是稀客。

车队人马来自大隋官方，虽然轻车简从，并未大张旗鼓，但是在大骊庙堂中枢还是掀起了大风浪。大骊方面的迎客队伍中，有两位上柱国，分别姓袁和曹，还有出身山崖书院的礼部尚书，以及数名京城大佬，他们无一例外，都是大骊皇帝的嫡系亲信，郡守吴鸢身处其中，实在不起眼。

大隋那边的主心骨，是一位名不见经传的年迈老人，只知道姓高，与大隋皇帝同姓,只看相貌气度,更像是一个四海为家的说书先生,没什么富贵气焰,身边带了一个少女随从。其余两辆马车,分别乘坐着皇子高煊和蟒服宦官,以及一位身份清贵但是品秩不算太高的礼部侍郎。

两拨人在一处驿站汇合之后,只享用了一顿简单的清茶淡饭,就火速赶往被新敕封为北岳的披云山。北岳大神魏檗,黄庭国官宦出身、如今一跃成为林鹿书院副山长的程水东,一神祇一老蛟,在山脚耐心等候大部队。

三方聚头,依次登山。大骊宋氏要与大隋高氏,双方结盟于披云山!

此次"山盟",东宝瓶洲北方仅剩的两大王朝,要签订百年攻守同盟。

在双方按照儒家礼仪结盟的时候,有两名同龄少年面对面站着,同样是皇子,一个叫宋集薪,身后站着心不在焉的婢女稚圭;一个叫高煊,身后有一位白发苍苍的蟒服貂寺敛容恭立。

高煊微笑道:"又见面了。"

宋集薪对于这名初次相逢于泥瓶巷的大隋贵胄,印象极差,并没有开口说话。

高煊愁眉苦脸道:"风水轮流转,如今你比我更牛气了。"宋集薪冷笑不语。

高煊转而望向亭亭玉立的少女,微笑道:"我跟陈平安如今是很要好的朋友了,他在大隋的时候,只要说到家乡,就会经常提及你。"

稚圭很不客气地翻了个白眼。

高煊好像记起一事,询问宋集薪:"当初我跟你买这个婢女,如果没有记错,你是标价黄金万两,如今还是这个价格?"

宋集薪这才开口说道:"整个大隋是什么价钱,说来听听,以后我有钱了,说不定会买。"

高煊啧啧道:"人靠衣裳马靠鞍,如今你这口气真是吓人。"

宋集薪冷笑道:"那你吓死了没有?"

高煊撇撇嘴,不再跟这个家伙斗嘴,转头望向气势巍峨的大骊北岳山神庙,轻声道:"北岳庙在这里,南岳呢?"

在山崖书院所在地的大隋京城东山,也有一桩更加隐蔽的另一半附属山盟,虽然看似规格不高,而且没有对外走漏半点风声,但是大隋京城内外紧张万分,从皇帝到六部衙门,以及山上山下,外松内紧,将山崖书院盯得严严实实。好在书院副山长茅小冬像一只护鸡崽儿的老母鸡,强力要求大隋朝廷不可因为此事,耽搁书院的正常授业,这才使得书院绝大部分的夫子学生,没有察觉到丝毫异样。

大隋之所以如此风声鹤唳,怪不得大隋小题大做,委实是大骊此次负责签订东山盟约的人,来头太大——大骊国师崔瀺。

山崖书院的一栋雅静院落,如今在大隋京城名声大噪的少女谢谢,跪坐在门口,大气都不敢喘。

屋内两人对坐。

准确说来,其实是一个人——白衣飘飘的少年崔瀺,一袭文士青衫的老崔瀺。

两人见面之后就没有任何言语,只是下了一盘棋,最终改名为崔东山的少年,棋输一着,只是少年心情不坏,嬉皮笑脸地独自复盘。

老崔瀺脸色肃穆,接过少女谢谢战战兢兢递过来的一杯热茶,缓缓喝茶,看也不看棋局。他突然开口道:"是不是哪怕如今有了神魂合一的法子,你也不愿答应了?"

崔东山不断弯腰拈子收入棋盒,没好气道:"还用问?崔瀺什么脾气性格,宁为鸡头不做凤尾,一百年前是这样,一万年以后还会是这样!"

崔瀺唏嘘道:"世事难料,荒诞不经。"

崔东山笑问道:"如今我消息不畅,东宝瓶洲中部彩衣国那边,乱起来了吗?"

崔瀺点头道:"虽然出了点小意外,但是不妨碍大势,乱局已定。"

崔东山收拾了半天棋局,斜眼看着正襟危坐当大爷的老头子,有些愤懑,就也不当苦力了,四肢摊开,躺在编织精致的大竹席上,嘀咕道:"你运气比我好多了,老秀才是个欺软怕硬的,不愿跟你撕破脸皮,就来收拾我一个天真无邪的青葱少年。你是不知道,从骊珠洞天到这大隋京城,老子受了多少白眼委屈。"

崔瀺默不作声。

崔东山仰面躺在席子上,摸了摸额头,仿佛现在还隐隐作痛,这是给李宝瓶那个臭丫头拿印章拍出来的心理阴影!

崔东山跷起二郎腿,唉声叹气:"大隋皇帝也是个有魄力的,忍辱负重,肯受此奇耻大辱,跟大骊签订这桩盟约。大隋弋阳郡高氏,就要因此龟缩百年,寄人篱下,让出黄庭国在内的所有附属国,眼睁睁看着大骊铁骑绕过自家门口,一路南下,奠定宝瓶洲自古未有的大一统格局。"

崔瀺淡然道:"百年之后,宝瓶洲形势如何,你我看得到?就算看得到,就一定是对的?今日大隋高氏之隐忍,未必不会是后来者居上的第一步。"

崔东山摇头道:"换成我,咽不下这口气。"

崔瀺冷笑道:"原来我崔瀺的少年时代,无论是心性还是眼光,都是如此不济事,难怪会有我今天的惨淡光景。"

崔东山也不恼,晃荡着一条腿,双手枕在脑后,直愣愣地望向天花板:"不知道为什么,你看不起现在的我,我也不喜欢现在的你。对镜照人,相看两厌,哈哈,天底下还有这么有趣的事情。"

崔瀺犹豫了一下:"爷爷到了龙泉郡,住在落魄山一栋竹楼内,如今已经清醒了许多。但是——"

"就知道会有个挨千刀的'但是'！"崔东山双手捂住耳朵，在竹席上满地打滚，学那李槐哀号道，"不听不听，王八念经。"

崔瀺不理睬他，自顾自说道："陆沉离开浩然天下之前，找到了他，在竹楼内交上手了。你应该清楚，以他那种练拳练到走火入魔的性格，他生平最大的愿望，就是想知道武夫十境的道，与十三境甚至十四境练气士的道，孰高孰低，就算低了，又到底相差了多少。所以哪怕是面对道家一脉掌教……"

崔东山转头望向隔着一张棋盘的老人："陆沉在浩然天下，也得遵守文庙订立的规矩吧？撑死了就是十三境，爷爷重返十境，如果能够恢复巅峰，不是没有一战之力。"

崔瀺摇头道："陆沉耍了一点小手段，将他带入了小洞天之内，如此一来，战场就不在浩然天下了。"

崔东山猛然坐起身，满脸杀气，语气却极为内敛沉稳："爷爷他死了？"

崔瀺喝了口茶，缓缓道："没有。他事后走出落魄山，在小镇像个寻常百姓，忙着购置文房四宝。我找到他的时候，他说在那处小洞天内，陆沉以玄妙道法，祭出了多达十名十境武夫。试想一下，一人双拳，被十名历史上的十境武夫围困，明知必死，你会不会出那一拳？"

崔东山站起身，又盘腿坐下，伸手抓着头发，懊恼道："我当然不会，可他会的。爷爷难道会不知道，不递出这一拳，就等于放弃了传说中的武道十一境？那一辈子的追求，岂不是都放弃了？"

崔瀺放下茶杯："那你有没有想过，哪怕他出拳，还活了下来，甚至顺势跻身十一境武夫，那么你我，还有陈平安，以后还能有安生日子吗？那些个千百年躲在幕后的大佬，容得下一个宝瓶洲的十境武夫，可未必能够接受一个新的十一境武神。所以这一拳，他是跟掌教陆沉，或者说跟中土神洲做了一笔买卖，用一个纯粹武夫的十一境，来换一个去往市井购置杂物的机会，换一份平平安安的太平岁月。"

崔东山扑通一声后仰倒地："没劲。"

崔瀺心弦微颤，猛然望向门外。崔东山亦是如此。

崔瀺冷笑道："齐静春！阴魂不散，直到这一刻才愿意彻底消停。我倒要看看，你是否还留有后手，与我下棋！"

崔东山有气无力道："老崔啊，你乐意瞎折腾就折腾，我反正是不跟齐静春下棋了，更没劲。"

崔瀺冷哼一声，站起身俯视着少年模样的自己，讥笑道："烂泥扶不上墙！"

崔东山眼睛都不眨一下，乐呵呵道："躺在烂泥里晒太阳，其实也挺舒服的，千万别扶我，谁扶我我跟谁急。"

崔瀺伸出一只手："拿来！"

崔东山眨了眨眼睛："啥？"

崔瀺脸色阴沉："那件咫尺物！"

崔东山侧身用屁股对着崔瀺。

崔瀺脸色阴晴不定："暂借你二十年。之后哪怕你还没有跻身上五境，我照样取回。"

崔东山麻溜转身，伸出一只手掌，讨价还价道："最少五十年！"

崔瀺走向门口，大袖翻摇："三十年，再敢得寸进尺，我现在就打死你。"

崔东山在崔瀺离开院子后，一路在竹席上翻滚着来到门口。跪坐在门槛外边的少女谢谢从头到尾像个木头人。

崔东山懒洋洋坐起身，瞥了眼少女的坐姿，笑道："谢谢，原来你屁股蛋生得挺大啊，难怪想要当我师娘。"

少女老老实实坐在原地，姿势依旧，置若罔闻。

崔东山一个跳起身，跑到少女身边，一脚狠狠踹在少女屁股上，踹得少女整个人摔入院子。

白衣少年双手叉腰，放声大笑。少女默默起身，就连身上的尘土都不去拍掉。

崔东山叹了一口气，伸手轻轻捶打心口："看到你这副可怜模样，公子我心如刀割啊。"

谢谢强颜欢笑，挤出一个笑脸。崔东山赶紧一手捂住眼睛，另外一只手使劲摇晃："赶紧转过头去，白日见了个鬼，你家公子的眼睛快要瞎了！"

少女转过头去，视线上挑，晴空万里。

她小时候总是不明白为何"万里无云"才是最好的天气，彩霞绚烂不是更好看一些？直到她上山之后，才知道原来无云便无风雨。

李宝瓶以一块木制的"盟主令"召集众人，这源于她最近刚看完一本讲述江湖大侠的小说，被尊奉为武林盟主的人，只要一出令牌，就可以号令江湖，十分威风。她手持自制的那块木牌，大摇大摆去敲响一扇扇房门，见着了人也不说话，只是板着脸高高举起手中令牌，然后就走向下一处。

最后林守一、李槐、于禄、谢谢，甚至连崔东山都来凑热闹，聚在李宝瓶学舍内，等待这位"武林盟主"的发话。

李宝瓶咳嗽一声，将小木牌挂在脖子上，桌上放着一份厚厚的信封。她动作缓慢地打开信封，神色肃穆道："小师叔给我们大家写了信，作为龙泉郡总舵下辖的东山分舵舵主，我现在要开始念信给你们听，你们记得不要大声喧哗，不可漫不经心，不许……

李槐你给我坐好！还有崔东山，不许跷二郎腿！于禄，先别嗑瓜子！"

一群人只得乖乖坐正，洗耳恭听。

小姑娘先读过了小师叔给她写的那封信，读得抑扬顿挫。然后小心翼翼折好信纸，放在手边，从信封里抽出第二封信，是给李槐的，之后是林守一，给于禄和谢谢的写在另一张信纸上。

陈平安在信上写的内容，大多是家乡小镇在新年里鸡毛蒜皮的小事，还有就是要他们不许闹矛盾，出门在外一定要团结，好好相处，不要让家里人担心，读书也不要太累，适当下山散心，可以结伴逛逛大隋京城，诸如此类，此外就是写了一些离开大隋京城后遇到的奇人异事，以及描绘了一些乘坐鲲船、俯瞰大地的风光，半点谈不上文笔，平铺直叙，措辞寡淡，只不过情真意切，众人甚至完全可以想象陈平安在提笔写信的时候，比他们此刻还要正襟危坐，神色一丝不苟。

李宝瓶读完所有信，双手做了一个气沉丹田的姿势："完毕！"

李槐纳闷道："李宝瓶，反正陈平安差不多是人手一封信，你直接把信交给咱们，不就行了？"

李宝瓶一瞪眼，李槐缩了缩脖子。

崔东山伸手指了指自己鼻子："我的呢？"

李宝瓶双臂抱胸，盘腿坐在长凳上，摇头道："小师叔没给你写信。"

崔东山仰起头做泪流满面状，喃喃道："世间竟有此等无情无义的先生。"

李宝瓶蓦然哈哈一笑，从信封里抽出几张大骊老字号钱庄的银票："方才在我的信上，小师叔有交代过这件事，我忘了读了。喏，拿去，小师叔说欠你的两千两银子还你了。崔东山，以后你不能赖账，说小师叔没还你钱，我会给小师叔做证的！"

崔东山接过几张轻飘飘的银票，一脸伤心欲绝，突然眼中浮现一抹希望的神采："宝瓶，你小师叔有没有提及春联的事情，我写的，先生可曾在大年三十张贴起来？你再仔细翻一翻书信，万一有所遗漏呢？"

李宝瓶斩钉截铁道："没有！小师叔的信，我已经翻来覆去看了九遍，都能倒背如流了！"

崔东山一脸狐疑，起身弯腰，伸手就要去拿信，打算自己翻翻看。

李宝瓶一巴掌按住那些仔细叠放在一起的信纸，对这个手下败将怒目相向道："狗胆！"

一物降一物。崔东山悻悻然收回手，重新一屁股坐定，长吁短叹，只觉得生无可恋。

李槐小声道："崔东山，嫌弃银票碍眼啊？那给我呗？"

崔东山收起银票，斜眼道："银票不碍眼，你小子碍眼。"

李槐学李宝瓶双手抱胸,得意扬扬道:"说话小心点,你知不知道,我如今是龙泉郡总舵下辖东山分舵的戊字学舍分分舵的舵主?!"

崔东山起身拍拍屁股,对这个小兔崽子笑骂道:"滚蛋!"

李宝瓶收起所有信纸,装入信封:"信我先帮你们收着,免得你们弄丢了。散会!"

崔东山打着哈欠离开学舍。林守一和李槐一起离开。于禄和谢谢走在最后。

于禄轻声笑道:"陈平安写给咱俩的信,我比你多出二十四个字哦。"

谢谢黑着脸道:"于禄,你幼稚不幼稚?"

于禄笑得很欠揍。

剑水山庄深山之中,声势惊人的瀑布,如一条白练从天而降。瀑布底下是一座幽绿水潭,深不见底,隐约有红色游鱼的模糊身影一闪而逝。瀑布声响如雷鸣,四周水汽弥漫。

陈平安站在深水潭旁边一座精巧的水榭中,在想一个问题:如果自己一剑砍去,能够劈开那边的瀑布水帘吗?

陈平安掂量了一下瀑布水势,再想到自己连正确出剑都不会的尴尬境地,答案是不能。

陈平安脚尖一点,踩在这座水榭的红漆栏杆上,本想练习立桩剑炉,可是一只手已经情不自禁地摘下了养剑葫芦。他顺势喝了口酒,仰起头,望向瀑布之巅,视线缓缓下移。

就像一道从仙人袖中垂落人间的剑气。

观瀑有所感悟的陈平安,最终还是没有拔出槐木剑,劈出齐先生在古寺对峙粉袍大妖的那一剑。

陈平安自言自语道:"到底是怎么回事?为什么会觉得出了剑,就肯定是错的?难道说练拳跟练剑是截然不同的两回事,一个能够勤能补拙,一个就只讲天赋资质?"

陈平安当下还不知道,这不是因为他悟性太差,更不是因为他没有练剑的天赋,而是他所看到的剑,无论是持剑之人,还是他们的剑术神通,对于武夫三境的陈平安来说,实在太高太远。

但问题在于陈平安的眼力很不错,看得清楚许多寻常武夫看不到的地方,这就更给陈平安带来了一种无形的负担。每当他想要递出一剑的时候,习惯了追求尽善尽美的陈平安,就会觉得鞘中长剑重达千钧。

陈平安这一路所见所闻,无论是跻身陆地剑仙的风雪庙魏晋,人未至剑先到,一剑劈开嫁衣女鬼的地界天幕,还是之后墨家豪侠许弱的长剑出鞘些许,借助观想而得的一条山脉，来抵御魏晋的出剑，以及齐静春那随手一剑，轻松写意，便斩开白帝城道统传承的混元金光阵。

这跟宁姚在泥瓶巷祖宅走了几次撼山拳谱的基础走桩，陈平安就勉强能跟上宁姚的动作，甚至琢磨出几分拳道真意，大不相同。因为崔姓老人在翻阅过拳谱后，早已盖棺定论，撼山拳的拳架其实很粗劣，不值一提，所以谁都可以模仿，就像胭脂郡的赵树下偷看陈平安走桩后，也可以淬炼体魄，强身健体。撼山拳最可贵的地方，是"我辈武夫"的那一口气，所以撼山拳属于入门易，把拳法练高练透，难。

有多难？就说那撼山拳的宗旨，是"习我拳者，迎敌道祖，可败不可退"。崔瀺的爷爷，重返十境巅峰的顶尖武夫，遇上陆沉后可曾出拳？没有，不管老人有什么顾虑和理由，若是只看结果，老人到底还是没有递出那一拳。以此可见，撼山谱推崇的拳法精髓，后辈习拳之人想要完全掌握简直难如登天。

瀑布撞击水潭，水花四溅，如百万颗珍珠齐齐崩碎，雾气升腾。

"阿良，练剑好难啊。"

陈平安怔怔出神，挠挠头，喝了口闷酒，有些无奈。他站在水榭栏杆上，环顾四周，最后视线依旧凝聚在瀑布上。他记起那位帮助自己打熬三境体魄的光脚老人，提及云蒸大泽式的拳架，就坦言此拳第一次现世，就打得天地间的雨幕倒退天上。陈平安此刻看着那条飞泻而下的巨大瀑布，想知道如果竹楼老人递出一拳，是否能够打得瀑布激荡上扬，大水退转？

一旦由很陌生的拔剑，转入再熟悉不过的出拳，陈平安立马就有了信心，这股信心来自数十万次走桩，来自一次次迎敌不退。

陈平安望向那条壮观瀑布，突发奇想，倘若自己倾力一拳，能否一鼓作气打穿那道瀑布水帘？能否侥幸打穿之后，犹有丝毫拳罡砸中瀑布之后的坚韧石壁上？不知道徐远霞这些已经跻身炼气境的江湖武夫，能不能一拳在石壁上砸出一个坑洼来？

陈平安有些意动。不过陈平安却跳下了栏杆，坐在水榭长椅上喝起了酒，就像是一个慕名观景的山庄游客。

陈平安望向道路那边，片刻之后，衣着鲜亮的一行人缓缓走来，有人高声笑语，气概豪迈，有人温文尔雅，风度翩翩，也有女子仪态雍容，笑靥如花。为首三人，居中是一名面如冠玉、气宇轩昂的俊逸公子，腰间一侧悬挂玉佩，一侧悬挂了一把不常见的短剑。他左手边是一名佩刀汉子，龙骧虎步，顾盼自雄。右边是一名头戴方巾、手持折扇的年轻书生。

三人身后，有数名妇人和少女，姿色仪态都极为不俗。再往后，是一群扈从随侍，多是双目精光、气势凌人的青壮男子，其中一人背负着一张牛角硬弓，最为瞩目。

一种难以言喻的江湖气息，往水榭这边扑面而来。

剑水山庄的观瀑道路,是一条断头路,终点就在这座水榭。对方那些人簇拥在小路上,几乎没有空隙,陈平安只好暂时待在水榭,想着等他们进了水榭,再找机会离开。为首三人和女子们先后拾级而上,那些扈从则各自占据一方,守在水榭外,对于水榭内背负剑匣的陈平安,大多只是瞥过一眼就不再上心。

气质像是一位豪阀世族子弟的为首公子,见到陈平安后,视线微微停留,似乎在等待陈平安主动开口。只是陈平安与其视线交汇后,显得有些木讷,公子哥微微一笑,点头致意,实则内心有些奇怪,进入山庄的各路江湖豪杰,竟然还有不认得自己的人物?陈平安这才点头还礼。

在陈平安打算趁势走出水榭的时候,一个坐在俊逸公子身边的年轻妇人,望向陈平安柔声道:"公子若是来此赏景,尚未尽兴的话,无须离开。"

陈平安愣了愣,因为妇人所说的梳水国官话,他完全听不懂。妇人心领神会,立即以宝瓶洲雅言重复了一遍。陈平安这才听明白。

一名约莫十七八岁的女子,身高不输男子,脸色冷若冰霜,腰间悬挂有一柄刀鞘精美、裹缠金丝的长刀,只是挎刀的姿势很稀奇,属于反向悬挂,这一点跟那个中年汉子如出一辙。她瞥了眼陈平安身后的槐木剑匣,又看了眼陈平安别在腰间的"朱红酒壶",没有看出江湖根脚和境界高低,便没了兴趣。

佩刀汉子大大方方道:"小兄弟,只管坐着便是,该喝酒喝酒,该赏景赏景,不用拘束。若说先来后到,是我们叨扰了小兄弟的闲情逸致才是。当然,如果等会儿嫌咱们说话吵闹,小兄弟再走不迟。"

一般人也就只好坐在原地了,可陈平安抱拳告辞道:"我到这里已经半天了,看过了瀑布,这就要原路返回。"

佩刀汉子爽朗大笑,站起身抱拳相送:"无妨无妨,小兄弟自便。"

一名年纪最小的少女瞪大眼睛,觉得这个陌生少年真是好差的眼光,好大的架子。难道他当真不知道水榭内的那位东道主,正是梳水国江湖上第一流的小剑仙,剑水山庄的少庄主宋凤山?传言梳水国一位公主都仰慕得差点同他私奔了。哪怕客人不认得主人,可梳水国胆敢如此反向挎刀的大人物,也不认得吗?抱拳相送的那位汉子,别看如此平易近人,半点不像江湖大佬,其实是与剑水山庄齐名的横刀山庄现任庄主。他是梳水国首屈一指的刀法大宗师,大名鼎鼎,曾经闯荡过十数国江湖,何等地威名赫赫,就连老剑圣宋雨烧都亲口称赞过此人的刀法只差丝毫就能够达到出神入化的武道之境。

少女心中偷着乐,心想这个一身穷酸气的少年,该不会是个初出茅庐的江湖雏鸟吧?难不成是胆大包天偷溜进剑水山庄的小贼,所以根本不敢逗留?哈哈,如果真是如此,那就好玩了。

陈平安走出水榭，走下台阶，身后突然传来一个清冷嗓音："稍等。"

陈平安转头望去，是那名反向挎刀的年轻女子。她走到台阶顶部，俯瞰着自己："你师从何人？可是彩衣国或者古榆国的剑术门派？"

女子言语略显气势凌人，陈平安转过身，摇摇头，还是尽量说一些不伤和气的客气话："我来自更北的地方，这次是跟朋友一起来的剑水山庄，听说少庄主要被推选为梳水国武林盟主，就想着找机会道个贺。"

那个俊逸公子哥微微一笑。摇动折扇的年轻书生轻声调侃道："神仙在前人不识啊。"

佩刀汉子望向女子背影，笑道："你这个小武痴，不许对客人无礼！之前跟你怎么说的，出了自家庄子，就不可以随便找人比武切磋！"

挎刀女子掌心按住刀柄，刀鞘顶端便随之微微扬起，刚好指向了台阶底部的陈平安。她对于汉子的言语置若罔闻，盯住陈平安，问道："你是武道二境还是三境？习剑几年了？"

陈平安皱了皱眉，拱手抱拳，转身就走，不打算理会这个出身梳水国江湖豪门的年轻女子。

陈平安好说话，并不意味着对谁都没有原则，恰恰相反，对于陌路人，陈平安一向不招惹，却也不忌惮。蔡金简、符南华、搬山猿，那条头颅爆炸的棋墩山大蛇，绣花江渡船上的官家侍卫，当然还有待在黄庭国古井底下、死活不敢冒头的崔东山，以及前不久在古寺内被掐住脖子、拳拳打烂神魂的女鬼，都已经领教过了。

挎刀女子面带冷笑，轻轻撂下一句话："这种废物，也好意思背剑走江湖，还敢进入剑水山庄，想必教你练剑的人，只教了你胆小怕事吧？"

挎刀汉子有些无可奈何，自家闺女这从娘胎里带出来的臭脾气真是害人不浅。但是埋怨归埋怨，汉子对于自己独女的武道天赋，向来引以为傲，毫不遮掩自己的期许，直接扬言以后女儿绝不会外嫁，夫婿只能入赘，因为他女儿注定是要继任庄主的。挎刀汉子不愿意仗势欺人，站起身，就要劝说女儿不要再挑衅那个外乡少年，练武之人，应当以武德为首，武功高低是其次。但是汉子也知道，这些江湖老话，不单是自己女儿不太听得进去，其实如今江湖上的年轻一辈天才们，谁不是左耳进右耳出，满脸不耐烦，在老辈背后嗤之以鼻？

梳水国最近十年最锋芒毕露的年轻高手，可不就是坐在自己身边的这位少庄主？年纪轻轻就跻身武道四境，早早为自己赢得了小剑仙的美誉。宋凤山每次出剑之前，不管是被人挑战还是主动找人试剑，必然会焚香沐浴更衣，换上一袭从未穿过的崭新衣衫，而且出剑之后，剑下绝不留活口。

就是这么一个杀伐果断的剑道天才，极有可能会是梳水国历史上最年轻的五境宗师。三十岁的五境宗师，到时候再打败青竹剑仙，宋凤山就可以名正言顺地独占"剑仙"头衔，到时候他的爷爷、老剑圣宋雨烧应该还健在。如今彩衣国剑神已死，十数国疆域，还有谁能够抗衡剑水山庄？这也是梳水国江湖愿意对一个晚辈俯首称臣的关键所在。

但是，老庄主宋雨烧数十年间极少露面，未尝不是对于这个新人新气象的江湖，心怀失落。相传这对爷孙之间关系并不太好，尤其是老剑圣对那个绵里藏针的孙媳妇，更是不喜欢。

听到反向挎刀女子阴阳怪气的言语，哪怕是泥菩萨脾气的陈平安，也猛然停下脚步，转头望向水榭那边。他是不太知道所谓的江湖规矩，更不清楚梳水国的风土人情，但是陈平安觉得天底下有些个道理，放之四海而皆准，有些个事情，更是对错分明。

好在挎刀汉子已经走到女儿身边，板着脸教训道："如此气焰骄纵，爹怎么敢让你独自行走江湖，推迟一年再说！"

女子勃然大怒，冷若冰霜的神色越发寒意森森，但是眼前之人终究是她爹，更是亲手传授她武道刀法的师父，亦父亦师，从小耳濡目染江湖人事的挎刀女子，哪怕再不甘心情愿，也只能冷哼一声，不再继续出口伤人。她转身走向水榭长椅，一屁股坐下，扭头望向那条瀑布，心烦意乱。

汉子向陈平安致歉道："小兄弟，我王毅然替女儿跟你道个歉。"

陈平安点了点头，转身前行。心中对于这个年轻女子的观感差到了极点，因为她让陈平安想起了朱河、朱鹿父女。父辈分明都是通情达理、豪爽待人的好人，教出来的女儿，为何偏偏如此蛮横自我？奇了怪哉！

陈平安一想到刺杀自己的朱鹿，就想到了幕后主使人——李宝瓶的二哥李宝箴，这是一桩绕不过的仇怨，这让陈平安忍不住叹息一声。

陈平安没有说话就离开，顿时让那个一肚子火气的挎刀女子，彻底无法忍受。她猛然起身，厉色道："堂堂横刀山庄的庄主亲自跟你道歉，你这厮竟然一个屁都不放？有娘生没爹教的东西！"

陈平安面无表情地转过身，系紧了绑缚背后剑匣的细绳："你要切磋，那就切磋。"

陈平安从古寺到剑水山庄这段七百里路程，一直沉默寡言，心情实在不算好。徐远霞和张山峰也看出了端倪，徐远霞就连喝酒都克制了许多，酒话荤话更是不再讲了。所以这次陈平安说要观看瀑布景色，其实有所心动的两人，都心有灵犀地说不愿意动了，就是为了让陈平安独自散心。

女子大步走到台阶顶部，冷笑道："好啊，就等你这句话！"

陈平安接下来一句话，让水榭内外所有人都刮目相看："口头的生死状，算不算数？"

名动梳水国的刀法宗师王毅然沉声道："小兄弟，切磋可以，无论胜负，我都不会插手，但是我希望不要打生打死，点到为止就好了，如何？"

挎刀女子正要出声，王毅然眼神凌厉地瞪了她一眼。几乎从未见过父亲如此严厉一面的女子，吓得噤若寒蝉，再不敢跟那个该死的外乡少年撂狠话。

王毅然死死盯住陈平安："若是订立生死状才愿意打这一架，我不会答应，但是如果只是切磋，哪怕出手重了点，我也愿意让女儿吃这份苦头。希望她最好能够借这个机会，知道江湖的水深水浅，不要再眼高于顶，学了点三脚猫功夫，就自以为天下无敌！"

说到最后，汉子转头瞥了眼女儿，当着这么多外人的面，这些措辞可谓语气极重了。

"当面教子，背地教妻"，这大概就是老江湖的老规矩。

陈平安深呼吸一口气："那就切磋！"

站在女儿身边的王毅然压低嗓音说道："珊瑚，出手记得要有分寸，做人留一线，别把自己的江湖路越走越窄。"

显而易见，王毅然还是更看好自己女儿，只不过作为父辈，大道理还是要说的。

王珊瑚望向水榭外小路上的少年，扯了扯嘴角："爹，我心里有数。"

她按住刀柄，微微一笑，脚尖一点，高高跃向那个不知天高地厚的少年剑客。

女子手中那把名刀的出鞘瞬间，那边小路上传出一阵沉闷震动，众人眼角余光当中的那道身影骤然消失，下一刻背匣少年就迎面来到挎刀女子身前，一拳砸中她额头，借势反弹飘回原地，收起拳架，潇洒站定，而女子整个人就像一只断线风筝，在空中被一拳打得直接越过水榭顶部，最后摔入瀑布下的水潭，生死不知。

切磋双方，一方雷声大雨点小到……没有，一方干脆就没有雷声，出手却是一场劈头盖脸的暴雨。

陈平安转身离去，摘下养剑葫芦，高高举起灌了一口酒，留给水榭众人一个背影。

原来泥菩萨也是有火气的。

王毅然神色凝重，身形拧转，顾不得会不会惊吓到水榭内的其余女眷，脚尖踩在栏杆上，飞快掠向水潭，去打捞落水的女儿。

宋凤山神色如常。摇动折扇的年轻书生啧啧道："不承想还是一个深藏不露的高人。"

书生啪一声收起折扇，望向小路上那个渐行渐远的背剑少年，这绝对是一名武夫四境的小宗师！难道是彩衣国剑神的关门弟子？只因为江湖险恶，加上师父暴毙于山林，不得不伪装成外乡人，独自远游避难？否则他真想不出谁能调教出如此年轻的武道天才，比宋凤山还要更早跻身宗师境。

宋凤山的妻子，那个貌美贤淑的年轻妇人，忍不住轻声问道："珊瑚会不会有事？"

宋凤山以拇指和食指悄悄摩挲腰间短剑沧水的剑柄，笑而不语。

书生微笑解释道："夫人放心，王姑娘没有大碍，少年那一拳用了巧劲，只是以拳罡外力击晕了王姑娘，属于皮外伤，不会伤及体魄神魂。这次切磋，少年是临时收了手的，大概正如王庄主所说,不愿自己的江湖路越走越窄吧。"

果不其然,王毅然抱起女儿返回水榭,在王毅然的帮助下,女子已经慢慢清醒过来,她除了模样狼狈不堪,衣衫浸透,春光隐约,丢了天大面子,脸色和精气神尚可。她挣扎着站在水榭中,额头红肿,背对众人,一手抵住亭柱,一手捂住嘴巴。浑身湿漉漉的修长女子,一双眼睛水雾朦胧,比起平日里的冷艳,多了几分楚楚可怜的韵味。

那个看热闹不嫌事大的少女伸长脖子,痴痴望向小路上的喝酒少年,惊叹道:"哇,真的是高人啊!"

一波未平一波又起。江湖上讲究一个主辱臣死,水榭外各个阵营的心腹扈从当中,背负牛角大弓的汉子,似乎看到了几个同行随侍的含蓄讥笑,一时间怒火中烧,大喝一声,摘下那张由匠人打造十年而成的珍稀硬弓,从腰间白羽攒聚的箭袋摸出一支雕翎箭矢,挽弓如满月:"歹人胆敢伤我家小姐,吃我一箭!"

接连遭遇惊变,饶是王毅然素来以沉稳著称,也有些恼火,怒道:"马录!不可暗箭伤人!"

已经走到百步之外的陈平安刚要转身,微微一愣,眼角余光瞥见一处大树之巅,有人双手负后站在枝头。山风吹拂,黑衣老人身形随着树枝如水波轻轻晃动,极具风采。两人随即对视,老人点头致意,陈平安便打消了出手的念头,只是转过身,重新面对那座水榭。

黑衣老人身形一晃,消失不见,下一刻就落在小路之上,如一缕青烟与陈平安擦肩而过,抬起手臂向前伸出一根手指,竖立起来。

一支破空而至的雕翎箭矢被黑衣老人以手指抵住箭尖,势大力沉的箭杆在空中寸寸崩碎,而老人的手指安然无恙,没有半点异样。

老人又伸出一根手指,轻轻夹住仅剩的已是强弩之末的箭尖,随手一丢,箭尖激射而去,钉穿了握弓大汉的一只手掌。汉子倒也血性十足,仍是没有丢了牛角大弓,手心血肉模糊的那条胳膊颓然下垂,他单手持弓,瞪圆眼睛,与那名不速之客凶狠对峙。

黑衣老人神色冷漠:行走江湖,生死自负!就没有长辈教过你们这点道理?在梳水国别处江湖,随你们高兴就好,可是在我剑水山庄,不行。

年轻妇人站起身,施了一个仪态万方的万福,恭敬称呼道:"老祖宗。"

王毅然脸色微变,赶紧抱拳,微微低头道:"横刀山庄王毅然,拜见宋剑圣!"

书生紧随其后,拍了一下少女的脑袋,示意她起身相迎,然后书生作揖朗声道:"小重山韩氏子弟韩元善,见过老庄主。"

少女性情活泼,毫不怯场,跟随哥哥依葫芦画瓢,作揖却不低头,直直望向那位鼎鼎大名的江湖老神仙,稚声稚气道:"小重山韩氏子弟韩元学,见过老庄主。"

老剑圣宋雨烧现身,宋凤山作为老人嫡孙,竟是最后一个站起身,语气没有半点情绪波动,缓缓道:"爷爷这次出门有些短暂,孙儿本以为只有等到庄子这边清静下来,没了任何客人,爷爷才愿意回来。"

老人环顾四周,撂下一句意味深长的"乌烟瘴气",就陪着陈平安一起转身离去,什么梳水国中流砥柱小重山韩氏,什么横刀山庄,全然不顾,仿佛全不入他法眼,老庄主的眼皮子都不愿意抬一下。

宋雨烧与陈平安并肩而行,背对众人后才显得有些神色落寞。走出一里路后,他自嘲道:"家风歪斜得厉害,还不如一条瀑布,让你见笑了。"

陈平安不知道如何接话,只好说些不痛不痒的客套话:"庄子里的人其实还好,没老前辈说的这么过分。"

家家有本难念的经,老人再大度豁达,也不愿意在外人跟前宣扬家丑,便转移话题道:"水榭外那一拳,为何临时改变主意,十分气力只用上三四分?那个横刀山庄的未来庄主,心性执拗,可不是省油的灯,你今天手下留情,她可未必领情,说不定就要对你纠缠不休。现在年轻一辈的江湖儿郎,只讲自己的痛快,老夫很不喜欢,但是你这般太不痛快了,老夫也实在欣赏不来啊。"

陈平安喝了口酒,用手背擦拭嘴角,笑道:"自己心里不痛快,就要一拳打死人,那也太霸道了。何况我很快就要离开梳水国,就算横刀山庄想要找我的麻烦,都不容易。最多就是给那女子在背后骂上几句,我又听不到了。"

宋雨烧转头看了眼神色真诚的少年,既在意料之外,又在情理之中,笑道:"这种话,对老夫这个岁数的老头子来说,是可以的,半截身子入了土,万事皆休,还能如何?你一个十五六岁的小娃儿,老气横秋,太无趣。"

陈平安没有反驳什么,一拳之后,心中萦绕不去的积郁清减许多,这就足够了。他记起一事,轻声提醒道:"古寺里自称梳水国四煞的嬷嬷,跟一名魁梧汉子一起进了你们庄子,老前辈要小心些。"

宋雨烧哈哈大笑道:"这算什么,加上方才水榭里的那个韩氏贵公子,恶名昭彰的梳水国四煞,已经凑齐了。"

陈平安疑惑道:"剩下的那个魔头?"

宋雨烧摇头苦笑:"不说也罢。"

陈平安喝了口酒,想着事情。老人心中了然,坦诚相告道:"此次邀请你们来此做客,并无任何算计的意思,只是纯粹希望这么个庄子,别尽是一些人模狗样的混账货色。这座剑水山庄,毕竟是老夫亲手经营出来的地方,不想处处是狗屎,这里一坨那里一摊的,害得老夫在自家走路都嫌恶心。有你们在家中做客,老夫就顺眼许多了。"

陈平安哭笑不得,这位老前辈也太耿直了些。陈平安并不知道,宋雨烧在江湖上,除了越来越响亮的剑圣头衔,还有同辈中人赠予的"铁疙瘩"的绰号,说的就是宋雨烧不苟言笑,在家中是如此,在家外的江湖更是如此。若说宋凤山半点不随宋雨烧的性格,还真是冤枉了小剑仙,只不过宋雨烧身上的老辈江湖气,古板迂腐,束手束脚,一心追求剑道极致的宋凤山不屑奉行而已。

宋雨烧这么一个古稀之年的老人,见过越多的江湖风浪和人心险恶,就越发笃定一件事,道理只需说给讲道理的人听,否则腰间那把锈迹斑斑的老铁剑,就是他宋雨烧的道理。宋雨烧喜欢一人一剑游历江湖,这些年见过许多锋芒毕露的后起之秀,天赋那是真好,可武德是真不咋的,但是一样混得风生水起,仰慕他们的江湖人物,多如过江之鲫。三十年,或是五十年后,江湖就要交到这些人手上,那还有啥盼头?

只是宋雨烧的剑术再高,也只是一人而已,同辈老人一个个走了,带着那些晚辈不爱听的老话老规矩,一起埋进了泥地里,如今连亦敌亦友更是前辈的彩衣国老剑神都死了,宋雨烧便有些提不起兴致,觉得如今的江湖,清汤寡水的,全然没了酒味。

一老一小闲来无事散着步,宋雨烧突然说道:"瀑布水榭那帮人眼拙,看不出你的拳意高低,老夫却看得清楚,所以多嘴说一句,你当下的心境有些问题,三境破四境,是我辈武人的第一道大门槛,你底子打得越结实,一旦带着心结破境,反而更容易出现纰漏,一座大雪山崩塌的声势,可要比小山头的泥石流,可怕千百倍。小娃儿,你当下要留神啊!"

陈平安悚然醒悟,伸手抹了抹额头汗水,沉思片刻,转头道:"谢过老前辈提点。"

宋雨烧略作思量,说了一些看似题外话的言语:"先前收拳,是你做人厚道不假,但是对于你的破境一事,反而不美。按照一般的江湖路数,你若是一拳全力递出,打得那女子重伤甚至是毙命,之后顺势惹来众怒,一番大战血战死战,说不定就是你破境的契机,这便是山上神仙所谓的机缘了。"

陈平安笑了笑,并没有后悔,又说了一句很有些老气横秋嫌疑的话:"没有关系,该是我的,跑不掉,不该是我的,抓不来。"

宋雨烧其实一直在仔细打量少年神色变化,观其神色从容,眼神清澈,老人暗暗点头。眼前少年的武道与自己孙子宋凤山信奉的剑道天差地别。虽然暂时不好说谁对谁错,谁能走得更快更远,但是宋雨烧个人觉得,背剑游历却剑术蹩脚的外乡少年,要更对自己的胃口。在教育子孙这件事上,书香门第确实比江湖门派更有能耐,宋雨烧对此心悦诚服。早年潜心剑道,对于家族门风的栽培塑造,灯下黑了,或者说是无从下手,最多不过是"打骂"二字而已,如今回头再看,老人唯有愧疚遗憾了。老人其实不觉得自己比横刀山庄的王毅然,好到哪里去。

礼出世族,法出宗门。礼仪规矩,真正的世族子弟自幼耳濡目染。神仙术法,山上仙家自古传承有序。宋雨烧对此深有感触,他曾经远游南涧国,与那边的名士有过交往,他们性格各异,各有风采,哪怕只是手无缚鸡之力的读书人,一样让人自惭形秽。

在瀑布和剑水山庄之间的路旁,有一座翘檐可爱的精美行亭,悬挂匾额"山水",楹联是"石白嶙嶙,水清潺潺",简单且别致。宋雨烧显然对这座行亭情有独钟,拉上陈平安坐在亭内长椅上,相对而坐。老人横剑在膝,少年背剑在后,一个被江湖誉为剑术入圣,一个如今连出剑都没信心。

视野开阔,远山如黛。山风清爽,让人心旷神怡。

宋雨烧在此静坐,也不故意跟少年客套寒暄,只是想着心事。孙子宋凤山对于江湖事,谈不上野心勃勃,更多还是那个孙媳妇在推波助澜,一天到晚吹枕头风,使得孙子自认为当那武林盟主不过是顺手为之的小事,而且要黑白通吃,甚至把手伸到庙堂上去,否则以宋凤山的秉性,当初哪里会理睬那个梳水国长公主,不一剑劈了她就算心慈手软了。

梳水国四煞这个说法,是近十年才有的,在江湖上流传不广,一般只有到了王毅然这个位置的江湖宗师才有所耳闻。为首之人,是此次与那个魔头"嬷嬷"一起登门的魁梧男子,他有一件仙家法宝的银戟,在梳水国创建了一个魔教门派;那个"嬷嬷"则排第二;之后就是水榭里那个不显山不露水的小重山韩氏子弟,出身名门,却修行魔道术法,笼络控制了许多身居高位的梳水国封疆大吏;四煞垫底之人,远在天边近在眼前,正是宋雨烧的孙媳妇。

在宋雨烧一次出门远行期间,她"无意间"认识了宋凤山,两人便背着宋雨烧结为夫妇,昭告天下,等到宋雨烧回到山庄,木已成舟。最无奈的是鬼迷心窍的宋凤山,坦言知晓妻子的魔头身份。那一次,宋雨烧出剑了,一剑砍断了嫡长孙原先的佩剑,又一剑洞穿了女子的腹部。宋凤山失心疯一般要跟自己爷爷拼命,宋雨烧怒极之下,一剑就要挑断这个不肖子孙的手筋,彻底断去他的剑道前程,省得以后遗祸世人。不料女子挡在宋凤山身前,任由老人一剑贯穿心脏,虽然没有当场毙命,却也真真正正断了长生桥,从此沦为一个连春寒都受不住的药罐子。

这些个狗屁倒灶的家门破事,宋雨烧晓之以理动之以情,不管用,最后都出了数剑,却还是没能说清楚道理,成了一笔没头没尾的糊涂账。

宋雨烧喟然长叹。山水亭山水亭,山嶙嶙水潺潺,倒是风景秀美,可世事如风波,不遂人心愿啊。

陈平安突然问道:"宋老前辈,我接下来能够在瀑布那边练拳吗?"

宋雨烧二话不说,随口答应道:"有何不可,我这就放话出去,从山水亭到瀑布那边,已是剑水山庄的禁地,越界者死。"

陈平安挠挠头,有点过意不去:"我晚上趁着没人赏景的时候,再去练拳就行了,白天不用封禁道路,不然也太不近人情了。"

宋雨烧摇头大笑道:"小娃儿,你也太不爽利了,老夫在自家地盘划出一块没狗屎的地儿,还需要跟外人讲道理?"

陈平安只好说道:"如果山庄需要我出手帮忙,老前辈只管吩咐一声。"

宋雨烧拍了拍膝上铁剑,没好气道:"老夫的剑,跟你背着的两把,不一样。"

陈平安神色尴尬,摘下养剑葫芦,只是喝酒,没说话。

宋雨烧忍住笑意,收剑起身道:"只管练拳,想在庄子里待到什么时候都可以。对了,你这酒水的滋味闻着就不好喝,回头老夫让人给你住处送几坛花雕老窖,埋了小二十年的好酒,那才是酒!你这喝的是啥玩意儿,比水好不到哪里去,关键是你这小娃儿有事没事都要喝上两口,老夫都替你害臊。"

宋雨烧脚尖一点,身影飘摇,转瞬间就出现在远处山林的高枝上,几次飘逸的兔起鹘落,消失不见。

陈平安独自坐在山水亭内。两次遇到这位江湖前辈,陈平安没来由想起了彩衣国胭脂郡的城隍爷沈温,虽然一个是享誉江湖的纯粹武夫,一个是享受香火的文官神祇。哦,对了,还要再加上收了鸾鸾做徒弟的渔翁先生,总感觉他们三人有点像,可具体哪里像,陈平安又说不上来,反正陈平安跟他们打交道后,才会觉得自己酒葫芦里的酒,真的不能再买最便宜的那种土烧了。

哈哈,没关系,这不很快就可以喝到剑水山庄最好的酒了?关键是不用陈平安花钱!所以陈平安离开山水亭返回住处的时候,心情极好。

到了院子,徐远霞和张山峰看到满脸喜庆的陈平安,面面相觑,怎么,看瀑布这么管用?

陈平安开开心心坐在石桌旁,笑道:"晚上我要去瀑布那边练拳,你们谁想陪我一起?"

徐远霞坏笑道:"难道你在瀑布那边偷瞧了美人出浴?如果还能有此美景,算我一个!"

张山峰眨了眨眼:"贫道可以帮你们望风。"

陈平安无奈道:"哪里啊,我在瀑布那边跟人起了冲突,出手打了一架,好像是横刀山庄的人。好在宋老前辈出马,帮我拦下了一名扈从的箭矢,不然我估摸着还要大打出手,到时候你们俩说不定就会被我拉下水……"

徐远霞啧啧道:"陈平安,还拉下水呢,我一个大老爷们,你也能垂涎美色?我看张山峰还算有几分姿色,回头我帮他去小镇购置一套女子衣裳,到时候让他在瀑布那边游来荡去,帮你们当一回牵红线的月老,成就一桩美好姻缘……"

陈平安正喝着酒,差点一口喷出来。

张山峰一脸作呕状,赶紧起身离两人远一点,愤懑道:"兔子不吃窝边草,你们倒好,连自家兄弟都不放过,这就过分了啊。"

陈平安则默默换了一张石凳,离徐远霞远一些。

徐远霞摸着络腮胡:"咋的,为兄弟两肋插刀都插得,换一身妇人衣裳就不成啦?这兄弟当得不够仗义啊!"

张山峰双手抱拳求饶,倒退而走:"贫道去屋内研习典籍,你们仗义,你们慢慢聊。"

徐远霞爽朗大笑。陈平安会心一笑。

此时院外姓楚的老管事,带人亲自搬来四坛美酒,放下就走,老人对陈平安越发和颜悦色。

张山峰不爱喝酒,陈平安就要跟徐远霞对半分,一人两坛。徐远霞犹豫了一下,笑着摇头:"我一坛就够了,陈平安,你拿走三坛。"

陈平安有些疑惑。徐远霞环顾四周,察觉并无异样后,指了指陈平安腰间的朱红色酒葫芦,轻声笑道:"真当我半点看不出蛛丝马迹啊,我大半辈子的江湖岂不是白走了。只不过先前不好意思开口罢了。就跟张山峰自称张山差不多,谁闯荡江湖没有一点秘密?你这酒葫芦,要么是传说中的仙家方寸物,要么就是更加珍贵的养剑葫芦,对不对?"

徐远霞伸手指了指自己双眼:"早就是火眼金睛啦。"

陈平安没有否认,轻声道:"瞒了这么久,对不住你们两个。"

徐远霞翻了个白眼道:"屁话,这有啥对不对得起,混江湖自己不小心点,才会真的对不起朋友。"说到这里,大髯汉子神色落寞,打开一坛尘封已久的山庄美酒,装入自己的那只普通酒葫芦,装满后晃了晃:"这不是客套话,我是吃过大苦头的。"

徐远霞大口大口喝酒,反正还有大半坛子美酒,醉倒之前肯定管饱!陈平安看汉子心情沉闷,就没说什么,陪着徐远霞一起喝酒,只是他喝得慢,汉子喝得牛饮一般。

徐远霞一口气喝光了一葫芦酒,络腮胡子沾满了酒水,随手一抹,笑问道:"你那酒葫芦里装着同样的酒水,会不会味道不一样?"

陈平安笑着抛给大髯汉子:"自己尝尝看。"

徐远霞高高举起养剑葫芦,仰头灌了一大口,抛回给陈平安,痛快道:"是要好喝一点!"

陈平安乐呵道:"放你个屁!我这酒葫芦里现在装着的酒水,还是从小镇那边买来最便宜的,能比得上山庄的二十年花雕老窖?"

徐远霞有些醉醺醺了,满脸红光,站起身,晃晃悠悠走向自己的屋子,打算大睡一场。他听陈平安说完,转头咧嘴笑道:"未来大剑仙的酒,能不好喝? 好喝!"

徐远霞转过头,脚步踉跄,摇头晃脑,自言自语道:"以后这个牛皮,我徐远霞能跟人吹一辈子!"

第三章
月下打瀑挂彩虹

夜幕降临，剑水山庄灯火辉煌，大小院落高朋满座，觥筹交错，喝掉醇酒无数坛，事后据说连小镇那边都闻到了庄子里飘来的酒香。

陈平安跟楚老管事询问了仙家渡口的事情，梳水国确实有这么一处地方，距离剑水山庄有六百余里，位于梳水国和松溪国接壤边境，听说山上时常有练气士出没。附近方圆三百里地界，早已被梳水国皇室圈为禁地，如果没有州府一级颁发的官家文牒，无论是百姓还是武人，擅自闯入，一律杀无赦。老管事人情练达，善解人意，主动笑言剑水山庄与一座边境上的大都督府关系相当不错，是世交，只需老庄主修书一封，就可以拿到通关文牒，不用陈平安他们劳心劳力。

张山峰多问了一句，跟老人询问渡口那边是否有练气士开设的店铺。老管事说有的，少庄主宋凤山在原佩剑损毁后，曾亲自去过一趟渡口，带回来了那把如今时刻悬挂腰间的短剑。老管事可谓知无不言言无不尽，不但泄露了这些梳水国内幕，甚至告诉他们宋凤山为了购买那把名为"沧水"的仙家神兵，耗费掉九百枚山上小雪钱，这几乎是山庄半数的金银积蓄了。

这当然不是老管事被"江湖义气"四个字冲昏了头脑，半点不晓得交浅言深的忌讳，而是宋老剑圣私底下叮嘱过他，他们三人，尤其是背剑少年陈平安，可以当作他宋雨烧的忘年好友来对待，山庄不用有任何提防。

一诺千金，生死相交，"朋友"二字重若山岳。

这是宋雨烧等老一辈人推崇的江湖道义，楚老管事追随梳水国剑圣已经一甲子光阴，为山庄出生入死，与山庄荣辱与共，未尝不是被宋雨烧的这份江湖气所感染。

在张山峰的屋内，三人吃过一顿满是山珍野味的丰盛晚餐，陈平安就要去往瀑布练拳，突然被张山峰喊住，让陈平安等会儿。大髯汉子一只脚踩在长凳上，用竹签剔牙缝，问张山峰要不要避讳什么，年轻道士一边跑去打开行囊，一边说不用。张山峰很快拿出一双竹筷，放在桌上，推向陈平安。

陈平安好奇问道："干吗？饭都吃完了，你再给我筷子做啥？"桌上那双竹筷，正是张山峰在胭脂郡获得的战利品之一，一只篆刻青神山，一只刻有神霄竹。

张山峰笑道："送你了，就当是那枚墨家甲丸光明铠的利息。贫道生平最怕欠人钱，一想到这个就寝食难安，何况一欠就是五百枚小雪钱，换作真金白银，那就是五十万两银子。按照楚老管事的说法，身为梳水国江湖的头把交椅，整座剑水山庄的百年家底，总计不过两百余万两，不还给你一点什么，贫道今晚肯定要睡不着。"

陈平安无奈道："你傻啊，这双筷子，如果真是由青竹洞天的神霄竹制作而成，说不定能卖个几百枚小雪钱。退一万步说，就算不是青神山的竹子，可筷子上边数百年灵气凝聚不散，总归做不得假，既然是一件后天灵器，最少也能卖个几十枚小雪钱吧？利息？有这么高的利息吗？你张山峰当我是放高利贷的无良奸商？"

陈平安越说越气，将筷子推回给年轻道人："再说了，咱们马上就要去梳水国那座仙家渡口，既然有交易重器法宝的店铺，一切等确定了竹筷的价格再说，如果只值十几枚小雪钱，我就收下，如果价格过了五十枚，你就不能当是利息还我。"

张山峰摇摇头，语气坚决地道："不行！贫道良心难安，道家求道，最怕心魔，你陈平安不要误我大道修行！"

陈平安站起身，笑骂道："你就可劲儿瞎扯吧！滚滚滚，这事儿没得商量，拿回去！不然咱俩打一架，谁赢谁说了算？"

张山峰默然无声。陈平安推门离开，去瀑布那边练拳。

张山峰叹了口气，望向大髯汉子："如何是好？"

徐远霞幸灾乐祸道："跟陈平安比当散财童子，你差了十万八千里啊。"

张山峰有些郁闷，给自己倒了一碗烧酒，低头小酌一口，顿时满脸通红。原来在彩衣国胭脂郡，那场追杀米老魔人弟子的生死大战中，年轻道士在生死一线间灵机一动，浇灌灵气入甲丸，一副光明铠宝甲护身，才为崇妙道人挡下了魔头的致命一击。识货的老道人满脸震惊，直呼不可思议，说这是兵家至宝。他曾听说宝瓶洲中部古榆国皇家内库藏有一件价值连城的甲丸，松溪国武道第一人，出价六千枚小雪钱，跟古榆国皇帝购买，都被拒绝。

在那之后，年轻道士一直心头萦绕此事，又不知道如何跟陈平安开口，后来古寺变故，七百里山路，陈平安走得异常沉闷，张山峰就更不好跟陈平安坦诚地谈一次。

如今到了剑水山庄,即将去往仙家渡口,张山峰实在受不了那份内心煎熬,便跟老江湖大髯汉子敞开心扉。徐远霞帮着年轻道士确定了两件事,一是陈平安肯定清楚甲丸的真正价值,当时随口报价五百枚小雪钱,是故意半卖半送给张山峰。二是根据张山峰的讲述,陈平安乘坐北俱芦洲打醮山鲲船的时候,是住在天字号厢房。虽然毋庸置疑,背剑南下的少年是那市井底层的穷苦出身,但是显然拥有自己的独到机缘,而且对于财货一事,陈平安似乎一直不太看重,最少对朋友是如此。所以这已经不纯粹是欠钱,而是欠了一份天大人情的麻烦事。

最后徐远霞没有直接告诉张山峰如何做,而是说了两句话,一句是不要把朋友的善意付出,当作天经地义的事情;第二句话是亲兄弟明算账,交情才能长久,千万不要觉得成了朋友,就可以万事不计较,那是没长大的孩子的天真想法。于是才有了张山峰想要假借利息的幌子,希望送出那双产自青神山的玄妙竹筷。

之所以不是那只能够缓慢汲取天地灵气,将天地灵气凝聚为一滴甘露的白碗,是因为张山峰自己是练气士,白碗对张山峰而言,属于修行路上的必需品,堪称久旱逢甘霖,雪中送炭,而陈平安是纯粹武夫,用不着,最多只是锦上添花,哪怕收到了白碗,多半也只会折价卖出,换成小雪钱。

张山峰喝着酒,红光满脸,醉醺醺道:"徐大哥,你给支个招?小道是真想不出法子了。"

徐远霞一本正经道:"实在不行,你就穿上一身妇人衣裳?我看陈平安这一路,对女子、女鬼可都没半点兴趣,该打该杀,从不含糊……"

听着徐远霞的胡说八道,张山峰哀叹一声,脑袋一磕桌面,醉倒了。好一个今朝有酒今朝醉,明日愁来明日愁。

徐远霞用手心摩挲胡须,脑子里浮现出两幅画面,一是在那座破败古寺内,少年对着一名体态婀娜的女子,说着天气冷就伸手烤火。再就是女子变成了女鬼后,给少年掐住脖子,一拳拳捶到魂飞魄散。

徐远霞又想起方才饭桌上,陈平安说起那桩瀑布风波,有个反向挎刀的年轻女子被他一拳打入了水潭。汉子打了个激灵,心惊胆战道:"陈平安!你小子该不会真是喜欢男人吧?"

在剑水山庄大堂主厅,宾主尽欢,推杯换盏,酒香醉人。大堂铺有大幅的彩色地毯,是出自彩衣国织女郡的独有"地衣"。

老庄主宋雨烧仍是不愿露面迎客,少庄主宋凤山就坐在了主位上,身边是他那个操持山庄内外事务的贤惠妻子。年轻妇人持家有道,待人接物分寸拿捏极好,滴水不漏不说,而且从不会遮掩丈夫的半点光彩,以至哪怕宋凤山常年闭关悟剑,可这个小剑仙在梳水国江湖上的名声，却越来越大，最后大到了能够召开武林大会的地步。

梳水国名列前茅的江湖门派，话事人在今夜都已纷纷到场，除了这些名门正派的江湖大佬、白道巨擘，还有数目可观的江湖散仙，一些个久不在江湖现身的老前辈，甚至还有两位耄耋名宿。他们都借此机会重新聚头，共襄盛举，给足了剑水山庄面子。

出身小重山韩氏的那对兄妹，两人位置并不最靠前，因为他们的身份比较特殊，属于官家人，若是在今夜座椅太过扎眼，其实剑水山庄和韩氏双方都不讨喜，必然会惹来诸多江湖豪客的嘀咕腹诽。横刀山庄王毅然、王珊瑚父女，座位要比韩氏兄妹更靠前，隔着两张酒水几案。

韩元学对此颇有怨言，觉得受到了山庄的冷落，韩氏在梳水国任何地方，都不该遭此境遇才对。那个貌似儒雅文士的韩元善，一手折扇轻摇，一手举杯畅饮，毫不介怀，而此人的另一重身份，惊世骇俗，竟是"山上"的梳水国四煞之一。

梳水国虽有仙家渡口，国境内却无山上门派坐镇，所以这个名声不太好听的四煞，其实很大程度上就意味着是梳水国最拔尖的一小撮俯瞰江湖、傲视武夫的高手。韩元善又有小重山韩氏的干净身份，在庙堂中枢和地方官场，家族的世交前辈多如牛毛，故而到哪里都走得畅通无阻，威震江湖的剑水山庄，当然也不例外。

在左手边居中位置上，摆着孤零零一张酒桌几案，坐着魁梧壮汉和妙龄少女，与两边几案明显隔得有些疏远。江湖中人都晓得此人的显赫身份，梳水国黑道第一人，名为窦阳，貌似青壮汉子，传闻早已是百岁高龄。他对外自称魔教教主，麾下护法有十数人之多，在梳水国南方叱咤风云。好在门派偏居一隅，在梳水国和松溪国的边境线上，这几十年中还算安分，没有掀起腥风血雨，可在场老一辈江湖人，对此人深恶痛绝的同时，更多的还是忌惮畏惧。五十年前的梳水国，正道和魔道为了争夺江湖版图，三次血战，杀得昏天暗地，数以千计的正道高人因此丧命。

剑水山庄敢这么安排座位，没有将窦阳和他的婢女放在一边首位，顿时让在座众人心生佩服，对那位年纪轻轻的宋凤山，多出几分欣赏。

宋凤山虽然是此次会盟的主人，高居主位，却言语寥寥，只是独自缓缓喝酒，并不刻意与谁说话。偶尔有人搬出与老剑圣的香火情，来跟这位未来武林盟主攀交关系，一袭青衫、腰佩短剑的宋凤山最多只是回敬一杯酒。而他身边的年轻妇人，对对方的江湖事迹如数家珍，甚至连对方一些俊彦晚辈的江湖成就，她都清清楚楚，这就很能让对方非但不觉得受到丝毫怠慢，反而浑身舒坦、极有颜面了。

人敬我一尺，我敬人一丈。年轻妇人做得任谁都挑不出剑水山庄半点瑕疵。

那个被误认为是大魔头窦阳贴身婢女的古寺嬷嬷，看似娇憨稚嫩的漂亮脸蛋上，流光溢彩，眼神悄然巡视四方来宾，偶有与韩元善的视线交汇，也是一触即散，但是少女嘴角翘起，眼神妩媚，书生亦是心领神会，做出一些投桃报李的细微动作。少女越发春心萌发,低头喝酒的时候,悄悄伸出舌头舔过半圈杯沿,看得韩元善眼神眯起,口干舌燥。

窦阳将这一切收入眼底,冷笑道:"骚婆娘,你真是什么时候都能发情!"

少女笑道:"哟,窦大教主吃醋啦?"

窦阳夹了一筷子咸淡适宜的时蔬,不理睬这个同道中人的打趣。男女情爱,鱼水之欢,相较于大道争锋、独自登顶,算个鸟!

王毅然明显感受到身边女儿的失魂落魄,以及她数次偷望向宋凤山的眼神,其中蕴含的绵绵情意和浓重失落。

这份注定没有善果的儿女情长,王毅然心知肚明,但是汉子没觉得需要从中作梗,棒打鸳鸯。一来剑水山庄的那块金字招牌,不是低人一头的横刀山庄可以说三道四的;再者女儿王珊瑚想要成为合格的未来庄主,受一点情伤,或是像今天那样被人一拳打昏,当众出丑,都不是坏事,总好过将来铸下大错,吃更大的苦头。

王毅然决定对此视而不见,江湖上,如他们这些世人眼中的大宗师,谁年轻时候没有几个红颜知己?最后相濡以沫的能有几人,相忘于江湖的又有几人?等到真正站在了江湖顶点,就会发现这些全是过眼云烟罢了。

就说那城府深沉的世族子弟韩元善,听说最擅长金屋藏娇,关键是还能让女子死心塌地跟随他。手握实权的疆臣之女、江湖宗师的女弟子、冷艳嗜杀的年轻女魔头、享誉江湖的仙子,全部被他收入囊中。

若是女儿王珊瑚痴情于此人,王毅然才会强硬插手,绝对不允许女儿与韩元善有什么牵连,否则到时候恐怕连横刀山庄都要成为双手奉上的嫁妆。显而易见,韩元善所谋甚大,布局深远,而且身后必有真正的高人出谋划策,跟这种人做生意没问题,不会少赚,可千万别给他当什么交心朋友,无异于找死。

至于女儿暗恋宋凤山,王毅然反而觉得无所谓,因为宋凤山是地地道道的江湖中人。如果有一天,宋凤山真的愿意娶他女儿作为平妻,王毅然不介意横刀山庄并入剑水山庄,但是新山庄必须带一个"刀"字,以及将来子女当中,必须有一个姓王,那么未来百年的梳水国江湖,就只有两个姓了,宋和王!

有人高声敬酒,王毅然笑着举杯还礼,王珊瑚虽然心不在焉,但是这点礼仪还是不缺,跟随父亲一起回敬了一杯酒。

放下酒杯后,王毅然目视前方,轻声道:"还在想那个背剑少年的事情?觉得这是不杀对方不足以泄愤的奇耻大辱?爹劝你一句,那少年绝不是常人,宋老剑圣好像与少年颇有渊源,就连宋凤山都已经将其视为潜在对手了。韩元善有一点猜得不错,少年极有可能是彩衣国剑神的得意弟子,此次恩师暴毙,仇家势大,少年为了躲避风头,所以才出门游历。宋剑圣与彩衣国剑神关系莫逆,所以才会如此照拂,不惜亲自出手,教训马录。"

王珊瑚握紧刀柄，眼帘低垂："爹，难道就这么算了吗？那个藏头藏尾的可恨家伙，在水榭一拳打死我，我认了。哪怕一拳重伤我，我也服输！可他偏偏如此辱我！当着那么多外人的面，我以后还有什么脸面走江湖？难道要我一辈子躲在横刀山庄吗？"

王毅然将手中酒杯重重拍在桌上，冷笑道："面子这东西，是靠一场场名动江湖的大战胜仗挣出来的！江湖，是一个记性最好也是最差的地方。数十年后，等你王珊瑚成为比爹还强大的刀法宗师，跻身传说中彩衣国剑神、宋剑圣的六境大宗师境界，你看看谁还会提及水榭这点破事？他们只会记得你王珊瑚打败了哪位剑道宗师，宰掉了多少个黑道魔头。一刀出鞘，刀罡如瀑，观战之人，谁不拍手叫好？谁敢？！"

王珊瑚肩膀微微颤抖，低着头黯然道："可我连一个年纪比我小的剑士，都打不过，还不是他的一拳之敌，将来如何跟爹您并肩？何谈什么传说中的大宗师境界？"

对于梳水国这一带的宝瓶洲中部而言，武道六境，就是纯粹武夫的极致了。再往上，数百年来，早已无人知晓那个境界的风光，可算是世间无敌的"大武神"了。相传彩衣国剑神在退隐山林前的巅峰之时，曾经摸到过那道门槛，但是最后不知为何境界大跌，心灰意冷，彻底退出江湖。而老剑圣宋雨烧直言不讳，武神境界，他此生无望。

如果陈平安知道这些，可能又要瞠目结舌了。毕竟同样是骊珠洞天走出来的四境武人朱河，都知道九境才是武道止境。当然，朱河一样不曾窥得武道全貌，事实上，不久之后，宋长镜和李二先后成功跻身十境，而第十一境，才是真正的武道顶点，才是真正名副其实的武神境界，而传授陈平安"最强三境"的崔姓老人，恰好又与十一境失之交臂。

水有深浅，山有高低。陈平安的家乡骊珠洞天，如今的大骊龙泉郡，就属于整个宝瓶洲水最深、山最高、局势最浑的古怪地方。

在那个地方，强悍的青衣小童这类横行黄庭国一方的六境"大妖"，简直就是出门都不好意思跟人打招呼，因为怕被人莫名其妙就一拳打死了。青衣小童如今最大的梦想，是好好修行，争取成为两拳给人打死的英雄好汉。难怪青衣小童会一头雾水，打破脑袋也想不明白一件事："我家老爷是怎么活到今天的？"

陈平安其实自己也不知道答案，可能就是一点点熬过来的。事实上，一开始是有人不希望他死，到后来，到了飞鸟尽、良弓藏的收官时刻，希望他去死的某些大人物，接连碰上了一个教书先生（他告诉了陈平安不要对这个世界失去希望），和一个戴斗笠的佩刀汉子（他则告诉陈平安该如何与这个世界打交道）。与此同时，陈平安也迅速成长起来，最终早早脱离了棋局。

但是在此期间的人生困苦，种种涉及本心的艰难抉择，诸多暗流涌动和险象环生，泥瓶巷少年为此遭受的身心磨砺，不足为外人道也。这个拥有一身法宝和珍贵养剑葫芦的泥瓶巷泥坯子，如今独自走在江湖，还是只愿意买最廉价的酒水。

当然,他当下开始练拳,以一种不同于六步走桩和剑炉立桩的新鲜方式。

瀑布水榭那边,这次陈平安没有背负剑匣,选择将剑匣留在院子,因为那边有他信得过的大髯汉子和年轻道士,但是那只酒葫芦还是别在了腰间。

行走于外乡山水间,别惹事,别怕事,然后一切小心为上,保命第一,这就是陈平安的江湖。

陈平安再次踩在临水的栏杆上,刚要借力跃向那条声势惊人的瀑布,想了想,还是向前走出一步,踩在石头台基上,免得全力出拳时,不小心一脚踩断了木栏杆,哪怕宋前辈肯定不要自己赔钱,可终究不是个事儿。

陈平安深呼吸一口气,鞋底摩挲着地面,手腕轻轻拧转几下。这第一拳,先试探一下瀑布下坠势头的轻重厚薄,先用七八分力气试试看。

陈平安一脚踏出,地面上响起砰一声巨响,好在瀑布声响惊人,足以掩盖这一脚踩地的动静。陈平安身形如一支床弩箭矢般迅猛冲向瀑布,气势如虹,一拳砸去。

拳头顺势穿透瀑布深处,但是当整条胳膊几乎越过瀑布水帘的时候,脑袋和肩膀都被瀑布轰然砸中,陈平安整个身体被迫随之倾斜,瞬间被一冲而坠,摔入水潭深处,被紊乱水流牵扯得翻了不知几个跟头,最后从临近水榭的相对平稳的水流中冒出一颗脑袋。陈平安一拍深潭水面,跃向水榭,站在栏杆外边的台基上,只觉得脑袋昏沉,出拳胳膊和两侧肩头火辣辣生疼。关键是水潭深处竟然乱石嶙峋,陈平安的脑袋给撞得不轻。

好在于落魄山竹楼淬炼体魄时,陈平安吃苦头如家常便饭,这点冲击远远没有伤及体魄根本与神魂深处。

第二拳,陈平安用上了九分劲道,而且是以崔姓老人教他的铁骑凿阵式开路,试图连拳带人一起破开水幕,一拳击中瀑布后边的石壁。只可惜拳头略微触及了石壁表面,整个人就又被山岳压顶一般的倾泻水流狠狠砸入水底。

陈平安再次从水面露头,返回水榭外沿站定身形,他这次没有转换那一口迅猛流转的气息,硬憋着这口如火龙巡狩四方的真气,一鼓作气,再次向瀑布递出有十分气力气势的一拳。

这次,陈平安的拳头,成功砸在瀑布水帘尽头的冰凉石壁上,但是轻微无力,别说是打出一个坑洼,恐怕连丁点儿痕迹都没能留下。

月色下,丹田气海激荡难平的陈平安,只得吐出一口浊气,以杨老头吐纳术缓缓呼吸,"十八停"剑气流转,熟能生巧,早已成为陈平安的本能,不用刻意驾驭,就能自行流淌。剑气迅猛经过十数个连命名都与当今气府名称不同的窍穴,先前卡在六、七停之间,如今又卡在十二、十三停之间,就像被鸿沟阻拦,寸步难前。

陈平安屏气凝神,朝着瀑布第四次出拳。如此反复,十数拳之后,陈平安只能背靠栏杆才能站稳。他干脆盘腿坐下,在平稳气海间隙,还摘下酒葫芦,开始慢悠悠喝酒。

陈平安仰头望向头顶的明月,书上说,"月是故乡明",也说过"月涌大江流",又说"海上明月共潮生"。

家乡的月缺月圆,当初为了生计而奔波劳碌的少年,早已不知道看过了多少遍,跟刘羡阳看过,跟小鼻涕虫顾璨也看过,看久了,除了中秋那一天,其余陈平安就都没了什么感觉。两次出门远游,又看过了"星垂平野阔、月涌大江流"的壮美景象,确实好看。如今为了送剑去往倒悬山,必须赶往最南方的老龙城,不知道"海上生明月"的景象,又会是何等的美好。

陈平安收起思绪,站起身,别好养剑葫芦,开始下一轮出拳。他给自己订下的规矩,是务必一鼓作气递出三拳铁骑凿阵式。竹楼里的光脚老人曾经笑言,沙场厮杀,金戈铁马,天底下头等精骑,从不会是一两次凿阵就趴下的软蛋。

一次次被巨大瀑布当头砸下,陈平安的身躯体魄,对于疼痛的感知,越来越清晰,这次收工,陈平安直接躺在台基上,大口喘气。

如果当初在落魄山,崔姓老者只是从头到尾单独出拳,锤炼陈平安的体魄神魂,让他被动挨打,而没有之后要求陈平安自己"剥皮抽筋"之类的惨绝人寰的举动,也许陈平安今天练拳就只能到此为止,再无出拳的执着念头。

有一次,光脚老人俯瞰着倒在血泊中的陈平安,冷笑道:"这点苦头都吃不住,还想跻身九境十境?"

陈平安当时只想骂老头子几句,只可惜心有余而力不足,一个字都说不出口。

比起在落魄山吃的苦头,现在就是享福了!可不能江湖越走越远,反而越不习惯吃苦啊。心中默念的陈平安缓缓起身,再度咬牙出拳。

一刻钟之后,月下瀑布,依旧砸得水潭轰隆轰隆作响,似乎在讥讽少年的不自量力,蚍蜉撼树。陈平安仰面浮在水面上,睁大眼睛,望向天空。

再一次上岸出拳,陈平安怒喝一声:"给我开!"

瀑布水幕确实被刚猛拳罡打出了一个大窟窿,窟窿转瞬即逝,陈平安将拳头重重砸在了石壁上,整个身体几乎全部穿过了瀑布,但是很快就被毫无悬念地撞入水底,在深潭跟随水流四处漂荡后,爬上了水榭台基。

就这么断断续续,停停歇歇,到了后半夜,落汤鸡一般的陈平安坐在栏杆上,只是颤颤巍巍提起酒葫芦,仰头喝了一口花雕陈酿,就觉得喉咙发烧,肝肠滚烫,他只得收起养剑葫芦,不敢再喝哪怕一小口。

远处的剑水山庄灯笼高挂,宴席远远没有结束,有兼任剑侍的年轻山庄女弟子,为宾客舞剑助兴,喝彩声不断。陈平安歪着脑袋,凝视着那条仿佛人间无敌手的瀑布。

陈平安最后一次出拳,用上了神人擂鼓式,蜻蜓点水,一路踩水而去,临近瀑布的时候，一次次拳头连同胳膊洞穿瀑布……

人力终有穷尽时，陈平安知道今夜的练拳可以收手了，自己已经筋疲力尽，再继续打下去，说不定哪一次就要被冲到深潭水底，彻底昏死过去，最后成为一具漂浮的尸体。

陈平安一身湿淋淋地走出水榭，路过那座山水亭，返回院子，只睡了不到三个时辰，第二天清晨，潦草吃过了早餐，就六步走桩去往瀑布水榭。直到正午时分，又原路返回，只是这一次，陈平安不得不让张山峰去告知剑水山庄，他需要一只大水桶。等到楚老管事派遣信得过的丫鬟，搬来水桶，装满热水后，陈平安关上房门，浸泡在其中。

魏檗从牛角山包袱斋购置的药材只够使用三次，胭脂郡用掉一次，这次之后，就只剩下最后一次机会了。

今天剑水山庄还在迎接陆续登门的各路江湖人士，明天才是选举武林盟主的黄道吉日。如此更好，绿林好汉、江湖豪杰忙着走门串户，要么相互切磋武学，要么跟前辈请教难题，要么去大宗师面前混个脸熟，来来往往，成群结队，热闹非凡。

夜幕中，陈平安跟徐远霞、张山峰一起吃过了晚饭，就又独自去往瀑布那边。

在一处潭水中，有一块高耸出水面两尺的石墩，棋盘大小，不知为何在千百年水流冲击之下，都没有被削掉。陈平安突发奇想，站在那块石头上，以剑炉立桩站定不动，任由瀑布大水轰砸在头顶，陈平安被砸得不得不以站姿变为坐姿，最后坐不稳，摔入水底。

数次之后，陈平安能够以剑炉立桩坚持小半炷香，再以昂首挺胸的坐姿坚持半炷香，最后低下脑袋，伸出瀑布之外，让背脊承担大多数冲击力，大致上加在一起刚好熬足一炷香工夫。比起出拳打瀑，陈平安惊讶地发现这种"不动如山"的水磨功夫更有裨益，隐约之间，体内窍穴气府，如大风吹拂，座座府门有所松动，"十八停"剑气运转越发迅猛，快若奔雷。

陈平安发现了这个意外之喜，狠狠灌了一口美酒，结果肚子里烧灼得厉害，陈平安只好在水榭里乱蹦乱跳，龇牙咧嘴。

陈平安又去瀑布底下立桩数次。后半夜，月色依旧，剑水山庄歌舞欢声愈浓，少年意气风发地走回院子，用掉了最后一份包袱斋药材。

陈平安这一次破天荒地睡了个大懒觉，一直睡到了日上三竿。吃过一顿饱饭，陈平安神采奕奕地离开院子，与那两名山庄剑侍女子笑着点头致意，缓缓走桩，经过山水亭，来到那座与瀑布两两相望数百年的水榭。听说剑水山庄建成不过六七十年，而这座无名水榭却是早早就存在了。

在陈平安走桩远去的时候，两个百无聊赖的少女剑侍凑在一起窃窃私语，说着悄悄话。

一名鹅蛋脸少女说，那个外乡公子真是个怪人。另外一人便笑着说，若不是怪人，怎能让咱们的老庄主青眼相看？

鹅蛋脸少女便打趣伙伴,这个公子虽然模样不如少庄主,可也挺清秀的,你喜欢不喜欢?另外那名少女剑侍便说,见过了少庄主的绝世风采,可看不上其他男子了。

两名少女趁着四下无人嬉笑打闹。对于她们而言,在剑水山庄练习剑术,就是天大的幸事了,以后她们也许会在那个菩萨心肠的夫人的安排下,外嫁给一个前程锦绣的江湖俊彦,但是剑水山庄永远会是她们的娘家,一辈子都不用忧愁江湖的风大浪急。

陈平安临近水榭的时候,发现宋老前辈早早坐在长椅上。他快步走上台阶,与宋雨烧相对而坐。一直侧望向瀑布的宋雨烧收回视线,打量着陈平安,点头赞赏道:"有点苗头了,让人叹为观止。"

陈平安咧嘴一笑。

宋雨烧问道:"老夫庄子自酿的酒水,滋味是不是要好一些?"

陈平安挠头道:"好喝多了,就是以后买酒的时候,我要头疼。"

宋雨烧忍俊不禁:"怎么,你都会缺银子?"

陈平安想了想,坦诚道:"如今不缺钱,但是喝酒这种事情,好像无益于练拳,我就会觉得是冤枉钱。只是喝着喝着就喝习惯了,如果身边酒葫芦里没了酒,一定会空落落的。"

宋雨烧调侃道:"你又不是个嫁了人的娘们,大老爷们有钱喝酒,喝最好的酒,天经地义,还讲啥持家有道?"

陈平安使劲摇头道:"花钱还是要省着点,如今喝酒成习惯了,没办法改,可如果再养成大手大脚的习惯,我得悔死。"

宋雨烧伸手指了点少年:"一辈子当不了享福的富贵汉。"

陈平安灿烂笑道:"顿顿有饭,餐餐有酒,已经很好了。"

宋雨烧被少年的情绪感染,也有了些笑意:"那谁给你做饭?谁给你买酒?"

陈平安脱口而出道:"有了媳妇,也还是我做饭,我买酒!"

宋雨烧呸了一声,瞪眼道:"瓜皮!你似不似个撒子哟,娶了媳妇,难道只是把她当菩萨供奉起来?晓不得老娘们小娘们,都是三天不打上房揭瓦的主儿?"

陈平安破天荒有些缩手缩脚,摘下酒葫芦小喝了一口。他喜欢的姑娘,说她一只手能打一百个陈平安呢。他要是敢有这种念头,还不得被活活打死?再说了,如今连喜欢人家都没能说出口,天晓得自己以后的媳妇姓什么。当然,如果能姓宁是最最好的了。

陈平安傻呵呵直乐。宋雨烧看着神游万里的少年,无奈道:"原来真是个瓜尿撒子。"

宋雨烧懒得再给少年灌输江湖好汉要降得住媳妇的念头,收敛神色,肃穆道:"由三破四,除了武夫体魄身躯的杂质需要一点一滴被淬炼祛除之外,还要开始讲究心境了。拳法，要通明无碍，悟得'通透'二字精髓，坚定所向披靡之心，生出一夫当关、万夫莫开之气势！剑客则要达到剑心澄澈，物我两忘，唯有一剑无愧天地，可斩鬼神！陈平安，你当真已经坚定本心？"说到最后，宋雨烧神色凌厉，嗓音极大，几乎是怒目瞪向陈平安。

陈平安人与心，岿然不动，点头道："我认定的一件事，从来不会改。"

宋雨烧站起身，浑身气势磅礴，其剑气如瀑布般压向眼前少年："好大的口气，说得如此轻巧！我看你陈平安根本就不曾真正通透！"

陈平安紧随其后站起身，眼神明亮："宋老前辈，其实你说的心境无碍、通透，这些词语的真意，我都不是很理解，我只是觉得……"

陈平安说到这里，转过头，伸手指向那条瀑布："我一定要一拳打穿整条瀑布，在石壁上打出一个拳印。我甚至觉得迟早有一天，我会一拳打得瀑布倒流，打得大水爆炸，再也不能压下我的脑袋半点！"

宋雨烧骤然怒喝道："既然如此，此时不出拳，更待何时？！"

几乎是凭借纯粹的本能，陈平安侧过身，面对水榭外的那道瀑布，后撤数步，站在台阶顶部，摆出一个崔姓老人从未提及名字的古老拳架，作为起手式，整套动作一气呵成。

哪怕梳水国剑圣宋雨烧就在水榭，陈平安眼中却早已没了宋雨烧，甚至连整座水榭都没有了，天地之间，唯有拳头所向的对手——从天上垂落人间的瀑布！

陈平安南下之行，六步走桩都求慢，更慢。但是这一次，陈平安求快，最快！

步伐极大，以至于六步走桩的最后一步，直接撞碎了水榭栏杆，一脚踏在台基上，水榭台阶这一头到栏杆外的台基边沿，直接被少年踩出了六个脚印。少年一冲而去，拳罡之浑厚，如一袖缠青龙。

一拳破开瀑布，陈平安整个人冲入水帘，拳头砸在石壁之上。石壁顿时炸碎，无数碎石反弹，又炸起无数瀑布水花。这还不止，陈平安左右互换，一拳一拳，迅猛砸在石壁之上。

这才是真正的神人擂鼓之大气象。

飞石无数，瀑布乱流。水榭上空到瀑布高处，因为水气大散的缘故，最后竟然出现了一道绚烂彩虹。

双手负后站在水榭中的宋雨烧，激荡罡风扑面而来，吹拂双鬓，双袖更是猎猎作响。老人仰头望向那条人力为之的彩虹，畅快大笑道："壮哉！"

旁观一个纯粹武夫的三境破四境，竟有此等风景可看，宋雨烧顿时觉得哪怕如今的江湖再不讨喜，能够多活几年，也算不亏了。

宋雨烧轻轻拍打腰间的那把老剑，为瀑布那边的雄浑气机牵引，早已与老人生出灵犀感应的鞘内长剑，便有些寂寞难耐。站在水榭内的宋雨烧有些感伤道："若是高风还在世的话，今夜说不定就是他站在此处了。"

剑水山庄的第二任庄主宋高风，也就是少庄主宋凤山的父亲，同样是世间一流资质的剑坯，只可惜天妒英才，为情所困，走上歧途。这也是宋雨烧的最大心结所在，那场悲剧，很大程度上是宋雨烧一手造就的。宋凤山的娘亲，是山泽精怪出身，不为世人所容。那时候的宋雨烧何等意气风发，从不计较世俗眼光，只凭一剑，傲视梳水国朝野，自认江湖上已无敌手，便开始独自登山访仙，最后救下了一个性情纯善的小姑娘。她是草木成精，幻化人形，宋雨烧非但没有厌弃她的出身，反而带回山庄。她与少年宋高风两情相悦，宋雨烧仍是对此不持异议，最终坦然坐在高堂之位，接受了那双恩爱男女的所敬之酒。

如果到此为止，也算一桩良缘美谈，只是世事难料，精魅女子精心培育的一方花圃，灵气充沛，花草四时长青。武林中人以讹传讹，这块山庄后山花圃的花草，就成了江湖上无数武夫梦寐以求的灵丹妙药，吃下一棵，就可以增长十数年功力。若是有人偷摘一两棵，心善的女子便睁一只眼闭一只眼，由着贼人取走便是。山庄也曾明言，花圃所栽植物，并无让人增长功力的神效，只是略有延年益寿而已。随着时间的推移，江湖上觊觎花圃的高人宗师，逐渐熄了那份龌龊心思。但是有一天，花圃被人偷采大半，那窃贼犹不满意，将剩余花草踩踏殆尽，满地狼藉。花圃无益于江湖武夫的境界提升，却是宋高风妻子的大道契机，经此浩劫，女子伤心欲绝，形销骨立。

宋高风顺着蛛丝马迹，找到罪魁祸首，竟是一名对他因爱成恨的江湖女子。那一剑，宋高风递出得毫不犹豫，只是却被女子父亲拦阻，要知道那人是当时梳水国的武林盟主，是名动数国的拳法宗师，还是边境武将出身，官场关系根深蒂固，深得皇帝陛下器重信赖。所谓众望所归的武林盟主，不过是皇帝管束江湖的一种手腕。

无论宋高风如何拼死出手，都不是那人的对手。回到剑水山庄之后，女子和她父亲也跟着登门道歉，那个武林盟主，作为与宋雨烧辈分相同的江湖执牛耳者，竟然愿意当场自砍一臂，鲜血淋漓地站在山庄门外，说以此为女儿赎罪。宋雨烧哪怕剑术高出那人的武道修为一筹，又能够如何？再砍掉那人一条胳膊？然后一剑削掉那名闯祸女子的脑袋？

只能就此作罢了。

宋高风没有说一个字，甚至连露面都没有，只是守在妻子病榻旁。宋雨烧在那对父女离去后，黯然转身，去跟儿子诉说此事结果，宋高风闭门不见，只说了三个字：知道了。

最后宋雨烧才知道，儿子宋高风入了魔道，修炼了一本魔道秘籍。他最后一次行走江湖后，销毁面容，更换兵器，将那把佩剑留在家中。在那名拳法宗师金盆洗手辞去盟主的那天,宋高风潜入府邸,身负重伤,却也成功手刃仇人。等到宋高风返回山庄,已是油尽灯枯,最终与奄奄一息的妻子,双双闭眼而逝。

当时宋雨烧站在门外,尚且年幼的孙子宋凤山,就默默守在爹娘床边,没有流泪,一言不发。

人在江湖,不但身不由己,还会心不由己。

宋雨烧对宋高风的愧疚,转嫁到了孙子宋凤山身上。后来宋凤山执意要迎娶一名精魅女子,宋雨烧与宋凤山几乎反目。那场变故之后,宋雨烧彻底心灰意冷,越发悔恨。所以哪怕宋凤山勾结梳水国其余三煞,宋雨烧仍是不愿痛下杀手,再不会以自己的江湖规矩,去管束一意孤行的宋凤山。

宋凤山要做什么,宋雨烧心知肚明。

那夜宋高风击杀了前任武林盟主,但是真正的罪魁祸首,却逃过一劫,之后皇帝陛下不愿与剑水山庄撕破脸皮,大概也有些心怀愧疚,便亲自当起了媒人,让劫后余生的可怜女子,成为梳水国一名功勋大将的妻子,成了品秩最高的诰命夫人。

谁都知道老剑圣宋雨烧是讲江湖规矩的,所以梳水国皇帝反而不用如何担心这个江湖第一人。至于宋雨烧的孙子,当时十分年幼,所有人都觉得他肯定记忆模糊,注定难成心腹大患。

就这样,之后梳水国的这座江湖,风和日丽了二十多年,武林盟主宝座也空悬了二十多年。直到宋凤山大开剑水山庄之门,大宴四方豪杰,在明天就要举行正式的盟主大典。

宋雨烧对于江湖早已没有兴趣,但绝不是万事不上心。这么多年他为何经常独自游历江湖?难道真是散心?对孙子眼不见心不烦?绝非如此。

宋雨烧明知道有一天会黑云压城,直扑这座毕生心血所在的剑水山庄,孙子宋凤山会踩过界,会在看似花团锦簇的大好形势下,暗中成为朝野上下的众矢之的。宋雨烧在这个心结之外,又有心结。第一个心结,是愧对儿子宋高风;第二个心结,是自己奉行遵守的江湖规矩,与孙子的所作所为,南辕北辙。

这名梳水国剑圣,内心在犹豫,要不要向朝廷出剑。一旦出了剑,是否挑衅皇帝威严,宋雨烧其实根本不在乎,宋雨烧在乎的,是这违背了宋雨烧的本心。因为老人在内心深处,从来不认同宋凤山的江湖。

这一切,无法跟人诉说。

之前那趟走江湖,原本是想要找到亦敌亦友的武林前辈——那名武德武功皆高耸入云的彩衣国剑神,宋雨烧既是切磋问剑,更是想要解开这个心结。只可惜那名剑术通神的老人竟然死了。这让宋雨烧只得半路返回,才有了古寺那趟遭遇。

黑衣老人在水榭百感交集,思绪飘摇,以至于没有发现那名出拳破境的少年,久久没有离开瀑布水帘。等到宋雨烧察觉到不妙,刚要去一探究竟,才看到陈平安缓缓走出瀑布,一跃而起,飘然落在水榭内,血肉模糊的双手已经潦草地包扎上棉布。

宋雨烧收起那些烦心的思绪,笑问道:"山庄的美酒已经尝过滋味了,如今跻身小宗师境界,如何?是不是更好?"

但是陈平安接下来的一句话让老人瞪大眼睛:"好像还差一点才破境,现在就像一拳打破了瀑布,还差一脚没跨过去。"

宋雨烧打量着少年的内敛气势,一身拳意如瀑布汹涌流泻,当得起"气象万千"这四个字。老人错愕道:"你分明是实打实的四境了,老夫甚至可以拍胸脯说,就没见过比你更坚实沉稳的三境,以及当下的崭新四境。陈平安,你怎么可能还会觉得差一脚?!"

陈平安无奈道:"宋老前辈,真差了一点火候,我说不上缘由,但是我是知道的。不过现在我知道大方向了,脚下有了一条路可以走,不会像之前那样像无头苍蝇乱撞,差不多到老龙城之前,就能一点一点熬出来。运气好的话,到了你们梳水国仙家渡口,可能莫名其妙就破境了。不过我这个人的运气一直不太好,到了老龙城再破境的可能性,更大。"

宋雨烧双手负后,绕着少年慢行两圈才停步,啧啧称奇道:"人外有人,天外有天,今天算是长了大见识。"

宋雨烧大笑道:"走,喝酒去!不管如何,哪怕没有完完全全破境,都是一件值得庆贺的天大好事!"

陈平安晃了晃酒葫芦,酒还多着呢,便点头笑道:"好啊。"

宋雨烧突然问道:"山庄外边的小镇有一家酒楼,它的火锅是一绝,食材好到能让客人吃掉舌头,酒也不错。你要不要去尝尝?这会儿刚好是饭点了,老夫跟那边的掌柜交情不错,可以打八折。"

陈平安一听可以打八折,立即豪气纵横道:"那我来付钱!"

宋雨烧笑呵呵道:"哦?事先说好,酒楼火锅一顿饭,加上好酒,最少得开销个五六两银子。"

陈平安眨了眨眼,脸不红心不跳道:"小镇离山庄有点远啊,不如咱们在院子里喝酒。"

宋雨烧伸出大拇指:"真是一掷千金的豪杰气概!"

陈平安蓦然大笑:"去就去。怎么不去?午饭就吃火锅了!"

宋雨烧愣了一下,不给陈平安反悔的机会,大笑一声,撂下一句"随我来",就掠出水榭,踩着大树高枝,往山庄外一路掠去。陈平安只好放弃了喊上徐远霞和张山峰的念头,紧随其后。

高过水榭之顶的时候,陈平安转头望向瀑布那边,嘿嘿一笑。瀑布水帘之后的石壁上，少年偷偷摸摸以手指刻下了两行字，从上到下，一行写了一个姑娘的名字，另一行写下了"陈平安到此一游"。少年希望下次再来剑水山庄的时候，自己身边有那个姑娘。

当然了，陈平安只敢偷偷这么想。

泥瓶巷和杏花巷这边，家家户户只要有红白喜事，街坊邻居都愿意主动帮忙，这跟上坟添土是一样的规矩，祖祖辈辈留下来的，都不用讲什么道理。今天杏花巷有人成亲，娶了一个桃叶巷那边的富贵女子。杏花巷这户人家口碑好，当年便是马婆婆那样风评不好的老妪，都跟这户人家走得近，所以光是酒席就摆了将近二十桌，只要随便给个红包，无论是一粒碎银子，还是几枚铜钱，都能上桌吃饭，沾沾喜气。

酒桌上，有几张陌生脸孔，为首一人还算熟悉，是泥瓶巷一栋老宅的老人，富家翁装束，经常在小镇逛荡，久而久之，就混了脸熟。他姓曹，街坊们习惯喊他老曹。老曹对谁都和和气气，笑脸相迎，没啥有钱人的架子，跟周边的市井百姓都能瞎聊半天。他与成亲这户人家的韩老汉就经常唠嗑，所以今天喝喜酒，包了个大红包，给足了面子，换上崭新衣服的韩老汉还特意拉着儿子儿媳来敬了酒。

老曹带了三人同行，都姓曹，相貌俊俏的年轻人曹峻，也住在泥瓶巷的曹家老宅，还有一对从外乡赶回小镇的爷孙，据说都是老曹的京城亲戚，看样子，混得不差，像是读书人出身，而且像是带着点官气的。

老曹是个喜欢热闹的，经常端着酒杯主动跑来跑去敬酒。桌旁边那对京城人氏的曹氏爷孙，明显不太适应这种闹哄哄的场景，不太放得开手脚，坐在原地，偶尔夹一筷子菜，喝一口小镇酒肆中等价格的烧酒。倒是曹峻相对自在一些，一脚踩在长凳上，自饮自酌，斜眼看着老曹跟一些老头子称兄道弟。

那个桃叶巷的老亲家，虽然家道中落，可比起杏花巷，家底还是要殷实许多，所以就有些端着。杏花巷、泥瓶巷的街坊对此也觉得正常，福禄街、桃叶巷的门庭，再不如当年风光，寻常人家一样高攀不起。如果不是老韩的儿子有出息，如今在龙泉郡当差任职，否则哪里有这份福气，娶一个桃叶巷的千金小姐？

老曹又去别处酒桌厮混，曹峻咕噜一下喝了口烈酒，深呼吸一口气，赶紧夹了一筷子蹄髈肉，转头望向那对爷孙，用大骊官话笑问道："咋的，吃喝不惯？不然咱仨回头换个地儿，去酒楼吃顿好的？"

一袭素洁青衫的老人笑着摇头道："不用如此讲究，我只是在京城吃惯了斋菜，不适应喜宴上的大荤大肉而已，并非是瞧不起此处风土人情。何况这龙泉郡槐黄县，本就是我曹氏的祖地，我们当子孙的，岂可忘本。"

容颜俊美的曹峻点点头，笑眯眯道："摊上这么个不靠谱的老祖宗，是我们家门不幸啊。"

老人万万不敢接话。面对一位十一境剑修的家族老祖,哪怕老人贵为大骊王朝的上柱国重臣,也没有这份胆量气魄。

那个风流倜傥、气度迥异于曹峻的年轻人,名为曹茂,正是龙泉郡的新任窑务督造官。他是礼部衙门的直辖官员,玉树临风,在大骊官场有"曹家玉树"的美誉。当时在槐宅驿站迎接大骊国师,也就曹茂一人一骑,浑身酒气,晃晃悠悠下马进了驿站,足可见这个京城贵公子的与众不同。

曹曦回到座位,哪怕是曹茂都下意识坐直了身体,青衫老人更是正襟危坐,放下了筷子,拿起酒壶,主动为隔着无数个辈分的老祖宗曹曦倒酒。

曹曦一口气喝完酒,放下酒杯,看着络绎不绝进门道贺的客人,起身道:"别蹲着茅坑不拉屎了,咱们给后边的人腾出座位,走了。"

一行四人离开院子,巷子附近几家的院落都摆满了酒席。曹曦领着三人走入泥瓶巷,随口问道:"你们皇帝回京城了?"

老人恭敬答道:"回禀老祖宗,皇帝陛下身体有恙,已经由龙泉郡城的驿路北返京城。"

曹曦路过顾家祖宅的时候,转头看了一眼门神破败、春联老旧的无人宅子,停下脚步:"据说这家的母子二人,如今被截江真君带去了书简湖青峡岛。那个名叫顾璨的小屁孩,离开小镇前,得了一桩天大机缘,能够驾驭一条媲美十境练气士的水蛟。而且那条水蛟境界攀升神速,极有可能在短短几十年内破开十境瓶颈。"

老人点头道:"大骊朝廷在国师亲手安排下,专门新建了一个谍报机构,负责记载骊珠洞天这些孩子的成长经历,多是小镇出身,除了顾璨,还有方才杏花巷内的马苦玄,福禄街的赵繇,谢家长眉儿谢灵气,但也有在此获得机遇福缘的外乡练气士,例如大隋皇子高煊,总计十六人。"

曹曦缓缓前行,再次停步:"那么这两户人呢?"

相邻两栋宅子的主人,一个已经在大骊宋氏族谱上记名为宋睦,刚刚跟随皇帝陛下一起返回京城;一个名为陈平安,已经南下远游,但是在小镇拥有两座铺子,在西边大山拥有五座山头。

老人神色尴尬道:"十六人当中,应该没有皇子殿下和陈平安。"

曹曦哦了一声:"那李希圣呢?"

身为大骊上柱国的青衫老人摇头道:"也无。"

曹曦转头望向腰悬长短双剑的曹峻:"你跟李希圣交过手,他以六境修为,就让你一个九境剑修无功而返,觉得如何?"

曹峻没好气道:"还能如何?他厉害啊,我是个窝囊废呗。"

曹曦笑呵呵道:"接下来你这个窝囊废很快就要去往边境投军。运气好的话,可以待在大骊藩王宋长镜身边,跟随大骊铁骑一路南下,说不定要一口气杀到宝瓶洲中部才停下,又觉得如何?"

曹峻直截了当道:"混吃等死呗。"

大骊第一等世家子弟的曹茂,有些由衷佩服曹峻这哥们,虽然自己跟这个剑修看似年龄差不多,其实差了一甲子岁数。这段时日他和曹峻经常一起喝花酒,知道曹峻的玩世不恭,万事不上心头,是骨子里透出来的,不是嘴上说说的那种表面功夫。

曹曦厉色道:"十年之内,你如果宰不掉一两个十境老王八,到时候我亲手宰了你!"

曹峻双手抱住后脑勺,对曹茂笑道:"我死后,记得帮我收尸,葬在神仙坟那边。我觉得那边风水不错,跟一尊尊泥塑佛家菩萨、道教天官当邻居,心情会好,因为不用听人唠叨,耳根子一定清净,没谁扰人美梦。"

哀其不幸未必有,怒其不争是真,曹曦勃然大怒道:"小王八羔子! 你知不知道,为了修缮你湖心那座先天而生的剑气莲池,老子付出了什么代价?!"

曹峻笑起来的时候,眼睛眯成一条缝,像极了一只狡黠的狐狸:"这我哪里晓得,不然你说说看?"

曹曦冷笑道:"有你这种子孙,真是家门不幸,祖坟冒再多的青烟,都没卵用! 滚蛋,赶紧去京城找宋长镜,然后直接去南方边境,老子这十年不想再见到你。"

曹峻说走就走,拔地而起,肆意大笑,御风往北方而去。知晓这方天地规矩的督造官曹茂,刚要出声提醒,已经来不及了。

在小镇南边的龙须河畔,那座剑铺有位兵家圣人冷笑一声:"不长记性的东西。"龙泉郡蔚蓝天空一处,出现了好似一口泉眼涌水的景象,一柄长剑缓缓升起。

"阮邛,这点面子也不给吗?"曹曦有一把碧绿细绳似的本命飞剑,它正是剑仙曹曦能够纵横南婆娑洲的最大倚仗,是上古神人炼化一条万里大江为剑器的半仙兵。曹曦脸色阴沉,心神一动,手腕上的碧绿细绳虽未现出真身,但是微微颤动,流溢出一丝丝绿色水汽,迅猛掠向高空。

阮邛从泉眼涌出的那把剑,斩向坏了规矩的剑修曹峻头颅,速度之快,远远超过曹峻御风北去的速度。如果没有意外,不等曹峻离开旧骊珠洞天的边境,就要被一剑斩掉脑袋。

所幸在阮邛飞剑和曹峻身形之间,凭空出现了一条碧波滔滔的大河。大河隔断长空,拦阻阮邛飞剑的去路。

阮邛一剑斩断宽不过数里的河水,碧绿长河竟是两端折叠而起,压向那把继续前掠的凌厉飞剑。大河拍岸,不断阻滞那好似一叶扁舟的飞剑前行,哪怕河水无穷无尽,风雪庙兵家圣人驾驭的那把飞剑,依然开河劈水,一往无前。

曹峻转过身,但身形不停,腰间长剑出鞘,刚好击中阮邛飞剑的剑尖。曹峻的长剑一弹高飞,他呕出一口鲜血,身形却以更快速度倒退飞离。

一条长达百里的河水翻滚成团,死死裹住阮邛那把飞剑,碧绿江水大球之中,不断有剑气激射而出,直到最后江水粉碎,化作漫天雨滴,只是水滴不等坠地,就重新凝聚为一缕缕碧绿剑气,悠然返回小镇泥瓶巷。

阮邛那把毫发无损的本命飞剑,悬停在高空,稍作停顿,长剑下方又出现一座小水潭,飞剑缓缓向下,没入水潭,就此消失于空中。

这名先前吃过阮邛一拳的婆娑洲剑修,借此成功离开战场,曹峻爽朗大笑:"好风凭借力,送我上青云!谢过阮圣人和老祖宗联袂送行!"

泥瓶巷内,曹氏上柱国老人百感交集,他虽不是练气士,但是家族客卿供奉不乏山上高人,可是亲眼看到此等惊天动地的神仙打架,仍是次数寥寥。京城曹氏这一代嫡孙、窑务督造官曹茂问道:"老祖宗,如果因此惹恼了此地圣人?"

曹曦冷笑道:"打不过北俱芦洲的十二境道家天君,难道老子还打不过一个宝瓶洲新十一境?曹峻能丢老曹家的脸,老子可不会丢婆娑洲练气士的脸!"

这一刻,曹氏上柱国和督造官曹茂才真正意识到,这位在小镇貌似与人为善的老祖宗,为何能够成为那座海边雄镇楼的看门人。

一名汉子站在泥瓶巷巷口另一端:"那就试试看?"

曹曦咧嘴道:"行啊,你挑地点,我挑时辰!"

那名从剑铺赶来兴师问罪的汉子毫不犹豫道:"西边大山之中,有一处方圆百里的山坳,人迹罕至,如今还有大骊设置的阵法禁制,足够你我分胜负了。"

曹曦使劲点头道:"好,一百年后再打!"

阮邛愣了一下,朝地上吐了一口唾沫,转身离去。

曹茂伸手捂住脸,曹氏上柱国哭笑不得。

曹曦翻白眼道:"干吗?这叫智斗,你们懂个屁!"曹曦率先走入自家老宅,身后爷孙二人刚要跟随其内,房门却砰的一声关上。

曹茂和爷爷相视苦笑,只得就此离开泥瓶巷,去往那座督造官衙署,秘密商议家族接下来的各方布局。

宝瓶洲北方风雨已起,形势大利十大骊王朝,当然是越早进场,获利越大。何况如今曹氏还有一个天大的利好消息,老祖宗曹曦会留在宝瓶洲一段时间,天才剑修曹峻还要入伍大骊边军,想必皇帝陛下或多或少都会念这份香火情,未来百年曹氏稳压庙堂死敌袁氏一头,是板上钉钉的格局了。

在落魄山竹楼习惯了粗布麻衣、光脚行走的崔姓老人,在被莲花冠道人陆沉拜访了一趟后,就转了性子,换上了读书人的青衫文巾,自己做了一根行走山林的竹杖、一双登山木屐,经常下山去购置古书和文房用品,将竹楼二楼布置得好似书香门第的书房,一有空就提笔写字作画,看得青衣小童和粉裙女童面面相觑,误以为老头儿走火入魔了。后来粉裙女童看过了老人的墨宝,经常跟老人攀谈,才发现原来老人是真正的硕儒,琴棋书画都是一绝,对于儒家正统学问,更是功夫很深。

青衣小童是个没心没肺和贪生怕死的,一门心思想着老头子好好练武,早点成为武力冠绝这座小天地的大佬,自己才能安心,就经常跟老人旁敲侧击,跟老人说龙泉郡藏龙卧虎,不可以掉以轻心,苦口婆心诉说大骊江湖的云谲波诡,还是要靠一身拔尖的山巅修为才能震慑宵小之徒。

只可惜老人根本不愿意理睬这个家伙,最多只是跟讨教学问的粉裙女童闲聊,对于所谓的武道,好像就这么丢在地上,再不捡起了。青衣小童徒呼奈何,哀叹着求人不如求己,只好继续勤勉修行,竭力消化那两颗进入了肚子的上等蛇胆石。

最近迎来送往十分忙碌的新晋北岳正神魏檗,还是会时不时来到竹楼,看望那个丢入一颗紫金莲花种子的小池塘。

除了留在落魄山的那颗紫金莲花种子,陈平安当时听了魏檗的建议,既然是落魄山的主人,就留下了一方闲章在竹楼一楼,作为厌胜山水之物。印章正是齐静春篆刻的"陈十一",并无玄机,只是当时齐静春给予陈平安的一份美好愿景而已。

武道止境第十境之上,方是人间武神,可与天底下的山巅练气士并肩而立。

粉裙女童对此重视得无以复加,几乎已经胜过那只崔东山托付给她的书箱。每天早中晚三次,她都会偷偷拿出自家老爷交给她的小印章,用绸缎丝巾仔细擦拭。不管青衣小童如何坑蒙拐骗,她都不许他染指分毫。

如今出身黄庭国芝兰楼的粉裙女童,借助陈平安赠送的蛇胆石,已经破开下五境最后一道门槛,跻身中五境第一境洞府境。之后的第七境观海境,第八境龙门境,第九境金丹境,第十境元婴境,依然是大道漫漫,遥不可及。

只不过相比突然想要奋发上进的观海境青衣小童,粉裙女童要更加顺其自然,除了每天将竹楼收拾得纤尘不染,再就是翻翻书看看风景,心境恬淡,比起心性凶悍的御江水蛇,精魅化身的书楼火蟒,要更加从容随意。于是如今换成了青衣小童嫌弃她愚笨懒散,不知进取。

这天夜晚,青衣小童在崖畔入定修行,粉裙女童坐在小竹椅上嗑瓜子。崔姓老人下楼,搬了把竹椅坐在女童身边,轻声道:"千年崔氏,宝瓶洲头等的书香门第,都没能孕育出你这么一条灵慧火蟒,由此可见,机缘一事,苦求不得。"

粉裙女童乖巧一笑,问道:"崔爷爷,你说我老爷如今破境了吗?"

老人幸灾乐祸道:"老夫亲手打磨出来的武道最强三境,哪里有那么好破的,估计还早呢。说不定到了最南边的老龙城,陈平安的境界还是纹丝不动,老老实实待在三境瓶颈上,每天愁得喝闷酒,然后变成一个意志消沉的小酒鬼。"

粉裙女童小声埋怨道:"我家老爷的拳,一半算是崔爷爷你教的。老爷不破境,你怎么能偷着乐呢?"

老人哈哈笑道:"你啊,不是我们武道中人,不知道'世间最强三境'这个说法的分量。老夫当时一拳打杀了六境巅峰的崔氏供奉孙叔坚,只用上了五境的能耐,为何?就因为武夫的底子有厚薄,底子打得差了,如高楼风吹即晃;底子打得好,那就是一座名山大岳,屹立于大地之上,一点风吹雨打算不得什么,挠痒痒罢了。"

粉裙女童忧愁道:"我家老爷身边没有人照顾,出门在外,什么事情都要自己做,会不会耽误他练拳啊?"

老人瞥了眼青衣小童的背影,再收回视线,看着满脸忧虑的小女童,感慨道:"能让你们两个凑在一起没打架,也算陈平安调教有方。不知道以后家大业大了,陈平安是不是还能如此,待人接物,持中守正。小门小户的规矩好不好,和豪阀世族的家风正不正,处理起来,是两回事。"

粉裙女童仰起头,天真可爱道:"真有那么一天的话,崔爷爷你帮着我家老爷一些?"

老人摸了摸小火蟒的脑袋:"有些家务事,外人帮不了的。"

老人缓缓站起身,伸手指向远处:"试想一下,如果真有那么一天,陈平安开宗立派,有你和小水蛇,有腹下生出金线、长出四足蛟爪的棋墩山黑蛇,有这么多座山头,每座山头都有高人坐镇其中,例如那个认了陈平安当先生的……还有那些将陈平安叫作小师叔的孩子们,然后你们也成了世人眼中的仙家府邸,有了宗门长老,要收取弟子门生,陈平安手底下汇聚了十人、百人甚至千人、万人。一旦自家人有了纷争矛盾,他陈平安手心手背都是肉,就不是一拳一剑能够解决的事情了,该如何处置?"

粉裙女童在芝兰楼看遍了各国史书,晓得这个问题的棘手,便连嗑瓜子的心情都没了。

崔姓老人笑道:"其实也不用太过忧心,陈平安有一点好,可能没几个人发现……"

粉裙女童等了半天,都没有等到老人的下文,忍不住问道:"崔爷爷,我家老爷身上都有那么多优点了,还有我不知道的好啊?"

老人开怀大笑道:"你这小闺女有一点是真好,拍人马屁,尤其是对你家老爷,能够春风化雨,润物细无声!"

粉裙女童有些赧颜,心想自己可没有溜须拍马,老爷就是有这么好呀。

老人坐回竹椅,不再卖关子,笑着说道:"陈平安很好说话,所有跟他亲近的人,都会把这一点当作天经地义的事情。可总有一天,陈平安会在某件事情上,变得很不好说话,甚至是最不好说话。到了那个时候,奇怪的事情就会发生了,所有人都会感到……心虚和害怕,绝不是第一时间去反驳什么。"

粉裙女童赶紧双手合十，喃喃道："我可不希望老爷生气。"

老人叹了口气。他曾经在竹楼外杀人之后，气势汹汹地对陈平安问了一句："你是随我练拳，还是跟我学做人？"

这既是老人的肺腑之言，其实又何尝不是眼高于顶的老人，自认在"做人"这一点上，无法坦然说服陈平安？

粉裙女童突然怯生生问道："如果有一天，崔爷爷你做了错事，然后我家老爷发火了，你会不会害怕啊？"

老人在小家伙脑袋上敲了个栗暴，然后起身离去，气呼呼道："小丫头真不会聊天！"

崖畔那边其实一直竖起耳朵偷听的青衣小童，坏笑着转过头，朝粉裙女童竖起大拇指。粉裙女童开开心心嗑起了瓜子，心想这可不是我厉害，是我家老爷厉害呢。

杨家铺子的杨老头，年复一年守着那座小小的后院。无数年来，除了接管杨家的家主，以及家族内某些侥幸成为练气士的人物，得以知道那个惊世骇俗的秘密，小心翼翼地帮着老人守护着那个秘密，其余无论是生老病死的杨家子弟，还是进进出出的药铺伙计，一代代人，都只知道杨家铺子有这么一个跟"自家长辈同龄"的老前辈，只知道老人常年足不出户，性情古怪，不好打交道，但是治病救人很有一手。当然，老人要价不菲，否则任你是谁，只要出不起钱，那就准备棺材吧，反正棺材铺子就在一条街上。

杨老头今天依然在后院抽着旱烟，只不过手里多了一本大骊书肆新刊印的小说，此小说出自小说家。小说家曾是浩然天下的九流十家之一，只是随着光阴流逝，就像四大显学之一的墨家如今不再是显学，小说家也沦为最平常的诸子百家之一，多是书写一些不入流的稗官野史，以及世俗百姓钟情的脂粉艳文，博取噱头。当然，针砭时事亦有，历史上许多帝王将相的名声口碑，其实很大一部分都是被小说家之言，给坑害得不堪入目。比如某些终其一生立志于朝政改革的治国能臣，到最后，最为后世熟知的事情，竟然不是那些治国良方，而是什么一夜御十女，无女不欢。又比如某些几乎立功立德立言三不朽的儒家大贤人，竟然会夜宿尼姑庵，最后成了一个老不害臊的扒灰老汉，而此人道德文章蕴含的大礼至理，皆成空谈和笑谈。所以曾有儒教学宫圣人，不得不愤懑出声："末流小说家，误国误民第一！"

只是制订且掌管天下规矩的那位礼圣，对此仍是像对待妖族的态度一样，给予了最大的宽容忍让。

此时此刻翻阅小说的杨老头，对那场中土神洲的三四境之争的双方谁都看不惯，最多就是对那个"四"的学问宗旨，对那个"四"字，杨老头愿意伸出大拇指，说一个"好"字；而对那个"三"——明明被封为亚圣，其实只在文庙排第三高位的儒家圣人，杨老头很看不惯，认为由褒义沦为贬义的"道貌岸然"，形容此人最是恰当。

杨老头手上这本泛着淡淡墨香的小说，是店伙计从龙泉郡城那边的书肆购买而来，上边写了许多江湖豪侠的成名经历。在他们身处逆境绝境之时，总少不了几句荡气回肠的豪言壮语，无非是怨恨老天爷不开眼的那些，杨老头每次看到这些，似乎还挺开心。最后他合上书籍，乐呵呵道："你们这些年轻人啊，就放过老天爷吧。"笑过之后，老人收起书籍，大口吞云吐雾，然后从袖中抖搂出一座貌似小庙的小物件，摔在地上，想了想，用竹烟杆敲了敲脚边地面，轻声道："宋庆，你出来。"

地面上那座小庙门口，有青烟滚滚而出，很快凝聚为一名面容沧桑的老者，他看到杨老头后，一揖到地，沉声道："拜过神君。"

杨老头置若罔闻，只是吩咐道："准许你离开此地辖境，宝瓶洲一洲之内，你当年境界依旧。你此行是为泥瓶巷曹氏子弟曹峻担任护道人，只要曹峻修补完了那个心湖剑池，你这一脉的宋氏子弟，必然在这场大势中崛起，享受人间荣华至少百年。此后你家子孙的境遇，福祸无门，唯人自召。"

那个老者虽然只是阴魂形状，却仍有青烟凝为长剑悬挂腰间，剑气已无，但是剑意盎然，显而易见，老者生前必然是一名剑士。听到杨老头的承诺后，老者面露喜色，再次作揖道："谢神君恩典！"

杨老头随后一挥袖，顿时有一张张金色符箓遍布青烟老人全身，这是保证阴物老者行走天地间的护身符。阴物老者神魂大定，气势暴涨，剑意之盛，若非杨老头吐出的那一大口烟雾遮蔽，恐怕就要气冲斗牛，惊动龙泉郡所有练气士。

杨老头说道："去吧，曹峻如今已经去往大骊京城，你可以直截了当地跟他道明此事。宋庆，你若是胆敢坏了规矩，不只是你宋庆当场魂飞魄散，我保证将你这一脉宋氏斩草除根，要你香火断绝，以后千年万年再无你宋氏这一脉的半点痕迹。"

老者抱拳肃穆道："绝不敢冒犯神君！"

杨老头冷笑道："多说无益，我自会看着你的行事。"

老者领命，一闪而逝。

杨老头在那名小庙阴物消失后，抬起头，望向浩然天下的厚重天幕，久久无言，最后无奈道："举头三尺有神明，人在做天在看。若真是如此，又何至于此？"

第四章
大骊陈平安在此

剑水山庄外小镇的一座酒楼的二楼,在靠窗位置,一老一少相对而坐,吃着火锅,桌上摆满了菜碟,春笋、黄喉、羊羔肉、鹅肠、鸭血……当然还有两壶好酒,以及一碟自己配置的鲜辣酱料,红灿灿的,能让不吃辣的人头皮发麻。陈平安其实原本不怎么吃辣,但是熬不住宋老前辈在旁劝说,说酒楼有不下七八种各色自制辣酱,少了一种都是憾事,陈平安这才硬着头皮全往碟子里加了一勺子。

由于宋雨烧从不在山庄和小镇以真实身份露面,所以那个胖嘟嘟的酒楼掌柜,不知道他是梳水国剑圣、剑水山庄的老庄主,只知道这个姓宋的老哥,是个懂吃的行家,不会辜负他的火锅和好酒。掌柜一见到老人带着朋友登门,就很开心,亲自带他们上了二楼,挑了个好座位,从头到尾上菜端酒都不用店里伙计,全部是掌柜自己亲自动手。

陈平安吃得满头大汗,满脸通红,可是敌不过美食当前啊,再说了,这次是自己结账,不尽量多吃一点,陈平安心里不得劲儿。

放开肚子吃的少年吃到扛不住辣的时候,还会傻乎乎去喝一口酒,辣上加辣,真是欲仙欲死,可就是不愿放下筷子,死死盯着火锅里马上可以下筷的食物。宋雨烧看着心情大好,比起以往来此独坐独饮,老人下筷子其实要快了很多。

宋雨烧拿起一杯酒,不再以"老夫"自称,突然说道:"陈平安,其实按照老规矩,我不该出现在水榭里。武夫破境,就跟山上练气士闭关一样,最忌讳外人旁观。所以我自罚一杯。"老人一饮而尽杯中酒。

陈平安赶紧拿起酒杯,使劲咽下嘴中食物,也陪着喝了一杯,而且又倒了一杯,回敬老人:"如果不是老前辈,我今天肯定连四境的门槛都跨不过去。我应该敬老前辈一杯酒。"

老人也跟着喝了一杯酒。宋雨烧望向窗外街道上川流不息的人流,偶尔眼神会停留片刻,其中有人在与他对视之后,脸色微变,迅速低头。

宋雨烧微微一笑,收回视线:"我当时之所以去水榭,是有件事必须当面告诉你。不管你今天能否破境,在今夜都要离开山庄,不可以参加明天的武林盟主大典。"

陈平安依旧倒酒不停,只是下筷夹菜的速度放慢了一些,轻声问道:"有人想要对山庄不利?"

宋雨烧没有藏藏掖掖,坦然笑道:"来头极大,声势极大,但是与你陈平安无关便是了。"

老人举杯喝了口酒:"这可不是瞧不起你和你的朋友,而是剑水山庄的一些家务事,不方便江湖朋友插手。但是不管如何,身为主人,却对客人下逐客令,不厚道,所以我还是要自罚一杯。你陈平安随意。"

陈平安还真就随意了,只是举杯小抿了一口酒。

老人对此不以为意,继续夹起一筷子鲜嫩鹅肠,在火锅里涮了一小会儿,就放入辣酱碟子,轻轻一搅和,将鹅肠在鲜辣酱料中翻了个滚儿,然后提筷放入嘴中。

陈平安欲言又止。

宋雨烧笑道:"咱们只管吃,不谈事情了。世间唯有美人、美景、美食,三物最不可辜负。"

陈平安便埋头吃东西,偶尔喝酒。

天下无不散的筵席,再好吃的火锅,也有下最后一筷子的时候。

酒足饭饱,陈平安放下筷子。这是陈平安头一回一口气喝完足足一斤半酒水,别说是脸,耳根子和脖子都红透了。他醉醺醺说道:"横刀山庄那对父女,好像没有找我的麻烦。"

宋雨烧轻声笑道:"绿水长流,来日方长。江湖恩怨亦是如此,好在你不是梳水国人氏,很快就会离开,以后未必还会再来,否则有的是麻烦缠身。"

宋雨烧记起一事:"那次水榭风波,你好像攒了一肚子火气。我有些奇怪,照理说,在不知道你根脚的前提下,横刀山庄的庄主王毅然,一位享誉已久的江湖宗师,能够对你一个少年以礼相待,没有仗势凌人,愿意为女儿道歉,你为何还是好像有些……不服气?"

陈平安打了一个饱嗝,摘下腰间的养剑葫芦,但是没有喝酒,思量片刻,正色道:"我不是对王毅然有看法,但是我觉得这里头,是有不对的地方的。"

宋雨烧好奇道:"此话何解?"

陈平安下意识又喝了一口酒，借着晕乎乎的酒劲，缓缓道："我曾经听一位老先生讲述顺序一说，我没读过书，识字不多，所以理解得很浅，但是没事的时候，就愿意把这些学问拿出来，多想一想，觉得对错有先后，当然也分大小，不能拿一个后边的对，去掩盖前边的错，哪怕后边的对很大，前边的错很小，还是得先把前边的小错，掰碎了说开了，道理完完全全说透了，后边的对，才能真正站稳脚跟，这就像……一个人不能跳着走路。

"但是我瞎琢磨出来的这点东西，可能没甚道理。我这趟南下游历，翻过很多书，书上都不讲这些，所以我自己一直不敢确定对错。但如果将我的道理，套用在水榭那件事上，就是你王毅然其实不用跟我道歉，只需要让你女儿站出来，跟我说一声'对不起'就行了，否则到最后，你王毅然堂堂江湖大宗师，为别人道歉，难道我就一定要接受了？哪怕我愿意接受你王毅然的，那你女儿就算是没有错了吗？我觉得不是这样的，你王毅然做得再对，你女儿的言行，错，就是错，今天是如此，将来也是如此。"

陈平安一手提着酒葫芦，一手挠头："宋老前辈，这些是我随便讲的，胡言乱语，让你笑话了。"

宋雨烧先是愕然，然后茫然，最后满脸恍惚，只觉得自己认定的那个江湖，翻天覆地。宋雨烧回想起他这一生，尤其是关于儿子宋高风的那一段不堪回首的记忆，老人原本已经不愿再去想起，更不愿去深究其中的恩怨情仇，直到今天，直到这一刻，这名老人才发现自己的心结到底在什么地方，自己又为何这般愧疚悔恨。

老人红着眼睛，颤抖着提起筷子，从火锅底夹起一筷子食物，放入嘴中慢慢咀嚼，脸上逐渐有了一些笑意。

老江湖奉为圭臬的那些老规矩，被老一辈人视为金科玉律的道理，原来，原来也有错的地方！当年我儿子宋高风何错之有？即便有错，那也是这个狗娘养的江湖有错在先！

是那个沙场武将出身的前任武林盟主错了，那场恩怨，根本就不是那一条胳膊的事情！是你女儿本人，欠了我宋雨烧的儿子，欠了我儿媳妇一句"对不起"！

满脸老泪纵横而不觉丢脸的宋雨烧，缓缓放下筷子，站起身，对陈平安洒然大笑道："这顿饭，我宋雨烧替我儿子和儿媳妇，替我剑水山庄请你！"

酒楼二楼顿时哗然。

因为"宋雨烧"和"剑水山庄"这七个字，就意味着半个梳水国江湖的百年风流！

老人对陈平安抱拳道："我有话要跟孙子讲，就先行回庄子了。之后未必能够跟你道别，那就还是那句江湖老话，青山不改，绿水长流，希望咱们后会有期！"

陈平安一头雾水地站起身，看着老人掠出窗外，在屋脊之上一路飞掠而去。

老人在众目睽睽之下，一路飞掠到山庄大门之前，然后大步跨过门槛，不理会任何搭讪恭维,直接在一栋多年无人居住的小院,找到了那名正站在院中闭目养神的年轻人——孙子宋凤山。

宋凤山睁开眼睛,一言不发,一如当年年幼之时守在爹娘病榻前的他。

宋雨烧摘下腰间铁剑,单手握住,递向脸色冷漠的宋凤山,后者问道:"为何?"

宋雨烧沉声道:"这是你爹宋高风的剑,子承父业,就该交到你宋凤山手上。"

宋凤山没有伸手接剑,讥笑道:"哦,又是一桩怪事。先是爷爷您提前赶来,庆贺孙子的盟主大典,如今又交给我一把破铁剑。怎么? 爷爷终于想要卸下梳水国剑圣和剑水山庄老庄主的担子,想要含饴弄孙了?"这名年轻人双手负后,眼神凌厉,却满脸微笑,"只是不好意思,不孝孙儿要告诉爷爷一个噩耗,皇帝陛下亲自下了数道密旨,朝廷大军近万精锐,已经在州城外集结完毕,想必明日就会大军压境,剿灭我这大逆不道的新武林盟主。爷爷,孙儿不奢望你出手相助,真的,这是孙儿的真心话,只求爷爷从头到尾袖手旁观就行了,只求您莫要再赐我一剑。"

宋雨烧凝视着孙子的面容,爽朗大笑,上前踏出一步,重重一巴掌拍在他肩膀上,毫不遮掩自己的笑意和欣慰。老人嗓音低沉道:"不愧是宋高风和柳倩的儿子! 爷爷知道这次领军之人,正好是那名女子的丈夫,大将军楚濠。"

宋凤山满脸疑惑,眉头紧皱。

宋雨烧笑道:"既然那个心肠歹毒的妇人得寸进尺,正好借此机会,我宋雨烧也有个道理,想要跟江湖和朝廷说个明白!"老人眼眶湿润,一只手握紧,一只手抬起,轻轻抚平眼前孙子紧皱的眉头,喃喃道:"这么多年,爷爷也该为你做点什么了。"

宋凤山后退一步,低下头,抬起一手,用胳膊挡住脸庞。

宋雨烧轻声道:"凤山,从今往后,爷爷就不跟你唠叨那些老规矩了,但还是希望你最后听一次。老江湖是有老江湖的不对,可是那些对的东西、好的事情,希望你以后身在江湖,也别全盘否定。"

他将孙子死活不愿意接过手的老铁剑放在院中石桌上,独自走向院门。其间老人望向小院正屋那边,只是话到嘴边,老人还是没有说出口。

宋凤山嗓音沙哑地问道:"爷爷,您要去哪里?"

宋雨烧大步向前,笑道:"爷爷的佩剑,这么多年一直留在了瀑布下的水潭,去取剑!"

一直到老人身影远去,宋凤山都站在原地,一动不动。

院内屋门缓缓打开,走出一名年轻妇人,问道:"不拦着爷爷吗?"

宋凤山擦去眼泪,伸手轻轻按住桌上那柄剑,胸有成竹地微笑道:"既然咱们早有谋划,一切都在掌握之中,你难道就不想看一人一剑挡在阵前,万军不前? 反正我这个当孙子的,是想的,都偷偷想了这么多年了。"

年轻妇人奇怪道:"老祖宗如何想通的?"随即妇人有些忧心忡忡:"以后咱们山庄的所作所为,老祖宗可就未必喜欢了啊。"

宋凤山冷哼道:"大不了再让爷爷刺几剑,到时候实在不行,就拿出我爹的这把剑,看老爷子舍不舍得再下狠手!"

妇人打趣道:"哟,二十多年没喊爷爷了,今天倒是太阳打西边出来了,一口一个,顺溜得很呢。"

宋凤山回头瞪了一眼,年轻妇人嫣然而笑。

她其实是一位大骊死士,有朝一日,等到大骊马蹄踩在宝瓶洲中部疆土,她就可以正大光明地挂出那块大骊朝廷颁发给山上人的太平无事牌。这一点,宋凤山心知肚明。

第二天,选举梳水国新武林盟主的大会,在剑水山庄如期召开。

从梳水国一座州府到剑水山庄的道路之上,骑军驰骋,尘土飞扬,遮天蔽日。大军之中,有一名身披鲜亮重甲的大将军,骑着一匹高头骏马,男人嘴角噙着笑意,举目远眺,可谓踌躇满志,此次踏平那座狗屁的剑水山庄之后,自己就是当之无愧的梳水国战功第一人了。

这名大将军突然眯起眼。大军之前,一位被誉为"梳水国剑圣"的黑衣老人,从瀑布下的水潭里取出佩剑之后,挡在了大军之前。老人身后,遥遥跟着一名腰间悬挂酒葫芦的背剑少年。

在对着千军万马出拳之前,少年摘下养剑葫芦,仰头喝了一大口酒,痛快,痛快!

宋雨烧腰间悬佩的那把剑,昨日临时取自瀑布下的水潭,是一把山上练气士都要避其锋芒的神兵利器,名为"屹然"。

事实上宋雨烧生平第一次见这把剑的地点,就位于瀑布底下的深潭,而且就在陈平安在瀑布下练习剑炉立桩的脚下,那块好似中流砥柱的石墩之中。巨石内暗藏机关,当年宋雨烧因缘际会,偶然得此剑,剑术与名剑相得益彰,才有了未来的梳水国剑圣。

在儿子宋高风死后,宋雨烧便更换了随身佩剑,将这把剑鞘为特殊青竹的屹然剑,重新藏入巨石。宋雨烧翻遍典籍,终于找到一页秘史记载,相传此剑"砺光裂五岳,剑气斩大渎",曾是由一名别洲武神亲手铸造,遗落于宝瓶洲,不知所终。

宋雨烧此时悬挂剑鞘泛黄的长剑,望向马蹄骤然放缓的朝廷兵马,不愧佩剑之名,黑衣老人屹然而立,毫无惧色。

这支将近万人的梳水国"平叛大军",其中有三千精骑是大将军楚濠的嫡系,全是边疆沙场出身,是梳水国一等一的锐士,此外还有四五千从各地驻军中抽调而出的地方精锐，再有千余人是州治官府调遣的老捕快，以及重金笼络的江湖豪侠，当然还有大将军楚濠自己收拢的一批江湖高手，几乎全是当年天子亲自做媒、自己迎娶那名女子的丰厚"嫁妆"。老丈人虽然死于江湖仇杀，可在那之前好歹做了小二十年的武林盟主，又有朝廷做靠山，暗中培植了许多见不得光的江湖羽翼，之后这些人便都成了女婿楚濠的扈从死士。

楚濠的枕边人哪怕这么多年过去了，对于剑水山庄仍是深恶痛绝，心怀死结。对此楚濠拎得很清楚，嘴上附和，但绝不会在皇帝陛下没有开口之前，以大将军府的明面身份，去挑衅一个剑术冠绝梳水国的武道大宗师，所以女子怨言颇多。好在这次剑水山庄自己找死，陛下龙颜震怒，楚濠便顺势请缨出战，一切水到渠成。

说句实在话，妻子有心结难解，楚濠作为驰骋边关多年的风云人物，在庙堂上纵横捭阖，也有心结，你一个娘们，明知宋高风早有婚配，人家小两口恩恩爱爱，还有一个当剑圣的父亲，凭什么要人家休妻娶你？然后你一怒之下，就找人去毁了花圃，坏了那个女子的性命。换成是楚濠，早就调动麾下大军，杀个血流成河了。

只不过话说回来，楚濠到底不是那个遭受无妄之灾的可怜虫宋高风。楚濠得了皇帝陛下的信任，娶了个如花似玉的女子，手底下还多出可供驱使的十数名江湖顶尖高手，一举三得，做了一笔赚得盆满钵满的大买卖，枭雄楚濠对于这点心结，看得很轻。再者，老盟主在金盆洗手的那天，被销毁面容的宋高风独力斩杀，也让女子这些年收敛了许多，大体上安安心心相夫教子，在梳水国京城与其他诰命夫人广结善缘，让他楚濠的仕途顺畅了许多。楚濠觉得这还得谢过当年姓宋的，让她吃过教训，否则吃苦头的就是自己了。

此次离开京城之前，妻子暗中随行，现在就秘密住在州府之内。她提出这次踏平剑水山庄之后，老剑圣宋雨烧可以不用死，逃了就逃了，但是那个据说容貌酷似他母亲的孽障宋凤山，必须挫骨扬灰。到时候她要亲手带着宋凤山的骨灰坛，在那对狗男女的坟头砸烂，要他们亲眼看着宋氏香火断绝。

青竹蛇儿口，黄蜂尾上针。两般犹未毒，最毒妇人心。不愧是他楚濠明媒正娶的妻子，好事！

楚濠收回思绪，一手勒住马缰，一手遮住阳光，继续带点闲情逸致远眺道路。此处官路宽阔，道路两侧亦是平坦，不但适合步卒结阵，也适宜骑军冲锋。那个在江湖上作威作福惯了的宋老头子，真是不知死活的江湖莽夫，半点不通行军打仗，还敢逞英雄，该他和剑水山庄一起灰飞烟灭。

楚濠看着那个退迹闻名的江湖老人，扯了扯嘴角，放下手臂，手心摩挲着一柄皇帝御赐的黄金裁纸刀，笑道："可惜了这份英雄气概，也好，以后世人提及此事，只会说我楚濠阵前斩杀了一个剑圣。"

沙场多有万人敌之说，可惜那只是些狗屁文人的溢美之词，包括梳水国在内的十数国的广袤版图上，确实有不容小觑的猛将，膂力惊人，擅长陷阵，若有神驹坐骑，更是如虎添翼，可是万人敌？不存在的。楚濛身经百战，绝非躺在安乐窝享福的文人，也不曾见识过此等神人。

宋雨烧站在原地，既然已经走到这里，老人就不愿意后退一步，只是回首望去，有些无奈。你陈平安跑来凑什么热闹？

陈平安此次出行，背上了装有降妖、除魔的剑匣，绳索早已系紧系死。

他一路小跑到宋雨烧身边。老人隐约有些怒气，道："在水榭那边，你与横刀山庄起了冲突，我当时曾说过'行走江湖，生死自负'这八个字。陈平安，你知道这里头的意思吗？"

陈平安点点头。

宋雨烧气笑道："你知道个屁！那王珊瑚以刀鞘顶端指向你，她这就是在行走江湖。那名横刀山庄扈从在你背后挽弓射箭，这也是。我孙子宋凤山，每次找人试剑，也是。我宋雨烧今天拦阻在大军之前，更是！"

宋雨烧一番话说得如疾风骤雨，最终只有一声叹息："陈平安，你不该来的。"

陈平安轻声道："不管宋老前辈今天做什么，我只负责一件事，带着宋老前辈活着离开这里，我不杀人。"

陈平安补充了一句："争取不杀人。"

宋雨烧深呼吸一口气，尽量心平气和地劝说道："现在双方等同于两军对峙，你说不杀人就能不杀人？你当是孩子过家家呢。大军之中，有数千骑军可以奔袭游弋，有重甲步卒结阵如山，更有数千张强弓劲弩对准你，二话不说就是大雨浇头的下场，更别提楚濛麾下还有十数名江湖好手，以及一些个手持兵家神弓的校尉、都尉，是朝廷专门针对练气士和江湖宗师的国之重器，哪怕是我宋雨烧，若是给一箭射中要害，都要重伤！"

陈平安反问道："既然对方这么厉害，老前辈难道只是来送死？"

宋雨烧沉声道："我要擒贼先擒王，尽量一鼓作气拿下主帅楚濛，好让这支大军群龙无首，然后威胁楚濛交出那名女子。我一人行事，有五成把握，可你如果跟随我冲锋陷阵，一旦陷入包围，只会成为我的累赘。所以听我一言，赶紧返回山庄，带着两个朋友远离是非之地。"

宋雨烧仰起头，入夏时分，还有这等明媚的艳阳天，真是不错，转头对那个北方少年微笑道："陈平安，好意心领了。但是我宋雨烧是生是死，剑水山庄是存是亡，都称得上是问心无愧。行走江湖，这还不够？很够了！"

陈平安拍了拍腰间的酒葫芦，灿烂笑道："我跑起路来，真不是我吹牛，两条腿肯定比四条腿的战马还要快，而且我还有保命的压箱底宝贝，老前辈你不用担心我，只管放开手脚收拾那个楚濠。如果不是有这份底气，我今天是不会露面的。"

宋雨烧气急，恨不得一个栗暴砸在这个榆木疙瘩的脑门上："瓜皮！你小子真当自己的小破酒葫芦，是山上剑仙腰间的养剑葫芦了？再说了，你一个淬炼体魄的纯粹武夫，有了传说中的养剑葫芦，又有何用?!"

陈平安挪动脚步，站在了宋雨烧身后，来到了一个不会被梳水国朝廷兵马看见的地方，重重一拍底部篆刻有"姜壶"二字的养剑葫芦，沉声道："初一，有人瞧不起你呢，出来。"

宋雨烧愣在那里，干啥呢？朱红色酒葫芦也没个动静啊。

陈平安有些尴尬："十五。"

嗖一下，一缕惊世骇俗的碧绿剑光迅猛掠出养剑葫芦，速度之快，堪称风驰电掣。晶莹剔透的那柄袖珍小剑，骤然悬停在两人之间，然后缓缓游荡起来，像是在跟主人陈平安邀功请赏。

陈平安早就心里有数，养剑葫芦里的两位小祖宗，飞剑十五温驯听话，陈平安心意所至，十五就会剑尖所指，简直就是他的贴心小棉袄；至于初一这位大爷，那真是架子比天大，除非生死一线的险境，或是它自己感兴趣了，陈平安基本上使唤不动。不过对此陈平安也不会强人所难，不奢望初一能够像十五那样事事顺心，至少在几次关键时刻，初一从未坑过自己。

宋雨烧惊讶道："还真是一只大剑仙的养剑葫芦?!"

陈平安咧嘴一笑。

宋雨烧拍了拍陈平安的肩膀："陈平安，记住，千金之子，坐不垂堂！走吧，你能来此送行，已算情至意尽。既然你的武道之路已是坦途，又身怀重宝，就更应该珍惜当下的安稳。走走走，莫要再婆婆妈妈，信不信我跟大军交手之前，先打你一个灰头土脸?!"宋雨烧厉色道："我宋雨烧说到做到!"

初出茅庐的少年郎，一身的江湖气，竟是半点不输老江湖宋雨烧。那个穿草鞋，背木匣，腰间挎了个养剑葫芦，已经走过千山万水的北方少年，对老人郑重其事道："我陈平安，来自北方大骊龙泉郡槐黄县泥瓶巷，也在行走江湖!"

老人转过身，大笑道："瓜娃儿，似不似个撒子?"

陈平安踏步向前，与老人并肩而立："我还要回请您一顿火锅。"

老人实在放心不下，又问："形势不妙，你真能想跑就跑得掉?"

陈平安点头道："我不但有养剑葫芦和飞剑护身，昨夜我还一口气写了二十张方符，能够帮我缩地成寸。真要逃命，那速度保管嗖嗖的，连我自己都要忍不住竖大拇指。"

虽然听上去很像是说笑,可老人转头仔细打量少年的神色,根本不像是在开玩笑。老人便放下心来,豪气干云,伸手按住屹然的剑柄:"好!那就等你小子请我吃这顿火锅!"

陈平安突然轻声问道:"去酒楼吃火锅,能不能酒水自带?"多出了养剑葫芦、飞剑和方寸符,可那副抠抠搜搜的财迷德行,照旧。

老人哈哈大笑道:"这有啥子阔以不阔以的,阔以得很!"

宋雨烧一掠向前,长剑出竹鞘,剑气萦绕天地间,纵声大笑:"容我先行一步,为我殿后即可!"

一方是两人而已,一方是万人大军。但是后者面对那一老一少的江湖中人,却人人如临大敌,当战鼓擂响时,有些地方驻军出身的年轻士卒,下意识咽了咽口水。

因为剑气已近。

对阵两名江湖莽夫,耗死对方就行了,不用太讲究沙场上的排兵布阵,无非是先头骑军冲锋,再适当拉开锋线,左右策应,尽量将箭雨全部覆盖在那名梳水国剑圣破阵的路上,然后就是后方步兵起阵,刀盾手在前,长矛穿刺而出,形成一座层层叠叠的铜墙铁壁。

除了梳水国军中制式步卒弓弩,军阵中还隐藏有从朝廷皇家库藏里取出的数十张神弓。这些神弓由墨家匠人精心打造,一向为兵家武将倚重,箭尖篆刻有云纹符篆,箭杆以精铁铸造而成,箭羽为金色雕翎,一支箭矢坚韧且沉重,故而寻常行伍神箭手都无法驾驭,唯有武道造诣不俗的军中力士才可拉满弓弦,威力极大,速度、射程和精度都要远胜一般强弓。

在大将军楚濠四周,聚集了将近二十名江湖鹰犬。高手环伺,宋雨烧想要一人开阵,杀到楚濠身前,难如登天。

楚濠知道就算自己麾下三千能征善战的嫡系精骑,能够不惧剑圣,敢于正面冲锋,可不意味着手底下其余兵马都能悍不畏死。楚濠久经沙场,对此心知肚明,所以派人传话给几名带领地方驻军的武将,此次战马践踏江湖,军中每战死一人,朝廷的抚恤金,是令人咋舌的一百两银子,阵亡士卒所在家族,一律免役十年!但是胆敢临阵退缩者,斩立决,而且还会按照边军律法处置,举族流徙千里!

赏罚并下,如此一来,全军上下,唯有死战了。

大将军楚濠策马立于迎风招展的威武大纛之下,志得意满。大军压境,江湖莽夫不过是螳臂当车,皇帝私下许诺自己,剑水山庄的家底,他楚濠可以将半数收入囊中,用来犒赏此次楚氏大军的出兵,其余半数上缴国库,但是地方军伍的一切折损抚恤,需要他楚濠独力解决,不许劳烦兵部和户部。这点银子开销,只要将山庄抄家,楚濠还有莫大的赚头。

宋雨烧没有第一时间掠向高空,去当那扎眼的箭靶子,他低头弯腰,手持屹然,一路前奔,气势如虹,快若奔雷,与那已经拉开一条整齐锋线的楚氏精骑对撞而去。

第一拨箭雨泼洒而下,天空中密密麻麻的攒集黑点激射而至,弓弦紧绷之后的骤然松开,发出嗡嗡声。这还只是第一轮骑弓攒射。

宋雨烧一脚重重踩在地面,本就迅猛的前掠越发身影飘忽,整个人以更快速度前冲,同时手腕拧转,身形一旋,剑气翻滚,方圆数丈之内,磅礴剑气凝聚成团,然后猛然炸裂四溅。他的身后地面瞬间插满了画弧而落的箭矢,泥土翻裂,尘土四起。其余迎面而来的箭矢,则被宋雨烧的四散剑气悉数击碎。

虽然宋雨烧的速度之快超乎想象,其剑气之盛更让那些沙场将士大开眼界,可第二轮骑弓劲射,仍是有条不紊地紧随而至,箭矢纷纷如雨落。

宋雨烧手持屹然,身形如陀螺般迅猛旋转一圈,只见这个梳水国老剑圣四周,便瞬间多出了成百上千柄屹然剑,剑尖齐齐指向圈外。一气呵成,剑气千万。

宋雨烧手中不再持剑,双指并拢作剑诀,指向高空,轻喝道:"去!"然后一跺脚,身前半个圆圈的由剑气凝聚而成的长剑,向着手持枪矛冲撞而来的前排精骑挥洒而去,一时间戳断了数十骑的马腿,更穿透了二十余精骑的坐骑脖子,正面骑军冲锋的道路上,顿时人仰马翻。

一把屹然剑飞升上空,在宋雨烧的剑诀牵引之下,剑气纵横,如一把大伞遮蔽雨水,当那些箭矢落在雨伞之上,无一例外,皆是以卵击石,粉身碎骨。

两翼有两股精骑加速前冲,同时侧面骑弓倾斜射向宋雨烧,老人身后剩下的半圈剑气,飞快补上之前的半圆剑阵,再次飞射而出,两翼骑军又有数十骑的战马当场暴毙,骑兵摔落马背。楚濠带兵的能耐在此凸显,那些骑兵除了极少数晕厥过去,绝大多数都飘然落地,或是翻滚起身,抽出腰间战刀,直接向宋雨烧扑杀而来。

一个梳水国剑圣的头衔,所谓的江湖第一人,根本吓不住这些血水里泡过、尸骨里躺过的精悍健士。东宝瓶洲中部以西地带,包括彩衣国在内周边十数国,以彩衣国兵马最多,是桌面上的第一强国,尤其是它的骑军规模冠绝诸国,只是无论是盛产重甲步卒的古榆国,还是弓马熟谙、擅长骑战的松溪国,或是民风彪悍、步骑精锐的梳水国,都有资格嘲笑彩衣国边军的那些绣花枕头。曾经,彩衣国好不容易冒出来一个姓马的厉害武将,还给边关大佬排挤到了胭脂郡那个脂粉窝里头养老,这么一大块油腻肥肉,够和彩衣国接壤的三国联手饱餐一顿了。

楚濠此次亲自带兵震慑江湖,除了妻子的私人恩怨,其实根源还是要为争夺征伐彩衣国的主帅身份,争取一些朝野声望。否则哪怕皇帝陛下内心更倾向于楚濠,可难免会惹来一些功勋老人、宗室权贵的非议。自己送上门的这颗剑圣头颅,分量不比一座剑水山庄轻。

大阵重重保护之下的楚濠忍不住笑道："天助我也。宋雨烧，杀，只管杀，等你到了强弩之末，看你还怎么耍威风。我楚濠很快就会手握十数万边军，挥师北上。等到我拿下彩衣国的灭国头功，宝瓶洲十年一度的观湖书院武将大评，说不定就要有我楚濠的一席之地！北边那个大骊宋长镜，不过是仗着皇亲国戚，真要谈沙场用兵的真本事，一个茹毛饮血的北方蛮子，算个什么东西！"楚濠握紧那把御赐裁纸刀，笑意愈浓，忍不住重复了一句："天助我也！"

道路之上，一人迎敌的宋雨烧，在成功挡住两拨箭雨后，已经距离前方骑阵不过五十步，以他的前奔速度，骑军已经放弃骑射，以再熟悉不过的冲锋凿阵姿态，蛮横撞向那个黑衣老人。宋雨烧心神微动，前奔途中，横移数步，躲过一支极其迅猛的阴险箭矢，之后老人三次转换位置，都恰到好处地躲避掉特制箭矢，双指剑诀一摇，驾驭空中那把长剑下坠前冲，大笑道："斩马开阵！"

那些从马背摔落的持刀骑卒，有心死战，却人人战刀落在空处，只觉得一股虚无缥缈的青烟擦肩而过，眼前就再无黑衣老人的身影。

屹然如蛟龙游走江河之中，数骑战马眨眼之间就被斩断马腿。长剑只管为后边的主人开辟一条畅通无阻的前行之路，或刺透战马背脊，或在马侧划出一条巨大的血槽，或从马腹部拉出一大团鲜血淋漓的肠子，所到之处，战马倒地，骑卒坠落，然后就是一道淡薄如烟雾的身影，潇洒前掠。

战力卓越的精骑冲阵，就这样被梳水国剑圣一穿而过。

宋雨烧成功凿开第一道阵线后，前方却是盾牌如山，一线排开，缝隙之间刀光凛凛，更有长矛如林，微斜耸峙。长矛有足足一人半高，整齐的矛头在阳光照射下，熠熠生辉，绽放出沙场独有的惊人气势。

宋雨烧若是高高跃起，从空中掠向那杆主将所在的大纛，楚氏大军的待客之道，一定会是列在矛阵后方的步弓，向上劲射。

之前由于宋雨烧破阵速度太快，步弓抛射没有派上用场，但这绝对不代表步弓没了威慑力，更别提其中还夹杂有朝廷奉若珍宝的一张张墨家神弓。

宋雨烧强提一口新气，体内气机流转如洪水汹涌倾泻，就在此时，在宋雨烧视野不及的步阵后方，早有数名依附朝廷的梳水国江湖顶尖高手，踩着士卒的脑袋和肩头，联袂扑杀而来。他们算准了宋雨烧的换气间隙，高高越过那片密集枪林，各怀利器，对宋雨烧当头劈下。

宋雨烧脚尖轻点，不退反进，一手握住屹然长剑，一剑横扫。他们虽算到了宋雨烧要换气的时机，但是武道境界有差距，这些世人眼中的江湖宗师，根本不知道六境武人的气机流转之快！三名兵器各异的四境小宗师，竟是当场被那道半弧剑气拦腰斩断。

江湖出身，死在沙场，不知道那三人会不会死不瞑目。

宋雨烧又一剑笔直斩下，身披重甲的大阵步卒四五人，以及他们身后数人，同时被这道直直裂空而至的剑气，连人带甲胄和兵器，一起被斩得粉碎，周边步卒一身铁甲顿时洒满鲜血。好在重甲步阵素来以稳固著称于世，在步阵被剑气斩出一条道路后，后方步卒瞬间就涌上前方，疯狂补足缺口，左右两侧步卒也有意识地向中间靠拢。

沙场厮杀，不怕死的未必能活，可怕死之徒往往必死。

宋雨烧借着道路开辟又合拢的眨眼工夫，看到了步阵大致厚度，心中微微叹息，脚尖一点，手持屹然，身形跃起，一抹剑气肆意挥洒而出，砍断了前边数排密集枪林，同时骤然攥紧长剑，剑意布满剑身，剑气大震，宋雨烧如手持一轮圆月，仿佛能够与头顶太阳争夺光辉！宋雨烧大喝一声，身形拔高一丈有余，剑意与剑气同时暴涨，原本大如玉盘的那轮圆月，骤然间变得无比巨大，将宋雨烧笼罩其中，任由如雨箭矢激射，笔直朝那杆大蠹凌空滚去。箭矢击中圆月之后，箭尖悉数破损，箭杆崩碎。

在黑衣老人二度破阵之时，身后远处的背剑少年没有袖手旁观，也开始向前奔跑，动若脱兔，无比矫健。

楚氏嫡系骑军当然没有拨转马头的必要，徒惹骑步两军相互干扰而已，于是自然而然就将满腔怒火发在少年头上。只是谁都没有想到，一个享誉江湖一甲子之久的梳水国剑圣悍然破阵也就罢了，一个不知道从哪个角落蹦出来的江湖少年郎，也是这般难缠。背剑少年的身形实在是太快了，一步就能跨出两三丈远，而且他的辗转腾挪极其灵活，不但躲过了四五支角度刁钻的墨家箭矢，一轮箭雨同样被他一冲而过。只要是在他前行路上的避无可避的箭矢，少年就干脆以双手拨开。当少年与骑军面对面撞上的时候，就像一条滑不溜秋的泥鳅，在精骑冲锋的缝隙之间一穿而过，偶有交手，他或是一拳猛捶战马侧部，打得连人带马一起横飞出去两三丈，或是以肩头斜撞，同样是让对方马蹄腾空、人仰马翻的凄惨下场。最后他更是轻轻跃起，踩在一骑马背之上，蜻蜓点水，在后方数骑的马头或是战马背脊上一闪而逝，让那些骑卒只觉得一阵清风拂面，刀是劈出了，枪矛也有刺出，但就是无法成功捉到那少年的哪怕一片衣角。

绝对是四境巅峰，甚至是五境的武道宗师！

一名骑将手持精制长槊，精准刺向空中少年的脖颈，暴喝道："去死！"

陈平安歪过脖子，刚好躲过长槊刺杀，同时探手攥住长槊，骑将手心血肉模糊，手中那杆祖传的心爱长槊被夺，陈平安在空中转换为双手握槊姿势，往地面重重一戳，韧性超群的长槊如弓弦崩出一个大弧度，发出砰的一声闷响，陈平安竟是被高高抛向空中七八丈之高，手中依旧倒持长槊一端，并未将其舍弃。

满脸坚毅的背剑少年，在一大群回头远望的骑军视野中，在众目睽睽之下，仿佛一个御风飞掠的仙人，落在了骑阵之后步阵之前的空地上。少年衣袖飘摇，双脚落地后，并不停歇，一步后撤，抢起手臂，使劲向高空轰然丢掷那杆长槊，做出一个拍打腰间酒葫芦的动作后，一跃而起，身形瞬间消失不见，好像是仙人用上了缩地千里的神通，然后就看到少年匪夷所思地踩在了长槊之上，一脚前一脚后，似传说中的剑仙御剑之姿，充满了沙场武人很难领会的那份逍遥写意。

若不是阵营敌对，恐怕有人都要忍不住喝一声彩。然后更加让人跳脚大骂的一幕发生了。那少年在大阵上方，踩着长槊向前御风飞掠不说，竟然还摘下了酒葫芦，仰头灌了一口酒！

众人虽然恨得牙痒痒，可在内心最深处，何尝不是有些……心向往之?!

沙场惨烈，江湖豪气，原本两者天差地别。就像先前梳水国剑圣破阵，尤其是剑气劈斩步阵的时候，是何等惨烈血腥。但是这名背剑少年，一路前行，未杀一人，只是一言不发地紧随黑衣老人破阵向前，同样是破阵，偏偏就是这般风流。

因为长槊前掠太过迅猛，而且这个举动又太过不可思议，以致方阵步弓手有些犯迷糊，领军武将立即号令军中臂力最强健的那拨锐士，以强弓拦截射杀此人。当然，那些有资格持有墨家神弓的沙场强者，更不用说，早已挽弓如满月，一支支兵家重宝，激射尾随而去。

异象横生，又有让人瞠目结舌的意外出现。只见从背剑少年别回腰间的朱红色酒葫芦当中，突然掠出一雪白一幽绿两道绚烂流萤，在长槊之下，一一击碎箭矢。根本不用少年躲避，一拨拨数量较少却极具威胁的箭矢，全部无功而坠。

飞掠数十丈距离后，长槊已经开始下坠，陈平安一踩长槊，身形拔高，扶摇直上，刚好躲过一名江湖顶尖剑客的腾空截杀。后者遗憾落地，回头望去，眼神凶狠，满脸愤懑。

如果自己先前拦不下宋雨烧，被几乎无懈可击的磅礴剑气劈得倒退撞入大阵之中，还算情有可原，那么连一个无名少年都没沾到边，这算怎么回事！养兵千日用兵一时，自己以后还怎么在大将军楚濠身边，坦然享受荣华富贵？

更前方，距离主帅大纛不过百余步，笼罩住宋雨烧的那团浑然剑气，本就已经被无数枪矛和箭矢阻滞而折损严重。一道青绿剑气裹挟风雷声而来，宋雨烧横剑在前，那道粗如青色蟒蛇的剑气，虽然终于破开了老人的圆月剑阵，却也被长剑屹然一切为二，从老人身侧呼啸而过，身后数十名重甲步卒当场毙命。

宋雨烧收起横剑式，嘴角渗出血丝，哪怕如此，仍是不敢轻易换气，因为在百步之外的出剑之人，是一名最少五境的剑道宗师。

那人就站在大纛之下，位于大将军楚濠身边，一袭青绿长袍，一手负后，一手剑尖直指宋雨烧。这人年纪不大，瞧着相貌约莫三十岁出头，但是真实年龄可能已经四十，手中长剑，不是什么削铁如泥的神兵利器，而是一截光可鉴人的青竹，长两尺六寸，倒是与剑等长。

他傲然站在马背之上，微笑道："宋雨烧那把剑的竹鞘不错，楚将军，能否赠送给我?"

楚濛豪迈笑道:"有何不可?别说是竹鞘,连剑一并送你了!"

剑客摇头笑道:"那倒不用,一把屹然剑,楚将军若是能够送给你们皇帝陛下,以示江湖对朝廷俯首称臣,也是一桩美谈。"

楚濛恍然大悟,拍掌大笑道:"还是青竹剑仙想得周到,如此最好!"

宋雨烧屏气凝神,站在一处武卒自行避让而出的小空地上。

身为松溪国青竹剑仙的年轻剑客笑问道:"宋老剑圣,你信不信,在你换气之时,就是丧命之际。"

宋雨烧脸色冷漠。老人身后传出阵阵哗然。

楚濛眯起眼睛,从袖中掏出一枚银锭模样的小东西,捏在手心,然后歪了歪脖子。很快,身边就走出两个呼吸绵长的白发老者,一个身穿锦袍,双指拈有一张青色符箓,符文是金色字体;一人身材魁梧,手持双斧,斧上篆刻有祥云篆纹。两人都不曾披挂甲胄,显然不是军中将士。他们望向宋雨烧身后,相较于青竹剑仙的从容淡定,两个随军老人的神情都有些凝重。

身为梳水国皇家供奉的大练气士,他们知道一名养育出本命飞剑的剑修,无论年老年少,一旦不惜性命做困兽之斗,意味着什么。

楚濛轻声道:"你们一人帮助青竹剑仙速战速决,斩杀宋雨烧,一人务必拖住那个少年。"

持双斧的壮汉大步走向宋雨烧,狞笑道:"就由我来逼着老家伙换气!"

锦袍老人笑意微涩,收敛心神,轻飘飘向空中丢出那张珍藏多年的青色符箓,大敌当前,再心疼也没办法了。

符箓升空之后,转瞬消逝,刹那之间出现在一百五十步之外,金光爆炸开来,最后一尊金甲武将轰然落地。它身高两丈,手持一杆大戟,站在步阵之中,显得尤为鹤立鸡群,那副庄严金甲之内,唯有银光流转,武将并无实质身躯。

陈平安一路飞奔,看似凌空虚渡,实则每一次落脚之处,都踩在了初一和十五两把飞剑之上。

若说陈平安是个死脑筋的人,肯定没错。然而独自行走江湖后的他,比起当初那个喜欢一跃过溪的泥瓶巷少年,陈平安其实已经变了许多。

此刻看到不远处那尊金甲银身的力士,手持一杆金色大戟,蓄势待发,死死盯住了他,陈平安心神微凛。在胭脂郡崇妙道人就有两尊黄铜力士护驾,好像一尊品相高的符箓派黄铜力士,就能够媲美三境武夫,眼前这身高两丈的金甲力士,估计最少也是四境武夫的战力,甚至有可能是五境实力。

厚积薄发,灵光乍现。陈平安自然而然地伸手绕后,握住了那柄槐木剑,同时在心中默念道:"初一、十五,去帮宋老前辈对付那剑客和壮汉,这尊力士我自己应付。"

力士相距陈平安不过二十步了,陈平安脚下那两抹剑光,一左一右,画弧绕过了那尊开始重重踩踏大地、持大戟前奔的金甲力士。还保持伸手在后、握住木剑剑柄的陈平安一跃而起,喊道:"宋老前辈,只管放心换气!"

大敌当前,魁梧壮汉的双斧即将劈砍而来,更有青竹剑仙虎视眈眈,宋雨烧会心一笑,竟然就真的换气了。站在马背之上的青竹剑仙一剑劈出。

人在空中的陈平安碎碎念叨着谁都听不到的言语,然后整个人陷入一种从未有过的空灵境界——物我两忘,剑心澄澈。

曾有古寺槐木一剑,轻描淡写就劈开粉袍大妖的金光大阵。

既然力有未逮,那我今天出剑就与学拳一样,一拳一拳慢慢来,总有打出百万拳的那一天。先只取其意,不学其形!

一剑只管递出! 有山开山,有水断水!

体内十八停剑气再无半点收敛,如洪水决堤一般,冲过一座座早已被当今剑修视为鸡肋的冷僻气府。

陈平安一瞬间猛然拔出槐木剑,带起了他自己看不到的璀璨剑气,对着那尊两丈高的金甲力士就是一剑斩去。连同巨大长戟,金甲武将被哗啦啦一斩而开!

双脚落地的陈平安抬起头,眼前那尊金甲力士身上出现倾斜的巨大缝隙,银光迸射,金甲碎裂,在他身前颓然倒地,然后轰然粉碎,一地的金光银芒,漫天飞扬。

满头汗水双膝微蹲的陈平安恍惚了片刻,但是很快就回过神来,直起腰杆,握紧手中槐木剑。行走江湖,我有一剑!

少年从未如此酣畅淋漓,如此想要宣泄心中积郁。在万人大军之中,手持槐木剑的少年放声道:"大骊陈平安在此!"

战场上一片死寂,以少年为圆心的一大圈军阵,在片刻错愕之后,就掀起整齐的铁甲震动声响,一时间长矛攒聚,弓弩挽起,全部对准了那名自称大骊人氏的少年剑仙。

然后陈平安做了一个很不合时宜的动作,左手将槐木剑放回木匣,右手娴熟地摘下酒葫芦,然后猛然间高高举起左手,好像是在跟梳水国大军说:各位稍等片刻,容我喝过酒再打也不迟。

顿时惹来了一阵潮水般的哗然,便是一些能征善战的校尉、都尉,都有些面面相觑,这名一剑斩金甲的少年剑仙,难不成真是一个万人敌? 只有万人敌方能如此从头到尾闲庭信步,一路长驱直入,视大军如无物。这场憋屈仗,还怎么打! 总不能让兄弟们拿性命去填一个无底洞吧? 一百两银子的抚恤金是很高,可天底下的沙场袍泽之间,谁愿意眼睁睁看着身边熟悉的一条条鲜活生命,变成一堆银子?

初一和十五两把本命飞剑,都已立下战功,无形中又助长了陈平安的那种无敌假象。

青竹剑仙的那一剑劈斩向宋雨烧的剑气，如一线潮水汹涌前冲，却被肆意飞掠的初一，不断在一线潮水当中穿梭，点点滴滴陆续蚕食殆尽。而手持巨斧的梳水国兵家修士，被速度快到吓人的十五直指眉心，吓得魁梧壮汉不得不收起攻势。他可不愿与宋雨烧以命换命，不断以双斧遮挡在身体四周，传出一阵清脆悦耳的叮叮当当声，双斧更是火星四溅。

宋雨烧顺势换了一口新气，手臂横伸出去，持有剑芒吐露的屹然，腰挂竹鞘，浑身剑意暴涨，一袭黑衣无风而飘荡。能够再次放手一战，快意至极。

陈平安在抬起手臂故弄玄虚、仰头喝酒的同时，在心中默念道："初一、十五，继续缠住你们的对手，招式花里胡哨一点……也无妨！"

飞剑初一如同纠缠不休的无赖汉，盯上了青竹剑仙这个"小娘们"，十五更是将那柄重器双斧给啃咬得面目全非，满是坑坑洼洼，让魁梧汉子心疼不已。

眼力与修为都高出众人一头的青竹剑仙，这个志在梳水国老剑圣项上头颅的剑道宗师，在抵御初一的间隙，满脸杀气地愤怒出声，一语道破天机："那少年两次喝酒是假，换气是真！"

武道宗师之战，机不可失时不再来。陈平安此时已经放下手臂，将养剑葫芦别在了腰间，跃过步阵，朝那青竹剑仙咧嘴一笑。

换了一身新气象的宋雨烧大笑道："瓜皮！"

先前以符箓请出一尊金甲力士的锦袍老者，在丧失了压箱底的宝贝后，苦笑一声，双手捻出三张青色符箓，只是符文不再是金色，一张银色两张朱字，再度丢掷而出，又是三尊力士轰然落地，并肩而立，拦在主将大纛之前，一尊银甲力士，两尊黄铜力士。

宋雨烧和少年剑仙联袂杀到大纛前，无形之中，敌对双方已经攻守转换。如果没有后者，宋雨烧其实已经战死于此。

楚濛对于战场形势的判断，无比清晰，半辈子戎马生涯，大小三十余场战役，尚无败绩，这点眼力还是有的。所以这名脸色阴沉的大将军，悄悄将武夫真气灌入手中那枚银锭模样的兵家重宝。这枚他夫人当年那笔丰厚嫁妆中最珍贵的甲丸，瞬间如水银般在楚濛所披挂的甲胄外边流淌，原本黑漆漆的军方重甲，变成了一副布满云纹古篆的雪白宝甲。此甲丸名为神人承露甲，山上俗称甘露甲。

此物虽是兵家甲丸中的最下等品秩，可遍观梳水国在内的十数国，没有任何一个统军大将能够拥有此物。当然不是这些手握雄兵的国之砥柱们兜里没钱，而是有价无市，否则别说是价值一千五百枚小雪钱，就是价格再往上翻一番，武将们都愿意砸锅卖铁购买一副。三千枚山上小雪钱，三十万两银子，换来一张最好的保命符，谁不愿意掏这笔银子？根本买不着而已，甲丸早已被山上修士垄断。

宋雨烧开始前掠，再无后顾之忧，一人一剑，越发一往无前。

陈平安大笑一声，一步向前，跨出两丈多远，喊道："回来！"初一不情不愿地放过青竹剑仙，慢悠悠掠回，显然有些闹脾气。飞剑十五则转瞬间就环绕在陈平安四周，为他阻挡那些蜂拥而至的矛尖和箭矢。

始终站在战马背脊上的青竹剑仙叹息一声，恋恋不舍地瞥了眼宋雨烧腰间的竹鞘。这个江湖声望还要压过宋凤山一头的松溪国剑仙，身体后仰，脚尖一点，瞬间后掠出去，在空中转身，一脚脚踩在大纛后方的士卒头顶之上，就这样飘然远遁，彻底离开这支梳水国大军。年轻剑仙收起那截青竹悬挂腰间，往州城方向缓缓行去，回望那杆大纛，怅惜道："再想要趁机夺取那把青神山竹鞘，不知道要熬到猴年马月。这宋雨烧此次能活下来的话，怎么都还能活个二三十年吧？"

青竹剑仙这一临阵脱逃，梳水国朝廷大军马上军心大乱，楚濠眼神有些疑惑，转头望向几处地方驻军的步阵，这几处的情况只比炸营略好一些。照理来说，这四支梳水国关隘驻军，虽然战力远远不如自己嫡系兵马，可有两支精锐步军老营，曾经在边境战事中历练过多年，远远不至于如此不堪。

当楚濠看到一名地方军的统兵武将非但没有制止局势的恶化，反而高坐马背，双臂抱胸，好似置身事外的局外人。楚濠顿时脸色铁青，气得咬紧牙关，恨不得策马飞奔过去，乱刀将其砍成肉泥。

楚濠脸色大变，抬起屁股，举目眺望，不知从何时起，这些按兵不动的地方军的厚实步阵，反而成为阻碍楚氏嫡系精骑救驾的存在，已经将大纛下的自己和数十骑贴身扈从，与三千精骑隔绝。

宋雨烧一人对阵持斧壮汉和锦袍老者请出的符箓力士犹有余力，始终在观察楚濠的一举一动。

陈平安逐渐发现了事态发展的古怪之处，步阵的迅猛攻势放缓，除了那拨聚拢起来围攻自己的江湖高手，军中箭矢、枪矛越来越稀疏，最后干脆就变成隔岸观火，看戏一般。而且不断有都尉、校尉模样的武将在步阵缝隙策马游弋，不断与一些下属伍长和精锐士卒诉说着什么。

宋雨烧一剑将一尊黄铜力士拦腰斩断，被打回原形的符箓在空中化作灰烬，又一剑划过两柄巨斧，一长串火星绚烂迸发，向四面八方激射散开。那些由斧头碎屑化成的滚烫火星，在远处士卒的甲胄上崩碎，甚至发出了细微的金石声。由此可见，战场上那个梳水国武道第一人的修为是何等惊世骇俗。

一剑逼退身为梳水国朝廷供奉的兵家修士后，宋雨烧以剑尖指向楚濠，微笑道："老夫此次远道相迎，只请大将军楚濠一人去山庄做客，其余人等，愿意死战就死战，屹然剑下，生死自负！"

大纛之下,出现轰然一声巨响。原来是陈平安不知不觉已经将自己与十余名江湖高手的战场,不露声色地搬到了距离大纛不过五十步的地方,然后将后背托付给初一和十五两把飞剑,悄悄使出一张方寸符,直接越过了宋雨烧和两名练气士的那处小战场,出现在了身穿甘露甲的大将军楚濠马前十步外!他一个箭步,重重踏地,然后斜身向上,右手一拳打在那匹骏马的马头之上,打得高头大马头颅粉碎、双腿断裂。用兵才华在梳水国首屈一指、武道境界其实才三境的楚濠顿时向前扑倒,结果刚好被陈平安左手一拳砸在胸口,虽然甘露甲蕴含的灵气,几乎同时凝聚在了被陈平安拳头击中的地带,可是楚濠仍是被一拳砸向天空,重重摔落在三四丈外的地面,在官道上扬起一阵尘土。

陈平安继续前奔,一名楚氏精骑扈从愤然纵马前冲,骑术精湛的扈从勒紧缰绳,驾驭坐骑高高抬起两只马蹄,朝那名少年剑仙的脑袋上重重踩去!陈平安一个加速前冲,弯腰出现在马腹那边,然后瞬间挺直腰杆,一肩撞去,撞得一匹战马竟是四蹄悬空,向后倒飞出去!

陈平安笔直向前,双腿骤然发力,与在家乡少年鹰隼过溪涧的那一幕如出一辙,刚刚挣扎起身的楚濠就被他一拳砸在头顶,一副兵家甘露甲被打得灵光绽放,刺眼异常,楚濠本人则再次晕乎乎向后倒去,白眼一翻,彻底昏死过去。

陈平安来到这名立誓要跻身一洲十大武将之列的家伙身边,蹲下身,伸手握住楚濠的脖颈,然后站起身,将那名梳水国大将军的脖子悬空提到自己肩头的高度,晃了晃,转头对宋雨烧笑道:"宋老前辈,抓住他了!"

大势已去,两名皇家供奉练气士视线交汇,都看出了对方眼中的无奈。

宋雨烧没有咄咄逼人,收起屹然剑放回竹鞘,对两个梳水国顶尖练气士拱手抱拳:"多有得罪。麻烦你们捎句话给皇帝陛下,以后不论朝廷如何处置,老夫与剑水山庄都一一接下。"然后老人就一掠向前,剑气如雨落,而拼命冲向陈平安的数十名楚氏扈从精骑,其马腿被悉数砍断。

老人飘落在陈平安身边:"走!只要离开战阵,你我返回山庄,就安全了。这支朝廷兵马人心涣散,暂时已经没有威胁。"

整个梳水国步军陷入沉默。远方被阻拦在步阵之外的楚氏精骑,大概是意识到大纛这边的异样,与步阵沟通无果后,在一名骑将的率领下,开始呼啸冲阵。步阵既不敢与这支精骑拔刀相向,又不敢擅自散阵,他们慢腾腾向两侧分散,尽量让出一条可供骑军驰骋的道路。

陈平安低声道:"我还能用一次方寸符。"

宋雨烧笑道:"那这次还是我为你殿后,记得别掉头凿阵了,就往右手边撤退,咱们走山路返回,否则楚氏的三千精骑还是有点难缠的。"

陈平安点点头,深呼吸一口气,拽着楚濠的脖子,动用了那张方寸符。众人这才知道为何少年剑仙能够数次在原地消失。

少年身形不见踪迹,可是大将军楚濠整个人几乎是横着飘荡的,就像是一只女子长袖拖曳在空中。

在少年剑仙终于显出身形后,又开始展现御风远游的神仙风采。只是不知为何,背剑少年开始的时候踉跄了一下,之后才在高空如履平地。

宋雨烧一掠而去,跟随陈平安远离战场,数次起起落落,很快就与陈平安变作两粒黑点,最终进入官道一侧的山林之中。

进了山林,其实就大局已定。宋雨烧想到先前陈平安的那次踉跄,忧心问道:"受了内伤?"

陈平安笑着摇头:"有个小祖宗在跟我闹别扭呢,没事。"

第一次在大军头顶御风而行,其实是踩在了初一、十五之上;第二次,初一就不乐意了,故意让陈平安踩了一个空,然后它就返回养剑葫芦内睡大觉,所幸十五飞掠速度极快,跟上了陈平安的脚步。

宋雨烧感慨道:"传说中北方有成功跻身武神境的武道宗师,不但能够随意悬停虚空,还能够御风飞行,正如剑仙御剑一般。"

记起朱河当初在棋墩山所说,陈平安嗯了一声,脱口而出道:"那是武道第八境,叫作'羽化境'。因为可以御风,所以又被称为'远游境',很潇洒的。"

宋雨烧疑惑道:"六境之上,难道不是统称为武神境?"

陈平安也有些茫然,摇头道:"我听说不是啊。六境之上确实是开始讲究炼神了,可好像还没资格被尊为武神。我只知道第七境金身境,才有资格被喊作小宗师,之后是第八境羽化境,第九境山巅境,然后还有第十境,如今我们大骊就有一位——藩王宋长镜。他是我在家乡时隔壁一个家伙的皇叔。我在巷子里见过宋长镜一面,是很厉害,看着就像高手。"

梳水国老剑圣只觉得在听天书一般。陈平安一看老前辈的脸色,赶紧把到了嘴边的话咽回肚子:比如传授自己拳法和打熬三境武道的光脚老人,就是一名十境武夫,而且早年这个崔姓老人,还是宝瓶洲时隔数百年后的第一位十境大宗师……

宋雨烧很快释然,笑道:"井底之蛙,不过如此了。无妨无妨,只要武道六境之上还有大风光,那就是天大的好事!否则世间美景都给山上神仙瞧了去,我辈武夫岂不是半点颜面不存?本就不该如此!"

一只手还拎着楚濠的陈平安使劲点头,心想如果宋老前辈能够去自己家乡,肯定跟竹楼那个家伙气味相投。

终究还是有些人,不会因为双方武道境界悬殊,而不与对方坐在一张桌子旁喝酒。

身边这位宋老前辈，在陈平安眼中，很了不得，所以不管老人到了哪里，遇上了谁，都会让人敬重。

在楚濠的那口真气流逝殆尽后，甘露甲恢复成为银锭模样，坠落在地。陈平安以脚尖将其挑起，收入囊中。然后他微微使劲，手腕一抖，又将那个悄然醒来却不敢睁眼的楚大将军，给拧得晕死过去。

宋雨烧会心一笑，遇上这么一个"大骊少年剑仙"，也算楚濠"洪福齐天"了。

陈平安问道："接下来？"

宋雨烧叹了口气："三千精骑再救主心切，都不敢傻乎乎杀向剑水山庄。这支朝廷大军之中，明显有我孙子凤山的谋划，已经乱成一锅粥，其余部队更不会帮助楚氏精骑出兵了，只会退回州城那边，静观其变。"

宋雨烧脸上有些阴霾："但是彩衣国剑神暴毙，胭脂郡出现魔头作祟，再加上我们剑水山庄……我觉得书院要出手了。"

陈平安问道："书院？是那座儒家七十二书院之一的观湖书院吗？"

宋雨烧唏嘘道："是啊。宝瓶洲千年以来，山上山下大致上相安无事，这都是书院的功劳。只是万万没有想到，这次剑水山庄却有可能站在了观湖书院的对立面。一旦书院的夫子先生们露面，山庄恐怕就要如同这支朝廷兵马般人心散尽，山庄的百年声誉会毁于一旦啊！"

陈平安对于观湖书院有些印象，一是这座书院，跟齐先生创立的原山崖书院齐名；二是嫁衣女鬼那桩风波后，在一起从大隋返回黄庭国的途中，少年崔瀺闲来无事，便提起过一些匪夷所思的内幕，这些内幕与观湖书院的读书人有关联；最后就是观湖书院的那名君子第一人——崔明皇，曾经代表宝瓶洲儒家进入骊珠洞天。

但是为何敢于大军丛中取上将首级的宋老前辈，提起书院的时候，会是这般复杂的情绪。

宋雨烧自嘲道："面对书院，束手就擒不至于，拼死一战也没胆量。愁啊！"

陈平安不太理解。

宋雨烧仿佛看穿少年的心思，双手负后，在山林间放缓脚步，望向稀稀疏疏透过树叶的阳光，像一粒粒金子撒落在地上。沉默片刻的老人，最终无奈道："难道你不知道，书院先生们的言语，就是天底下最大的道理吗？我曾经亲眼见识过一名观湖书院的贤人，年纪轻轻，就能够让彩衣国剑神出门远迎，与他讨教道德学问。年轻贤人高冠博带，与那蒙学稚童一般的剑神相对而坐，那份巍峨气度，真是另一种无敌。"

宋雨烧笑了笑："所以说啊，一百个一千个宋雨烧，都敌不过书院夫子的一句'你错了，你当罚'。"

陈平安问了一个问题："那如果书院的夫子先生们，说得没有道理呢？如果君子贤人也犯了错,应当如何?"

宋雨烧笑道:"上边自有圣人教诲。"

陈平安拎着一个大将军的脖子若有所思,后者双脚拖曳在林间地面上,簌簌作响。

第五章

后会有期

大战之后，需要休养，这是常理。因为朝廷大军已经不构成威胁，山庄又有宋凤山坐镇，宋雨烧就不急于赶回去，只等楚濠下次清醒过来，他要询问一些事情。

一名登堂入室的纯粹武夫，只要不伤及体魄根本、神魂元气，经过一段时间的休养生息，就可以恢复到巅峰状态，时间长短，因人而异。宋雨烧原本以为的"武神境"，也就是陈平安所谓的金身、羽化和山巅三境，相传这三境的武夫刹那之间就能够完成新旧两口真气的转换，外人根本无法洞悉真相，当然就没有了破绽。青竹剑仙先前在战场上的守株待兔，就不可能出现，故而宝瓶洲中部江湖一直流传着个霸气十足的说法，叫"武神战死之前，皆为巅峰"。不过宋雨烧只是道听途说，陈平安只知道境界划分，对于炼神三境的武道山顶风光，依旧雾里看花。

宋雨烧看到陈平安脸色不太好，有些反常。照理说武夫脱离战场后，一身气象应该趋于稳定才对，陈平安反而显露出一些疲态。宋雨烧停下脚步，忍不住问道："怎么回事？受了暗伤？"

陈平安先查看了一下楚濠，呼吸缓慢平稳，好像暂时还是没有醒来的迹象，可陈平安二话不说，一抖手腕，将梳水国大将军彻底震晕。

原本自以为隐藏极深的楚濠心中哀号，两眼一黑，再无知觉。摊上这么个不讲江湖道义的狗屁剑仙，他这回是真没辙了。

陈平安这才跟宋雨烧解释道："因为不是山上的剑修，所以我驾驭两把飞剑需要耗费不少神意。它们虽然离开养剑葫芦后，能够自行杀敌，但是仍然需要我分出一些神意在飞剑上,类似它们的剑鞘吧,否则它们不会在气府或者养剑葫芦外滞留太久,而且方寸符用得有点多了,加上两次换气有点仓促,现在有点难受。不过没关系,只要近期没有大战,就能靠呼吸吐纳一点点补回来。"

宋雨烧如释重负,行走在山林之间,树荫与阳光相得益彰,老人心旷神怡,既有心结打开的缘故,更因为认识了一名能够托付性命的忘年小友,而对江湖重新燃起了一丝希望。哪怕人心不古,可江湖还在。

老人突然笑道:"陈平安,虽说你有了一只养剑葫芦,就不用像剑仙那般每次出手,事后都要耗费一定的天材地宝,来修补本命飞剑的瑕疵,但是一码归一码,楚濠竟然请出了那名松溪国青竹剑仙压阵,这次没有你出手相助,我肯定要栽在大军之中,所以回了山庄,我会拿所有小雪钱作为报答。数目不多,这么多年也就攒下不到两千枚,凤山去仙家渡口购买沧水,又用掉半数,所以只能给你八九百枚小雪钱。"

老人说到这些,有些难为情,自嘲道:"不承想梳水国剑圣宋雨烧的一条命,才值不到千枚小雪钱。"

陈平安想了想,点头道:"宋老前辈,我只要三四百枚小雪钱就够了,不用全部给我,宋凤山以后肯定还用得着。"

虽然在飞剑十五这件方寸物当中,放着青衣小童当初购买普通蛇胆石的一堆小雪钱,还有八枚更加珍贵的小暑钱,不算少了。可是陈平安在魏檗的引荐下,亲眼见识过牛角山包袱斋的景象,担心随后到了那座仙家渡口,一旦遇上心仪的山上物件,会遗憾错过。至于宋老前辈和剑水山庄,陈平安相信老人说的那句话,青山不改,绿水长流。

陈平安选择收下钱,又不全收,在宋雨烧的意料之外。老人忍俊不禁道:"你倒是客气……也不客气! 晓不晓得老一辈江湖人,会怎么说吗? 会拍着胸脯说一句:'兄弟之间,谈钱伤感情,若是把我当兄弟,就莫要再谈此事,否则兄弟都没得做了。'"

陈平安摇头道:"欠人情比欠钱,更难受,至少我是这样。"

宋雨烧对此深有体会,点头道:"确实如此。"他想了想,又补充道:"理该如此。"

山林间山风吹拂,绿叶婆娑,树荫清凉。因为顾及陈平安的身体状态,宋雨烧行走不快,老人就当沿路赏景了。宋雨烧只是提醒了一声陈平安,下次楚濠醒来,不用打晕,他有话要问。陈平安对此没有异议。在断定了楚濠大致的武道修为后,生性谨慎的陈平安也放下心来。陈平安不愿背着楚濠行走山岭,可拎着人家的脖子总归不是事儿,思来想去,他干脆就拖着楚濠的一条腿,像一个巡视地盘的山大王,用扫帚一路"清扫"着自家门院里的枯枝落叶。

青竹剑仙不惧宋雨烧和少年追杀自己,沿着官路悠悠然返回州城,突然站定,转头望向远处的路旁山林,伸手握住挂在腰侧的那截青竹。从山林中缓缓走出一名青竹剑仙的熟人，古稀之年，面容棱角分明，一看就不是个好相与的江湖中人，其腰间佩剑，以不明材质的绿色丝线缠绕剑鞘，长度远胜寻常剑客的长剑，极为扎眼。

青竹剑仙走出官路，迎面走向那名有过数面之缘的古榆国剑客，两人不约而同地停下脚步，相距二十步。

老剑客微笑道："苏琅，上次江畔一别，有五六年时间了吧？"

青竹剑仙淡然道："林孤山，找我有何事？有话直说，我现在心情不太好。"

对于一个江湖晚辈的盛气凌人，老剑客不以为意，开门见山道："我这次是受国师所托，来此截杀陈平安。先前我们与陈平安有过交手，一名皇室供奉练气士以及蛇蝎夫人，先后死于陈平安之手，如今只剩下我和买椟楼楼主不愿就此收手。之前在山中见识了一场神仙凿阵的精彩好戏，就想着能不能与你联手，一起追杀陈平安和宋雨烧。得手之后，无论死活，宋雨烧归你处置，陈平安交由我们带回古榆国。"

苏琅瞥了眼山岭密林，问了两个问题："来得及？有胜算？"

古榆国剑尊林孤山点头道："买椟楼楼主最擅长刺杀，他会先行动手，进行袭扰，拖延住两人脚步。至于胜算，我只能说，事在人为。我们三人即便联手，最后能活下几个，我林孤山不敢保证。"

苏琅笑道："林前辈如果说胜算极大，那我就不点这个头了。"

林孤山问道："这算是答应了？"

苏琅点头道："你先去支援买椟楼楼主，我要原路返回，去找楚氏精骑的副将，以及那两名梳水国供奉练气士。你们两个只要能够拦下宋雨烧和陈平安，我就能让胜算变得更大。"

林孤山有些犹豫不决。

苏琅微笑道："这次匆忙联手，有利则聚，无利则散，你信不过我苏琅很正常，但是好歹要相信亲手斩下梳水国老剑圣的一颗头颅，对于松溪国一名剑仙而言，诱惑到底有多大。"

林孤山冷笑道："是不是顺手也将古榆国剑尊的头颅一并取走？届时十数国江湖，唯你剑仙一人独尊剑道，岂不更好！"

苏琅一手双指拈住鬓角垂下的一缕青丝，一手屈指轻轻敲打那截青竹，显得无比随意散漫："你林孤山的剑，从来不曾入我的眼啊。"

江湖口碑极差的林孤山眯起眼，皮笑肉不笑道："口气恁大。"

苏琅神色坦然："真话一向不太好听。"

林孤山嗤笑一声，冷冷道："不管如何，今天宋陈二人才是我们的大敌，我与买椟楼楼主静候佳音！若是你们来晚了，我不敢说那个记仇的买椟楼楼主，会不会报复你苏琅，我林孤山肯定会跟你和松溪国皇室，讨要一个公道。"

苏琅伸出一只手,示意林孤山先行。这名剑尊一掠长去。苏琅亦是转身掠向官路。

在半道上,苏琅骤然停下身形,他看到了一个天真无邪的动人少女,一袭鹅黄裙子,全身纤尘不染地站在道路中央。苏琅缓缓前行。

少女从袖中掏出一封密信,上头有朱红色的封泥。少女笑眯眯道:"宋凤山要我交给你的,说你打开信封一看便知。那个家伙还说如果你答应,就当着我的面点个头。宋凤山承诺之后一甲子的十数国江湖,你苏琅会以剑仙身份,稳稳占据半壁江山。"

苏琅思量片刻,从袖子掏出两只由雪白丝线缝制而成的手套,戴上后,招手道:"丢过来。"

少女正是梳水国四煞之一的古寺"嬷嬷",她此次离开剑水山庄,除了盯住宋雨烧,以防不测之外,更重要的还是找机会将这封密信亲手交到苏琅手上。这名享誉江湖的青竹剑仙,其实还是松溪国的皇亲国戚,只不过血统不正,早早没有了继承皇位的机会。

苏琅小心翼翼剔除封泥,拆开信封后,快速浏览了一遍密信内容,嘴角勾起一个弧度,然后手腕一抖,震碎密信,摘下手套收回袖中,点头道:"姑娘可以去宋凤山那边交差了,既然剑水山庄这么有诚意,我苏琅也投桃报李。姑娘你告诉宋凤山,很快就会有一个不大不小的好消息,跟老剑圣有关系。信上之事,我希望宋凤山说到做到。"

少女双手搁在身后,十指交缠,巧笑倩兮:"宋凤山虽然不解风情,可做事情还是很稳重的,比咱们这些活了百年、几百年的魔头,还要老练。所以苏琅你大可放心,将来你就是十数国版图的江湖君主,胜似坐龙椅。"

苏琅笑道:"那就借姑娘吉言。"

"苏大剑仙以后若是缺少枕边人,只管知会一声,奴家随叫随到!"少女向玉树临风的男子抛了一个媚眼,发出一串银铃般的笑声,然后化作一股滚滚青烟,拔地而起,很快在空中消失不见。

苏琅继续独自前行,开始权衡利弊:是急功近利一些,早早将好处落袋为安,还是与宋凤山联手,让他将自己推到江湖君王的高位上?

苏琅突然哑然失笑,密信上有个提议实在有趣:宋凤山承诺他们之间,大约每十年会有一场浩浩荡荡的江湖造势,两人进行一场巅峰之战,他宋凤山届时会继承剑水山庄的剑圣头衔,以剑圣身份,与独占剑仙名头的苏琅,进行所谓的生死之战,其实不过是给江湖中人演戏罢了。宋凤山在信上,甚至已经选好了三个交手地点,第一次是他宋凤山挑战苏琅,地点选在松溪国皇宫大内的大殿之巅,苏琅大胜;第二次选在剑水山庄的瀑布之顶,宋凤山略胜一筹;第三次约在彩衣国胭脂郡的乱葬岗,苏琅胜出。

苏琅觉得挺有意思的,所以他决定把古榆国剑尊和买椟楼楼主的脑袋,一起摘下来,作为礼尚往来的赠品。

苏琅很快就看到了梳水国朝廷兵马的身影,脑子里还是宋凤山的那些环环相扣的谋划,他喃喃道:"江湖还可以这么玩啊?"

最终这名松溪国剑仙没有径直去往大军之中,而是一个骤然转向,独自掠向山林。

还是三对二,只不过这个三,是宋雨烧、陈平安,加上他苏琅。

苏琅进入林间山路之后,开始故意放慢脚步,笑道:"江湖险恶啊。"

州城之内,一处不起眼的僻静宅院内,有京城贵客下榻于此。虽然宅子谈不上豪奢气派,但是里头素洁异常,种种装饰,充满了书香门第的淡雅气息,而且地段闹中取静,显然是花了大心思的。

有一名养尊处优的妇人站在院内,虽然年岁不小了,可是保养得体,风韵犹存,不细看眼角皱纹的话,好似三十来岁的少妇。她此时正在弯腰,往一口大缸内抛食喂鱼,里头饲养了十数尾体态玲珑的金鱼,更种植有一株株翠绿欲滴的水莲,金绿两色相映成趣。

除了这名仪态华贵的京城妇人,院内只有一个佩刀的壮硕婢女。但是宅子四周的巷弄却是暗藏玄机,不但有军中锐士护卫,还有数名武道高手隐匿在市井之中,刺史府邸一些个精悍能干的老捕快,早就到此暗中戒严,由此可见,这名京城来客,必然大有来头。

但是就在重重保护之中,魁梧胜似男子的佩刀婢女,毫无征兆地瘫软在地。婢女身后出现了一个手持折扇的俊俏公子哥,扇起阵阵清风,鬓角发丝微微飘荡。他笑着望向那名还弯腰投食的妇人,丰腴妇人身姿尽显,风光旖旎,公子哥只觉得此情此景美不胜收,不虚此行。

妇人站起身,转过头,默默望向这个年轻人。

年轻人微笑道:"夫人,我们之前在京城见过面。"

妇人神色镇定,讥讽道:"什么时候小重山韩氏子弟有胆子跟一位大将军掰手腕了?"

年轻公子收起折扇后,双手遮覆在自己脸上,缓缓往下抹去,最后露出一张妇人熟悉至极的面容。年轻人以妇人同样最熟悉不过的嗓音笑道:"现在呢?我的好夫人?"

在妇人惊声尖叫之前,小重山韩氏子弟韩元善,伸出一根手指,轻轻嘘了一声:"夫人放心,我韩元善只喜欢偷心,从来不偷不抢女子的身子,不过相信总有一天,夫人愿意自荐枕席,与我……"此刻以楚濠面容示人的韩元善,伸手指向鱼缸,言语略作停顿后,继续道:"相濡以沫,鱼水之欢。"

彩衣国胭脂郡,有一名腰间悬挂玉佩的年迈儒士,站在城头,神色凝重。

彩衣国京城,皇宫御书房内,一样有一名古稀儒士双手负后,也有玉佩在腰。老人站在窗口，一言不发，彩衣国皇帝战战兢兢站在旁边，连坐都不敢坐。

古榆国，也有一名而立之年的青衫儒士，还是悬佩样式如出一辙的玉佩坐在一辆雇用而来的粗劣马车内。一路上嫌弃这嫌弃那的青壮马夫，在距离古榆国还有二十里的官道上被吓傻了。眼力见儿不错的他，看到那边有兵强马壮的千百精骑簇拥，有一大堆黄紫公卿站着，似乎还有一个身穿黄色袍子的男人在驿路旁束手而立，好像在等人？

车厢内的读书人放下手中书籍，对他说道："到了驿站再停马。放心，他们是在等我。除了先前交付的定金，古榆国朝廷私底下给你的赏赐，就当是我剩下的一切开销了。"

说完这些，青衫儒士一边收拾书箱一边笑道："好不容易出来一趟，到了梳水国，你可别又气咱们山长了。"

剑水山庄中，武林盟主大典即将召开，大堂之内，少了先前筵席出现过的几张面孔，但也多出了许多声名显赫的江湖大佬，黑白两道皆有，梳水国的江湖豪杰，大半在此了。

宋凤山高坐主位，看到这些风云人物，其实并没有太大的情绪波动。

其中不乏投诚投机之人、包藏祸心之人，也有审时度势、在下赌注之人，更有自以为能够看到一个天大笑话的朝廷中人。

宋凤山身边不远处，坐着他的妻子。她盛装打扮，那份雍容气度，恐怕不会输给宫里头的娘娘们。

宋凤山当然胸有成竹，下边有人一样以为稳操胜券。但是双方都没有想到，一名不速之客的登门，打破了两边多年苦心孤诣的谋划。

根本没有门房禀报，更没有剑水山庄的弟子出手阻拦，见到那名自报名号的人物后，几乎所有人都下意识作揖致礼，以儒家礼仪待客。而那个身穿儒衫、头戴幅巾、腰间悬挂一枚玉佩的年轻男子，以一种说不清道不明的步伐和节奏，不急不缓地走入剑水山庄群雄会聚的大堂内。他跨过门槛，环顾四周，再一次自报身份："观湖书院，贤人周矩。"

大堂之内，几乎所有人都哗啦啦站起身，向此人作揖。年轻人作揖还礼，然后向前走出两三步，望向主位上的剑水山庄少庄主。

宋凤山脸色阴沉，坐在附近的年轻妇人以眼神示意，让他不可轻举妄动。

观湖书院的年轻贤人语气平淡道："小重山韩氏子弟韩元善，可在山庄？"

宋凤山压下心中的那股怒气，扯了扯嘴角，缓缓道："不凑巧，韩元善昨天还在山庄，今天却已经不在了。他说是临时起意，要去游历大好河山。不知这位书院先生找他有何事？如果不急的话，我可以代为转告韩元善。"

年轻贤人笑了笑："韩元善身为梳水国进士，已是我儒家门生，却修习魔道功夫，居心叵测，祸害一国社稷，我要带他去观湖书院接受责罚。至于如何处置，到了书院，自有定论。宋凤山，我不以书院贤人身份压你，我周矩想要劝你一句，悬崖勒马犹未晚，亡羊补牢不算迟。"

宋凤山的手肘抵在椅子把手上，托住腮帮，就这么歪着脑袋，笑望向这位观湖书院的贤人，好整以暇地打量起来。

传闻这些贵不可言的夫子先生，每次离开书院，奉命行事，腰间都会悬挂上那枚书院圣人赐下的玉佩，能够记录一路见闻和自身修养，以示言行之光明磊落。玉佩样式是世间最简单素雅的平安牌，不同的贤人君子，其玉佩上边篆刻的文字也不同，但是无一例外，均大有深意，往往蕴含着书院圣人对此人的期许和提点。

宋凤山无礼至极，没有答话的意思，年轻妇人站起身向那位书院贤人行礼之后，微笑道："若韩元善真是如此，我剑水山庄义不容辞，自当秉公行事，一定全力帮助书院擒拿此人。"

周矩望向妇人，沉声道："你早早断了长生桥，才能站在这里大言不惭，否则你的下场，不比韩元善好到哪里去。魔道中人，在江湖兴风作浪，自有侠义之士除魔卫道，可如果胆敢侵扰一国之山河社稷，我书院决不轻饶！"

宋凤山坐直身体，死死盯住周矩："跟我妻子说话，你最好客气一点。"

"凤山！"年轻妇人转过头，轻轻低呼一声。宋凤山看到她的焦急眼神，心中叹息一声，身体后仰靠着椅背，不再说话。

这个时候，自封魔教教主的窦阳灌了口酒，将酒杯重重拍在桌上，冷笑出声。

年轻贤人转头望向这名练气士，道："等我办完书院正事，就会摘下腰间玉佩，希望到时候你窦阳还能笑得出来。"

窦阳斜眼瞥向应该还不到三十岁的书院夫子，笑道："别人对你观湖书院的名头怕得要死，我窦阳也怕，但因为我知道你们书院的规矩，倒也不致战战兢兢。儒家贤人的门槛如何，瓶颈又是如何，与君子的差距大致有多大，我一清二楚，所以你周矩不用拿话压我。说句难听的，你摘了玉牌，我还是会忌惮你们书院，哪敢放开手脚与你交手，但如果你周矩有本事连儒衫文巾一并摘了，以江湖人行事，那我窦阳不把你打出屎来，我随你姓！"

魔头窦阳这番话，说得霸气且解气，哪怕是一些白道大佬，都觉得此人虽然作恶多端，可他能够当着一名观湖书院贤人的面，说出这样的言语，实在是无愧"江湖"二字！梳水国的江湖能有这样一尊魔道巨擘，算不算压过彩衣国和古榆国的江湖一头？

贤人周矩微微一笑。

他低头对那块玉佩小声嘀咕道:"先生,你听听,这我还能忍?忍住不打那些个书院贤人,也就罢了,难道出门在外,离着书院千万里,还要忍一个魔道练气士?好吧,你肯定会说一忍再忍,忍着忍着就能重新当回君子了,但是……我真的忍不了啊……啥,先生你要说啥……喂喂喂,听得到我说话吗?哎哟,玉佩咋出问题了呢?先生,你回头一定要好好管管书院制造局那些家伙……那就这样啊,不聊了啊,回到书院,先生你帮我换一块玉佩啊……"

到最后,众人只见那个满嘴胡说八道的书院年轻夫子,伸手死死攥紧了好似自行颤抖起来的玉佩,将其使劲摇晃起来,然后双指掐诀,轻轻转动,有清风萦绕着那块玉佩,将其包裹得如一颗蚕茧,年轻贤人这才笑着将玉佩摘下,收入袖中。

年轻妇人趁人不注意,走到宋凤山身边,苦笑道:"凤山,我记起来了,此人是观湖书院那位圣人的嫡传弟子之一。在弟子当中,此人年纪最小,脾气最差,本事……哪怕没有最高,但肯定能排前二。他在弱冠之龄就获得了君子身份,当时极为轰动,被誉为崔明皇之后的又一位'正人'君子最佳人选,很有可能会让学宫圣人亲自勘验考核,所以观湖书院对他保护得很好。我们谍报上一直记载此人姓名为'周巨然',而不是'周矩'。"

窦阳呆呆坐在原地,咽了口唾沫。他虽然不知道周矩就是周巨然,但是"殴打贤人""重回君子"这些内容,还是让他抓住了蛛丝马迹。所以窦阳站起身,要向周矩赔罪道歉。向一位儒家君子服软认输,绝不丢人。

只是暂时以贤人身份离开书院的周矩伸出一手,双指指向在梳水国不可一世的魔头窦阳,微笑道:"我儒家先贤曾有雄奇诗篇问于后人:君不见,一川碎石大如斗,随风满地石乱走?后世周矩在此答曰:我已见!"

以窦阳为圆心的一丈内,罡风席卷,凌厉劲风如一道陆地龙卷,疯狂环绕这个魔道巨擘。

窦阳的下场,是名副其实的形销骨立。

罡风消散,枯骨倒地。周矩看也不看只剩一架白骨的窦阳,微微仰头,望向宋凤山,问道:"现在是不是知道,我先前与你妻子说话,已经算很客气了?"

宋凤山气得手背青筋暴露,他被站在身边的年轻妇人使劲按住手背。妇人微笑道:"我们夫妇二人,当然清楚周夫子给予的善意。"

周矩笑了笑:"既然韩元善不在场,那我就不打搅你们的盟主大典了。我去找他,你们继续。"

周矩潇洒转身,就这么走向大门。刚巧外边有一老一少返回剑水山庄,往大堂这边并肩走来,他们好像经历过连番凶险大战,身上都沾染了血迹。

双方都没有停步,也没有出声,刚好在各自跨过门槛的时候,擦肩而过。

周矩一直盯着那个背剑少年看，后者有些奇怪，便回望向他，两者视线交汇。哪怕少年已经进入大堂，也不再与他对视，曾是观湖书院君子的年轻贤人，还是一直转头望向少年。

周矩走出山庄大堂，梳水国剑圣走入大堂，这一去一来，略微弥补了山庄坠入谷底的气势。毕竟观湖书院远在天边，一位贤人走了就走了，何况周矩没有对剑水山庄兴师问罪，那就意味着庄子不会伤筋动骨。而且宋雨烧如今还在梳水国江湖上，哪怕他不出剑，不在山庄，只要还在十数国江湖的某个角落游历，那么宋凤山的武林盟主就能坐得安稳。

宋雨烧猛然转头望去，跨出数步，先有意无意地将陈平安护在身后，然后笔直大步跨出门槛，正了正衣襟，弯下腰，对着周矩那边的空中拱手抱拳。

直到这个时候，大堂众人才惊骇发现，大门之外的高空涟漪荡漾，出现了一位身高三丈的儒衫老者，身影缥缈，仙气弥漫。

圣人驾到，亲临山庄；煌煌巍哉，泱泱深远。

周矩在宋雨烧察觉到玄机之前，就赶紧从陈平安身上收回视线，抖了抖袖子，撤去对那块书院平安玉佩的术法禁制，抽丝剥茧，使其露出真容。他将篆刻有"制怒"二字的玉佩不动声色地重新别在腰间，在宋雨烧行江湖大礼之际，作揖拜头道："学生拜见先生。"

圣人如祠庙中供奉的一尊高大神像，俯视着自己的弟子周矩，喜怒不形于色，缓缓道："梳水国儒生韩元善修习魔道功法一事，我会交由别人处理，你立即返回书院。"

周矩叹息一声，直起腰后无奈道："先生，不能打个商量？"

圣人道："不能。"

周矩哭丧着脸道："苦也。"

圣人望向门槛那边的梳水国老剑圣，抱拳还礼后，双手负后微笑道："宋庄主破境在即，可喜可贺。听闻宋庄主每次游历江湖都会拜访各地文庙敬香，此心可鉴。若有闲暇，宋庄主在破境之后，可以来我们书院修行一段时间，稳固金身境。"

宋雨烧越发心悦诚服，始终没有撤去拱手抱拳的姿势："先行谢过圣人恩典。"

不知这位观湖书院的山长使用了儒家何种浩然神通，如此之快就能够从书院来到梳水国，千万里山水，好像只是书院圣人脚下的几步之遥。

气质儒雅的老者又深深望了一眼宋雨烧身后的背剑少年，复杂深邃的眼神一闪而逝，好像既有激赏认可，又有遗憾，还有几分缅怀。最终老人没有说什么，收回视线，再次提醒周矩："不得故意延误行程，速速返回书院，另有重任交付与你。"

周矩眼前一亮："是北边的事儿？"

儒家圣人不愿在外人面前多说什么，只是对满堂江湖豪客微笑道："大道殊途同归,武学一样贵在养心,方可洞彻天道之妙,反哺武道根基。希望在座各位莫要忘却侠义之心,我观湖书院也愿意对各位敞开大门,用以自省悟道,尽心知性。"

圣人一番言语点拨,如春风化雨,却又点到即止,让人油然而生出一股妙不可言的感觉,大堂众人顿时为之折服。这才是真正的圣人气度,书院高风。于是早已站起身的梳水国黑白两道豪杰枭雄不约而同地作揖拜礼,比起先前震慑于周矩的书院身份,这一次作揖显然更加心悦诚服。

观湖书院山长的身影在空中消散,空中随之泛起一阵阵金色的光线涟漪。

在离去之前,圣人又以心眼神通看了一眼背剑少年,感慨万千。山崖齐静春,果真选择了这个暂时才在武道四境门槛上的大骊少年做那些嫡传弟子的护道人。

观湖书院中除了寥寥数人,无人知晓此事,这位圣人也是此刻亲眼所见,才循着蛛丝马迹,推演出一些道路远处的风光。

与此同时,圣人以心声告诫周矩:"巨然,不管你在少年身上看到了什么,都不可妄言妄动,切记慎言慎行!"

周矩以心声笑着回复道:"先生,见贤思齐焉,这点道理,弟子岂会不知?"

圣人已去,周矩发现自己腰间的那枚玉佩也消失了,原来是被自己的先生取走了。他不再回头望向大堂,只是唏嘘不已。一直到走出剑水山庄的大门,他才回头望去,笑道:"大开眼界。"

他周矩,虽然如今只是观湖书院的贤人,但是哪怕是崔明皇这般的宝瓶洲大君子,一样不敢轻视他分毫。不单单是周矩的儒家修为不容小觑,也不仅仅是贤人跻身君子又被打回贤人的那场经历,而是周矩能够看到他那位圣人先生都看不到的某些景象。因为这份天赋异禀,学宫圣人都曾亲自嘱咐观湖书院的山长要小心呵护周矩,绝不可让周矩误入歧途。

在周矩眼中的世人,是真正名副其实的"众生百态",所有修行中人,尤其是儒家门生,都会将一些蕴含特殊意义的精神气具象化为某些奇异景象,多是一个个米粒大的小人儿,待在周矩眼前之人的身上,或是气府之中。

比如一个看似朝气勃勃的书院贤人,他的小人儿却是佝偻蹒跚,汗流浃背,如同在负重登山;一位以古板著称,治学严谨的夫子,脑袋附近却有浓妆艳抹的飞天女子盘桓不去;一名死气沉沉、暮气深深的书院学子,内心中却有一个大髯剑客在气府之间豪迈游历。

曾经被周矩一顿饱揍的那个贤人,满嘴仁义道德,在书院向来以作风严谨、妙笔生花著称,但是周矩却看到那个贤人的书页之间满是彩蝶、蜜蜂萦绕,充满了脂粉气,此外还有一柄沾满蜂蜜的锋利飞剑胡乱飞掠。

这种人,周矩看不惯,只是恪守师训,一忍再忍。直到有一天,山崖书院被摘掉七十二书院之一的头衔，传言齐静春身死道消，山崖书院更是从大骊迁到大隋，门庭冷落，那一文脉的香火几近凋零，那个贤人便公然落井下石，大肆抨击齐静春的经世学问，以此作为沽名钓誉的养望手段，希冀着借此机会博取某些老夫子的欢心，成功跻身君子。周矩对那支敌对文脉谈不上好恶，但是对这个口蜜腹剑的贤人——关键是此人还假借自家先生的文章宗旨以攻讦山崖书院——那是真讨厌，所以他便出手打得那家伙半年时间没好意思出门。

崔明皇心中的景象是一幅山河社稷图，幅员辽阔，但是硝烟四起，支离破碎，在此人心相之中，绝无一粒小人儿。而那位宝瓶洲的首席大君子，风流儒雅，名动一洲，本相竟是一个质朴老农，守着庄稼地，勤勤恳恳。

周矩自幼就拥有这份不见经传的古怪神通，且他读书过目不忘，文思如泉涌。他九岁时秘密进入书院，跟随先生学习圣人教诲，十四岁成为贤人。之后依然待在先生亲手打造的一个学庐里，深居简出，一年到头只与师兄师姐们打交道。二十岁跻身君子后，经过文庙一件礼器的鉴定，周矩很快又被发现了"正人"迹象，有望追上两位宝瓶洲的大君子。

周矩走在剑水山庄通往小镇的大路上，叹息一声："有点自惭形秽啊。"

一道身影凭空出现在周矩身侧，轻声问道："巨然，可是看到了什么奇怪景象？"

周矩笑道："我的好先生，你能不能别这么吓唬弟子？如果给你吓傻了这么一棵好苗子，先生就哭去吧。"

书院山长的缥缈身影与周矩并肩而行，周矩微笑道："先生，这一次，我可不想与你说了，馋死你。"

圣人哈哈大笑："也好，你就等着回书院吃板子吧。"说完这才真的离去。

周矩独自行在异乡路上，啧啧称奇，摇头晃脑。

陈平安的气府有一颗分明是别人赠送的金身文胆，却能够与其神魂相容，毫无排斥，故而小小少年有一丝正人君子的气象。少年行路之间，两袖有清风，两肩像是挑着向阳花木，草长莺飞，更是美丽动人。

有红脸小人儿打着酒嗝，晃荡着朱红色酒葫芦；有草鞋小人儿临水立桩，翻山走桩；有个翻书的小人儿，发髻别有簪子，低头看书，像是处处都有拦路虎，所以眉头紧皱；还有个数钱的小人儿盘腿而坐，眉开眼笑，时不时拈起一粒钱币放在嘴里咬一咬，或是用袖子擦一擦；一个小人儿，满满的珠光宝气，四处奔跑，这里递出一样东西，那边双手奉上另一件，像是在不停送给别人自己的心爱物件儿……

明明奇思妙想那么多，种种执念根深蒂固，却仍是心思澄澈，天底下竟有这么奇怪的少年郎？周矩收敛笑意，喟叹一声。他嘴上说见贤思齐，可是却一点都不想成为那样的少年，因为做这种人，应该挺累的。但是如果能够跟这种人成为交心的朋友，应该挺好的。

周矩想到一件事情,身形骤然拔地而起,高入云霄,御风远游。脚下就是梳水国的山河大地,云海间隙,依稀可见山脉起伏。周矩自言自语道:"这趟见识过了俱芦洲的道教天君,要不然我听从那人的建议,挑一座大一点的福地,以谪仙人的身份下去领略一下别处风光? 否则我当下这境界雷打不动好些年了,真是占着茅坑拉不出屎。"

陈平安当然不知道周矩因着那份神通已经看到了自己那么多秘密。观湖书院圣人的大驾光临,可能对梳水国江湖人士来说是百年一遇的奇景,可对于陈平安而言,其实谈不上如何震惊。不管是在家乡骊珠洞天,还是之后去往大隋,陈平安已经见过太多匪夷所思的事情了,甚至在那幅文圣老秀才的山河画卷之中,陈平安见过了中土神洲的那尊穗山大神,亲手递出了那开山一剑。

在山庄大堂内,陈平安没有停留太久,因为宋雨烧在说了一句话后,很快就离开了。那句话,在所有人心中激起了万丈波澜:"前来围剿山庄的朝廷万余兵马,已经自行退去。"

那个少女嬷嬷,其实跟他俩一起返回了山庄,但是她不敢面对一个书院贤人,只是躲在暗处。好在圣人和贤人都没有计较,这让她大有劫后余生的雀跃,在确定书院两人都离开山庄后,这才进入大堂,落座后与宋凤山以心声交谈。

宋凤山的妻子开始纵横捭阖,安抚群雄。

一言不发的宋凤山神色大定,在如释重负之余,心情又有些复杂。爷爷宋雨烧,果真一人一剑挡在了大军之前,而且还凿阵擒获了大将军楚濠,省去了他宋凤山许多谋划。不仅如此,爷爷和那个深藏不露的少年剑仙在深山之中,联手被自己那封密信说服的青竹剑仙苏琅,反过来截杀设伏的古榆国剑尊林孤山、买椟楼楼主。林孤山被苏琅一剑削去项上头颅,那柄绿珠成为苏琅"剑仙杀剑尊"的最好证物,只可惜买椟楼楼主以秘术负伤逃离,可能会是一个变数。

宋凤山暗中对少女笑道:"按照约定,事成之后,我会帮你成为梳水国朝廷敕封的一方山神,使你能够拥有金身,享受香火。但是丑话说在前头,成为金身神祇之后,你如果想要境界暴涨,躺着享福,还是需要按照我的计划行事,未来几十年内,违背你的心性,捏着鼻子做好事,以便赢取民心。如果你违约,难改暴虐,为了一点蝇头小利就坏我大事,到时候你我之间,就只能兵戎相见了。"

少女以心声媚笑道:"少庄主算无遗策,奴家可不敢自找苦吃。"

宋凤山凝声道:"还得麻烦你去趟州城,通知韩元善,局势有变,还会有观湖书院的人找他的麻烦,至于他还要不要以楚濠的身份跻身梳水国庙堂中枢,就看他自己定夺了。"

少女哀叹一声，站起身，准备去往州城提醒情郎韩元善："奴家真是个劳碌命。哦，对了，你记得跟那个叫陈平安的少年讨要一枚从楚濛身上夺取的甲丸，不管是花钱买还是靠人情交换，东西一定要留下来，以后若是我家元善执意要富贵险中求，假扮楚濛，这枚甘露甲会是关键之物。"

宋凤山回复道："我自有计较。"

少女知晓此人冷血的枭雄心性，不再画蛇添足多说什么，就此离开大堂。

一老一少走向山庄给陈平安安排的院子。

先前在山间归途，先是潜伏已久的买椟楼楼主偷袭陈平安，之后就是剑尊林孤山赶到缠住宋雨烧。若是陈平安和宋雨烧处于巅峰状态，胜负毫无悬念。但是陈平安神意损耗严重，对于初一和十五的驾驭，远远不如凿阵时那么娴熟如意，使得他跟第二次交手的买椟楼楼主打了个旗鼓相当。宋雨烧略占上风，但是林孤山气势正盛，一时间宋雨烧无法脱身，帮助陈平安一同斩杀那个神出鬼没的顶尖刺客。

之后青竹剑仙和少女嬷嬷接连现身，双方看似各有一名盟友增援，照理说是林孤山一方胜算更大。哪知形势突变，苏琅一剑砍掉了林孤山的头颅，买椟楼楼主见势不妙，再次远遁。陈平安虽竭力驾驭飞剑十五刺透了他的腹部，可仍是被他成功逃离战场。少女嬷嬷看似倾力而为，使出一身魔道修为，和买椟楼楼主打得天翻地覆，真相却未必如此。毕竟一个外乡少年的死活无关梳水国大局，而且若是陈平安不小心死在了深山老林，少了一个不易控制的知情人，说不定对她形势更好。

到了院子，徐远霞和张山峰已经听从陈平安的劝说早早去了小镇。

在石桌旁坐下后，宋雨烧轻声道："大将军楚濛多半是死了。"

陈平安对此不置可否，从袖中掏出那枚神人承露甲丸递给老人。先前少女嬷嬷讨要此物，陈平安不愿拿出。

宋雨烧摆手道："楚濛是你擒获，这枚甲丸当然就是你的。"

陈平安摇头道："还是老前辈拿着吧，既然那个女魔头索要，这枚甲丸肯定不是钱的事情。我只不过是不喜欢她的为人行事，才不想交给她。"

宋雨烧笑道："不然将山庄的小雪钱全部给你？否则就不合规矩了，我心里会有疙瘩，又欠钱又欠人情的。至于凤山是不是有山上的开销，由着他自己折腾去，反正这小子本事天大地大，我就不信他弄不来几千枚小雪钱。"

陈平安咧嘴笑道："真是朋友，其实欠了人情也无所谓。下次我来山庄，老前辈多请我喝酒就行了。"

宋雨烧啧啧道："欠人情比欠钱要难受，是你小子说的；这会儿朋友欠人情也无妨，还是你说的。怎么，天底下的道理都是你陈平安的？"

陈平安摘下养剑葫芦，轻松惬意地喝了口酒，再无顾虑，也无负担："宋老前辈不把我当朋友,就只管还钱还人情,一口气还完,清清爽爽,大不了以后我路过梳水国,都不来山庄喝花雕酒吃火锅。"

宋雨烧犹豫了一下,只得无奈地收下那枚兵家甲丸,打趣道:"你小子到底是怎么回事,我都有些犯迷糊了。"

陈平安眨了眨眼睛:"在家乡当龙窑学徒的时候,教我烧瓷的师傅说过一个道理,人情送头牛,买卖不饶针。"

宋雨烧愣了一下:"啥玩意儿?"

陈平安赧颜道:"意思就是说关系好了,给朋友送一头牛都没事,但是做买卖,一根针的钱物往来都得记在账上。"

姚老头这个满是泥土气的道理,书上是不会讲的。在彩衣国胭脂郡,崇妙道人死前说过类似的言语。所以陈平安觉得这个话糙但理不糙,多半是没错了。

宋雨烧开怀大笑,伸手指向少年,道:"瓜娃儿,你以后一定会很有钱!"

陈平安双手抱拳,笑容灿烂:"希望希望。"

宋雨烧笑着起身:"山庄就不留你了,我去交代一下事情,然后一起去小镇,请你吃顿火锅,之后你和朋友们就去那个渡口。"

陈平安点点头,在老人去找楚管事后,回到自己房间,换过一身洁净衣衫,在桌上留下了一张金色材质的符纸,其上已经画好符篆,是一张宝塔镇妖符。少年以一只酒杯将其压住。

当初两人离开战场,陈平安收下老人的三百小雪钱,不过是想着让老人安心罢了。

不管少年如今的性情变了有多少,但是有些事情,还是江山易改本性难移,可能再过百年千年,还是如此。

吃亏是福,贪便宜是失便宜,这些道理,书上是讲过的,而且不止一本书在讲。

梳水国老剑圣拎来了一只小包裹和两坛美酒,两人在院中碰头。陈平安的酒葫芦里再次装满美酒,刚好还剩下一坛,去小镇吃火锅的时候用得着。老人让陈平安帮他拿着装有小雪钱和一些小物件的包裹。

离开小院后,白发苍苍的山庄老管事站在门口,对陈平安抱拳笑道:"陈少侠以后常来山庄做客,从今年起,剑水山庄会备下许多专门为陈少侠酿造储藏的花雕酒,保证少侠次次都能喝上最地道的陈年好酒。"

陈平安抱拳道:"绝不客气!"

宋雨烧和陈平安再次飞掠离开山庄。老管事站在原地,久久不愿离去,笑容欣慰。如今的老庄主,真是跟之前数十年暮气沉沉的模样大不一样了,这会儿老庄主一如当年行走江湖般意气风发、神采飞扬。所以这梳水国的江湖,一定还能再风流数十年。

老管事散步走回,其间与负责那栋院子的两名婢女相逢,原本不苟言笑的老管事多了许多笑容,让那一对妙龄剑侍受宠若惊,只觉得太阳打从西边出来了。

宋雨烧与陈平安到了小镇,朝廷安插于此的谍子得到风声后都已经自行撤去。他们在那栋酒楼与徐远霞和张山峰见面,四人还是在二楼吃起了火锅。因为上次宋雨烧自报名号,酒楼掌柜有些拘谨,被老人一顿口头禅的瓜皮锤子笑骂过后,才恢复了几分自在。张山峰不太能吃辣,又不愿怯场,只好边吃边流泪。陈平安一本正经地说喝酒能解辣,结果年轻道人一口酒水喷了陈平安一身。

在酒桌上,宋雨烧也喝得有点多,他没有用武夫境界驱散那一肚子酒气,举杯不停,还跟陈平安唠叨了许多心里话,有的没的,想起了什么就随口聊:"陈平安啊,讲道理这件事,不是一件讨喜的事情。女孩子不爱听,男人也好不到哪里去。世道难混,一肚子憋屈窝火,临了还要听人唠叨,你说烦不烦? 道理不对也就罢了,明知对了,自己却做不到,岂不是更戳心窝子?"

陈平安喝酒加吃辣,已经有些舌头打结,反驳道:"我道理偶尔会说一些,但是还真的从不跟人吵架,最多打架!"

宋雨烧说:"如果以后有个姑娘跟你说:'陈平安,你是个好人……'"

陈平安满脸期待:"那是不是就成了?"

宋雨烧一拍桌子,幸灾乐祸道:"你个哈(傻)儿! 成个屁,你俩关系铁定黄了!"

陈平安呆若木鸡,赶紧喝了一大口酒压压惊。

酒足饭饱后,三人在小街尽头与宋雨烧告别。

在三人身影愈行愈远之后,腰间多悬佩了一把铁剑的宋凤山,默默出现在宋雨烧身旁。宋雨烧望着远方,叹息一声。

宋凤山冷哼道:"到底我是你孙子,还是他是?"

宋雨烧打了个哈哈。

宋凤山虽然言语愤懑,但是嘴角有些笑意。宋雨烧在那只包裹里装上了剑水山庄的将近两千枚小雪钱,一枚也没给山庄剩下。

陈平安在酒桌上一直被老人劝酒,喝得醉醺醺的,走的时候脚步摇晃,满身酒气,暂时哪里顾得上那只斜挎在背后的包裹。

老江湖到底是老江湖,少年还是太嫩了。

到达剑水山庄之前的七百里路程,由于陈平安心事重重,三人走得略显沉闷。而这趟去往边境的仙家渡口,三人的心态与前次有着天壤之别,而且因为许多话都说开了,各自抖搂了身上许多秘密,三人关系越发瓷实。便是那桩朋友死尽的惨案,一次露宿山巅时,徐远霞喝着酒都说了一些。而张山峰也颇为难得地提及自己的家世和师门。他接过陈平安递过来的酒葫芦，破天荒地大口喝酒，说到他的师父火龙真人时，脏话连篇，大骂不已。虽然嘴上不留情，年轻道士的脸上却满是怀念，膝盖上横放着那柄桃木剑，说到动容处，只得以喝酒掩饰眼眶里的泪花。其间他连打了好几个喷嚏，徐远霞开玩笑说："咋的，你那师父隔着一个洲，还能听到你的埋怨？难不成是一位龙虎山外门天师？"

张山峰悻悻然说道："什么天师，老头子一辈子都没去过中土神洲，天天念叨着要去祖庭龙虎山拜谒祖师爷，可不是今天腰酸就是明天腿疼的，不然就是呼呼大睡，每次睡觉能睡十天半个月。最长一次，师门山头下了一场连绵两个月的大雪，老家伙就立于崖畔风雪中睡了整整两个月，等到风雪彻底消融才醒过来。在那之前，门内弟子们原本早早准备妥当，要跟随师父一起远游龙虎山的既定行程又给打了水漂。总之，老头子没有半点诚意，师兄弟们怨声载道。一次次旁敲侧击，老家伙全当作耳旁风，你说任你说，清风拂山岗。"

陈平安也主动说到了齐先生，毕竟那晚齐先生出现在了梳水国古寺，跟徐远霞和张山峰都见过面。但是他只提了家乡那座骊珠洞天，说自己是那边土生土长的人，说齐先生在那边学塾教了很多年的书。

陈平安不是不愿多说，他如果真敞开了说，借着酒劲，关于齐先生，他能跟两个朋友说上一整晚。他是不敢多说。

在他与少年崔瀺同行的短暂归途中，那个死皮赖脸的弟子说了许多关于山顶的事情，例如那些诸子百家圣人在各大洲的"有趣"谋划。哪怕少年崔瀺每次都是只言片语、零零碎碎，故意不说透，使得真正的内幕如蛟龙在云端般若隐若现，可是陈平安已经知道了轻重利害。

陈平安还说了自己的打瀑过程和境界攀升。徐远霞是武道中人，惊羡不已，哪怕早有预料，仍是对陈平安竖起大拇指，说他前途远大，将来至少也是一个炼神境的大宗师。看张山峰一脸茫然，徐远霞就举了个例子，说如今陈平安的境界，放在山上，那就是即将破开下五境瓶颈，随时能跻身洞府境。张山峰这才恍然大悟，然后便哀号开来，说自己每天勤勉修行的成效难道都给狗叼走了吗。

陈平安哈哈大笑，跟徐远霞一起合伙挖苦张山峰。张山峰不需要别人安慰，这家伙的坚韧心性其实不输陈平安，从来天不怕地不怕，他只怕一件事——兜里没钱，吃不饱饭。如果非要再多一件事，就是这几次降妖除魔他都做得不够好，一直良心难安。

随后这一路风平浪静，经历了胭脂郡的波谲云诡，又看过了剑水山庄的江湖热闹，三人此时觉得有些寂寞。好在很快就到了那座边境关隘，三人都有正儿八经的通关文牒，虽然盘查严密，仍是顺利走过城洞，去往大都督府。

在宋雨烧赠送的包裹当中，除了将近两千枚小雪钱，还有一封老人的亲笔书信，只要陈平安交给梳水国边境上的那座大都督府,就能够获得朝廷许可,进入禁地。

陈平安到了门禁森严的府门前,上去搭话,不承想这些边关武卒听不懂宝瓶洲雅言,陈平安又不会梳水国官话,一时间鸡同鸭讲,十分尴尬。好在府门武卒示意陈平安稍等,让一人进去禀报,很快就走出一位有书卷气的儒衫老者,他精通宝瓶洲雅言。陈平安递出那封信,信封上书"大都督亲启"五个大字,署名为"剑水山庄宋雨烧"。

府邸老幕僚双手接过信封,再不敢怠慢,直接领着三人在偏厅落座,等上过茶,才快步跑向大都督处理军务的官厅。又过了一会儿,就走来一个身材矮小的黝黑老人,既没有披挂甲胄,也未穿武臣官服,神色木讷,手里攥着三枚青铜印符,径直将其交给陈平安,随后一言不发地转身离开。

三人离开大都督府的时候,陈平安和张山峰都有些蒙——那位其貌不扬的梳水国大都督,也太过雷厉风行了些。徐远霞解释道:"真正从底层攀爬到高位的沙场武将,都不是夸夸其谈的性格。"他笑了笑,"搁在官场上,这叫作贵人语迟。"

张山峰没好气道:"人家根本就没说一个字,迟啥迟?"

两人听陈平安说过剑水山庄的那场风波,知道朝廷对山庄的态度,徐远霞不由得感慨道:"在这个当口愿意接见我们三人,还掏出三枚通关印符,这位大都督也算仗义了,跟宋老剑圣的交情一定极好。"

陈平安点头道:"能够跟宋老前辈做朋友的人,肯定不坏。"

徐远霞和张山峰相视一笑,后者啧啧道:"陈平安,你这句说得有学问啊,都会拐弯抹角吹嘘自己了?"

陈平安又说道:"能跟宋老前辈做朋友的人做朋友,应该也不差。"

徐远霞伸出大拇指:"这话说得厚道,有嚼劲!"

张山峰搂过陈平安肩膀,称赞道:"转折自如,无懈可击!"

三人大笑着从南门离开关隘,继续往南去,各自腰间都悬挂着那枚印符。百余里后,他们就会进入仙家渡口管辖的禁地。

在半路上的一座小山头,三人停歇,陈平安生火做饭,其间远方暗处有人望向他们,估计是见到腰间印符后才悄然离去。

三人吃饭,都没有喝酒。即将进入那座山上练气士聚集的渡口,还是小心为上。

徐远霞这次主要是为陈平安和张山峰送行,不过如果有渡船去往宝瓶洲东南部的青鸾国,那就更好,至于渡口兜售法宝重器的店铺,徐远霞一个纯粹武夫,如今又多出一把神兵利器,已经完全没有兴趣。

张山峰除了想要购买一把攻伐法剑,再就是补充一些神行符之类的珍稀符箓,以及找人鉴定那双青神山神霄竹筷的价格。那口凝聚灵气化为甘露的白碗,以及陈平安半卖半送给他的古榆国甲丸,他是万万不会卖的。这两件宝贝,他连拿都不会拿出来,免得让人起了觊觎之心，白白多出一桩祸事。

从落魄山带出的东西，陈平安肯定一件都不会动。

贺小凉在鲲船上还给他的那颗上等蛇胆石，留着便是了。在骊珠洞天下坠后，龙须河和铁符江早已见不到一颗蛇胆石，先前的蛇胆石都变成了普通石子。他听说蛇胆石是骊珠洞天的特产，这意味着每用掉一颗，世上就要少掉一颗。陈平安如今已经知道这叫奇货可居，越晚出手，只会越赚。

胭脂郡城隍爷沈温赠送的金身文胆要藏好，先后两次获得的金身碎片和银色碎片一样不可示人。而沈温最为重视的，甚至说了一句"神器唯有德者持之"的，篆刻有"彩衣国胭脂郡城隍显佑伯印"的天师印的归属，陈平安其实第一时间就想到了龙虎山外门道士张山峰，以及如今在山崖书院求学，但是修习《云上琅琅书》的林守一。陈平安用心思量之后，还是决定这枚天师印暂时由自己保管。不是不舍得送给他们中的一人，而是觉得哪怕赠送，也应该以后再说，等到自己理解了何谓"有德者"，再看那个时候，他二人谁配得上这三个字。

至于那截遭受雷击后犹有生机残存的乌木、绘有五岳真形图的大白碗及藏匿有枯骨艳鬼的那张符箓，陈平安都会拿出来询问其价格，至于是否典当出售，到时候再看，相信渡口店铺总不会强买强卖。

剑水山庄送的将近两千枚小雪钱，加上青衣小童给的，陈平安现在差不多有四千枚小雪钱了。一想到这个，他就有些乐呵。只是他马上又想到另一件事，就乐呵不起来了。

魏檗和崔姓老人曾经说过一些意思差不多的话，要陈平安在进入倒悬山之前，先跻身武道四境，因为只有这样，他才能在那座长城上站稳脚跟，以浩然天下最充沛的无形剑意淬炼体魄、夯实神魂。这对于任何一个炼气三境的纯粹武夫来说，都大有裨益。按照老人的话说，如果连四境都没有，就干脆别去城头上丢人现眼了，即便能走上去，也未必能够爬下来。陈平安给那姑娘送完了剑，就只能在剑气长城下边干瞪眼，乖乖滚回落魄山当山大王了。可陈平安想在那边多待一会儿。

很快有一行七八人在山头下边的道路走过，装束各异，个个不似俗人。山坡上三人只是斜瞥一眼就不再多看。出门在外，小心道士和尚；入山涉水，避开稚童妇人。这是山上不成文的规矩，若是遇上不知深浅的同道中人，没事别瞎瞅，天晓得会不会碰上个脾气坏的。那些人亦是视线扫过三人后就不再打量。

虽然还没有到达渡口，可几十里路能走多久？离别在即，原本说好了都不喝酒的，但只是因为陈平安习惯性喝了口酒，张山峰就说他也要喝，陈平安便将酒葫芦递了过去，结果徐远霞也来了一口。于是三人坐在小山头的山顶，就这么一人一口，默默饮酒不停息。

徐远霞喃喃道："我曾是行伍出身，还是战事惨烈的边军，只是实在受不了身边每天死人才开始厮混江湖，不承想到最后还是死人。你们可能不信，我徐远霞出身书香门第，当年属于投笔从戎，家族虽算不上钟鸣鼎食的豪阀，可也算一地郡望吧，这都多少年没回去过了。好好一个父母健在的家乡，如今倒像是个故乡了。"大髯汉子喝酒喝得满胡子都是酒水，盘腿而坐，醉眼蒙眬："当边军那些岁月，我早前读过些书，还算稍稍讲一点家国忠义。军中袍泽们大多不谈这些，只管挣军功、赚银子、给先行一步的兄弟们报仇。沙场杀敌就只是杀敌，痛快而已，不过若在沙场上给敌人砍了一刀、射了一箭，那么缝针拔箭的时候，可就只有痛没有快了。一大堆大老爷们儿，躺在满是血污的伤兵帐篷里疼得嗷嗷叫，谁也别笑话谁……"

张山峰向后倒去，他是真的不能再喝了，陈平安总不能一口气背两个人吧。张山峰望着蔚蓝天空道："师父总说我是有悟性有根骨的，当年不去参加科举，而是上山修行，这辈子肯定不亏。可我哪里知道自己的悟性根骨在哪儿，若是也被狗叼走了，我真想求一求那些狗，让它们还给我，我下山降妖除魔用得着。有了道行，就不用再愧疚了，再也不会害得那些花钱请我办事的百姓骨肉分离、流离失所了。"

陈平安喝酒有一点好，喝多了，言语反而少。他默默地听着两个朋友吐露心声，双手抱着那只酒葫芦眺望远方。

最后下山去往渡口时，想着自己千万不能醉酒的张山峰，已经让徐远霞背着了。徐远霞的脚步还算沉稳，只是酒话没少说，大声吟诵了好些边塞诗，最后说到"美酒千杯少"，打了个酒嗝，就没下文了。

陈平安笑着接话道："佳人……两个也多呀。"

徐远霞翻了个白眼："白瞎了一个剑仙！"

陈平安立即改正道："大剑仙！"

张山峰喃喃地说着梦话："还有大天师……"

这个梳水国和松溪国接壤处的仙家渡口，竟是一座没有城郭的繁华小镇，这让陈平安有一种重返家乡龙泉郡的错觉。路上行人熙熙攘攘，练气士其实不算太多，更多的还是世代扎根于此的凡夫俗子了，以及各色商贾，街道处处是店铺。到了小镇，张山峰已经清醒过来，就是有点头疼，陈平安和徐远霞则早已酒气散尽。

徐远霞轻声提醒道："咱们别想着货比三家，直接找一家地段最好、店铺最大的地儿。"

根据这宝贵的江湖经验，三人找到了一家挂有"青蚨坊"匾额的大铺子。铺子有五层楼，很有鹤立鸡群的气势，而且占地广袤，楼后好像还有一个大庭院，古树参天，似乎还有流水声。店门口两侧楹联是"童叟无欺，我家价格公道；将心比心，客官回头再来"。

就是这家财大气粗的青蚨坊了！

店门口的街道上，没有伙计招揽生意，但是三人走入阴凉大堂后，很快就有一个衣衫华美的年轻妇人姗姗而来，妇人两侧肩头各自悬停着一只青色飞虫，如碧玉雕琢而成。她直接以宝瓶洲雅言问道："三位客人是要鉴赏宝物，还是购买店内珍藏？"

当妇人问话的时候，两只青色飞虫已经振翅而飞，围绕四人传出啾啾的细微声响。原来是为了遮蔽双方对话，不让店内其他人听闻。

徐远霞笑道："先鉴宝，再看看你家收藏的成色，若是有合适的，而且果真价格公道，我们再买不迟。"

妇人伸手指向一处，微笑道："鉴赏重器就在一楼，灵器在二楼，法宝在三楼。楼梯口在那边，三位客官自行选择便是，我会一路跟随。"

徐远霞点点头，大步走向楼梯口。毫无疑问，他们会在二楼停步。至少灵器价格还有个底，若是身怀仙家法器，就算陈平安和张山峰想卖，徐远霞都不建议在这个渡口交易。

妇人跟在三人身后，微微而笑，既然他们是直奔二楼，那自己这次运气不错，有点赚头了。

一楼其余几名差不多姿色气度的女子，眼神都有些艳美。但是每天迎客一事，青蚨坊早就安排了顺序，财路大小，就要靠她们各自的运气了。不过一年下来，大致上相差不多，即便有人骤然暴富，以青蚨坊五百年老字号订立下来的祖传规矩，也不会让其余人等知晓，除非那个人自己说漏了嘴。

到了二楼，妇人又开始领路前行，廊道铺有一整张彩衣国出产的一幅锦绣地衣，看绣工丝毫不比剑水山庄大堂的那幅逊色。她领着三人走到一个房间门口，屈指轻轻敲门，得到一个苍老嗓音的回应后，妇人推门而入，站在门口，等到徐远霞三人都跨过门槛，才轻轻关上屋门。

屋内有一张大桌案，后边坐着一位精神矍铄的老人。屋内有一个小香炉，香气袅袅；还有一盆古柏盆栽，古柏虬曲，横向蔓延极长，枝干上竟然蹲坐着一排绿衣小人。绿衣小人原本在窃窃私语，见到客人莅临后，竟是齐齐站起身，在古柏枝干上作揖行礼，稚声稚气道："欢迎贵客光临本店本屋，恭喜发财！"

不愧是仙家手笔，看得陈平安一愣一愣的。徐远霞是老江湖，知道隐藏情绪。而张山峰本就是山上人，虽然如今很穷，可在师门修行的时候，其实见识不浅。所以露出马脚的土鳖，其实就陈平安一个。

只是这么一个小细节，妇人就将注意力更多放在了徐远霞和张山峰身上，觉得穿草鞋背剑的少年多半是有点小机缘才踏足修行的山野散修，不用她太花心思。

老人笑问道："鉴宝？什么灵器？我最擅长青铜器、字画和美木良材的鉴赏，其余诸多杂项器物也皆有涉猎，不敢说样样精通，但是我在青蚨坊这间屋子坐了四十多年，看走眼的次数屈指可数，客人只管放心拿出珍藏之物。"

张山峰便从袖中拿出那双竹筷递给老人。原本端坐在椅子上的老人目中精光绽放，毫不掩饰自己的意外神色，站起身，双手接过竹筷，坐下后，小心翼翼地将竹筷放在身前的桌面上，从抽屉中拿出一块特制丝巾，仔细擦拭双手手心和五指，这才拎起那支刻有"神霄竹"的竹筷，耐心端详，久久无言。

放下"神霄竹"，拿起"青神山"，老人喟叹一声，抬头后，望向年轻道士，满脸惋惜道："此物材质绝佳，不仅肯定出自青海洞天，十之八九还是由那座青神山的神霄竹制成。在青神山封山百年之后，以青神山独有的神霄竹制成之器物，价格可谓一路水涨船高，说是疯涨都不为过，只可惜竟然没有制成一对袖珍小巧的打鬼鞭，而是打造成了一双……筷子！太奢侈了！太……过分了！"说到最后，老人有些咬牙切齿，差点就要捶胸顿足，破口大骂筷子旧主人的暴殄天物。

老人伸手摩挲着竹筷上"青神山"三个字，轻声安慰自己："可若是制成了打鬼鞭，客人就可以直接去三楼了，我哪里有机会目睹此物。竹海洞天的青神山啊，偌大一座洞天，只有一位山神，就是竹夫人。要知道，小说家的祖师爷曾经如此描绘这位传说中的山神夫人：'美姿容，喜赤足，鬓发绝青。'不过寥寥数语，就勾勒出一位绝代女神的风采……"

老人已经完全沉浸在自己的遐想当中，青蚨坊的领路妇人虽然有些尴尬，可心底雀跃不已，自己今天要大挣一笔抽成了！而且还不至于让三楼那些个最擅长拿捏架子的贱货赚了去。上边的那些个女子，瞧着一个比一个像仙子，看似模样清冷，实则一肚子算计，谁有钱谁就是天底下最俊的男子，个个都是喜欢勾引男人的狐媚娘们，做成了买卖后，还愿意死皮赖脸地倒贴身子，领着客人去后边的庭院私宅一阵翻云覆雨，臭不要脸，恬不知耻！

张山峰只好打断老人的思绪："老先生，老先生，贫道只想知道这双筷子到底值多少钱。"

老人赶紧回过神，笑眯眯望向领路妇人："翠莹啊，我今年是不是还剩一次份额？"

妇人有些惊讶，很快嫣然笑道："洪先生，你确实还有一次将宝物收入囊中的机会，只是还得按照老规矩，先给顶楼的二坊主掌过眼，才能交由洪先生私自珍藏。"

老人爽朗笑道："这是当然！"他对张山峰正色说道："这双筷子，若说神益修行之处，实在不多，但是搁在山底下的世俗王朝，必然会是将相公卿、达官显贵们争抢的宝贝。因为每次下筷夹菜都沾染些许灵气，故而能够强身健体、延年益寿，只要不碰上大病大灾，凡夫俗子增寿个三五年不难，而且'青神山''神霄竹'这两个说法也能溢价极多。"老人瞥了眼桌上的青竹筷子，满脸喜悦："我青蚨坊……或者说我洪扬波本人，愿意开价四百五十枚小雪钱。客人只管放心，我可以保证，在青蚨坊内楼上楼下也好，还是在这个渡口小镇其余大小十六家店铺也罢，都不会高出这个价格了。一般市价最多出到四百枚，委实是我自己喜好此物，今年还有一次将鉴赏之物收入囊中的机会才愿意出此高价。这位道长，如何？可愿意割爱？"老人可怜巴巴地望向张山峰，眼神里带着祈求："四百五十枚小雪钱，这个价格真不能再高了。若是你们怕我捡漏，信不过青蚨坊的金字招牌，没关系，我们一起去找二坊主，或是你们再去街上大小铺子转一圈……"

张山峰看了眼徐远霞，后者轻轻点头。张山峰咧嘴一笑，伸出一只手掌："一口价，五百枚小雪钱，我就卖了！"

妇人转过头，掩嘴偷笑。得嘞，以洪先生的执拗性子，收东西只看眼缘不管价值，一旦成了心仪之物，那肯定是再疼也要割肉的。

"让你心头好，让你千金难买心头好！"老人甩了自己一巴掌，然后站起身，仍是快意多过心疼，豪迈道，"就此说定！翠莹，你小心拿好这双筷子，送去顶楼给二坊主鉴定，免得我有假公济私的嫌疑。确定价格公道之后，我就可以自掏腰包了，当然你那份，少不了！"

妇人小心地收起竹筷，婀娜多姿地姗姗离去。徐远霞知道这次买卖是张山峰赚到了，而且赚了不少。而陈平安还站在桌边，偷偷低头弯腰，跟那些绿衣小童大眼瞪小眼。他是觉得这些小家伙有趣，憨头憨脑的，长得还可爱，想着以后是不是自己也收集一些，送给落魄山的粉裙女童，她多半会喜欢，也省得她在竹楼觉得无趣。而那些小家伙觉得这么个土鳖泥腿子竟然连它们都不认得，也挺有趣。真是相看两不厌，双方都挺开心。老人坐在桌后，哼着小曲儿，更开心。

妇人很快返回，笑着交出那双青神山竹筷："二坊主说恭喜您少了一桩憾事，但是也说了，下次请他喝酒的时候，不许拿出这双筷子跟他臭显摆。"

老人呸了一声："不显摆怎么行。"然后飞快收起那双竹筷，拉开抽屉，再拿出五枚小暑钱递给张山峰："虽然一般来说，在大铺子做买卖，一枚小暑钱就是一百枚小雪钱，但是谁都清楚，私底下跟人交易，每一枚小暑钱要额外多出四五枚小雪钱的。"

张山峰笑着点头，接过五枚小暑钱后，看到陈平安还在那边傻乎乎地跟绿衣小童们挤眉弄眼，赏了他一手肘，笑道："少跟我装傻扮痴，拿去吧，利息先还你了，本金还欠着。如果你过意不去，就从本金里扣去五枚小暑钱。剩下的，就真的只能先欠着你，以后再说了。"

显然，知道那颗古榆国兵家甲丸的真实价格后，张山峰一直没觉得因为"朋友"两个字就能安心收下这颗昂贵的甲丸。

陈平安坦然收下五枚小暑钱，收入袖中后，说道："就这么两清了！不然我还你钱，你东西还我？"

张山峰闷不吭声，徐远霞笑着拍了拍张山峰的肩膀："就这样吧，否则就矫情了啊。"张山峰这才嗯了一声。

陈平安搂过张山峰肩膀，笑道："要真觉得过意不去，再把桃木剑卖了呗？"

张山峰又一手肘撞去，笑骂道："一边凉快去！"

陈平安跳开："君子动口不动手啊。"

徐远霞摇摇头，跟两个孩子似的。

妇人有些意外，凝望着背剑少年的侧脸，难道这位才是真正的土财主？

张山峰对老人笑道："小道已经没东西要卖了。"

老人大失所望，不过陈平安紧随其后说道："我有东西要先生鉴赏。"

老人立即挺直腰杆，笑着伸出一手："想必我又有眼福了。"

陈平安从袖中掏出那只绘有五岳真形图的白碗，放在桌上。

老人眼神平静，双手持碗，缓缓旋转，放下后道："碗面所绘应该是古榆国的五岳真形图，青蚨坊愿意开价一百五十枚小雪钱。若是大王朝的五岳真形图，价格会翻好几番，只是古榆国的五岳本身蕴含灵气有限，绘制在这只白碗上，功效也就大打折扣。"说到这里，老人有些感慨，说了一桩山上商贸的风波："想当年，因为此碗而获得暴利的店铺，当属在数十年前就偷偷囤积了大量大骊五岳碗的包袱斋。他家前些年真是一本万利，之后无数小店家跟风购买，哪里想到那大骊皇帝失心疯，直接改了全部五岳。哈哈，多少商家为此血本无归啊！好在咱们坊主眼光独到，力排众议，不高价收购哪怕一只大骊五岳碗，才使得青蚨坊免去一场灾难。"

陈平安耐心听完老先生的言语后，轻声问道："老先生，这只碗的功效是？"

"不好意思不好意思，一说到咱们青蚨坊的厉害，我就有些管不住嘴。这就给公子说正事。"老人致歉一声后，指了指白碗，"五色社稷土，是每个王朝必须有的。五色土从何而来？除了自身孕育而成的山河宝地，也可人为造就，所用的就是这类碗具了。将取自五座山岳的土壤放入碗内，一段时间后，根据五岳碗的材质好坏和品秩高低，就会短则数天长则一旬出产一小抔五色土。当然了，五色土也能售卖，以公子这只五岳碗的品相，若是拥有足够的古榆国五岳土壤，一年产出大致能卖出……这个数！"

老人摊开一只手掌，妇人又开始掩嘴偷笑。

陈平安试探性问道："五十枚小雪钱？"

老人忍俊不禁道："五枚。"而后解释，"许多这类能够持续生财的灵器，山上都以一甲子光阴来算价格。一年五枚，一甲子之后，就是三百枚小雪钱。哈哈，公子别急，误以为是青蚨坊坑人，只愿意出半价购买此碗。五岳碗有些特殊，一些个社稷不稳动荡不安的国家，他们的五岳真形碗可能一文不值。试想，国家都没了，五岳又何在？那么五色土又从哪里来？青蚨坊对于收购五岳碗兴趣一直不大，愿意出半价，也当得起'公道'

二字了。"

陈平安想了想："这只碗能不能不卖？"

老人笑道："当然可以。说句大实话，如果今天我替青蚨坊买下此碗，到时候古榆国一夜之间山河变换，我可是要担风险扣薪水的。"

陈平安笑呵呵收起白碗。一年五枚小雪钱，那就是足足五千两银子。知道最早的时候龙泉小镇一栋桃叶巷的宅子多少钱吗？都不用一千两银子！当然，如今骊珠洞天破碎下坠，接壤于大骊王朝版图，小镇宅子价格已经天翻地覆，可是龙泉郡城那边的宅子，五千两还是能买好几栋的。当务之急，是赶紧写信给魏檗和崔姓老人，要他们试着帮忙收集古榆国的五岳土壤……然后自己从倒悬山返回的时候，也要亲自跑一趟古榆国五座山岳，能多拿几斤就多拿几斤，希望到时候方寸物中还有足够的空地放置。

徐远霞突然轻声道："这只碗，可以卖。"

老人虽然因为一双青神山竹筷失了方寸，可是平时做生意，其实精明得很："这位兄弟是觉得大骊铁骑一定会南下，所以古榆国未必能够保住江山吧？我倒觉得不然。有观湖书院坐镇宝瓶洲中部，相信大骊宋氏还不至于长驱直入，哪怕真有那么一天，中间横亘着那么多王朝属国，一个个打过去，大骊马不停蹄一路南下，又需要耗费多少年？"

既然老人说破了，徐远霞也就不再藏掖，笑道："即便有观湖书院阻拦，我还是觉得大骊南下不需要太久。"

老人笑而不语，不愿在此事上跟人争执不休，青蚨坊只是做买卖的，和气生财。

徐远霞对陈平安笑道："落袋为安啊！"

陈平安见他眼神坚定，便点点头，毫不犹豫地拿出白碗放在桌上："老先生，还买不？"

老人爽朗笑道："童叟无欺，照买无误！这桩买卖若是青蚨坊亏了，就当是我眼光太差，扣我钱就扣我钱！"

一手交钱一手交货。陈平安一百五十枚小雪钱到手，如徐远霞所说，落袋为安。之后陈平安干脆一起掏出那截乌木和有艳鬼依附的符箓，老人又先后鉴定，对乌木赞不绝口，愿意出价三百枚小雪钱，并说农家和医家练气士都会对此物感兴趣；只是对于那张材质还算不俗的符箓，只愿意出价五十枚小雪钱。陈平安想了想，只卖了那截乌木，收回了符箓。

自此陈平安和张山峰都已经无物可卖，那就到了花钱如流水的时候了。老人亲自笑吟吟送客到门口，不忘对徐远霞道："以后有机会再来，咱俩再看看古榆国的形势如何，谁输了谁请喝酒，如何？"

徐远霞笑道："行啊。其实不管输赢，能跟洪老先生喝顿酒，都不算亏。"

老人哈哈大笑："就冲这句话，下次老哥先请你喝酒！"

徐远霞抱拳告辞。

听说张山峰要买一把能够斩妖除魔的道家符箓法剑，妇人就带着三人直接去了四楼，选了一间悬挂"寒光"木牌的大屋子，门口有青蚨坊专人守护。妇人与那人打过招呼后，轻轻推门，屋内一排排剑架比邻，剑气森森，各色剑器琳琅满目。

张山峰刚跨过门槛，莫名其妙就说"不看了"，让妇人心中一阵失落。

陈平安却说道："别搭理他，我们看剑。"

张山峰死活不愿意进屋子，徐远霞便拖曳着他进去。

妇人依次介绍了十数柄价格高低不一的法剑，张山峰虽然一直垂头丧气，可还是忍不住多瞥了一眼其中一把青铜古剑，青铜剑剑鞘早已遗失，剑身篆刻有模糊不清的"真武"二字。由于剑身伤痕极多，哪怕铸剑材质极好，青蚨坊也只开价四百枚小雪钱。陈平安二话不说便决定买下，只是在掏钱的时候有些迟疑。妇人微微一笑，善解人意地主动离开屋子，等再回来时，陈平安已经将四百枚小雪钱堆放在一处剑架上。她清点后，将古剑真武装入一把早已准备好的剑鞘，递给陈平安。

众人一起走出寒光剑舍，妇人没带三人走青蚨坊正门，而是领着他们从一座二楼空中廊桥去往后院高楼，再穿过高楼，由另一道后院侧门离开。妇人在跟三人说了那处渡口的行走路线和一些规矩、价格后，就与三人挥手作别。妇人转身之时，青蚨坊护院武夫已经关上侧门，她背对房门，偷偷摸摸地重重握拳，满脸喜悦，只是很快就恢复平静，快步走回青蚨坊主楼，这时她已是满脸愁容，长吁短叹地跟同伴们埋怨三个客人的寒酸。

渡口距离青蚨坊只有不到两里路，此刻刚好有一艘去往云松国的渡船。虽然云松国距离青鸾国还有很长一段路，但怎么说也比徒步去青鸾国快上许多，而且在云松国下船可以马上登上去往青鸾国的渡船，因此徐远霞会乘坐此船离开梳水国。而陈平安搭乘的渡船航线已存在千年，虽然不会直达宝瓶洲最南端的老龙城，但是一样会大大缩短数十万里的漫长路程。

在临近渡口的时候，张山峰和手持真武法剑的陈平安几乎同时停下脚步。张山峰低下头，不敢说话。

徐远霞叹了口气，跟陈平安笑道："当初胭脂郡崇妙道人无意间提了一嘴，在宝瓶洲东南部，就是我要去的青鸾国附近，半年后会举办一场声势浩大的水陆道场，届时会有无数道教神仙会聚，更会有几位大名鼎鼎的宝瓶洲道家仙师在那边开坛说法。张山峰当然想要去看一看，可是不知道如何跟你开口，总觉得如果临时改变行程太不仗义，对不住你。现在好了，你又买下这把法剑，这家伙就觉得更没脸跟你告别了，毕竟一开始说好了，要陪你一路走到老龙城。我估摸着这家伙现在想死的心都有了。也好，陈平安,你就用这把真武在地上挖个坑,把他埋了吧,一了百了。"

陈平安跳起来一巴掌拍在张山峰脑袋上:"瞧你这傻样儿!咱们谁跟谁?你似不似个撒子哟!剑,拿走;钱,欠着;人,滚蛋!"

张山峰不抬头,肩膀微颤。

陈平安不再说话,把真武剑抛给徐远霞,独自快步离开。

在眼眶通红的年轻道士抬起头时,那名来自大骊龙泉的背剑少年已经走远。似乎察觉到张山峰的视线,陈平安高高举起一条胳膊,握紧拳头,使劲挥了挥。

第六章

从最北到最南

陈平安所乘渡船的渡口与去往云松国渡船的渡口不在一处,付过十枚小雪钱,拿了一块木牌,交还那座大都督府赠予的印符后,陈平安就跟随数十号人一同去往渡口。渡口竟是一座地下溶洞,洞口阔达五六丈,布满了历朝历代仙师名人的崖刻:"鱼鳞仙境""壶中日月长""瑶琳洞天"……大多笔力遒劲。入洞后豁然开朗,光线明亮,一行人缓行而下,一炷香后,进入了一个巨大的洞厅,东西两面石壁上有栩栩如生的飞天壁画,大袖拖曳,神采飘然,女子面容清晰可见,体态多丰腴,却不给人臃肿之感。

渡口岸边停泊着一艘三层楼船,船尾有龙头龙尾雕饰,除了体形庞大、媲美王朝大湖战船之外,样式似乎与世俗渡船并无两样。除了陈平安这拨人,已经有人头攒动的三百余号人聚集在渡口。渡口有各色店铺商家,大多玲珑精致,不挂匾额楹联,只在店门外悬挂字牌,贩卖字画、糕点和瓜果,以及一些梳水国及其周边的地方特产,例如彩衣国的小幅地衣、斗鸡杯,松溪国的松针字画,古榆国的榆树叶雕、根雕罗汉,等等。

陈平安先前支付了十枚小雪钱用于在二楼租住一间单人厢房,其实一楼只需三枚,也就是三千两银子。虽说是仙家渡口,且路程漫长,可这个价格相对世俗王朝的远游开支来说,还是很吓人。好在陈平安是乘坐过鲲船的人,不至于一惊一乍。他每天都要练拳走桩,所以这笔钱还得掏,不好节省。

有一名练气士坐在渡口岸边小石台的太师椅上,手持一只布满鹧鸪斑的茶盏,喝了无数口,茶水也没见底。他对众人朗声提醒,渡船在半个时辰后南下,登船之前乘客可以购买一些价廉物美的特产带回家乡,并着重提了彩衣国的地衣和山兰国的盆栽,对其大肆渲染、极尽吹捧，还报上了两家店面的门口字牌。果真有不少渡船客人动了心，去往这两间铺子一掷千金，这让其余铺子的掌柜或白眼或艳羡。有钱能使鬼推磨嘛，他们没钱打点关系，就只能如此了。

陈平安默默站在人群之中，突然想到了胭脂郡守之子刘高华，以及古榆国树精书生，还有他们当时携带的斗鸡杯。听说斗鸡杯在别处的价格要翻几番，就也跑去买了一对斗鸡杯，花费了一枚小雪钱。陈平安将装有瓷杯的黄杨木盒放入包裹，便又去用真金白银买了一大兜新鲜瓜果，拎在手里。

虽然人很多，可是比起州郡集市的喧闹，这个仙家渡口就要安静不少。多是好友扎堆窃窃私语，少人高声言语，一些个按捺不住活泼天性的稚童也被家中长辈牵手拉住，坚决不许他们四处乱跑。

毕竟，这里是传说中的神仙游集之地。

陈平安默默无言，只是摘下酒葫芦喝着酒，等待渡船出发去往南方。此行乘船南下二十万里，在一处渡口下船，再乘坐其他仙家渡船直达老龙城，然后由老龙城跨洲去往倒悬山，进入剑气长城。再没有与朋友一起游历江湖的机会了，如果想喝酒，就只能自己一个人喝。

渡船即将起航，客人们开始陆续登船，陈平安在二楼找到自己房间。比起那艘鲲船的天字房，这里十分逼仄狭小，只摆放了一张床铺，外边有一个仅供两人站立的小阳台。

陈平安放下那兜花费了十数两银子的瓜果，摘下剑匣和包裹，坐在整洁舒适的床铺上，没来由地想起了泥瓶巷祖宅的木板床铺。他卷起袖管和裤管，双手手腕处和双腿脚踝上方隐隐约约地露出符箓的模样，真气缓缓流转，如同裹缠有无形的负担。这符箓瞧着不太起眼，就连李希圣赠送的那本《丹书真迹》上也无记载。这是杨老头的手笔，名为"真气八两符"。老人没有细说，只说这符能够帮助纯粹武夫在酣睡时以真气运转自行淬炼体魄，而且陈平安只要跻身炼气境，这四张符箓就会自行退散；如果始终无法破开瓶颈，就让陈平安到老龙城后去一间灰尘药铺找郑大风，让那个曾经的小镇看门人帮忙解除束缚。

陈平安放下袖管裤管，走到渡船房间的阳台。根据梳水国地方县志记载，这条地下水道是世间最后一条真龙被仙人追杀潜入地下，以巨大身躯开辟而成，真龙在梳水国那处洞口钻出地面，御风去往北方大骊，最后大战落幕，便有了那座骊珠小洞天，所以这条航道又有"走龙道"的俗称。地下水道的左右两侧各有一条航道，以便南北渡船各自往来。中间竖立着一道长无止境的栅栏，每隔十数里，石壁就会挂有一盏明光熠熠的灯笼，照耀得附近河道无比雪亮。但是到了夜间时分，灯笼就会熄灭，以便乘客休息时不受亮光影响。

陈平安房间的左右两边都有些嘈杂，似乎住着不少人。渡口对于二楼房间的管理比较宽松，每间房最多可以住五人，没有床铺可躺，打地铺就是了，毕竟十枚小雪钱不是一笔小开销。练气士修行不易，尤其是如无根浮萍的山野散修，若无捷径和门路，不夸张地说，他们所挣的钱全是将脑袋拴在裤腰带上所得来的血汗钱。

陈平安在自己的房间中能看到另一侧水道。渡船开始前行，他发现一楼栏杆附近已经有不少人手持鱼竿，钩上不挂鱼饵，但是其上有亮光闪烁，而后这些人直接将鱼钩抛入地下河流之中，竟是拖曳钓鱼的蛮横路数。

时不时还真有巴掌大小的蠢鱼儿上钩，被拽上船板，随手丢入鱼篓。若是钓上通体雪白、一指长的银虾，钓鱼人就会欣喜万分。原来此物大有来头，是这条地下河道的独有之物，在梳水国被称为"河龙"，南边则昵称其为"银子"。此物能够汲取水精灵气，更是老饕清馋们款待贵客的宴席首选。幼虾半寸长，十数年后可以长到一指长短，百年后才堪堪长到两指，玲珑剔透如武将披挂的玉甲。这么一条百岁高龄的河龙，灵气充沛，美味异常，能够在南方卖到半枚小雪钱的天价。如果能够钓上六只大银子，就等于白坐了一次渡船。既能挣大钱，又能打发光阴，何乐而不为？只是一指长的河龙好钓，想要钓上两指长的河龙还是要看缘分和运气。梳水国渡口河道已经开凿千年之久，传言曾经有人钓上过一条三尺长的河龙，一根根金黄色的虾须惊动四方，最后这条河龙卖给了老龙城城主，只可惜那位富甲半洲的大神仙出价多少，外界不得而知。

陈平安从小就喜欢钓鱼，盯着那些钓鱼人看了好一会儿，想着船上应该会有钓鱼竿卖，如果一两枚小雪钱就能拿下，那么练拳之余，确实可以去栏杆那边碰碰运气。

回到屋子，陈平安吃着除了新鲜并无半点灵气的瓜果，开始盘算练拳一事。二十万里行程，耗时两个月，其间还需停留各国仙家渡口休整补给，加在一起大概是四五天左右。这艘渡船航速比鲲船逊色不少，这也正常，鲲船是北俱芦洲大门派打醮山的跨洲渡船，远远不是这艘渡船能够媲美的。

陈平安大略算了一下，若是一天除去吃睡及做闲杂事的两三个时辰，争取每天练拳九到十个时辰，加上如今出拳由慢转快，那么每天可以六步走桩三千六百次左右，两个月六十天，差不多能练拳二十万遍。

听上去是一道很简单的算术题，可当真实行起来，哪怕是自认定力尚可的陈平安，都觉得有些困难。之前练拳，不管是去大隋，还是南下到达梳水国，一路上逢山遇水，各有风光，可此次乘船，却只能待在这方丈之地，好似枯槁面壁一般。

最重要的是，走桩一事，比起在竹楼跟老人练拳吃尽苦头，是两回事。后者更多的是神魂飘荡的"快刀短痛"，而前者看似轻松闲适，一拳一拳递出去，越到后边，越是一场钝刀子割肉的长痛，就像那个从黄庭国古栈道入关大骊的风雪天，到最后每呼吸一口气,就像是在吞刀子。难怪老人说,武夫淬炼,既要与天地斗力,承受山岳碾压肉身的苦痛,也要与自己斗心,文火慢炖熬出一个"定"字。

陈平安深呼吸一口气,关上阳台门,开始走桩,脚步轻、出拳快、拳意淌。

之后便是这般枯燥乏味的日夜不歇,陈平安甚至都不去渡船饭厅进餐,只以干粮就酒糊弄一日三餐。

入夏之后,哪怕地下河道天气清凉,陈平安仍是大汗淋漓。从屋门这边开始走桩,刚好停步在阳台边缘的木门,转头再来一趟。久而久之,屋内地板上全是汗水痕迹。每次练拳到精疲力竭,陈平安就小憩片刻再开始,浑然忘我,天地好像就只有这么点地方,再无名山大川,再无大河滔滔、山风吹拂和雨雪凛冽,仿佛春夏秋冬和生老病死只在方丈之间。

两旬时光里,观景阳台的木门一次都没有打开过。

夜幕中,陈平安躺在地上,衣衫浸透,地板湿漉,像一条给人拽上岸的鱼,大口喘气。他咧咧嘴,想笑又笑不出。若是那个精通刺杀之道的买椟楼楼主在这个时候偷袭自己,该如何是好? 他视线低移,望着那只养剑葫芦,心想:就只能靠这两个小祖宗了吧。

接下来一旬光阴,陈平安不得不摘掉腰间的养剑葫芦,甚至连脚上的草鞋都一并脱去,卷起袖管和裤管,光脚在屋里来回走桩练拳。

由炼体入炼气的武道第四境,仿佛只差一口气就能跨过去另一只脚,可偏偏那只脚就像深陷泥泞之中,陈平安花了一整月的时间,也只是将那只脚从泥泞中拔出些许。

练拳间隙,外边的天地也不是全无动静。两边邻居习惯了渡船上的生活后,便不再拘束。左手边那间好像是一屋子江湖豪侠,每天大口喝酒大碗吃肉,畅谈江湖恩仇,只是言谈之间多用别国官话,偶尔才迸出几句宝瓶洲雅言。陈平安每天练到极致时,就会从玄之又玄的忘我境界跳出,耳边的些许动静都会响如春雷。所以听着那边的高谈阔论,他只觉得有些烦躁。而右边的住客像是山上小门派的仙师下山游历,相对安静,但是每天早晚两次的修行功课是齐声朗诵山门科仪。木板隔音不好,这些下五境的练气士又用上了独门吐纳术,也是一桩烦心事。

陈平安算了一下时间,如今大概是芒种节气了,若是在自己家乡,正值农忙,有"芒种麋子急种谷"的说法,哪怕是一些在龙窑烧瓷的青壮男子都会被准许回家帮忙。当年在自己那个龙窑担任窑头的姚老头,虽然脾气差爱骂人,可在这类事情上却十分大度,别的窑口一般只放三天假,姚老头会给四五天。只是苦了刘羡阳、陈平安这类早早没了祖传田地的可怜窑工,由于此时窑口缺人,他们这些留在龙窑的人反而会更加劳累。

一个月的时间,陈平安不知不觉已经足足走桩十万遍。他当下最大的兴趣,是想知道船上的那些钓鱼人是否钓上了两指长的珍稀河龙。

又一天练拳到正午时分,陈平安突然发现养剑葫芦里的酒水还有盈余,可是干粮已经不够,只得挂好养剑葫芦、背好剑匣、穿上草鞋,第一次推开房门,准备去船尾的一个饭厅购买易于储藏的食物。正是饭点,陈平安出门的时候,刚好左边屋子的那拨江湖豪侠也要出门觅食,陈平安便略微放慢脚步,拉开五六步距离跟在那五人后头。其中有人忍不住回头打量这个头一回碰面的古怪邻居,很快就有人扯了扯他的袖子,示意不要横生枝节,那人便收回了视线。背负木匣的剑士独自行走江湖,年纪轻轻,瞧着却是气度沉稳,确实最好不要招惹。若真是个万中无一的剑修,自己这伙人哪怕出身都不差,可还是得罪不起的。

一路上众人相安无事,陈平安在人满为患的饭厅跟伙计买了几斤干饼,付过了钱,陈平安就返回了自己屋子。关上门后,他打开阳台木门,站在阳台上一边啃干饼一边喝酒。一楼栏杆那边还是有稀稀疏疏的钓鱼人,但是陈平安看了两刻钟,他们也只是钓起了一些寻常鱼类,连一条年幼的银子都没有上钩。

陈平安喝着酒,在饭馆那边得知明天就要在膏腴渡口停船半天,可以下船赏景。渡口附近是一处著名风景胜地,叫太液池。这个时节正值山花烂漫,只要走出渡口,走向最近的山头,沿途都是鸟语花香,运气好的话,还能抓到一种名为"香草娘"的花魅精怪。它们天然芬芳,香味淡雅,是最好的活物香囊,深受女练气士和豪门妇人的喜爱。

陈平安觉得出去走走也好,散散心透口气,整整一个月闭门不出,感觉整个人都要发霉了。下定决心后,他就转身离开阳台,关上门继续练拳走桩。

第二天拂晓时分,渡船靠岸停泊,溶洞大厅小巧精美,香气弥漫,比起梳水国渡口大厅的宽敞壮观,别有韵味。

渡船微微震荡,只睡了不到两个时辰的陈平安睁开眼,起床收拾行李。东西要全部带上,不敢留在船上的房间里。

兴许是太液池声名在外,陈平安发现船上四百多名乘客几乎都要下船赏景。他夹杂在人流之中,身边有一拨气度不凡的男女,两位老者的气息尤为绵长,如江水缓流,走路时脚步轻灵,哪怕不是中五境的山上神仙,恐怕也差不了多远。陈平安不是爱偷听的人,只是这段时间难得听到有人以宝瓶洲雅言交谈,下意识就竖起了耳朵。

他们聊天的内容有一洲南北的山河大势,有各大仙家府邸的最新动静,也有一些王朝国家的名人逸事。两位老人说得最多,身旁的年轻晚辈则洗耳恭听,少有插话,就是问话,必然恭恭敬敬,跟陈平安印象中的某些人大不一样。比如风雷园剑修刘灞桥及泥瓶巷曹氏祖宅的那个南婆娑洲剑修曹峻,最近遇上的观湖书院的周矩,好像都不是这般拘谨的性格。

最后,一位腰间悬挂着一枚墨玉小印章的老者说到了打醮山鲲船坠毁、伤亡惨重的事,对于北俱芦洲的那名道主天君,言语之中虽然承认那人道法通天,就连自家宝瓶洲道主祁真对上他也未必有胜算,可更多的还是对这名天君行事跋扈的不以为然。

另外一位老者则忧心忡忡,说好好一个剑修林立的宝瓶洲中部王朝,吃饱了撑的要打落俱芦洲的一艘渡船,有何好处。当时能够聚集那么多剑气的势力,只能是那个大王朝的朝廷,可那位皇帝已经亲自去往神诰宗,发誓绝无此事,之后在祁真的陪同下,亲自面见俱芦洲道主谢实。谢实竟然只说一切自有俱芦洲修士追查真相。

陈平安听到这里突然停下,然后骤然加快脚步,向那两位老者抱拳问道:"两位仙师,冒昧问一句,那艘鲲船上的乘客如何了?"

一位老人对此置若罔闻,看也不看满嘴北方口音的背剑少年一眼,继续前行。那位悬挂印章的老人倒是停下身形,耐心答道:"下五境的乘客几乎没人活下来,便是中五境的练气士也死了许多。当时无数道剑气从一座山头向空中激荡,无异于上五境剑仙的倾力一击,你想一想,那得是多大的威力?"

老人看着少年微微变化的脸色,叹息一声,继续前行。

陈平安站在原地,被熙熙攘攘的人流撞了几下肩头也浑然不觉,等回过神来,才发现几乎所有人都已经走出洞口,去了太液池赏景。他缓缓走到洞口,外边阳光明媚,更远处可以看到一座坡度平缓的大山头,漫山遍野的绚烂花草正在怒放。

在胭脂郡打杀了那个蛇蝎夫人之后,陈平安其实得了一件宝贝,但他在梳水国青蚨坊却没有拿出来售卖。那是一件笔洗,底部有十六个字:春花秋月,春风秋树,春山秋石,春水秋霜。字体微小,且笔画如蝌蚪般缓缓流转绕行。陈平安本想着将来若是有缘再见,一定要拿出那件笔洗,给那姐妹俩瞧一瞧,好教她们知道,原来世上竟有这么无巧不成书的趣事。

陈平安脸上没有什么悲恸神色,只是怔怔出神,望着远处的旖旎风光。过了一会儿陈平安转身走向渡船,身后姹紫嫣红开遍,他便不看了。

回到二楼房间,关上门,继续练拳。

又是将近一个月的时光缓缓流逝,陈平安不知不觉已经打了二十万遍拳桩。

再过两天就要下船了,这一天深夜时分,他换上一身洁净衣衫,光脚打开阳台木门。渡船上下难得寂静无声,陈平安见四下无人,便轻轻跃上栏杆,对着隔壁那条悠悠流淌的河道喝起了酒。什么都没有想,喝着喝着,终于发现酒葫芦里没酒了。这里面本来装着剑水山庄酿造的十数斤美酒,坐船之前,只是让徐远霞和张山峰喝去了一些,他这两个月又喝得很节制,所以一直喝到了现在。

陈平安使劲摇晃那只底款为"姜壶"的酒葫芦,是真没有酒了。他还不愿死心,高高举起酒葫芦,仰起脖子,哪怕剩下几滴酒也好。

隔壁河道一艘迎面而来的四层渡船上,一名住在顶楼厢房的女客人,此刻同样坐在阳台栏杆上,呆呆地看着那个使劲摇晃一只养剑葫芦,想要喝酒的少年,看着他最后认命了,放下手臂,双手抱住那只品相不俗的养剑葫芦,下巴搁在葫芦口子上。

她觉得这个少年该不会是喝酒喝傻了吧?便起了玩心,一只手提起手中的翡翠酒壶,一只手放在嘴边,喊道:"这里这里,小酒鬼,我这儿有酒,要喝就拿去!"

陈平安保持原先的姿势,闻声瞥去一眼。

身穿墨绿长袍的少女见他没啥动静,干脆就直接抛出了手中酒壶。酒壶落在陈平安眼前两丈外,又嗖一下掠回了她手中。少女乐不可支,自顾自大笑起来。

两艘渡船擦肩而过,陈平安面无表情,心湖毫无涟漪,只是觉得她该不会是个傻子吧?

陈平安别好养剑葫芦,向后翻落在阳台上,关上木门,继续练拳。

酒没了,可以再买。人没了呢?陈平安不知道。所以他第一次练拳中途停下,然后大半夜跑去饭馆买酒。可饭馆早已打烊,大门紧闭。他只好回到屋子,继续练拳。

二十万余里走龙道,在芒种过后,就这么临近了尾声,这艘渡船即将到达走龙道的南方尽头。

既然已经走桩二十万遍,陈平安接下来练拳,就没有那么刻意紧绷着,有些松散随意。在那夜买酒不成之后,第二天白天他去饭厅买了三坛酒,装满了养剑葫芦,价格死贵,滋味尚可,但比不得剑水山庄的陈酿美酒。

然后陈平安摘下张贴在墙壁上的两张青色符箓,一张静心安宁符,能够一定程度上帮助陈平安凝神静气,免受外界打扰,山下的那些道教大观,每逢斋醮科仪,往往也会张贴此符;一张祛秽涤尘符,酷暑时分,世俗王朝的达官显贵和清谈名士,都会去道观跟真人们讨要此符,它不但可以散发淡淡的灵气,还能够吸收邪祟煞风以及种种污渍,故而让书斋房舍变得澄净素洁。

两张符箓虽然都是《丹书真迹》中的入门级符箓,品秩很低,但是帮了陈平安很大的忙,否则渡船那边非要跟陈平安拼命不可。两个月的日夜练拳,陈平安挥汗如雨,接下来谁敢住在二楼这间屋子?

两张符箓都是一次性丹书,如今已经灵气惨淡,几乎与寻常书籍纸张无异。陈平安是小心惯了的,不愿露出蛛丝马迹,没有将其随手丢入河道,还是收在了方寸物之中,毕竟它们都是练拳二十万的功臣,过河拆桥要不得,留着当个纪念也好。

如今陈平安已经大致确定,李希圣赠送给自己的那一摞符纸,尤其是金色材质与古籍书页这两种,一定是价值连城,自己要珍惜更珍惜才行。很简单的道理,一张金色符纸的宝塔镇妖符,能够轻松厌胜胭脂郡城隍殿入魔后的文武属官。

下船之前,陈平安已经收拾干净房间,背好行李,跟渡船那边还了房间木牌,与众人一同依次下船。身前不远处有男女对话,女子嗓音极其耳熟,陈平安只是轻轻扫了一眼,是一名嘴角有痣的年轻妇人。住在自己楼上的这名夫人,近期可是吃了不少苦头啊,陈平安猜测妇人与他丈夫定然是真情实意,否则不会如此迁就忍受。

在下船过程中,陈平安听到了不少事情,比如那次在膏腴渡口的太液池,有人捕获了一对难得一见的孪生花草娘,若是单只的这类花魅,也就值十数枚小雪钱,可一旦成双成对,买方不拿出个五六十枚小雪钱,根本不用奢望收入囊中。

在两个月的走龙道水路行程中,钓鱼者最后只是钓起了几只长两指的河龙,并未有奇遇发生。

渡船这趟走走停停,许多腰缠万贯的练气士,最后下船的时候,其扈从们背满了大小包裹,走路的时候极为小心,免得磕碰坏了,东西大多金贵着呢,其中有些奢侈物件,恐怕不比人命便宜。

这处渡口广大,依然是店铺林立的热闹场景,只是商家吆喝售卖之物,变作了附近国家的地方特产。陈平安闲来无事,就一家家店铺逛了过去,竟然发现了许许多多的古怪精魅,多是活泼可爱的草木精怪,有稚童模样的小人儿,也有白发老翁老妪,大小不一,但是最大的精魅也不过一指高度。它们或者被关在青竹笼子里,或者站在一方砚台上,还有长着翅膀的纺织小娘,坐在一架袖珍纺车后埋头劳作,种种趣味,不一而足。

陈平安借着一些客人跟店家讨价还价之机,得知这些古灵精怪的小家伙,是以珍稀程度决定其价格的,便宜的,竟然只需一枚小雪钱,昂贵的,要卖到三四十枚。

陈平安最后得出一个结论,好像越往南边,这类精魅越是寻常可见。

陈平安逛遍了店铺小摊,却没有买东西。这次还真不是陈平安吝啬,而是他想着送完剑,从倒悬山和剑气长城返回后,在北归大骊的途中再买不迟。

走出溶洞,陈平安颇有重见天日的感觉,发现洞口的名人摩崖石刻,比起北边尽头的梳水国渡口还要密密麻麻,就跟争抢位置似的,见缝插针,有些摩崖石刻仿佛是在跟邻居怄气呢。陈平安在洞口一一看过,字当然都是好字,韵味各有千秋,可心底觉得好像还是比不过少年崔瀺写的字。

渡口外是一处山谷,道路平整宽阔,两侧铺子比起渡口岸边的商家更加富贵阔气。街道上人来人往,太平盛世,繁华喧闹,便是路边趴着的土狗,都透着一股悠闲。

最先映入眼帘的是左手边一栋三层小楼,屋檐高翘,钩心斗角,悬挂着"懿女渡口"的金字匾额。陈平安如今已经熟门熟路,知道这处就是乘坐去往老龙城的渡船的地点,进去之后,跟柜台一番询问,得知去往老龙城的渡船,最早一艘是今天午时到达,上等船舱的价格是二十枚小雪钱,中等船舱是十枚。陈平安询问末等船舱的价位,那个男子皮笑肉不笑地解释道,那艘去往老龙城的羊脂堂渡船,最便宜的就是中等船舱,根本就没有末等一说。

楼内大堂四周，都是微微讥讽的眼神和笑意，陈平安倒是没觉得丢人现眼，掏出二十枚小雪钱，买了登船玉佩，玉佩正反面雕琢有"羊脂堂""上等房十一"等字。陈平安看着"十一"，想起了留在落魄山竹楼的那方印章，觉得是个好兆头，挺吉利。陈平安笑呵呵走出门，算了一下时辰，便开始逛街，打算买两身衣服，鞋子倒不用买，这么多年穿习惯了草鞋，而且方寸物里还有两双崭新的草鞋。

街上店铺虽然气派了许多，可是售卖的东西跟走龙道渡口岸边铺子售卖的大同小异，就是同样种类的花草精魅，价格会更便宜一些。陈平安对这些瞧着就很喜庆的小家伙百看不厌。只是他光看不掏钱，就有些不讨喜了。陈平安就这么在各个铺子里走走停停，然后找到了一家尤为气派的店铺。陈平安站在门外，有些发愣，原来大门口摆放着一张与人等高的屏风，上边有一个背负长剑、腰悬紫金葫芦的女子，立于崖畔观看云海滔滔，衣裙摇曳，飘然出尘。应该是类似鲲船上的那幅山水画卷，以山上术法拓印而成。

有数人在屏风前指指点点，说着风雷园和正阳山的数百年恩仇，言语之中充满了幸灾乐祸。有人说这个苏大仙子，早年何等风姿卓绝，超然世外，生平唯一一次身穿师门之外的衣衫，还是在与这间铺子的祖师爷，并肩作战、斩妖除魔后，不要任何酬劳，破天荒穿上了这身衣裙。在十数年前，这个样式的衣裙，可谓风靡宝瓶洲大江南北，无论是山上女修，还是豪阀千金，都趋之若鹜。

一名年轻女子嗤笑道："如今这家铺子还不愿撤掉这道屏风，就是个天大的笑话。不知道苏稼如今亲眼见到，会不会羞愧得挖个地洞钻下去。"

有一名黑着脸的年轻练气士忍了半天，终于愤然出声，为自己仰慕已久的仙子仗义执言："苏仙子再跌境，也还是出淤泥而不染的真正神仙中人。你们少在这里说风凉话，若是苏仙子真站在这里，你们敢放一个屁？"

一名中年男子嬉皮笑脸道："苏稼在被风雷园李抟景的关门弟子黄河彻底击碎心境之前，我给这名仙子舔鞋底都可以，可惜如今嘛，还真不是我胡吹法螺，苏稼若站在我面前，我都敢伸手捏一捏她的脸蛋儿，摸一摸她的腰肢儿！啧啧，不知手感如何……"

年轻修士涨红了脸，气得浑身颤抖："怎么会有你这种恶毒混账之人！"

中年男子哈哈笑道："怎么会有？答案很简单啊，你问我爹娘去嘛。"

年轻修士双拳紧握，双眼喷火，死死盯住那个混蛋。

中年男子啧啧道："咋的了，要打死我？来啊，在这儿打死人，不但凶手要下狱，还要追责师门。来来来，你今天要是不打死我，就不算你小子当真仰慕苏稼！你要是不打死我，等会儿我就去摸屏风上的苏稼仙子，还要从头摸到脚哩。"

中年男人横着脖子，满脸猥琐笑意。年轻修士颓然转身。

中年男人肆意大笑，讥讽道："毛都没长齐的小崽种，还敢跟大爷我斗法！别走啊，我真要摸了。哟，这脸蛋嫩滑嫩滑的，真是好俊俏的小娘们。还苏大仙子呢，一个剑心破碎的小娘们，说不定你们下次见面，就是在哪座青楼里……"

年轻修士快步离去，不愿再听那些让人悲愤欲绝的污言秽语。

陈平安径直走入店铺，没有理睬双方的斗嘴，花了足足三十两银子，买了两套最普通的衣衫。其实这家铺子大有来历，在宝瓶洲南方生意做得很大，虽然此处只是数百家分店之一，可作为镇店之宝的那件法袍，哪怕陈平安一个门外汉粗略看了眼，都晓得不比楚濠那件神人承露甲的防御逊色。

陈平安走出店铺后，那个男人竟然还没走，他身边看客已经换了一拨，男女皆有，就在屏风前边，男子多是惋惜神色，女子则是冷笑不满，氛围微妙。那个游手好闲的中年男人又开始风言风语，让几名女子十分解气，哪怕明知中年男子不是什么好货色，可听说他就是隔壁杂货铺子的掌柜后，仍是向几名男伴提议进去看一看。那些男伴哪里愿意，恨不得一拳打烂那个中年汉子的嘴脸。

中年男子人品低劣不假，可做生意的眼光确实不差，可劲儿挖苦讥讽那名正阳山苏仙子，越说越不堪。那些女子也是伶俐机灵的，嘴上言语从不附和男子，反而会不痛不痒"反驳"几句，中年男子心领神会，便越发唾沫四溅，让她们心情大好。她们用眼角余光打量着身边的男伴，好似在快意诉说着你们一见钟情、痴迷不已的苏稼，如今沦落至此，你们还仰慕得起来吗？

中年男子手舞足蹈，说到尽兴时，干脆走到了屏风旁，伸出一只手掌，轻轻挥动，离着屏风些许距离，装模作样地扇了画面上栩栩如生的苏稼几巴掌，嘴上骂骂咧咧。

陈平安想起当年在小镇，那个风雷园剑修刘灞桥说起苏稼时候的场景。那次外人进入骊珠洞天寻找机缘，唯独跟在颍阴陈氏女子和龙尾郡陈氏公子身边的刘灞桥，让陈平安觉得外边的山上神仙中也有不错的人。

刘灞桥最让陈平安动容的地方，不是说"总有一天，我刘灞桥会让苏稼心甘情愿嫁给我"时的那种男子汉豪迈气概，恰恰相反，当有人问他"如果真有一天，你心心念念的苏仙子，真的不因门户之见而喜欢你，你怎么办"时，刘灞桥反而迷糊了，呢呢喃喃说了一句："她怎么会喜欢我呢？"

陈平安想到刘灞桥，不免会想到自己。

陈平安深呼吸一口气，走到屏风那边，看着那个在隔壁做生意的中年男人。中年男人正打算领着女子去自家铺子买东西，突然发现又冒出一个不长眼的家伙，有些不耐烦道："瞅啥瞅？"

陈平安说道："瞅你。"

男人瞪眼道："你有本事再瞅瞅？"

陈平安点点头,继续盯着男人,缓缓道:"好的。"

便是那些对苏稼怀有莫大成见的山上年轻女子,也有些忍俊不禁,这个背剑少年还挺逗的。

她们的师门距离正阳山不远,所以经常会和正阳山的人打照面。师门上下,从祖师爷到外门弟子,无一例外,对正阳山都有着高山仰止的感觉;师门男子,不管老少,当年对于正阳山苏稼仙子,那更是容不得外人说一句坏话,只是如今苏稼坠落尘埃,才略微收敛。

中年男人恼羞成怒道:"你找死?"

陈平安摇摇头。

男人厉色道:"那你像根木头般杵在这里作甚?!知不知道老子世世代代在这里做生意,结识的老神仙,比你见过的人还多?!"

背剑少年的口中突然蹦出一句:"风雷园刘灞桥,喜欢苏稼。"

男人愕然,气焰骤降,将信将疑。

陈平安又说:"我认识刘灞桥。"

男人瞥了眼少年身后的剑匣,咽了口唾沫。

陈平安说道:"如果有一天我遇到刘灞桥,会跟他说今天的事情。"

男人色厉内荏道:"你吓唬谁呢,你也能认识风雷园刘灞桥?我还认识神诰宗宗主、真武山老祖呢,但是他们认识我吗?"

陈平安说道:"他们认不认识你,我不清楚。但是刘灞桥认识我,我很确定。"

男人挥手道:"滚滚滚,少在这里吹牛不打草稿,耽误老子做生意。路边狗屎也会自己走路了,真是晦气。"

陈平安问道:"渡口应该有飞剑传信吧?"见无人应答,他自顾自道:"算了,我自己找。"

已经开始心底发怵的男人,故意不理睬言之凿凿的古怪少年,带着那些满脸玩味的山上男女,去自家铺子凭眼力淘东西了。

陈平安真的去找了一座山上驿站,耗费十枚小雪钱,给风雷园刘灞桥写了一封信,大致写了今天的事情经过。至于刘灞桥收到信后是不屑一顾,丢在一旁,还是大发雷霆,御剑凌风杀到此处,陈平安不管。

有些事情,不去做,陈平安心里不痛快。可有些事情,再不痛快,也只能忍着。比如鲲船无缘无故坠毁一事。

陈平安写完信说了收信人和山门地址后,整个驿站的人都有些神色古怪,跟陈平安说话时的语气好像都柔和了几分。还有人专门把陈平安送出驿站,甚至询问是否需要人带路去往渡口。陈平安笑着说不用,独自离去。

离开驿站后,陈平安心情有些好转,因为他发现原来刘灞桥虽然在骊珠洞天不显山不露水,还跟自己称兄道弟,其实在外边还是挺厉害的。就连这边的一个飞剑驿站,都听说过他刘灞桥。

羊脂堂渡船所在渡口在一座高耸山壁的半空中。有人在山壁上凿出了一条曲折向上的栈道,陈平安行走其中,看到了许多已经悬停在崖壁外空中的渡船。渡船下方浮有白云,渡船样式与梳水国渡船相似,但是能够御风航行,也是怪事。陈平安在羊脂堂渡口旁边的栈道等待登船,这里开凿出一座极大的山洞,只有稀稀落落的摊贩坐着做买卖。陈平安默默坐在一张由老树根打造而成的长椅上,啃着干饼,就着新买的酒水,缓缓下咽。

正午时分,一艘从云海中平稳滑落的羊脂堂渡船准时悬停靠岸。陈平安跟随众人依次登船。此次乘坐渡船南下直达老龙城,只需要二十五天左右,因为羊脂堂渡船泛海远游的速度要远远快过走龙道的河上渡船,而且中途没有任何停靠滞留。渡船只有两层楼,陈平安住在一楼,房间略微宽阔一些,但是没有观景阳台。渡船攀升,穿过一层云海,陈平安推开窗户,视野开阔,头顶就是一轮大日悬空,光芒万丈,云海翻滚,如同一条条金色的绵延山脉。

陈平安再次各写一张静心安宁符和祛秽涤尘符,然后继续关门练拳。其间有闪电交加的雷雨夜,有旭日东升的朝霞绚烂,也有万里无云的空荡荡。

这一次陈平安六步走桩由快转慢,偶尔,他也会推开窗户,望着窗外景象练习剑炉立桩。

在行程过去大半的一天,有一名剑仙御风而来。当时渡船刚好从浑厚云海穿出,那名年纪轻轻的剑仙紧随其后,速度之快,让一些个中五境练气士都瞠目结舌。那人御剑破开云海,直追渡船,声势惊人。一人一剑后边的云海,被开辟出一条宽阔道路,久久未能完全合拢。

他在渡船前方骤然急停,轻轻跳下飞剑,然后刚好落在渡船船头,潇洒收剑入鞘,立即有羊脂堂高人前去迎接。至于是否冒犯了羊脂堂,以及坏了任何渡船不许让人中途登船的规矩,那位羊脂堂长老是半字不提。事后证明老人此举十分英明,因为那个年轻剑修虽然坏了渡船规矩,却并非跋扈之辈,而是笑眯眯报上了自家名号,还主动支付了二十枚小雪钱。

风雷园,刘灞桥。如雷贯耳,前后皆是。

老园主李抟景,号称宝瓶洲十境第一人,他以一人之力,力压整座正阳山数百年。

当初那场大战的末尾,李抟景随手一剑打碎真武山的大阵禁制,那可是人人亲见的壮举。更何况李抟景的关门弟子黄河,横空出世,展露出不输李抟景年轻时候的剑道天资,打得正阳山苏稼毫无还手之力。尤其是黄河站在倒地不起的苏稼身边,以脚尖踩在那只紫金养剑葫芦上的无敌姿势,那一幕,让人记忆深刻至极。而黄河接任风雷园园主之后,刘灞桥也轻松破开一境,而且势头迅猛,据说差点就要连破两境。

刘灞桥没有让老人跟随,独自找到了一楼十一号房,轻轻敲门。

陈平安之前在潜心练拳,虽然大略感受到了扯动云海的那阵气机涟漪,但是始终没有停下。天上仙人逍遥御剑,与云上渡船擦肩而过,是常有的事情。所以哪怕察觉到了廊道的脚步声,他也没将此人跟御剑之人挂钩。

陈平安打开门,看到那张贼笑兮兮的熟悉脸庞,大为意外。

刘灞桥进了屋子,在陈平安关门后,坐在床铺上,发现那两张符箓后,打趣道:"陈平安,你如今是有钱人啊。"

正因为来者是刘灞桥,陈平安才没有收起符箓后再让其入门。陈平安对于刘灞桥的调侃,一笑置之,背靠窗台,把床铺留给这名风雷园剑修。

刘灞桥双手撑在床铺上:"你是不知道我这一路追得多辛苦。我在风雷园收到你从懿女渡口寄出的信后,立即就赶去渡口——"

陈平安问道:"没杀人吧?"

刘灞桥翻了个白眼:"杀什么人。那家伙一听说我是刘灞桥后,立即下跪磕头,我连路上想好的扇他几耳光,都没机会出手,只好去隔壁铺子买下了那座屏风,收入方寸物,然后问这问那,顺藤摸瓜,好不容易确定了你在这艘羊脂堂渡船上,这不就来了。"

陈平安疑惑道:"找我有事?"

刘灞桥反问道:"必须有事才能找你?"

陈平安点头道:"不然呢?没事你也能追这么远?"

刘灞桥悻悻然道:"你这个人,真没劲,跟在骊珠洞天时没啥两样。"

陈平安想了想,还是没有询问有关正阳山苏稼的事情。那次真武山上,三场鲜血淋漓的捉对厮杀,刘灞桥当初就在旁看着,陈平安估计他心里不会好受,就不伤口上撒盐了。陈平安原本还想问刘灞桥有没有去大骊京城成功拿到那把符剑,想了想,涉及大道秘事,还是不适合问。最后陈平安只好问了一个最寡淡的无聊问题:"你真没啥事?"

刘灞桥无奈道:"真没事。当时我从大骊京城无功而返,结果回到落地的骊珠洞天后,没能瞧见你。听说你往大隋书院远游了,之后咱们风雷园就跟……反正之后我就一刻没闲着。你别觉得我整天无所事事啊,其实我前段时间才刚刚破关出来,境界稳固之后,就闷得慌了,刚好收到你的飞剑传信,就想着怎么都该见个面碰个头,把兄弟关系给敲定了……"

陈平安最受不了刘灞桥这份热络劲,就没搭话。

刘灞桥眼神幽怨,伸出兰花指,点了点陈平安,以女子嗓音娇羞道:"公子怎的如此绝情呢？当初在公子家乡花前月下，山清水秀，结伴远游……"

陈平安脚尖一点，屁股坐在窗台上，双臂环胸，面无表情，好像在说你只管恶心自己和我陈平安，我倒要看看谁能坚持到最后。

刘灞桥率先败下阵来，唉声叹气道："我就知道这趟登门拜访，你小子还是这副鸟样。陈平安啊，你知不知道，现在宝瓶洲的万千剑修，谁不惊骇于我刘灞桥的天赋，谁不将我视为板上钉钉的上五境人选？"

陈平安笑道："我也是才知道。在驿站那边，听说我是给你写信后，之前公事公办的他们，立马客气多了。还有人把我送到大门口，问我要不要找人帮忙带路，热情得很，搞得好像我是什么了不得的大人物，这真是头一遭，哈哈。"

看着一脸开心的陈平安，刘灞桥愣愣出神，这有啥子值得高兴的？就因为刘灞桥名气大，让你陈平安沾了点芝麻绿豆大小的光？

当陈平安朝刘灞桥伸出一根大拇指的时候，天赋好到连李抟景都要刮目相看的风雷园剑修，总算明白了原因：朋友厉害了，他陈平安就开心。

其实这个原因再简单不过，只是这个世道太复杂，聪明人太多，尤其是跟山上人打交道多了，往往会想不通最简单的事情。

差点连破两境也没有如何欣喜的刘灞桥，跟着眼前坐在窗台上的少年，一起开心地笑了起来。

刘灞桥忍不住扪心自问：如果你的朋友过得比你好，好很多，好到让你望尘莫及，一辈子追不上，那么你心里头会不会有一点点别扭？

答案让刘灞桥很满意，于是他觉得自己跟陈平安，这个兄弟是当定了。

刘灞桥没有继续逗留，其实风雷园那边，在他破境之后，他被新园主黄河强行丢了个宗门职务，还有一大堆事务需要他处理，虽说所谓的处理，就是让擅长此事的老头子们去处理。刘灞桥站起身，笑问道："出门在外，缺不缺银子？我身上带着几十枚小暑钱，先借给你？"

几十枚小暑钱……说得跟几十两银子似的，真是个土财主！

陈平安跳下窗台，摇头道："不用。"

刘灞桥郑重其事道："那我就先回去了。记住啊，下次回骊珠洞天，你一定要去风雷园找我，不然我……"刘灞桥又跷起兰花指，"一定会被你个负心汉伤心死啦。"

陈平安一本正经道："你再这样说话，我打死都不去风雷园。"

刘灞桥爽朗大笑，可他的眉宇之间还有一丝说不清道不明的憔悴。他告辞离去，走到门口的时候，记起一事，转头道："老龙城那边，我有个很要好的朋友，值得你信赖。你如果有事情，来不及飞剑传信给风雷园，你可以放心去找他。他叫孙嘉树，是老龙城第二有钱的家伙。我曾经跟他在信上提及过你，所以你只要报上名字，他一定会见你。

而且这个家伙,跟你一定合得来!"

陈平安干脆利落道:"好!"

"别送我啊,太客气,显得生分,以后咱俩见面的机会多了去了。"刘灞桥走出屋子,看到那家伙还真就不送了,忍不住笑骂一句。关上门后,他没有直接御剑离去,廊道另一端尽头,站着那名负责这艘渡船的羊脂堂老练气士。刘灞桥屁颠屁颠一路小跑过去,跟老人闲聊了一通,这才掠入云海,御剑北归。

在到达老龙城前一天,陈平安遇上了极其罕见的飞鱼跃海飞空的景象。数百万生有五彩翅膀的飞鱼,浩浩荡荡在云海之中来回游荡。羊脂堂渡船为此特意悬停空中,告知乘客会停留半个时辰,以便大家欣赏美景,而且解释之所以有此壮观画面,是因为这种名为"彩鸾"的南海飞鱼,是在庆贺大家族内的某条飞鱼成功长出一对名副其实的彩鸾羽翼,这种场景百年难遇。

不过羊脂堂也提醒众人,千万别试图寻觅捕捉那条特异飞鱼,一旦惹怒了飞鱼群,渡船必然遭殃,除非有金丹、元婴两境的神仙保驾护航,否则就只能束手待毙了。羊脂堂同时宽慰众人,彩鸾飞鱼性情温驯,而且不畏人,一旦离开大海飞入云霄,反而愿意亲近人,所以到时候极有可能渡船会被飞鱼围绕,大家无须担心,哪怕借机抓住几条飞鱼也无伤大雅,就当是羊脂堂赠送给贵客们的一笔小福利了。

就连陈平安都走出了房间,来到船尾,看着那些自由自在的彩鸾飞鱼在阳光映照之下,五彩流淌,美不胜收。陈平安摘下酒葫芦,趴在栏杆上喝着酒。

果不其然,彩鸾飞鱼群缓缓靠近渡船,它们不约而同地放缓了飞掠速度,不断有一些调皮好奇的飞鱼单独离开,来到渡船客人身边。若是有人伸出手掌,它们大多转瞬远遁,也有一些反而会凑近手掌,甚至会停留在手心之上。

陈平安其实之前就听说过它们,因为相传彩衣国的最大仙家灵犀派的那件法宝彩衣,就是以彩鸾飞鱼侥幸生出的羽翼编织而成。将彩衣穿在身上就能万法不侵,最神奇的是,身穿彩衣之人,甚至能够让所有中五境剑修的飞剑近身后就自行退却。

陈平安也跟随众人,向栏杆外伸出手掌,却无一条飞鱼愿意靠近,只得尴尬收手,除了借酒浇愁,还能如何?

渡船重新南下,最终停靠在老龙城渡口。

不知不觉中,陈平安也从宝瓶洲最北方,来到了最南端。

一路背剑。

第七章
有人送剑有人等

宝瓶洲这数千年，北边是流水的皇帝，最南边有个铁打的符家。

老龙城符家很有钱。怎么个有钱？就说那比仙兵差一筹的法宝就有三件，而且全是用钱买的。这三件法宝代代相传，一直传到了现任家主符畦手里。听说这次符家去了趟中土神洲，刚回来，又添了一把半仙兵。事不过三？符家没这个讲究。

符家的有趣事、有趣人多了去了，例如从不修撰家谱，子孙取名从来随意。符家的女子地位极高，历史上担任城主的女豪杰，一双手都数不过来。符家子弟可以读书购书藏书，一座座私家书楼收藏着宝瓶洲数量最丰的孤本善本，但是哪怕离开老龙城的符家偏支，都从来不参加科举，不给任何一个皇帝当武将文臣，只管躺在金山银山里，混吃等死都无妨，历代家主对此从无偏见，都养着。

所以有钱的符家，出过下棋最厉害、书画双绝、琴技入神的诸多俊彦子弟，还有符氏子孙写过最经典的食谱，出版过风靡一洲的山水游记，在北方广袤版图买下过无数座山头，却都空着不去建造仙家府邸，任其荒废。

符家的怪人妙人，实在太多。但是符家有一条家规，雷打不动：唯有家族最强者，可穿祖传老龙袍。

羊脂堂渡船停靠的渡口，在老龙城外三百余里，不是什么山水形胜的僻静之地。近百艘各色渡船在此滞留，喧闹沸腾，人满为患，既有墨家匠人打造的死物渡船，也有类似鲲船的活物渡船，光怪陆离。陈平安在渡船下降途中，看得目不暇接。

在渡船靠岸前，陈平安就听到了一个说法，说居住在城内的一个凡夫俗子一辈子都逛不完老龙城。

陈平安之前在渡船上，试图俯瞰老龙城全貌，却发现有云海遮掩，有些遗憾。由于刘灞桥的出现，负责这艘渡船事宜的羊脂堂老人，主动来到陈平安身边，为他解惑。原来那些滚滚云海就是老龙城的一件半仙兵，如果从城内抬头望天，却不会看到半片云彩。老人还告诉陈平安一个惊世骇俗的传说：相传在八百年前，曾经有近千名邪门歪道的修士，浩浩荡荡杀向老龙城，其中有两名地仙坐镇，金丹境、元婴境的顶尖练气士多达十人。这拨权倾一方的强横之辈，为了谋划占据老龙城一事，秘密经营将近百年，里应外合，万事俱备。在大军压境之际，刚好是老城主去世、新家主未出的关键时刻，老龙城内符家十二房已经因内讧而元气大伤，尤其是两名符家老祖各持一件半仙兵，打得天翻地覆。哪怕有层层叠叠的术法禁制极大压制了半仙兵的杀伤力，仍是毁去了半座老龙城。

结果临了，一个好似在老龙城云海之中打瞌睡的女练气士莫名其妙地出现，她看了一眼脚底下硝烟四起的老龙城，又看了一眼千余名聚在一起的练气士，打了个哈欠，探手一抓，方圆千里的云海被她凝聚为手心的一颗珠子，丢入嘴中。然后她打了个喷嚏，南海之中便出了成百上千道罡风龙卷，从海面上往北吹拂而去。对老龙城势在必得的魔道练气士，不提滥竽充数、只是负责摇旗呐喊的下五境练气士，只说中五境神仙，就被一道道罡风吹死了将近半数。在那之后，逃过一劫的群魔仓皇退散，之后被局势稳定的符家追杀了整整百年之久。

陈平安听得一愣一愣。

老人笑眯眯问道："怎么，公子不信？"

陈平安摇摇头，他当然不信。天底下哪有人能够只以一手神通，就吹死那么多中五境练气士？

老人捋须笑道："其实我也不信。便是神诰宗天君祁真，风雪庙和真武山的剑仙和圣人，联手一击，也不该有此威势，后世人的过度渲染罢了。只不过话说回来，这种吓唬人的故事，还是得像我这么夸张地说，才有意思。"

与老人告辞后，陈平安下了渡船，一栋栋高楼鳞次栉比，大街宽阔到了匪夷所思的地步，可行人仍是比肩继踵，陈平安被裹挟在其中，有些头疼。这还没进老龙城，就已经如此，还怎么找灰尘药铺和郑大风？之前在和羊脂堂老人的闲聊中，陈平安试探性询问了乘坐跨洲渡船前去倒悬山一事，结果老人一脸茫然，只说：倒悬山当然听说过，道祖二弟子的山字印嘛，霸气得很，别处天下的一名道家掌教，竟然能够在咱们这个浩然天下钉下这么颗大钉子，未免太不把文庙里供奉的那些圣人当回事了。可老人从未听说过老龙城渡口有去往此处的渡船。老人甚至根本就不知道倒悬山的具体位置，只听说离那个南婆娑洲比较近。

　　下了船的陈平安就像一只无头苍蝇，只能走一步算一步，先老老实实走完三百里路，进了老龙城再说。陈平安一路走一路问，确定大方向后，发现了大道中央地带，没有步行之人，许多车辆来去如风，有宝气灿烂的马车，拉车的骏马一匹比一匹神俊奇特，有人的坐骑则是猛虎、长蛇和大龟、仙鹤，虽然人人皆是练气士，但是街道上井然有序，没有谁敢横冲直撞。

　　杨老头和崔姓老人，还有魏檗，都曾建议陈平安跻身武道四境之后再乘坐老龙城渡船前往倒悬山，所以在此之前，陈平安没有太过执着于匆忙赶路。可是当陈平安在老龙城地界双脚落地后，不知为何就特别想要尽早赶往倒悬山，什么四境不四境的，反而没了执念。

　　将整个宝瓶洲从北走到南，在数百万里迢迢路程中，陈平安从没有如此迫切地想要赶到倒悬山。于是在街边一个类似驿站的地方，陈平安破天荒地大方了一回，花了十枚小雪钱雇了一辆马车。两匹通体雪白的拉车骏马，车夫不是青壮男子，而是一名姿色中上的妙龄少女，透着股天生的爽朗气，丝毫没有腼腆羞赧。在陈平安坐上马车后，少女大大咧咧建议雇主不妨坐在她身旁，她会在驾车途中，为客人介绍两侧街道的那些著名店铺，有哪些馋人的美食和价格令人咋舌的古董字画。她自幼在老龙城外的渡口长大，对老龙城熟悉得很，保管陈平安不虚此行！

　　马车缓缓穿过人海，在驶入大街中央地带后，少女骤然快马加鞭，与其他车辆一同迅猛驶向老龙城西门方向。陈平安坐在娴熟驾车的少女身后，吃着干饼，没敢喝酒。养剑葫芦在下船之前，就已经被他收入斜挎背后的棉布包裹。魏檗当初提醒过，金丹、元婴之上的十境地仙、圣人，还是能够看破他施展的障眼法，认出养剑葫芦的。

　　少女很开朗外向，给陈平安滔滔不绝地讲述着一间间店铺高楼的历史渊源，介绍有哪些了不起的山上神仙在其中，说过什么豪言做过什么壮举。陈平安走过“五境大妖”的山下江湖，直到今天，才发现一个类似家乡小镇的地方，好像中五境的神仙终于不那么值钱了。

　　陈平安询问少女可曾听说过城内的灰尘药铺，少女摇了摇头。老龙城内的光景，她见识不多，因为老龙城实在太大了，而且分外城内城以及符家城，每过一道城门，就要缴纳一笔高昂费用，只要是外乡人，哪怕你是金丹境、元婴境的老神仙，一样不得例外，所以她只去过老龙城的外城几次，每去一次，好不容易积攒起来的钱袋子，肯定就要干瘪一回。

　　不过如果是符家人和其余老龙城五大姓子弟，不但次次过境不花钱，而且还可以在内外城御风而行。当然如果有本事跟符家购买一枚老龙翻云玉佩，除了老龙城最中心的符家城不得凌空掠过，其他地方也可以潇洒御风。驾车少女问陈平安能猜出一枚老龙翻云玉佩多少钱吗？

陈平安尽量往天价猜，说一千枚小雪钱——一百万两银子。

少女开怀大笑，转头朝陈平安伸出一只手掌："五千！"

陈平安生怕马车出现纰漏，顾不得心中震撼，赶紧说道："姑娘小心驾车。"

少女应了一声，转过身去，背对陈平安，少女高高扬起了下巴，骄傲地道："公子，真不是我吹牛，我哪怕双手松开缰绳，闭上眼睛，马车都能安安稳稳一直跑到西门口。我只是为了不让客人们担心，才这么假装认真驾车。"

陈平安轻声道："别假装啊。"

少女哈哈大笑："好嘞，给公子认认真真的！"

陈平安看着少女的背影，忍不住笑了起来，然后转头望向一侧街道的繁华景象。很奇怪，一路南下，常有风吹日晒，陈平安的肤色反而白皙了几分，不再是当初那个黑炭似的窑工了。

少女好像背后长了眼睛，知道这名外乡少年在望向街道，她转过头，偷偷看了一眼负匣少年的侧脸。少年算不得俊俏，可看着真顺眼。

少女突然笑出声："公子，你长得挺好看哩。"

陈平安大概是被少女的欢快情绪感染，难得开玩笑道："给姑娘多看几眼，能少收我一枚小雪钱不？"陈平安有此变化，想必阿良、徐远霞、刘灞桥这几个家伙都是罪魁祸首。

少女笑道："那可不行。从铺子到城门，来回将近六百里路程，我要跑十趟，才能赚到一枚小雪钱。"

陈平安点头道："挺辛苦的。"

背对陈平安的少女使劲摇头："公子，这有什么辛苦的？我打小就喜欢这么来来回回跑，哪怕我以后有了自己的铺子，赚了很多很多的钱，也还是会亲自驾车往来。这样能认识很多很多的客人，就像公子这样的。"少女随即有些忧愁，"可是买下一间铺子要好多钱，我看我这辈子啊，悬喽。"少女高声笑道："悬喽！"

陈平安笑着帮忙鼓气："慢慢挣，今天比昨天有钱，明天比今天有钱，后天比明天更有钱！"

少女顿时斗志昂扬，转头对陈平安灿烂一笑。

陈平安打从心底喜欢这个姑娘，当然不是男女情爱的那种喜欢。少女身上有一种向阳花木的感觉，陈平安愿意跟这种人打交道，已经分别的年轻道士和大髯汉子，亦是如此。

少女继续介绍两边街道，陈平安就跟着她手指指向一一望去。光阴流逝于马蹄声中。

不到一个时辰，陈平安就已经可以看到老龙城的外城高墙，这墙头比之前看到的任何一座关隘城池的墙头,都要高出许多。

在即将停马之前,陈平安问道:"你知道孙嘉树吗?"

少女讶异转头:"谁?"

陈平安只得重复一遍那个名字:"孙嘉树。"

少女忍不住笑了起来,憋了半天也不说话,直到马车停下,少女蓦然站起身,指向身后那条街道,手臂抡起,胡乱画了一个大圈:"公子,瞧见了吗?"

陈平安点点头。

少女一双眼眸眯成月牙儿:"从咱们城门这里,一直到渡口那边,三百里街道铺子,全是他的!"

陈平安跟随少女一起站在马车上,有点蒙:"都是孙嘉树一个人的?"

少女使劲点头,格外自豪:"对! 都是孙公子的!"

然后少女压低嗓音,神秘兮兮地道:"我听掌柜说啊,孙公子人可好了,他是最会做生意的人,还有一等一的菩萨心肠。街上脾气再坏的老一辈人,也都念叨着孙公子和他家长辈的好,说早年街道起了一场大火,烧毁了孙家两三千间铺子,那会儿刚刚成为家主的孙公子,非但没有追究,还自己出钱帮着所有人重建了店楼。而且我还听好些妇人说,孙公子长得特别英俊。他是咱们老龙城最心善最俊俏的男人!"

离着城门外还有一百丈远,人流之中走来一名身穿素白麻衣的年轻男子,他径直走到了陈平安和少女所站的这辆马车旁。男子身材修长,玉树临风,但是不会给人那种鹤立鸡群的无形压力,就只是一种干干净净的气质,像是一名书香门第中走出的世家子弟,温文尔雅。

道路两旁车辆的缝隙之间,多有行人匆忙赶路,有人不小心撞到了男子肩头,赶忙道歉,男子笑着摇头,说"没关系"。

少女转头望向老龙城,喃喃道:"公子,你说天底下怎么会有这么好这么好的孙公子?"

陈平安无言以对。

那个已经站了一会儿的年轻男子,终于笑眯眯仰起头,望向两个人,对少女轻声道:"谢谢啊。"

少女一头雾水,低头望去,疑惑道:"你谢我做什么?"

年轻男子笑了笑,没有解释缘由,然后望向陈平安:"你是陈平安吧? 我是刘灞桥的朋友,前不久刚刚收到了他的飞剑传信,所以专门来这里等你。"

陈平安跳下马车,站这么高跟人说话,也太不讲究了。他试探性问道:"你不会是……"之后的那个名字,陈平安总算忍住没说出口。

男子点头道:"对,我就是孙嘉树。"

少女叹息一声，无奈道："这位公子，你怎么偏偏跟孙公子一个名字，多委屈呀。"

年轻男子笑着不说话。

少女跟陈平安告辞，马车缓缓掉头，最后转身离去。

陈平安跟随孙嘉树一起走向老龙城的西城门，忍不住问道："孙……孙公子，整条街都是你的？"

孙嘉树没有任何故作矜持，点头笑道："祖上最风光的时候，老龙城的整个外城都是我家的。后来老龙城变得越来越大，我们孙家做亏了好几笔大买卖，就变得不如苻家有钱了。不过如今孙家当然还是很有钱，嗯，就算是我孙嘉树有钱吧。"

陈平安偷偷看了眼孙嘉树，男子身上并无悬佩任何挂饰，甚至看不出任何富贵气。

孙嘉树笑道："老龙翻云玉佩？我们孙家没人有的，我也不例外。其实大家都想买，可是祖上传下来的死板规矩，不许子孙在这种小事上大手大脚，我也没办法改变祖宗家法，就只好忍着了，其实很烦。"

陈平安欲言又止。

孙嘉树转头道："怎么？是想说那二十枚小雪钱，能不能还给你？当然不行，朋友归朋友，生意是生意。"

陈平安挠头："我是想问老龙城这么大，咱们要一直走到你家吗？"

孙嘉树不说话，笑望向陈平安。

陈平安叹了口气，坦白道："好吧，不还就不还。"

孙嘉树恍然道："难怪刘灞桥说我们会投缘。"

陈平安问道："你也经常被人骂财迷？"

孙嘉树有些哭笑不得，轻轻摇头道："刘灞桥说我俩都喜欢穷大方。"

什么跟什么啊，刘灞桥这话说得莫名其妙了。大方不大方且不去说，孙嘉树穷？

孙嘉树突然说道："我有一个偏门本事，就是能看到一个人过手又没拿住的钱财。"然后他停下脚步，转头看着陈平安，一语道破天机："你送出去的东西，比整座老龙城都值钱了。"

老龙城内城，一处僻静巷弄，有家新开的小药铺。不过巴掌大小的地儿，身为掌柜的男人，竟然雇了七八个貌美妇人和娇俏女子，她们无一例外，都有一双大长腿。男人整天无所事事，从不担心药铺的生意，忙着跟她们耍贫嘴，说着一些个自诩风流的荤话，女子们表面上看似娇羞，转过头去就翻白眼。

这个汉子今天又端了个小板凳，坐在巷子口，嗑着瓜子，看着街上那些路过的女子。汉子两眼冒光，想着确实是家花不如野花香。

今天街上有一名女子在汉子眼前走过，穿得很是花枝招展，至于她的相貌和身段，反正汉子已经丢了瓜子,端起板凳就跑路。

在老龙城西门交钱入城后,走过几乎可以形容为漫长的城洞,孙嘉树带着陈平安走上一辆宽大马车。乍一看,除了车辆大一些,拉车的马匹温驯些,根本瞧不出有钱人的气派,车夫是一个不苟言笑的老汉。陈平安坐入车厢后才发现别有洞天,车厢里放着四只素白色的蒲团,面对车帘子的那堵内壁,是一排到顶的书柜,放满了书籍,有一只包浆迷人的黄铜香炉,紫烟袅袅。陈平安和孙嘉树相对而坐。陈平安其实有些拘谨,生怕踩脏了这座纤尘不染的小"书斋"。孙嘉树看着陈平安的草鞋,笑道:"很小的时候,按照家规,我爷爷就开始带着我走南闯北,在十八岁之前,几乎每年换一个地方,所以我当过店伙计、渔樵村夫、米铺小贩、衙门胥吏,林林总总,得有十来种营生。我其实也会编织草鞋,只是很粗糙马虎,比不得你脚下这双坚实细密。"

孙嘉树盘腿坐在蒲团上,没有任何慵懒姿态,给人感觉很闲适从容。他笑问道:"陈平安,知道我当年最怕干什么农活吗?"

陈平安又不是能掐会算的神仙,更不是孙嘉树肚子里的蛔虫,当然猜不出来。更何况孙嘉树这个人,很奇怪,虽然两人见面没多久,可是对他的印象却是越相处越模糊。

孙嘉树微笑道:"是采桑叶。好不容易摘满了一背篓桑叶,我爷爷伸手往背篓里轻轻一压,就变成了半背篓,再采满,又一压,我又得采摘半天,能让人感到绝望。而且每次上山,我总会被草木倒钩划出一道道很细微的伤口,太阳一晒,汗水一出来,就火辣辣疼。下田插秧,被蚂蟥吸附叮咬,我反而觉得有趣。爷爷喜欢抽旱烟,烫一下蚂蟥就会掉下来。"

陈平安深以为然,说道:"在我们家乡那边,在水田里被蚂蟥咬上,很麻烦的,因为舍不得盐醋,得折腾半天,跟那些惹人烦的蚂蟥斗智斗勇,最后腿上鲜血直流。好在田地旁边会有一种我们土话叫'绿娘娘'的小草,拿草叶贴住伤口,很快就能止血。我出了家乡后,就再也没有见到过这种小草。"

孙嘉树笑着点头:"真正的穷苦人家出身,是没讲究,也更熬得住遭罪,我这种有钱少爷,吃再多苦,也很难跟你们比。一开始我跟爷爷出门远游,隔三岔五就要哭闹一回,嚷着要回家。现在回想起来,以后我若是带着一个像我这样的孙子,肯定没有爷爷当年的脾气和耐心。"

陈平安笑道:"真有那么一天,说不定你的脾气会更好呢。"

孙嘉树微微讶异,然后点头道:"还真有可能。"

一个坐拥老龙城外城整条大街的男人,一个错过了一座老龙城的少年,聊着这些乡土味的鸡毛蒜皮,竟然都觉得天经地义,毫不别扭。

马车行驶平稳,香炉上虽然一直紫烟升腾,可是车厢内并未变得烟雾缭绕,只是多了一份春风青草的清新气息。

陈平安说道："你操持这么大的家业，还专门跑来接我，得损失多少钱啊？其实你可以让别人来的。"

孙嘉树摇头道："怎么挣钱是一回事，锱铢必较，哪怕一颗铜钱都需要跟人算清楚，可是有了钱怎么花，就看各自习惯了。像我，一年到头确实在拼命赚钱，图什么？就是为了自己能够不用在交朋友这种事上太小气，还要计较一个'钱'字。"

陈平安恍然道："很有道理！"他恨不得拿出方寸物里余下的小竹简，赶紧将孙嘉树这个道理刻在上边。等自己真有了钱，以后再有人说自己是烂好人，就拿孙嘉树这番话反驳对方。

这一路相谈甚欢，孙嘉树说了许多当年游历的趣闻和糗事。陈平安向来是一个很好的聆听者，从言谈之中，他对孙嘉树原本模糊的印象，又逐渐清晰起来——是一个很"心平气和"的……有钱人！

马车来到一处乡下地方，马蹄下是一条黄泥路，故而车辆有些颠簸起伏。孙嘉树看到陈平安有些奇怪，笑着掀起车帘，车窗外是一大片的芦苇荡，绿意葱茏。随着马车前行，竟然还有金灿灿的油菜花，瞧着就赏心悦目。照理说油菜花的花期早就过了，陈平安只当老龙城的水土异于自己家乡。

孙嘉树解释道："这里是我孙氏先祖发家的祖地，后世子孙一直尽量维持原貌，怕坏了风水祖荫，也有缅怀先辈的意思在里头。孙家款待贵客，比如山上神仙和帝王将相，都放在内城的孙府，很金玉满堂的一个地儿，不比符家老龙府差。但是招待真正的朋友，还是愿意拉来这边。再往前十余里，就是孙家祖宅，占地不大，三进的院落，宅子临水，正对着一条河，可以钓鱼，希望你喜欢。"

陈平安灿烂地笑道："喜欢，怎么会不喜欢。"

孙嘉树笑问道："要不然咱们下车步行？"

陈平安当然没有异议，于是两人下车走路去往孙氏祖宅。孙嘉树又说了这处祖地的大概情况，一句轻描淡写的"方圆百里，都是我们孙家的，有六个村庄，约莫两千户人家。养蚕种茶，一切出产，孙氏全部以略高于市价的价钱买下，乡民收入尚可，算是在此安居乐业"，就让陈平安真正理解了老龙城的大，以及孙氏的阔绰。

看到孙氏祖宅轮廓的时候，陈平安问道："老龙城有去往倒悬山的跨洲渡船吗？"

孙嘉树点头道："有，老龙城其实本就是宝瓶洲最大的商贸枢纽，哪里能挣钱就去哪里。只不过想要通过倒悬山去往剑气长城挣钱，不是谁都有这份能耐。哪怕是老龙城符家和孙氏在内的五大姓氏，这份买卖，都要做得小心翼翼，方方面面都要照顾到。"

说到这里，孙嘉树有些感慨，缓缓道："几千年下来，不谈城主符家，除孙氏以外的老龙城其余四大姓氏已经全部换了好几遍，栽在倒悬山那边的，占了大半。孙氏几次差点家道中落，也跟剑气长城有关。如今老龙城只有六艘渡船可以去往倒悬山，符家占了两艘。六艘渡船都很大，最小的一艘可以载两千余人。符家渡船，是一头吞宝鲸和一只墨家巨子打造的浮空山。浮空山被誉为'小倒悬'，上边有亭台楼阁，琼楼玉宇，风光很好，是山上神仙的首选渡船，几乎次次都会有许多金丹境、元婴境的修士大佬。而我们孙氏的渡船，是一只被先祖捕获驯服的山海龟。龟甲背部大如山峰，能够容纳乘客两千四百人，当然能容纳的货物更多。来往一趟倒悬山，真正挣钱的，肯定不是客人乘坐渡船的那点费用，只要能够将宝瓶洲和俱芦洲的种种物资和特产送到倒悬山，那就是一本万利。不过路途遥远，意外众多，伤亡惨重，血本无归也不是没有可能。所以练气士如何按照年份、时节和卦象，选择适合自己的渡船，就是一门大学问。"

说到最后，孙嘉树略带几分自嘲意味，微笑道："忘了跟你说，老龙城符家与我们五大姓氏，都是诸子百家中的商家门生，每个家族的大房所奉老祖，与文庙里的儒家圣人可不一样。只不过商家哪怕到现在，都是不入流的学问。听说在最早的时候，有位最终配享文庙、位置还很靠前的儒家学宫圣人，说过一句"狗肉不上席"，其实就是讲我们商家。这类评价还算客气的了，什么商贾贱流，百家末席，一身铜臭，商人必无仁义之心，世风日下商家功莫大焉，这些骂得更狠。所以浩然天下九大洲，商人很多，但是绝对不会被哪个王朝奉为主流。"

这些涉及诸子百家学问宗旨的内幕，陈平安就只能听听，不敢胡乱评价，妄下定论。

到了那座不大的孙氏祖宅，没有什么美婢俏丫鬟，只有十数名看顾宅子的老汉老妪。孙嘉树请陈平安吃了一顿饭，既不是什么龙肝凤髓，也不至于粗茶淡饭，都是来自宅子附近的时令蔬菜和鱼虾鸡鸭，很下饭。唯一一道硬菜，应该是几种海味食材的煲汤，陈平安吃惯了河鲜，不太习惯。孙嘉树也不劝他多吃，反正陈平安只凭自己喜好下筷夹菜就行。

吃过了饭，两人在宅子外边的河畔散步，陈平安问道："孙公子，知道老龙城里一个叫灰尘药铺的地方吗？"

孙嘉树想了想："之前没听说过，但是我很快就可以帮你找到。"

陈平安道了一声谢。

孙嘉树笑着摆摆手，示意陈平安不用如此客气。他弯腰捡起一块扁平石子，侧身抛出，石子一路向对岸打水漂而去。对岸是油菜花田，一路蔓延出去，视野之中，全是金黄色。

陈平安已经将包裹放在住处的屋子，重新在腰间别上了那个养剑葫芦，当然依旧背负剑匣。他摘下"姜壶"喝了口酒，河水平缓流淌，像一位宁静安详的老人。

孙嘉树停下脚步，说道："我大致算过了，去往倒悬山的渡船，近期还剩下三艘，一艘是我们孙氏的山海龟,再就是符家的吞宝鲸,以及范家的桂花岛。如果从安稳角度而言,我建议你乘坐吞宝鲸。这十年内,去往倒悬山的跨洲航道气候恶劣,因此山海龟不如吞宝鲸,甚至不如由岛屿打造而成的桂花岛。毕竟山海龟脾气再好,终究是有血有肉的活物,宝瓶洲中部的打醮山鲲船失事坠毁,就是例子。而吞宝鲸能够在深海之中远游,最是安稳。那条航道又是符家开辟多年的熟悉路线,他们对如何避让那些水中大妖早已烂熟于心。如果是想着省钱和舒适的话,那肯定是乘坐我家的山海龟。你待在上边,不敢说如何享福,终归是衣食无忧,什么都不用你操心……"

陈平安犹豫了半天,蹦出一句:"要么选山海龟,要么选桂花岛,我是绝对不会乘坐吞宝鲸的。"

孙嘉树很意外,问道:"为何?"

陈平安有些难为情:"在家乡骊珠洞天,我差点杀了老龙城少城主符南华,哪里还敢坐他家的渡船。"

孙嘉树忍不住对陈平安肩头重重一拍:"陈平安!我见过不少英雄豪杰,但是像你这样胆大的,真不多!"

陈平安叹息一声,听孙嘉树的口气,就知道符南华真不好惹。

孙嘉树忍了很久,还是忍不住笑出声:"老龙城的少城主,虽然不止一名,有望继承那件祖传老龙袍的符家别房子弟,也有好几个,可是世人皆知符南华最受城主符畦器重。有一个持有半仙兵的符家老祖,更是符南华的传道之人,只是最近几年都在闭关,传言正在冲刺上五境。所以符南华最有可能成为下一任城主。陈平安,你可以啊,这要是传出去,保证你一个月之内,就立即名动半洲。"

陈平安无奈道:"这种名声,还是不要了吧。"

孙嘉树越笑越开怀:"我跟符南华打了不少交道,甚至不算是简单的酒肉朋友,当然,符南华跟刘灞桥仍是远远比不得。今天听到这个真相,我就是想笑,看来是我太不厚道了。陈平安你也悠着点,跟我这种人当朋友,暂时别太交心,一定要多处处。"

结果陈平安冒出一句:"其实我跟刘灞桥不是很熟,总共就见过两次面。"

孙嘉树有点憋屈:"那刘灞桥在信上,说得像是跟你出生入死了一百回,是咋回事?信上都把你夸得天底下绝无仅有了,还扬言如果我敢不亲自盛情款待,他就要跟我绝交,然后将我的绰号传遍宝瓶洲。"

陈平安试探性问道:"绰号是孙子?"

孙嘉树伸手抚住额头,苦笑道:"这也能猜到?"

陈平安笑道:"虽然才见过两次,可刘灞桥的脾气,我是知道的,最没个正形。"

孙嘉树唏嘘道:"我与符南华这种关系,无非是白首如新,你跟刘灞桥,有点一见如故的意思。"

那名车夫遥遥出现在远处，孙嘉树回头看了一眼，对陈平安说道："我得马上去内城孙府见一名客人，约好了的。灰尘药铺的事情，最晚天黑前，就会有人告诉你。再就是你既然跟苻南华有死仇，那么近期你只要出门，就一定要先让人跟我打招呼，我会让人安排行程。至于渡船远游一事，你干脆就坐我家的山海龟去往倒悬山，二十天后准时出发。这段时间，你可以在我家祖宅这边住着，想要任何东西，只要老龙城有，我就可以帮你送过来，你也别觉得不好意思。开口之前，你可以不断告诉自己：'那个孙子有钱，很有钱，做朋友嘛，本就是有福同享有难同当，先把福享了，以后并肩作战，再把苦吃了，这才不亏。'"

"好，我就不跟你客气了。"陈平安笑着点头，眨了眨眼睛，"这句话是刘灞桥说的吧？"

孙嘉树伸出大拇指："难怪刘灞桥死皮赖脸要跟你当朋友，你懂他！"

孙嘉树告辞离去，跟随那名陈平安看不出深浅的老车夫，渐行渐远，乘坐马车去往老龙城内城。于是独自一人的陈平安，开始沿着河水练习六步走桩。

平静的河水，一望无垠的油菜花田，普普通通的泥路，若不是没有一座石拱桥和一座阮家剑铺，陈平安几乎以为自己是在家乡。

陈平安一路练拳，走出去十余里，再往前就是一座沿河而建的小村庄，村庄里有鸡鸣犬吠，还有炊烟袅袅。陈平安停下练拳，环顾四周，身边有一座横跨河面的小木桥，这一刻，他没来由地觉得恍若隔世。

陈平安正要转身走回孙氏祖宅，发现对岸远处的油菜田里，走出一群衣着朴素的稚童，大多是上蒙学的年幼岁数，还有一些个年纪更小的，挂着鼻涕跟在后边。有两个大些的男孩，手持应该是家中长辈削出的木剑和竹剑。两柄剑样式简陋，只算有个剑的粗糙坯子而已。两人好像是在比拼剑术，先后走在田埂上，对着油菜花就是一顿劈砍，口中还瞎嚷嚷，气势十足。

可怜田垄油菜花给两个孩子砍得七零八落。后边有个年幼孩子骤然哭出声，他一开始还挺乐呵，后来才发现这块油菜花田地是他家的，这要是给爹娘晓得了，自己回到家还不得屁股开花？可是他又不敢阻拦那两个年纪大的"剑客"，只好哭得撕心裂肺，好在很快就有一名"剑客"意识到不妙，掏出一块自家烘烤的冻米糖片，跟年幼孩子叮嘱了几句，满脸鼻涕眼泪的幼童立即笑开了花，大摇大摆跟在两名剑客身后，眼睁睁看着他们嗖嗖嗖出剑，觉得他们厉害极了。幼童想着等到自己大一些，有了力气，也要跟做木匠的爹讨要一把剑，把所有油菜花都给砍了去，那得多威风啊？邻居家的翠花小丫头，还能只喜欢跟村后头的小秀才玩？到时候肯定天天黏着自己。

陈平安看着直乐呵。这可不就是自己小时候的光景吗？刘羡阳当年最喜欢做这种讨人嫌的事情，不光是拿木剑砍油菜花，还喜欢把一座座高高低低的田垄推倒，拿石子砸河水里的鸭子，天天挨妇人骂，被人撵着揍。后来刘羡阳跟陈平安都成了窑工，他就做得少了，觉得没意思，喜欢往山里蹿，抓蛇逮野鸡。可是陈平安屁股后头多出了一个顾璨，将刘羡阳的本事发扬光大，只是比起刘羡阳的大大方方做坏事，小小年纪的鼻涕虫顾璨要机警太多了，几乎从来不会被人发现，既有陈平安都佩服的恒心毅力，又有与年龄不符的早熟狡黠。

大太阳底下，就为了钓上一条黄鳝，顾璨一个人能够撅着屁股等上大半天。泥瓶巷每次到了吃饭的时候，都会响起顾璨他娘亲扯开嗓门的呼喊声。

陈平安蹲在河边，往水里丢石子。孩子们浩浩荡荡从独木桥那边走来，一颗脑袋跟着一颗脑袋，跟一长串糖葫芦似的。见着了陈平安这张陌生面孔，孩子们也不怕，只是多看了几眼，就走向不远处的村子。一名手持竹剑的孩子，一步三回头，视线始终放在陈平安背后的剑匣上，最后按捺不住好奇心，转身飞奔，来到陈平安身边，以字正腔圆的宝瓶洲雅言问道："难道你是一名剑客？"

陈平安站起身，拍拍手掌，笑问道："你也是？"

孩子翻了个白眼，觉得这个问题好生幼稚，没好气道："我还差一本绝世秘籍呢。"

陈平安憋住笑意，点头道："我也是。"

孩子低头看了眼手中的竹剑，再抬头瞅瞅那个家伙身后木匣里的剑柄，问道："能给我看一看你的剑吗？"

陈平安摇头道："不行。"

这个大孩子扯了扯嘴角，瞄了一眼陈平安腰间的朱红色酒葫芦："你这人忒小气，根本不像行走江湖的剑客。我看你的酒葫芦里肯定不是装着酒，而是水，做样子骗人呢。"

陈平安问道："那你见过真正的剑客？"

孩子使劲点头。

后边一个脸蛋红扑扑的小姑娘怯生生道："咱们最远只去过几十里外的集市，见不着剑客的。"

很快有个实诚孩子附和道："学塾先生跟我们说过一些剑客的诗词，集市上会卖一些很贵的小人书，上边画了许多江湖大侠，其中剑客是最厉害的，所有坏人都打不过他们。"

那个大孩子回头瞪了一眼，身后两个孩子立即闭嘴不言。

另外那个手持木剑的稍大孩子，虎头虎脑的，他对着陈平安问道："你的剑术有多厉害？"

这个问题还真把陈平安难倒了。

陈平安只好说道："我亲眼见过很厉害的剑客，不是你们的小人书上画的。"

竹剑孩子冷笑不已。手持木剑的憨直孩子却信了七八分,追问道:"那你跟那些大侠学到剑术没? 如果你能耍一耍剑术,我就相信你是真的剑客。如果可以的话,到时候你收我为徒? 我想跟你学剑术,不是砍油菜花的那种。如果你一剑下去,能够把咱们村子那座桥砍断,我现在就可以跟你拜师学艺!"

陈平安忍俊不禁,就自己这剑术,还跟自己拜师学艺?

陈平安并不清楚,孙氏祖宅这方圆百里是老龙城著名的一处世外桃源。虽然在此世代居住的百姓,多是性情质朴的寻常村民,可暗中也有多名高人坐镇,帮助孙家盯着这一方祖宅风水不受外人破坏。除了孙家祖宅的两名老人,还有一名在山上结茅隐居的樵夫,以及一名在此开枝散叶、子孙满堂的老人,他们都是真正的大修士,三金丹境、一元婴境,既有不理俗事的孙氏偏支老祖,也有来此避难隐居的世外高人,当然也有人是被孙家重金聘请。财帛动人心,神仙也难免,毕竟每年收的都是谷雨钱。

四名大练气士此刻齐聚在樵夫茅舍之前。此处是阵眼之一,貌似青壮男子的樵夫随手一挥,水雾弥漫,汇聚成一幅画卷。众人视线始终追随着那个沿河练拳的背剑少年。四人开始打赌此人境界,有人说少年既然是孙嘉树的朋友,那肯定是一名天赋异禀的洞府境剑修,一身拳意只是伪装。有人反驳,说少年未必跻身中五境。其余两人则是争执少年到底是武夫四境还是五境。其中一个说少年这是底子打得极好的第四境,而不是寻常的武夫第五境,少年除了自身天资绝佳,还必然是自幼就有高人相助,是药罐子里泡大的顶尖豪阀子弟,说不定就出身于某个富可敌国的千年世家。

四位神仙虽然各执一端,争得面红耳赤,倒也其乐融融。

内城那间小药铺,那个不太正经的汉子又带着板凳来到巷子口,只是今天没带瓜子,而是带了一本铺子里不知哪个娘们买来的杂书,上边写了许多虚头巴脑的故事,多是儒道两家的圣人事迹和教诲,写的是双脚离地十万八千里的大道理。汉子以往哪里会看这个,只是在巷口蹲了这么久,始终没有女子愿意搭理他,让汉子觉得可能是自己少了点书卷气的缘故,手里拿本书翻一翻,说不定会有意外之喜。

酷暑时分,女子衣衫穿得清凉,汉子坐在小树荫下,装模作样看书,眼角余光实则一直如汗水般粘在女子的面容身段上,其中一名身姿妖娆的成熟妇人,把汉子的魂魄都勾走了,汉子默默叨着屁股宽过肩,快活似神仙。

汉子发现自己拿了本书当读书人,也没有女子乐意正眼瞧他,除了某个女子。她又来了,水桶腰,麻子脸,脸盘子比汉子的屁股还大。汉子哭丧着脸,终于开始认真翻书。那个家住附近的年轻女子,来来回回走了好几趟,腰肢那不是拧转,而是晃荡。汉子始终装瞎子,后来女子实在扛不住毒辣日头,恋恋不舍地看了眼她一眼相中的情郎,便心满意足地回家去了。

汉子翻书极快，最后停留在某一页上，上面记载了一位以"子"作为后缀的道家大圣人，通过一个有关"虚舟"的故事，阐述了一番大道至理。这个故事是说有人在河流中乘坐小舟，有小舟相对而来，那人三次呼喝提醒，仍是撞上，那人便破口大骂，最后发现舟上根本无人，便哈哈大笑起来。在最后，当然会有圣人流传后世的金玉良言："独往独来，是谓独有。独有之人，是谓至贵。"圣人又说："唯至人能在世如游虚空，可不避人。"

汉子没觉得这是在胡说八道，甚至他能够理解其中真义，只是哪怕理解这些大而无当的道理，对他来说毫无裨益，因为他与那位道家圣人不是同道。

哪怕是那名教书先生的学塾，他都去偷偷旁听过很多次，一样是道理全懂，甚至一些个艰深晦涩处，他都颇有感悟，可对于自身修为则毫无用处。

让他最不理解的事情是同样在小地方修行的师兄，成天做着乡野村夫的粗鄙事情，却能够境界一路攀升。去了趟大隋皇宫，那家伙如今甚至都已经成为十境武夫了。一年到头喜欢骂自己的师父，还经常说那个师兄悟性好。

他倒不会因此就记恨师父或者师兄，只是想不通，所以这么多年一直活得很窝囊，甚至连想要证明给师父看的心气都没有，所以他越发憋屈，直到师父把他从北边那座小镇撵到了这座老龙城。

他没有任何怨言。只是李二走了，没人可夸，他也走了，没人可骂，一天到晚抽旱烟的老头子，得多无聊？

汉子合上书本，将其当作扇子在耳边使劲扇动起来。然后他脸一黑，娴熟地端起板凳，一溜烟跑回药铺。

那个胆敢觊觎他美色的娘们，竟然贼心不死，回家换了一身花里胡哨的衣裙，又开始在街上晃荡来晃荡去。

汉子心惊胆战地回到药铺，瘫在那张掌柜椅子上，突然眼前一亮，抬起屁股抹了抹，哇，有美人儿偷偷坐过，椅面还有余温，可不能挥霍了，赶紧蹭一蹭。

一名妙龄少女眼神幽怨，心不甘情不愿地掏出几枚铜钱，将铜钱狠狠摔在一名妇人的手心，然后狠狠瞪了眼掌柜。

汉子心中了然，嘿嘿笑着，大小娘们是拿自己打赌呢，看自己能否英明神武地察觉到那点美人体温，真是调皮。

有人登门拜访，是一个俊逸少年，看他的穿着打扮，应该是有钱人家的子弟。可是到底多有钱，药铺女子到底是市井出身，眼窝子尚浅，看不出。

店铺内莺莺燕燕们一个个神采奕奕，汉子顿时无精打采，有气无力道："范家小子，又要干啥？"

面对邋里邋遢的汉子，那名少年略显拘谨，然后忍着心中不适，双指捏住一条小板凳，坐在汉子身边，轻声道："郑先生，家父让我来问，什么时候可以正式教我拳法？"

汉子敷衍道："范小子啊，三境破四境，急不来的。"

少年苦着脸，却也不敢催促这位郑先生。

汉子想到自己从头到尾只教了少年一点皮毛，这点东西一个五六境的武夫都能教，便有点于心不忍，他压低嗓音，正儿八经说道："纯粹武夫不比练气士，后者喜欢一日千里，天赋吓人的，一天破一个境界都没事，但是武人不行，再好的资质，都要脚踏实地，步步登山，甚至有些时候，明明可以破境，都要使劲压着，要将那些体魄杂质和神魂瑕疵，一点点抽丝剥茧，一点点修补齐全。你现在做的，我要你爹帮你熬制的药膏，以及打造来的那个温泉，都是在帮你修行，而且是当下你最需要的修行，而不是什么火急火燎地跻身炼气境。"

汉子最后笑道："行了，说什么你爹要你来的，就是你小子自己猴急。"

在老龙城锦衣玉食的少年臊眉耷眼，羞愧难当。武夫从第三境跻身第四境，实在太难了，所以武夫破境才被称为泥菩萨过江，几乎全看自身天赋，七境武夫宗师都无法指点，八境远游境的大宗师，倒是有可能传授一条捷径。可是八境的练气士好找，偌大一个宝瓶洲，八境的武夫能有几个？屈指可数！而且几乎全部都是被大王朝竭力笼络尊奉的贵人。据说这还涉及虚无缥缈的一国武运，哪里落得到老龙城头上？退一万步说，就算有，符家和孙家比范家更有钱，肯定轮不到范家。

汉子拍胸脯保证道："范小子，再等等，只要你打磨到了真正的三境瓶颈，我自会出手，不会让你范家的银子打水漂，到时候你小子想不破境都难。"

少年满腹愁肠地来铺子，神清气爽地离开巷子，一路有金丹境老祖在暗中跟随护送。

要知道一艘桂花岛渡船，在少年诞生的那一天，就已经划到他名下。他行冠礼的那一天，就能够调用那笔年年暴涨的惊人财富。

少年一走，女子们又开始叽叽喳喳，询问那少年的家世。汉子伸出一只手掌，做了个抓捏动作，视线从她们的胸前掠过，贱兮兮道："药铺的老规矩，你们谁舍得下本钱，本掌柜就对她说出少年的身份名字，家住何方，到底是喜欢身段丰腴的，还是喜欢娇小玲珑的……"

女子们没有一个上钩。

汉子惋惜道："舍不得那个啥套不着小情郎啊，我真替你们打抱不平。"

女子们早已散去，三三两两窃窃私语，说着与那名少年相关的悄悄话。

汉子舒舒服服地瘫靠在椅子上，自言自语道："我郑大风的女人缘，跟姓陈小子早年的福缘，不相上下啊，难兄难弟，难兄难弟……"

这个名叫郑大风的药铺掌柜来自骊珠洞天，曾经负责看门，向人收取一袋子金精铜钱。不久之前，师父捎人给他带了一封信，要他准备帮助陈平安打散那四张真气八两符。在密信末尾，师父说如果陈平安能够自己破境的话，就让他郑大风务必保证少年在老龙城顺风顺水。

郑大风转头望向店铺外的小巷，喃喃道："范家小子这种世人眼中的武道天才，也就最多贴一两张真气八两符吧？否则体魄就要消受不起。那个姓陈的榆木疙瘩，这才几天没见，就已经这么生猛了？从他陈平安学了那门吐纳术开始，这才多少年？"

汉子自嘲道："师父你还真没冤枉人，果然是师兄更有悟性，我当时可是很不看好陈平安的。"

突然有一名少女满脸怒火，对着汉子尖叫道："郑掌柜！我的那本书呢？还给我！"

郑大风咳嗽一声，从怀中掏出书本，放在柜台上。

少女满脸通红："还有呢？"

郑大风悻悻然又从怀里掏出一件裹成一团的女子亵衣，轻轻放在书籍旁边，心虚地解释道："你那包裹放得那么光明正大，而且露出了书籍一角，我便有些好奇，拿了书后，又发现亵衣有些脏了，便好心好意，想着帮你清洗……"

两腮粉红的少女飞快收起亵衣，然后抓起书籍，啪一下砸在汉子脸上，气呼呼道："大色坯！臭流氓！"

汉子拿着书，一本正经道："你长得好看，就算你误会我不是正人君子，我也原谅你了，但是亵衣脏了，我帮你清洗的这份善心，你可千万不能辜负呀。"

药铺内哄然大笑，夹杂着妇人们的笑骂讨伐，以及少女们的碎嘴埋怨。郑大风双手抱住后脑勺，眯眼而笑。

四位山上神仙已经撤去山水阵法，毕竟看一个外乡少年跟一群乡野孩子斗嘴，没啥滋味。至于背剑少年到底是伪装极好的剑修，还是炼体境的纯粹武夫，四人还是没有争吵出一个众人都信服的结果。不过四位到底是见多识广的大修士，老龙城是宝瓶洲最为鱼龙混杂的地带，东边三大洲的许多能人异士都会经过此地，他们大多愿意赏个脸，成为符家和五大姓氏的座上宾，接下一份不大不小的香火情，所以四位自身修为就很高的练气士，也就谈不上对少年如何惊为天人。不过他们都认为孙嘉树亲自带来祖宅的这名客人，不管是练气士还是纯粹武夫，都一定是个很不俗气的少年天才，说不定下一次来到此地，少年已经成了中年人，结成金丹客，方是我辈人。或是跻身武道第七境，有望能够以武夫体魄，抗衡天道，从而御风远游。到了那个时候，少年才是四人需要露面迎接的贵客，而不单单是孙嘉树的一个朋友而已。

河边，以两个小剑客为首的孩子们，开始怂恿陈平安展露剑术，以此证明他是一个行走江湖的剑客，而不是一个挂了个酒葫芦就装英雄充好汉的江湖骗子。

陈平安一开始只是怀念自己小时候的时光，跟这些孩子开玩笑，逗他们玩。后来发现孩子们虽然年龄小，天真无邪，而且从未见识过真正的老龙城，更别谈什么江湖和剑客了，但是他们的一些感觉却是实实在在的。比如那个竹剑孩子，虽然满嘴讥讽，但是望向陈平安的眼底深处，还是会带着一丝希冀，希望他会是小人书上画着的江湖高手，能够凭借剑术打败恶人。木剑孩子则无比渴望自己能够拜高人为师，他甚至连磕头烧香都想好了，就等着那个他眼中背着剑的"大人"，能够拔剑出鞘。其余的孩子们也都一个个张大眼睛，等着陈平安大展身手，好回家吃饭的时候跟爹娘吹牛。

陈平安挠挠头："那我露一手？"

所有孩子都整齐地小鸡啄米，那个木剑少年不忘以激将法埋怨道："婆婆妈妈，忒不爽利了，我一看你就是个骗子，怕露馅吧？"

陈平安哈哈大笑，刚要下意识摘下养剑葫芦，想了想，还是收回手，不喝酒了。他转头望向对岸，河面宽达四丈。

陈平安转身，面朝河岸那边："你们看好了。"

孩子们目不转睛，不知道这个家伙要做什么。

陈平安原地蹦跳了两下，抖了抖腿，然后缓缓抬起手臂，再次提醒道："看好了啊？"

孩子们齐刷刷点头。

陈平安伸手绕过肩头，握住木匣中的那把槐木剑，瞬间拔剑，用上了武夫巧劲，将剑向河对岸抛去。槐木剑在空中打了一个转后，变为剑尖直指对岸，笔直飞去，但是飞得不快。

"走喽！"陈平安大笑一声，脚尖一点，身形一掠而去，双脚一前一后踩在了木剑之上。起先有点晃晃悠悠，站稳之后，少年便好似踩着飞剑御风而行，过河而去。

哇！真是神仙剑客，不是骗子。孩子们一个个瞠目结舌，满脸羡慕和崇拜。

踩剑渡河的陈平安，脚步侧移，先于槐木剑落在河对岸的一道小田垄上，然后接住下坠的槐木剑。他站在金黄色的油菜花之中，双手双脚附近，有一缕缕无形的真气在崩碎飘散。

陈平安心中震撼不已，他转身对那些孩子伸出一根大拇指，指向自己，笑道："我叫陈平安，是一名剑客！"

陈平安向孙氏祖宅那个方向，再一次势大力沉地丢掷出槐木剑，故而木剑疾速飞掠而去。陈平安再次起身追上，这一次踩剑御风，已经无比熟稔。

终于有那么点少年剑仙的风采了。一人一剑，再次过河。

陈平安踩在剑上，双臂环胸，闭上眼睛，高高扬起脑袋，默默感受着天地之间的某种奇妙流转。迎面清风吹拂，一身轻松的陈平安，原来已经泥菩萨过了江，如今已是第四境了。

躲在小巷深处的灰尘药铺中，除了女子长腿和掌柜荤话，铺子中的人一天到晚其实没有什么事情可做，生意寡淡。有些时候就连女子们都想不明白，掌柜花钱雇她们做什么。要说那个冤大头掌柜每天都会毛手毛脚，相对还好理解，可是汉子虽然嘴上不正经，眼神吃人，却从不会真正揩油，这就让她们有些犯迷糊了。不过每月发薪水时她们一枚铜钱也不缺，也就乐得在这个药铺虚度光阴，反正每天给那掌柜的瞅几眼，身上也不会少块肉，倒是在此做事薪水颇丰，衣食无忧，各自家中的伙食改善许多，女子们大多胖了两三斤，惹人忧愁。

郑大风今天又收到一个口信，传信之人，是当时与他一起离开骊珠洞天的一尊阴神。不管郑大风如何插科打诨、称兄道弟，阴神只是装聋作哑，绝不泄露半点底细，以至于到现在郑大风还揣摩不出阴神的修为境界。

老头子让阴神告诉郑大风两件事情，一件事是陈平安的真气八两符已经破碎，已经不用他郑大风出手去除；第二件事是他的传道人和护道人都在老龙城，要他自己注意。

第一件事没什么，关键是下边那件事，老家伙的话说得模棱两可，含糊不清，郑大风想要追问，有符箓傍身的阴神已经身形消失。

郑大风百思不得其解，便坐在药铺门槛上发呆。师父和传道人，本就是郑大风的一个心结所在，老头子承认自己是他和师兄李二的师父，但不是他们俩的传道人，反而让李二的女儿李柳，认了老家伙做传道人。至于护道人身份，郑大风如今算是范家小子的护道人，要保证那个小家伙顺利破开武夫三境瓶颈，之后还要帮着范家小子一路走到纯粹武夫的炼神境。

老头子对于陈平安的态度，也挺让人捉摸不透，但是郑大风可以明确一点，泥瓶巷少年只是师父众多押注对象之一，分量远远比不得天道眷顾的马苦玄，和生而知之的李柳。当初传授给陈平安的那门吐纳法门，其实很粗陋，算不得什么上乘心法。郑大风猜测应该是这几年陈平安在武道上的上升势头太过惊人，现在都已经由炼体境跻身炼气境，所以老头子开始逐渐加大注码。

郑大风皱眉沉思道："难道是要我去当陈平安的传道人，或是护道人？不对啊，老头子以往让手下去做这类事，从来直截了当，给谁当，当几年，负责护道对象到达何种境界，清清楚楚，绝不会如此藏藏掖掖。"

郑大风双手抱住脑袋，无奈叹息："再说了我跟陈平安八字不合，这么个不解风情的死板少年，我实在喜欢不起来啊。显然让李二给陈平安当护道人，才是最合适的。师父啊，你老人家到底是咋想的，能不能给句痛快话？给他当个一年半载的护道人，还好说，捏着鼻子忍忍就过去了，可要是当他的传道人，这不是要了我的命吗？"

一个活泼少女坐在门槛上嗑瓜子，笑问道："掌柜的，愁啥呢？"

郑大风转头瞥了眼少女胸前略显平坦的风光,沉声道:"小荷啊,要跟上啊,不能光长腿不长肉啊。"

少女本就是胆大的,又经过这么久的朝夕相处,那些个荤话早就听得耳朵起茧子了,继续嗑瓜子,不以为意道:"想要长肉,就得多吃东西,可是药铺每个月的薪水就那么点。我倒是想要那儿更风光些,可是兜里的银子不答应,我能咋办?掌柜的,给我偷偷涨涨薪水呗?我保证不告诉她们。"

郑大风嬉皮笑脸道:"就你这张叽叽喳喳的小嘴,藏不住话的,我要是给你涨了薪水,第二天肯定人人得涨,你当我的银子是从天上掉下来的啊。养活你们这么一大帮子小姑娘大姐姐,很辛苦的好不好。"

少女小屁股蛋儿坐在门槛上,故意向门外伸长了双腿,笑道:"掌柜的,隔壁街不是有个姐姐爱慕你吗?那么丰满,不是你最好的那口儿吗?你为啥不答应人家?人家这儿……可长肉啦,咱们药铺里谁都比不上她呢。"

少女丢了瓜子,双手在胸口托了托。

郑大风龇牙咧嘴,挥手赶人道:"小姑娘家家的,尽说一些不害臊的羞人话,小心以后嫁不出去,赶紧回铺子扫地!"

少女不愿挪窝,理直气壮道:"咱们铺子就叫灰尘药铺,打扫那么干净,多不像话。"

郑大风说不过小丫头,便跷起二郎腿,抱着后脑勺,仰头望向天空。

别人看不出那片云海,他一个八境巅峰的武道宗师,看得出:法宝之上,是为仙兵。

宗字头的宗门在宝瓶洲就已经足够凤毛麟角,仙兵更是稀少。有多稀少?举个最简单的例子,一洲道统所在的神诰宗,宗主祁真是因为跻身天君,才被中土神洲的正宗赐下一把仙兵。所以距离仙兵一大截,却又超出法宝一筹的半仙兵,就成了所有练气士梦寐以求的东西。

如今老龙城有四件半仙兵,两件由城主符家的老祖持有,皆是攻伐重宝,从中土神洲新购而来的那件,是倾向防御、庇护一城的重宝,唯独城头上空的那片云海,老龙城对外宣称是符家持有,可其实真相如何,是否真是符家的杀手锏,难说。至于八百年前那场正邪之战,什么女子酣睡于云海,她醒来后驾驭那件半仙兵斩杀群魔,骗鬼呢?若真有那等滔天威势,必须两点兼具,一是城上云海绝不是什么半仙兵,而是仙兵,二是使用者必须是上五境练气士。

少女看着汉子的侧脸,好奇问道:"掌柜的,你看啥呢?"

郑大风使劲瞪大眼睛,抬头望去,轻声回答少女的问题:"看有没有体态婀娜、穿着清凉的仙子御风经过啊。"

少女白眼道:"看看看,小心仙子撒尿在你头上。"

郑大风啧啧道:"那岂不是久旱逢甘霖。"

少女站起身:"恶心!"

郑大风哈哈大笑。

少女刚跨过门槛,突然转头问道:"掌柜的,你上次哼唱的家乡小曲儿,能不能再哼哼?"

郑大风使劲摇头:"那可是我赢得佳人芳心的压箱底本事,哪能轻易展露,去去去,忙你的去。"

少女低声道:"哼哼呗,说不定我以后成了你媳妇呢?"

郑大风眼睛一亮,刚要起身,少女已经坐回门槛,转过头望着汉子,一脸惋惜道:"掌柜的,你这也信啊,以后娶媳妇难喽。"

郑大风一屁股坐回门槛,沉默片刻后,吹起了口哨,调子还是那支乡谣的调子,只是这次没有唱词:

> 初一的月儿弯,十五的月儿圆,听阿婆说,吃着饼儿,对着月儿挥一挥手,就会没有烦忧。
>
> 春风儿吹秋风儿摇,听阿婆说,红灿灿的柿子挂满了枝头,跌倒了摔疼了也不要愁,柿子装满了背篓。
>
> 乌云朵儿来乌云朵儿走,听阿婆说,雨后会有彩带挂在天边头,是老神仙在天上搭了座高楼……

少女弯下腰,双手托起腮帮,安静地听着口哨。

老龙城即将迎来一场盛事,少城主符南华迎娶云林姜氏嫡女。

云林姜氏是宝瓶洲历史最悠久的豪阀之一,相传在上古时代,儒家刚刚成为浩然天下的正统,百废待兴,礼圣制定了最早的儒教规矩,姜氏出过数位太祝。太祝在《大礼·春官》中,与太史、太宰并列为六大天官之一,主掌祈福的各种祝词。

云林姜氏位于宝瓶洲东南部的大海之滨,面朝大海的府门,有一条极其宽阔的阙门行道,长达三十余里,一直延伸到大海之中,最终以一对巨大的天然礁石作为阙门,有囊括东海之意,气魄极大。

在从中土神洲迁徙到宝瓶洲后的漫长岁月里,姜氏逐渐弃文从商,家族在无数次山河动荡中,始终屹立不倒,名副其实地富可敌国,老龙城符家同样如此。这两家选择联姻,是宝瓶洲南方近期最大的一个消息。有人好奇符家的聘礼是什么,也有人好奇姜氏女子的嫁妆,会不会是一件半仙兵,以及那些与符家世代交好的山上仙府,会拿出怎样的珍重贺礼,所以老龙城这两个月涌入无数看热闹的山上修士。再加上传闻那名姜氏女子奇丑无比,更让人浮想联翩。

素来以交友广泛著称老龙城的符南华，在从北方骊珠洞天返回后，突然变得深居简出。除了孙嘉树这些老朋友能够登门见上他几面，符南华再也没有结交什么新朋友，一直待在符家。外城几处名动半洲的风花雪月场所，这名少城主再没有露过面。

今天符南华竟然离开私宅，独自走到符城大门口，头顶高冠，一袭玉白色长袍，腰间悬挂翠色欲滴的龙形玉佩。这名少城主的神色沉稳之余，似乎还有些郁郁寡欢，比起去往骊珠洞天的意气风发，有着天壤之别。

这段时间这座符城贵客盈门，哪怕符家待人接物可能比一国朝廷还要经验老到，可还是有些应接不暇。

此时符城门外，就有好几拨山上仙家府邸的重要人物，前来祝贺那桩被世人誉为"金玉良缘"的联姻，其中就有云霞山。云霞山算不得最顶尖的门派，但是其出产的云根石，风靡数洲，财源滚滚，故而也有一番蒸蒸日上的景象，若是再冒出一两个能够扛起大梁的天之骄子，云霞山跻身宝瓶洲一流仙家行列，指日可待。

老龙城与云霞山有着数百年香火情，云霞山的特产云根石，正是符家吞宝鲸、悬浮山这两艘渡船的重要货物之一。由云根石淬炼打造的价廉物美的磨石，是剑气长城剑修用以砥砺剑锋的好东西。对剑修而言，没什么比有一把好剑更重要。

当然，所谓的价钱便宜，是相比其他通过倒悬山运往剑气长城的珍稀物品。云霞山云根石，卖给宝瓶洲修士，卖给老龙城符家，卖给剑气长城剑修，是三种悬殊的价格。

这次云霞山来了四人，两位山门老祖和各自的得意弟子。符南华今天破天荒出门迎客，是来见一个本该已经死了的人——云霞山仙子蔡金简。

当符南华出人意料地现身后，城门这边顿时议论纷纷，招呼声贺喜声连绵不绝，符南华一一回应，不失礼节。最后符南华来到位置靠后的两辆马车前。拉车的是两匹神俊非凡的青骢马，有着蛟龙之属的偏远血统。这应该是从孙家驿站临时租用的车辆。老龙城内外都知道，两种游览老龙城的方式最耗钱，一是向符家买下一枚老龙翻云玉佩，再就是跟孙嘉树那家伙名下的店铺雇车。一般只有两种人会有如此做派，一种是兜里真有钱，一种是土鳖傻子。

云霞山的两个老祖当然不傻，这点门面还是撑得起的，而且是必须要撑的。见符南华亲自出门迎接，两个老祖赶紧带着得意弟子走下马车，其中一名云霞山嫡传弟子，正是脸色微白却容颜妩媚的仙子蔡金简，另外一名则是气宇轩昂的年轻男子，身上所穿法袍隐约有云雾缭绕的气象。

符南华跟两个云霞山老祖客套寒暄之后，提了一个小要求，说要带着蔡仙子先入城赏景叙旧。蔡金简的传道恩师受宠若惊，哪里会拒绝这番美意。之前蔡金简在骊珠洞天两手空空地返回山门，花了整整一袋子金精铜钱，连半点水花都没有。那可是金精铜钱，谷雨钱在它面前，就像诰命夫人见着了皇后娘娘，屁都不是。蔡金简连累老人在云霞山这两年受尽白眼和诘难,原本想要一步步将蔡金简推上山主宝座的老人心灰意冷。但是更气人的是寄予厚望的蔡金简,这两年跟个活死人似的,修行山门神通十分怠懒,让老人既心疼又愤懑,还打不得骂不得,生怕蔡金简破罐子破摔,沦为正阳山苏稼那般的废物。

符南华与蔡金简并肩而行,走过符城大门,一路走向他在符城的辉煌私宅。

在骊珠洞天寻觅机缘之时,符南华还只是众多未来家主候选人之一,所以精于生意的符南华,对当时就矮他一头的蔡金简十分客气,可如今对他青眼相加的传道老祖破关在即,又有他与云林姜氏嫡女联姻的推波助澜,符南华的身价水涨船高,已经不可同日而语。所以在云霞山两个老祖看来,符南华如此亲近蔡金简,绝不是当年他们在骊珠洞天结为短暂盟友可以解释的,难道两人曾经有过一段露水姻缘? 也不对,蔡金简分明还是处子之身。但是不管如何,终有一天会穿上那件老龙袍的符南华,愿意如此破格礼遇云霞山,两个老祖可谓颜面有光。

符南华和蔡金简两人极有默契,一路上都没怎么说话。到了符南华的私人府邸,符南华在大厅落座,拍了拍腰间那块父亲亲自赐下的崭新玉佩,望向那名曾经在小巷被少年以瓷片捅破喉咙的仙子,说道:"我们现在可以打开天窗说亮话了。"

蔡金简嫣然一笑,但是笑容却了无生气:"说什么?"

符南华死死盯着这个本该身死道消于骊珠洞天的女子:"我不会问你如何活了过来。我只想知道,那个人为什么救你? 救了你之后,他想要你做什么?"

蔡金简收敛笑意:"如果我说你是以小人之心度君子之腹,你信吗?"

符南华冷笑道:"君子? 如果他齐静春只是一位君子,那么儒家圣人还不得占据四座天下?"

蔡金简神色平淡:"符南华,咬文嚼字就没意思了。"

符南华深呼吸一口气:"那我先坦诚相见,你倒在血泊之后,我也阴沟里翻船,差点栽在那个破地方,姓齐的当时从那个泥腿子贱坯手底下救下了我……"

符南华突然察觉到蔡金简嘴角玩味的笑意,立即停下言语,改了口风:"他齐静春拦下陈平安后,跟我说了一番话,要我离开骊珠洞天,又随手赠予我一份不在法宝器物上的机缘。具体为何,就不与你说了。但是很奇怪,齐静春从头到尾,没有要我发誓将来放过陈平安,不找他的麻烦,或是用什么冤家宜解不宜结的劝我。"

蔡金简环顾四周,神情淡漠,最后望向符南华,微笑道:"对待救命恩人和一位圣人,你难道不该以姓氏加先生作为敬称吗?"

符南华扯了扯嘴角:"人都死了,还是被各路天上仙人联手镇压致死,儒教那座文庙选择袖手旁观,齐静春明显再无半点翻身的机会。圣人又如何? 先生又如何? 齐静春又如何?"

蔡金简一笑置之，感慨了一句题外话："我们云霞山的几个老祖的修道之地，都没有这座府邸来得灵气充沛。符南华，你们符家真是有钱。"

这座符家私邸，八根主要栋梁皆名"龙绕梁"，雕有缠绕于柱的真龙，真龙口衔宝珠，每一颗都是价值连城的先天灵器，使得这座宅邸汇聚大量灵气，宛如一座小型洞天福地，大大利于修行。

真正顶尖的仙家子弟，喝茶聊天是修行，睡觉打盹还是修行，这话一点水分都没有。无根浮萍的山野散修对此眼红嫉妒，合情合理。

符南华流露出一丝不耐烦，眯眼道："蔡金简，别给脸不要脸。我即将拥有一艘吞宝鲸渡船，我若是不收你云霞山的云根石，你们云霞山的山门收入就会骤减两成。就算你被那个老祖器重看好，可是你先赔了一袋子金精铜钱在前，如果再影响云霞山攫取暴利，你在云霞山还混得下去吗？"

蔡金简笑了起来："行了，符南华你就别威胁我了。老龙城符家到底如何有钱，我是不知道，可符家几千年来是如何做买卖的，我一清二楚。别说你拥有一艘吞宝鲸，就是你真当上了城主，也不会在这种祖宗规矩上动手脚。"

符南华叹息一声："你这么聪明，当初我们又曾在骊珠洞天共患难一场，为何不能合则两利？你我二人，不如以诚相交，彻底消弭那场祸事的后遗症？在这之后，我不但会争取城主之位，还能够帮你往上行走。试想一下，我只需要稍稍提高吞宝鲸收购云根石的价格，并对外放出风声，将功劳记在你蔡金简头上，云霞山岂敢怠慢你这位招财童子？何况你自身天赋就很好，又有押宝在你一人身上的恩师作为山门靠山，再有老龙城这么一个强力外援，云霞山山主之位，最迟百年，必然是你的囊中之物！"

说到最后，符南华情不自禁地站起身，言语激昂，气势勃发，如同一个指点江山的君主。蔡金简微微抬头，看着这个踌躇满志的少城主，眼神清澈，她并没有太多情绪起伏。

不是符南华说得不够真诚，所描绘的前景不够美妙，而是如今的蔡金简，跟当初那个负担山门重任、一肚子钩心斗角的蔡仙子相比，心境已经截然不同。人真正死过一次，仿佛从鬼门关一步步走回阳间，跟命悬一线却最终大难不死，还是不一样的。

那位在骊珠洞天担任教书先生的儒家圣人，以莫大神通救了她后，在那座学塾内，有过一场长辈与晚辈的对话，就像只是在闲聊人生。蔡金简当初肉身依旧重伤未愈，齐先生便将她的魂魄同身体剥离开来。学塾内，光阴如溪水潺潺流淌，先生向她询问了许多洞天之外的事情，都是很琐碎的小事，山下市井的粮米价格如何，书本刊印之术是不是更加简单便于流传，等等。蔡金简一开始还十分忐忑，到后来便放下心来，与齐先生一问一答。有些她答不上来，有些她可以回答，那位先生始终面带微笑。偶尔，蔡金简也会询问一些连她师父都束手无策的修行症结，先生便会三言两语地一一点透。

最后齐先生还向她推荐一些圣贤经典,说山上修行,修力当然不可或缺,神通术法,自然多多益善,能够由杂入精是更好,可修心一样很重要。读那些书上道理,未必是要她去做圣人,人之心境即心田,需要有源头活水来,庄稼才能繁茂丰收,修道才算是真正修长生……

离开骊珠洞天后,蔡金简还是那个志向高远的蔡金简,可她不再是那个觉得修行只为修行的云霞山仙子。

在临行之前,蔡金简壮起胆子,询问先生为何愿意救下自己这种人。

那位齐先生坦诚笑言:"救你,不合此方天地规矩,却合我齐静春的道理。"

蔡金简又问,先生为何愿意教自己这种人圣贤道理。

先生正色肃穆而答:"传道授业,能解一惑是一惑;书上正理,能说一理是一理。"

蔡金简回到云霞山,哪怕已无修行上的困惑,仍是不再急于攀升境界,只是将齐先生推荐的书籍看了一遍,将那些先生的话语想了一遍又一遍。外人觉得她是荒废修行,蔡金简自己知道不是。

后来她听师父私底下说,那位齐先生死了,在宝瓶洲北方版图的上空,一人迎战数位天上仙人,最终灰飞烟灭,世间再无齐静春。

蔡金简没有悲痛欲绝,只是觉得有些失落。在那之后,她就开始放下书本重新修行,很快就成功破开一境,并且故意压制境界,免得太过惊世骇俗。这才有了她这次拜访老龙城的露面机会。

种种福祸相依,一切源于那场泥瓶巷的狭路相逢。归根结底,在于当初在修行路上误入歧途的自己,祸害惨了那个少年。

很明显,那位先生对少年的态度,不像是一位圣人在俯瞰苍生,一切以规矩作准,而像是长辈在维护晚辈,甚至他可以为了少年不理睬规矩。

自己若是死在小巷之中,可能所谓的天道反扑大势,和佛家的因果报应,就会落在那个少年头上。

在那之后,齐先生为自己传道解惑,则很纯粹,大概是觉得她还有救,所以那位先生愿意教。

蔡金简想明白了许多以前想都不会去想的事情,心境通透,扫去遍地尘埃,而且云霞山最重观想,所以才能破境迅猛。

身处老龙城未来城主的龙兴府邸,蔡金简没有挥袖离去,她突然会心笑道:"符南华,我们第一次结盟,结局惨淡,今天第二次结盟,你我再大赌一场。我赌你能够穿上老龙袍,你赌我能够当上云霞山山主,如何?我现在就可以承诺,只要我手握云霞山大权,所有云根石,不再分卖给老龙城其余五大姓,全部给你符家!在这之前,我也会通过师父,尽量提高卖给你的份额。"

符南华有点措手不及,怀疑其中是否有诈,或是另有玄机,一时间反而没有先前那么胸有成竹。他在骊珠洞天的境遇,虽然没有成为修行路上的魔障心结,但是不梳理清楚脉络,赶紧下定决心如何处置那个泥瓶巷的泥腿子少年,符南华心里头就很不痛快。

蔡金简已经站起身,来到一根龙绕梁附近,饶有兴致地欣赏起那颗雪白宝珠。符南华最后也没有答应或是拒绝蔡金简,只说让她稍等几天。

在蔡金简离开这座私邸之后,符南华摘下那枚对老龙城来说意义非凡的玉佩,握在手心,在大堂上转圈踱步,权衡利弊。

一名身穿龙袍的高大男子,凭空出现在大堂中,他站在龙绕梁旁,仰头端详着那颗巨龙所衔宝珠,似乎想要通过云霞山蔡金简的视线,看到更深远的地方。

他来得无声无息,以至符南华根本没有察觉,等到符南华意识到的时候,龙袍男人收回视线,望向这个嫡子,问道:"为什么不答应她?"

符南华回答道:"总觉得心意难平。"

龙袍男人正是老龙城城主符畦,他随口道:"很简单,要么杀了陈平安,强行压下心湖涟漪,以修力之法,竭力斩断一位儒家圣人带给你的全部影响。要么顺势而为,在别处是越往高处走,修道瑕疵越大,可在老龙城符家,这些难以抹去的小结本就是结成心湖珍珠的秘法之一。"

符畦讥笑道:"就这么点难题,你也需要如此纠结?看来我身上这件老龙袍,你这辈子是不打算穿了?"

符南华大汗淋漓。

符畦摇摇头:"一个死人,一个少年,就让你如此不痛快,我符畦生了一个好儿子。"

符南华脸色惨白。

符畦扯了扯嘴角:"那你知不知道,我早年身穿老龙袍,为了'符家'二字,跪在地上向人苦苦哀求,把额头白骨都磕了出来,如今我还有无心结?"

符南华头脑一片空白,默然流泪却浑然不知。

符畦嗤笑一声,消失不见。

如果有人能够过了倒悬山那道奇妙禁制,成功进入两座天地的接壤处,便会感慨此处大有奇观———堵高墙,高耸入云,亘古不变地屹立于天地间。高墙以南,就是这座天下的真正主人。高墙以北,是一座无墙之城。

最早一拨扎根于此的剑仙曾言,若是被妖族翻过剑气长城,天底下还有什么城墙可言?在那之后,城池外围就没有哪怕一块砖头。

十数万剑修,与世隔绝,世世代代居住于此,除了极少数人能够去往倒悬山,几乎所有人都恪守祖训,一辈子不曾去往那个浩然天下。在此生,在此死,以战死于剑气长城外为荣,以老死于剑气长城内为耻。

有些事情,此地异于浩然天下,但是有些事情,还是有些在所难免的相似,比如这座没有名字的无墙大城,也有一些个根深蒂固的大家族。但是这里的大家族不同于外边那些,外面那些需要苦口婆心地对子孙说什么居安思危,在这里,根本没有必要,因为哪怕是嫡子,甚至是一根独苗的嫡子,都需要在十二岁之时担负起"送剑"的职责,最晚十六岁去往城头向南方出剑,最迟三十岁需要离开城头,去往南方斩杀妖族。在这里,几乎所有女子,都希望嫁给剑术比自己高的男子,若是男子战死,她便随后,子女再后。

世间任何一首脍炙人口的边塞诗歌,都无法描绘此处的战事。

若是有外人流露出悲壮惨烈之意,他们反而会嗤之以鼻,这种事情,有何了不起的?

第二场浩大战事暂告一段落,剑气长城北边的这座城池,再一次恢复宁静。

城内也有小桥流水庭院深深,有高门府邸石狮坐镇,有高楼翘檐剑铺林立,更有一栋栋简陋茅舍祖孙同堂。

在一间街旁酒肆,有六人围桌而坐,一名眉如狭刀的英气少女与一名神色木讷的独臂少女坐在一条长凳上,后者身材矮小纤细,但是却背负着一把令人咋舌的大剑。

一个年纪最长的及冠男子,模样俊朗,但是一身剑气凝聚犹如实质,腰间佩剑隐约散发出一股浩然气。

一个笑眯眯小口抿酒的胖少年,盘腿坐在长凳上。屁股很大,凳面很窄,所以他坐着其实不太舒服,经常要扭来扭去。放在双腿上的那把剑,虽在鞘中,但是紫电萦绕,滋滋作响,有些电光炸裂开来,溅射到肚子上,胖少年就会立即打个寒战,倒抽一口冷气。

胖少年旁边坐着一个肤如黑炭、满脸疤痕的丑陋少年,他所悬佩之剑,名字却很旖旎脂粉,名为红妆。

丑陋少年对面坐着一个容颜俊美的少年,他的左右腰间各悬佩一剑,只是一剑无鞘,剑身古朴篆文为"云纹"二字。

这六人,在第一场战役中就并肩作战,只是那一次,他们少了一个名叫蛐蛐的朋友。

这一次,运气要好一些,六人虽人人负伤,却并无人战死,不过他们这支队伍的两名底蕴深厚的十境剑修,却没能活着回到剑气长城,没能走下城头返回家中。

胖少年喜欢喝酒,更喜欢劝酒。

姓董的俊美少年,好像最喜欢骂那个满脸伤疤的丑陋少年。

独臂少女喜欢偶尔看一眼那名及冠男子。

英气少女则喜欢独自喝酒,独自发呆,但是哪怕她怔怔出神的时候,也绝无半点柔弱之感,一样不减英武神气。

之后有两名年龄约莫十八九岁的女子赶来,其中一人坐在丑陋少年身旁,三人挤在一条长凳上,害得胖少年的大屁股三面悬空,很是遭罪。董姓少年不敢再骂丑陋少年了,畏畏缩缩,好像很怕对面那个和和气气的圆脸姐姐。

另外一名下巴尖尖的秀气少女,毫不犹豫地坐在俊美少年身旁,让后者忍不住直翻白眼,心想你一个长得还没我好看的小娘们,也好意思想着跟我成亲滚被窝?

那个及冠男子,历练结束后马上要返回中土神洲的儒家学宫,到时候就会由贤人成为君子。他摘下那把浩然气,放在桌上,说这是阿良送给剑气长城剑修的,不是送给他的,所以必须留下。

胖少年笑逐颜开,他垂涎那把剑可不是一天两天了,他拼命点头,连声称赞儒家学宫男子讲义气懂规矩,如果以后再来,他一定双手双脚一起欢迎。

木讷独臂少女破天荒开口,说他两次死战,斩杀了那么多中五境妖族,可以带走浩然气。

俊美少年对此根本无所谓,左右张望,看看路上有没有熟人能够帮他结账付钱。

丑陋少年只顾着闷头喝酒,圆脸女子是他的姐姐,便劝他少喝一点,丑陋少年置若罔闻,女子神色便有些无奈。

英气少女一锤定音:"拿走。"

所有人便都没了异议。

俊美少年突然皱了皱眉,嘀咕道:"怎么走哪儿都能碰上烂狗屎。"

街道上走来一行人,多是二十来岁的年轻子弟,人人剑意浑厚,杀气十足。其中为首一人姓齐,背负一鞘双剑,身材高大,气势凌人。

他率先走出队伍,来到酒肆旁边,直勾勾望向那名英气少女,尽量不让自己显得咄咄逼人,语气和缓地笑问道:"宁姚,你家的那块斩龙台,到底卖不卖?价钱好商量,我家肯定不会坑你的。再说了,我爹娘与你爹娘什么交情,你比谁都清楚,如果不是我爷爷阻拦,当年咱们还差点成了娃娃亲,对吧?"

英气少女头也不抬:"滚。"

姓齐的男子也不恼火,揉揉下巴,转身就走,干脆利落。

队伍中有人愤愤不平,嗓音不大,阴阳怪气道:"有的人就是福气好,爹娘都是大剑仙,可真厉害,厉害到了差点害我们输掉整座剑气长城,啧啧啧。"

英气少女无动于衷,但是酒桌上,所有人都猛然起身,便是那名来此历练的学宫贤人,都握住了那把浩然气。

胖少年咧着嘴,露出森森白牙:"哟呵,你方才说了啥?大爷我没听清楚,再说一遍?"

俊美少年直接破口大骂:"小崽儿,我干你祖宗十八代!"

他瞥了眼对面的黑炭:"咋说?谁先来?"

丑陋少年最直接,肩膀一抖,挣脱姐姐的束缚,提剑前行。

姓齐的年轻男子伸出一条手臂,示意身后众人不要说话,然后踏出一步,笑问道:"董黑炭,你真要打架?"

丑陋少年面无表情,只是前行,双手已经按住左右两侧的剑柄,一把经书,一把云纹,都是阿良从一个叫东宝瓶洲大骊王朝的地方随手丢过来的。

如今阿良走了,救过自己三次的宁姐姐的爹娘都不在了,那么他董画符在这种时候,不做点什么,就不配姓董。

圆脸女子微笑道:"别杀人就行,我可以帮你摆平爷爷那边。"

这句话一说出口,便是那名姓齐的年轻男子都觉得有些棘手。

一阵手指敲击桌面的声响突然响起。黑炭少年转头望去,宁姚淡然道:"黑炭,回来喝酒。"

少年闷闷转身,坐回原位。圆脸女子摸了摸他的脑袋,本就心情烦躁的少年立即怒目相视,他姐姐做了个娇憨鬼脸,看得俊美少年目不转睛。

双方这才没有大打出手。

姓齐的年轻剑修领着同伴远去,走出很长一段路之后,才对那个出声挑衅的年轻人说道:"近期不要出门,或者直接去我家待着。"

那人嗯了一声,没有任何犹豫,内心忐忑不安。

宁姚在所有人重新坐回位置后,叹了口气:"你们多大人了,还这么孩子气。再说了,这种我家的家事,你们外人掺和什么,我自己记住就行了。"

一大桌子人沉默无言。

她记起一事,扯了扯嘴角,冷笑道:"听说那个家伙给道老二一拳打回了浩然天下。"

当宁姚说起这个人时,几乎所有人都有了笑意,当然那名学宫君子是苦笑。

胖少年最出神,不知是想到了伤心处还是开心事,狠狠灌了一口酒。

在他第一次走上城头杀敌之后,胖少年满脸期待地看着那个不修边幅的汉子,问道:"阿良阿良,我那一剑如何?是不是有你一半的风采了?"

汉子只是喝着酒,哦哦呀呀随口敷衍。

"阿良!你倒是给句话啊,好话坏话,都中!"

"好吧,你那一通剑术……很妖娆。"

"啥个意思吗?"

"我的意思啊,就是说你一通乱剑猛如虎,结果打死了一只老鼠。"

一身血迹的少年泫然欲泣，可怜巴巴的，觉得天崩地裂，自己可能这辈子都没啥大出息了。

那个男人把酒葫芦抛给他，笑道："我像你这么大的时候，还不如你。"

小胖墩顿时挺起胸膛，那是他第一次喝酒，真他娘的难喝。

俊美少年一手托住腮帮，一口咬住酒杯，轻轻一仰头就能喝一口酒。这个动作，当初就是跟那个家伙学的，太帅气了。

"阿良，听说你去过竹海洞天，那个竹夫人，到底漂亮不？"

"漂亮啊，两条腿长极了。"

"我问脸蛋呢，腿长不长，有啥意思？"

少年的脑袋被吊儿郎当喝着酒的汉子一把推开："咱俩没的聊。"

便是那名圆脸女子，始终没有喝酒，脸上都有些醉醺醺的笑意。

她曾经胆气十足地站在那个男人身前，问道："阿良，想家不？"

"想啊。"

"想下次回家带个媳妇回去不？"

"也想啊。"

"阿良阿良，带我，带我呗？"

男人一脸笑容和惊讶："哎哟喂，不承想我阿良闯荡江湖多年，从未遇上对手，今儿给一个青葱少女撞了一下老腰……"

少女的弟弟小黑炭当时还挂着鼻涕虫，蹲在一旁，扭过头呸了一声。

男人将酒葫芦递给少女，摸了摸她的脑袋："做我的媳妇就算了，我阿良一个江湖浪荡子，不坑害好姑娘。"

少女接过了酒壶，却没敢喝。

男人哈哈大笑道："偷偷喝几口，没事。喝我的酒，你家老祖宗管得再严，也不会骂你，只会骂我阿良。"

在懵懂少女喝酒的时候，男人脚尖一点，站在剑气长城的城头上眺望远方，双手从额头往脑勺捋过头发，感慨道："酒能红双颊，愁能雪满头呀。小丫头，以后找男人，一定要找我这般学富五车能够吟诗作赋的……当然，我是说找像我的，而不是我。"

小黑炭突然嚷嚷道："阿良，我要拉屎！我要去南边拉屎，快点，憋不住啦！"

男人赶紧跳下墙头，骂骂咧咧抱住这个小王八蛋，一掠如长虹，去往南方。

至于南边是不是有危险，会不会有大妖隐藏于附近，男人当然不在乎。那个圆脸少女也不在乎，因为他是阿良。

在这个天下，没有阿良一人一剑去不了的地方。

结果小兔崽子到底还是没憋住，拉得满裤裆全是，男人一边蹲在水潭旁清洗裤衩，一边看着那个光屁股乱跑的王八蛋,低声笑道:"我不过是当年拒绝了你娘亲七八回而已,今儿到底还是遭了报应,比你亲爹还要像爹了……"

最后,这个男人走了,没了剑的男人,刻下了一个"猛"字后,戴着斗笠离开了剑气长城。

那一天,剑气长城后边的城池中,不知有多少妇人喝着酒,她们的男人,也喝着更愁的闷酒。

随后,悬佩一把竹刀的汉子,找到了齐静春选择相信的少年,对他说,我叫阿良,善良的良,我是一名剑客。

他俩熟悉了之后,男人对那个浩然天下的泥瓶巷少年笑着说,你知不知道,天底下喜欢我阿良的女子,茫茫多。

少年只当他在吹牛。

酒桌散去,朋友分别,宁姚独自回家。

一路上有很多人指指点点,有怜悯,有讥讽,有叹息,有仰慕。

宁姚回到家中,她的家仍是这座城池最大的府邸之一,依然有许多家族剑修,可是少了一些人。

她走到那座试剑场,然后躺在那块大如茅屋的斩龙台上,开始眯眼打盹。

一封信上说,有个笨蛋要来送剑给她,怎么还没到呢?

少女有些生气。

第八章
传道人传道

　　果然在天黑前,陈平安就得到了灰尘药铺的确切消息,除了内城地址,还有药铺掌柜姓郑,铺子是老龙城五大姓之一范家的祖业,郑掌柜是北方大骊口音,表面上举止粗鄙,喜好美色,每天守着小巷铺子混吃等死,实则此人曾经两次进入范府,范家对其十分重视,他极有可能是范家嫡孙范高水的武道明师。至于此人的肖像,还要明天才能拿到。

　　陈平安神色古怪,根本不用花心思猜,这肯定就是家乡小镇的看门人郑大风。至于范家如此礼重郑大风,陈平安并不觉得意外,一个经常要过手袋袋金精铜钱的汉子,哪怕瞧着再不正经,真实身份肯定不简单,否则杨老头也不会让他帮助自己去除真气八两符。

　　除此之外,孙嘉树也让人拿来了山海龟和桂花岛两艘渡船的详细档案,说是让陈平安多了解一下途经航道的内幕,跨洲航行数百万里,风云难测,不是小事。其中夹杂着一封孙嘉树仓促写就的亲笔信,大致意思就是:这趟去往倒悬山,你陈平安坐我孙家的渡船,但是桂花岛渡船相较山海龟的优劣,我也都与你说清楚。

　　这看似是一件多此一举的事情,而且容易画蛇添足,但是陈平安看完信后,略作思量,便有些佩服孙嘉树的经商之道。自己若是商贾,也愿意与这样的孙家合作。

　　只不过陈平安有一点想岔了,那就是做生意很一根筋的老龙城孙家,靠着祖祖代代积攒下来的口碑,从来是他们挑选别人,而不是别人挑选他们,哪怕对方的财势再惊人,也不行。

孙家的奇怪家规,就跟苻家的奇人怪胎,一样多。

破四境,找药铺,挑渡船,接连了却三桩大小心事的陈平安享用了晚餐。中午那道海味硬菜,换成了山珍河鲜的煲汤,陈平安这下子吃得很欢实,下筷如飞,难得吃了一次十分饱。饭后陈平安沿着河岸散步,夕阳西下,风景宜人,陈平安觉得这里是自己的一块福地,以后若是有机会一定会再来。

陈平安突然有了钓鱼的兴致,跑回孙氏祖宅,跟一个老管家询问有无鱼竿,以及最近鱼情如何,河中有无大物,是否需要打窝。对此熟门熟路的老人笑着一一解释过去,然后亲自帮着陈平安准备妥当,两人一起去往河边钓鱼点。老管家听说陈平安要夜钓到很晚,本想帮着这位贵客搭建临水帐篷,陈平安对于衣食住行从来没有什么要求,自然不愿点头答应,老人也不强求,缓缓离去。

陈平安不急于抛竿,一开始在河边来来回回练习走桩,一个时辰后,又在河边立了一个时辰的立桩,这才开始夜钓。陈平安闭上眼睛,随手抛竿,鱼饵叮咚一声入水。

清风吹拂油菜花,花蕊颤颤巍巍。河水缓缓流向远方,河面可见的涟漪,河底无形的水脉。细如发丝的那根鱼线,被轻轻扯动,时而绷直时而松散。

陈平安坐着纹丝不动,任由小鱼啄碎鱼饵,再无大鱼上钩,就这么枯坐到天亮。

陈平安心有感应,转头遥望东方,在他缓缓睁开眼睛的那一刻,看到了这辈子从未见过的绚烂一幕。

圣人有云,朝霞者,日始欲出赤黄气也。在肉眼凡胎看来,朝霞本该只是艳红而已,可是陈平安却从绚烂朝霞之中,看到一条条金黄色的气流,婉若游龙,在火红云海之中缓缓游弋。

陈平安始终仰头凝视着万丈朝霞和金黄之气,不知是不是错觉,他好像察觉到云霞滚滚而落,之后他心神微震,刹那之间,又有十数条金色游龙汹涌蹿出,从天而降,向他直扑而来,气势汹汹,似乎要碾压人间这个胆敢与它们对视的窥探之人。

那些蛟龙来势极快,陈平安松开鱼竿,猛然起身,一身拳意不由自主地汹涌而出,布满外在身躯和内里气府。面对蛟龙的挑衅,陈平安只觉得如同面对落魄山竹楼老人,天大地大,唯有拳法最大,他一定要出这拳!

十数条并无实质身躯的金色蛟龙,直直地向陈平安扑压而来。

陈平安二话不说就是一个云蒸大泽式的起手拳架,两脚先后踩踏河边大地,劲道直透地底一丈有余。地面咚咚作响,连绵不绝,如春雷在地面滚动。靠近河岸的水面,同时扬起了阵阵浪花,向对岸激荡而去。

初一和十五都悄然掠出了养剑葫芦,但是各自懒洋洋地趴在葫芦口子上,好像在看热闹,并未将那些朝霞中飞掠而下的金色蛟龙视为敌人。

陈平安心神沉浸于拳意之中,并不知道自己造就的这番惊人异象,只是单纯觉得既然已经跻身四境,出拳就应该更快。之前夜钓,他始终在适应眼中所看到的崭新世界,以及稳固一扇扇气府大门和平稳体内那道兴风作浪的气机,一直没有机会递拳验证。

"给我回去!"陈平安向高空为首蛟龙递出一拳,拳罡大振,以至于袖满拳意,鼓鼓荡荡,猎猎作响。

砰的一声巨响,河水剧烈翻涌,油菜花哗啦啦歪斜了一大片。那条井口粗细的金色蛟龙,明明虚无缥缈,并无肉身,却给磅礴拳意一拳击中头颅,倒飞十数丈。

之后一阵密集巨响,十数条金色蛟龙悉数被陈平安以云蒸大泽式打回天空。它们盘旋不去,低头望向陈平安,陈平安又换了一个气焰骇人的古朴拳架,它们的眼神中既有费解,也有幽怨,只得摇头摆尾,齐齐返回朝霞云海之中。陈平安愣了一下,再望去,已经没有金色气机的流转,东边的朝霞似乎总算恢复正常。

陈平安收起拳架,有些心满意足,咧嘴而笑。这一拳拳打得真是够快够猛,不愧是武道第四境,每次出拳都像是没了天地束缚,再无拖泥带水的感觉,确实痛快!

养剑葫芦的口子上,初一和十五面面相觑,十五似乎羞于见人,滑入养剑葫芦。脾气相对暴躁的初一在错愕呆滞之后,咻一下飞掠而起,虽然无法造成实质性伤害,它还是一次次徒劳无功地刺穿陈平安身体,像是在发泄怒火。本命飞剑之于剑修主人,在窍为虚,出府为实,这是天经地义的规矩,故而飞剑进出于养育它的窍穴,绝不会伤害到剑修本人。如今初一和十五两把本命飞剑,与陈平安的关系,并非主仆关系,谈不上性命攸关,生死共存,更像是房客与房东,陈平安是它们的半个主人。

陈平安一头雾水,不管初一的胡闹,直挠头:"咋了?难道是我的第四境太弱,让你们觉得丢人现眼?"

先前朝霞出现金色蛟龙的天地异象,之后蛟龙直扑孙氏祖宅,三金丹境、一元婴境,总计四个孙家供奉,不得不郑重其事,很快聚在祖宅一栋小藏书楼内。如今四人终于没了有关少年是练气士还是武夫的争执,但是又多出了新的分歧。

引发此等奇异景象,只有两种可能,一种是练气士成就金丹境,从此逍遥天地间,所以引来天地感应,在丹室之中结成的金丹境的品相如何,全看天地景象的动静大小。一种是纯粹武夫的三境破四境、六境破七境,前者引发异象的机会很小,堪称渺茫,后者则是常态。一旦异象被吸引而来,按照武道俗语,这叫借他山之石攻玉,比泥菩萨过江更难得,往往可以借机淬炼体魄神魂,是一桩莫大的机遇福缘,必须珍惜再珍惜。

看那少年一览无余的拳法真意浑厚无匹,绝不可能是练气士了,必然是纯粹武夫。可陈平安到底是第四境,还是第七境,四人又有了争执。这次三人坚信他是第七境,所以家主孙嘉树才愿意请人来到孙氏祖宅,结下一份香火情,而且三境破四境,如何都引不来这份云龙降落的巍峨气象,只有一人坚信少年只是刚刚跻身第四境。

突然那名樵夫苦笑道："先别争这个几境了,咱们不是应该扼腕痛惜,那个少年的不可理喻,错失良机吗？"

三人幡然醒悟,俱是喟叹。

少年观景,引来异象,是为玄之又玄的天人感应。世间纯粹武夫朝思暮想的大机缘,就这样给少年一通王八拳给打了回去……

四人都觉得匪夷所思,如此惊艳的武学天才,难道传道恩师就没有跟他讲过这种最粗浅的事宜？三破境四境或是六境破七境,会有一场天人感应,能够帮忙稳固境界,必须好好抓住……

四人打破脑袋都不会想到,传授少年拳法的竹楼老人,曾经走到过武道十境巅峰,他根本不觉得这种事情,是什么机缘,一样属于无益于拳法根本的外物,连食之无味、弃之可惜的鸡肋都不如！陈平安学他的拳法,就不该走此捷径。若是光脚老人看到此情此景,一定会开怀大笑,觉得少年做得好,这才是"陈十一"会做的"蠢事"。

在孙嘉树中午回到祖宅之后,见到陈平安之前,一名孙氏老祖私底下对现任家主笑着打趣道："你请了一位神仙来做客。"

孙嘉树好奇询问,在此隐居三百余年的老祖便将那场风波说出,孙嘉树一掌拍在额头,无奈道："真神仙也。"

陈平安和孙嘉树一起吃饭的时候,他发现孙嘉树的眼神有些古怪,有点类似自己早些时候看刘灞桥的眼神。陈平安误以为是早上那次拳打游龙,给孙氏祖宅带来了麻烦,问道："怎么了？是我早上出拳,惊动了老龙城符家？给他们发现了蛛丝马迹？"

孙嘉树笑着摇头道："老龙城练气士和武夫宗师千千万万,奇怪的事多了去了。涉及孙氏祖宅,怪事就不显得奇怪,而且别人不太敢无礼地窥探此地,所以你这次出拳,没有什么问题……"

说到这里,孙嘉树觉得自己有点违心,也替陈平安感到心疼。到底要不要告诉少年真相？孙嘉树纠结了半天,最后还是将真相告诉了全然不知错过了什么的陈平安。

陈平安听完之后,默默喝着酒,试探性地问道："明儿我再去瞅瞅朝霞,还能再看到那些金色蛟龙吗？"

孙嘉树被气笑了："你觉得呢?!"

陈平安叹了口气,喝了一大口酒,感慨道："吃了读书少的亏啊。"

孙嘉树看着陈平安,开玩笑道："怎么？想着今晚再去河边钓鱼,然后等着明大日出？"

陈平安惊讶道："孙嘉树,你难道看得到人心？"

孙嘉树哭笑不得,摆手道："我可没这份能耐,不过听说咱们商家的老祖宗,还真有。"

之后陈平安又带着鱼竿去了河边,孙嘉树跟在旁边提鱼篓,路上跟陈平安说了灰尘药铺的事情。陈平安说,自己已经破了四境,去不去灰尘药铺没那么重要了,但是他还是想要去见一见那个熟人。孙嘉树自然并无不可,说明天就可以动身,他无法随行,但是会让家族中一名金丹境供奉充作扈从。

孙嘉树作为一家之主,手头有办不完的事情,自然不可能陪着陈平安枯坐河边,他孙家要钓的鱼,都很大。

孙嘉树很快就走回祖宅处理家族事务。他坐在桌后,摊开一摞摞账本,身前摆着一把古色古香的老算盘。算盘瞧着并不出奇,真正出奇之处,在于算盘四周蹲着数个拇指大小的金色小人。这些小人与传说中的银虫一脉相承,诞生于金库,身后长有翼翅,金光灿灿,没事的时候就喜欢滚来滚去嬉戏打闹。当孙嘉树心中快速默念数字之时,就会有金色小人飞掠到算盘珠子上,迅速推动算珠。

祖传算盘和金色童子都不是俗物,不过书房其余物件都很朴素平常,就连桌上那盏油灯也是如此,需要孙嘉树偶尔添加香油。孙家自古就有祖训:该省则省,一文铜钱,即是家族根本;该花则花,一掷千金,根本无须眨眼。

在起身添油间隙,孙嘉树就会来到窗口眺望河水,小憩片刻。身为中五境练气士的他,在一次远望天色后,突然以心声传告除自家老祖之外的祖宅供奉:“小赌怡情,三位敢不敢与我赌一把?我输了,就拿出一枚小暑钱;若是三位输了,就再为孙氏祖宅看顾百年?当然,每年孙家该给的俸禄照旧。”

那名樵夫笑道:“孙嘉树,这谁敢赌?太不公平了。”

孙嘉树笑道:“我是要赌这个少年此次守夜,还能等来天地异象,如此一来,你们赌不赌?”

“赌!”三个老神仙异口同声,笑声爽朗。

输了不过是三枚小暑钱;赢了,孙家未来百年就多出三个金丹境。如果运气好,三人之中,甚至会出现一名元婴境的修士大佬。

想必那三人也知道其中关节,只是三人都不觉得孙嘉树会赢而已。其实一枚小暑钱,对于三人来说微不足道,他们只是想亲自赌赢一回老龙城小财神罢了。

过了一段时间,孙嘉树笑着从袖中掏出三枚小暑钱,依次排开放在窗台上,自嘲道:“突然发现,三位可以拿走小暑钱了。”

三人也不客气,纷纷运用神通,三枚小暑钱凭空消失。最后取走那枚小暑钱的老人,却是三人之中修为最高、最有望跻身元婴境的练气士。

孙嘉树微笑不语,不再返回座位,站在窗口,安静等待陈平安从立桩中睁眼抬头的那一刻。那些价值连城的金色童子同样翘首以盼,小家伙们都有些疑惑,为何这个主人今天如此不爱挣钱了。

东方天空，先是银灰色，继而鱼肚白，最后朝霞万里，红灿灿耀眼，照彻老龙城。天地安宁，东海旭日缓缓升起，云聚云散，并无半点异样。

输了三枚小暑钱的孙嘉树笑了笑，不以为意。三个老神仙显然心情舒畅，纷纷调侃孙嘉树。

那个孙氏老祖来到书房，大手一挥，暂时隔绝书房与外方天地的联系，笑着安慰道："如何？服气了吧？你爷爷早就说过，孙家的偏门财运，早就给你的那门神通消耗殆尽了，你啊，就老老实实挣辛苦钱吧。"

孙嘉树唉声叹气，突然想起一事，一边走向屋门，一边笑道："我去跟祖宅灶房的老宋说一声，今天早餐，做得平常一些，不要再挥霍那些山珍海味了，反正陈平安那小子也吃不出好坏，说不定他还更喜欢寻常的咸菜馒头，我就不抛媚眼给瞎子看了，省钱省钱！"

孙氏老祖笑着点头，望向老算盘上的那些个金色小人儿。老人有些自傲，符家是比孙家有钱，可要说这些品相最高的招财童子，符家也就只有一对孪生童子而已，孙家却有四个之多，其余老龙城四大姓，也就是范家从一个大王朝的亡国皇帝手中，侥幸购买了一个。

早餐时，陈平安狼吞虎咽地享用那些米粥、馒头和咸菜，果然比起先前胃口要好很多。孙嘉树坐在桌对面，细嚼慢咽，胃口比起往日也要好上一些。喝酒，遇上爱喝酒的，吃饭，碰到对胃口的，确实更容易酒足饭饱。

之后陈平安返回河边真正钓起了鱼，斩获颇丰，老龙城俗称"白条"的河鱼装了半鱼篓，其余半篓，是黄辣丁、趴地虎等杂鱼。

中午吃过一顿鱼宴，孙嘉树让陈平安覆上一张易容面皮，叮嘱了一番，然后让陈平安跟随那个元婴境老祖来到祖宅外边的一口池塘。孙氏老祖拂袖之后，池水如镜，里边出现一间屋子的景象。老人示意陈平安只管走上池塘水面，收起养剑葫芦，只背负剑匣的陈平安，毫不犹豫地一脚踏出。他并未坠入池塘之中，而是踩在了镜面之上，脚底下的涟漪荡漾开来。陈平安走出数步之后，身形骤然消失，如同走入了镜面之内。下一刻，陈平安在屋内一步跨出，左右张望，四周正是通过水面所见的画面。

在孙氏祖宅那边，老人看着尚未平息的水面涟漪，对孙嘉树啧啧称奇道："这名大骊少年，好稳的神魂，好重的骨气，难怪会被刘灞桥当作朋友。"

孙嘉树笑着摇头道："刘灞桥并不是因此而将陈平安视为朋友的。"

老人询问孙嘉树："那你呢？"

孙嘉树想了想，坦言道："到底不是相逢于患难，不如刘灞桥和陈平安。"

镜面那边，位于老龙城内城，早有人恭候于屋外，正是那名孙家金丹境神仙。他领着陈平安从侧面走出一个广袤庭院，坐上一辆久候多时的马车。气势内敛、返璞归真的金丹境老神仙，亲自担任马夫。马车最终停在一条巷子的口子上，巷口有一棵年岁不大的槐树,树底下有个一边嗑瓜子一边翻书的汉子。

陈平安下车后,与那名汉子对视。汉子默不作声端起板凳,先行一步走入巷子,孙家老人停车在路旁,并未跟随,开始闭目养神。

到了药铺,郑大风将板凳放在门口,让陈平安坐着,又去拎了一条板凳过来。一时间门槛那边人头攒动,都是过来凑热闹的女子,只可惜陈平安戴了一张其貌不扬的面皮,她们很快就没了兴趣,纷纷走回店铺懒散消磨时光。

郑大风笑眯眯问道:"既然自己打散了真气八两符,为何还要冒险来到这里?如果我没有记错,你跟少城主苻南华结下了深仇大恨,就不怕露馅?到时候孙家可以把自己摘干净,你难道以为我会出手救你?"

陈平安问了三个问题:"当年是谁告诉我爹本命瓷的事情?是谁害死我爹?这些跟杨老头有没有关系?"

郑大风脸色平淡,笑着反问道:"如果跟老头子有关系,你觉得我会告诉你吗?"

陈平安默不作声。

郑大风用那本书扇动清风:"不管你信不信,这件事情,老头子没掺和其中。但是我可以明白无误地告诉你,老头子当时肯定看到了,只是大概觉得没意义,不值得,就懒得插手。你要是因此怨恨老头子,我不拦着你。"

陈平安摇摇头,苦笑道:"我怨恨这个做什么?杨老头什么性格,我很清楚,从不会欠人,也不让人欠他,做什么都是公平买卖。"

郑大风点点头,转头望向陈平安,咧嘴道:"你能这么想是最好,省得我拼了事后被老头子打死骂死,也要一拳打烂你的头颅。"

陈平安貌似无动于衷,又或者像是早就猜到了小镇看门人的脾性。

郑大风扇着风,继续说道:"当初那些孩子当中,且不提各自的传承和阵营,我最看好杏花巷马苦玄和福禄街赵繇,以及泥瓶巷宋集薪。我师兄李二,也就是李柳、李槐他们的爹,被猪油蒙了心,最喜欢你。后来你离开骊珠洞天的种种际遇,我大致上有所了解,才发现我既看错了你,也看错了师兄,以前我觉得你们俩都是缺心眼的傻子,如今才发现是我郑大风眼瞎。"郑大风其实想说,其实他李二和你陈平安,才是绝顶聪明的人。

陈平安问道:"杨老头那边,我不敢问这些,而且我知道问了也是白问。你这边,我觉得可以问问看。"

郑大风笑问道:"怎么,觉得有一个金丹境练气士护着你,就不用担心自己的安危?"

陈平安莫名其妙指了指天上:"杨老头可以权衡利弊,说不定我问到了要害,他会一巴掌拍死我,但是你郑大风应该不敢。如果我猜错了,我也不一定是必死无疑,而且你付出的代价,不会很小。"

陈平安其实是想说郑大风这个人也是生意人,但是直觉告诉他,这个邋遢汉子的眼界和身份,远远不如杨老头。

不过当陈平安真正开口询问这些在他心底憋了整整十年的问题时,还是感到浓重的不安。不过他跻身第四境之后,已经能够控制心境,做做样子,假装云淡风轻,还是不难的。而且在郑大风进铺子拎板凳的时候,陈平安就已经从包裹里拿出了养剑葫芦,开始喝酒。

自己的第四境如果不够看,还有初一和十五,还有那个孙家的金丹境练气士。

郑大风看着神色肃穆的少年,叹了口气,将那本让他差点磨破嘴皮子、好不容易再次跟少女借阅的书籍卷成一团,轻轻捶打膝盖,懒洋洋道:"你这小子越来越惹人厌了。行了,不用提心吊胆了,偷偷绷着个心弦,我都替你累得慌。放心,我不会杀你,如今杨老头对你挺器重,何况我郑大风也不至于你问了几个问题,就对你打打杀杀,我格局再小,也没小到这个份上。但是那两个问题,我不会回答,你有本事自己去顺藤摸瓜……"

说到这里,郑大风笑问道:"你怎么不直接问齐静春?"

陈平安果然轻松许多,他将身后剑匣轻轻靠着墙壁,仰头喝了一口酒,说了一句让郑大风越发疑惑的话:"我怕齐先生会失望。"

郑大风转头嚷嚷了一声:"梅儿,端两碟瓜子花生出来待客!"

一名体态丰腴的妇人,笑着端出那两碟零嘴吃食。当妇人弯腰递给他碟子的时候,郑大风故作惊吓道:"山峰压我顶,好凶的气势啊。"

妇人将两只碟子往郑大风手上一摔,赶紧起身,踩了男人一脚,笑脸妩媚道:"德行!"

郑大风将一碟花生交给陈平安,自己开始嗑瓜子。

陈平安似乎对于郑大风的答案早有预料,并没有感到失落,问道:"你有没有好一点的剑术秘籍,可以卖?"

郑大风随口问道:"是练气士的仙家剑诀,还是江湖上的武学秘籍?"

陈平安直言不讳道:"你应该看得出来,我的那座长生桥早就断了,想要练剑,只能练习武学剑谱。"

郑大风也说得直截了当:"最好的武学秘籍,我也能帮你找来,然后以天价卖给你,但是这没啥意思。我劝你别去碰江湖上所谓的绝世秘籍,我郑大风自己就是武道中人,知道这里头的深浅,既然你现在练拳练得够好了,别节外生枝,浪费光阴。"

陈平安吃了颗花生米,想了想,跟这个男人诚恳说道:"谢了。就凭这些话,你欠我那五枚铜钱,不用还了。"

郑大风嘴角抽搐。瞧瞧,这种无趣至极的少年郎,怎么让他郑大风顺眼得起来?!但是男人的眼神深处,晦涩难明。

郑大风舒舒服服伸了个懒腰,有气无力道:"麻烦你把面皮摘了吧,本来就长得不俊,戴了这么张面皮,越看越糟心。"

陈平安摇头道："你不是知道我跟符南华的过节吗？我哪里敢摘下来，光明正大地逛这老龙城内城？天晓得符家有什么术法可以查看城内动静？如果真有，我这不等于在别人家门口，嚷嚷着快来打死我吗？"

郑大风被逗乐了，笑着泄露天机："行了，杨老头叮嘱过我，只要你自行破开真气八两符，我就要保证你在老龙城活蹦乱跳。哪怕你一心求死，大摇大摆去符城大门口显摆，我一样要保证你平平安安离开这座城。"

郑大风突然嘀咕道："以前没觉得，现在才发现你这小子倒是取了个好名字。"

陈平安将信将疑："你是山巅境武道宗师，还是上五境练气士？"

郑大风气笑道："你当第九境武夫和玉璞境练气士，是路边大白菜？你走几步就能看到一堆？老龙城再是三教九流鱼龙混杂，八境武夫和十境地仙都已经可以横着走了。当然，前提是别惹众怒。只挑衅一家一姓，哪怕是有半仙兵的符家，也不是没有周旋的余地。那些个元婴境老祖，第十境练气士而已，在这里就已算高高在上的老神仙了。"

郑大风白眼道："你当这里是咱们骊珠洞天啊？我堂堂一个八境巅峰的武道大宗师，就只能看看门收收钱？十一境的阮邛在继任圣人之前，只能在河边打打铁铸铸剑？大骊国师崔瀺进入骊珠洞天，不一样只能鬼鬼祟祟，以分身示人？"

陈平安突然问道："你要我揭下面皮，是不是在打什么主意？"

郑大风也是个浑不吝的，惊讶道："这也能看穿？"

一尊青烟凝聚而成的阴神，出现在两人对面光线阴暗的墙角，冷笑道："郑大风现在一脑子糨糊，想不明白护道人和传道人到底是什么，就托范家花重金找人算了一卦，卦象为大火之中取得栗，上上大吉。所以他想着让你身陷险境，到时候他大打出手，再由我护送你离开老龙城。在这期间，他说不定能够搞清楚这两个身份，甚至还能顺势破开八境武道瓶颈，刚好符合卦象所言。"

陈平安转头看着脸不红心不跳的郑大风："五文钱，先欠着，你现在就算想还，我也不会收。"

郑大风道："五文钱算得了什么，随便你。"

陈平安冷笑道："郑大风，你真以为我不知道杨老头的规矩？先前我故意提了一嘴，之后你说了武学和练剑一事，我看你所说不假，才顺水推舟，把这笔账两清了！如果我没有猜错，当时要我送信之人，是杨老头，要你欠钱之人，也是杨老头吧？现在是不是悔青肠子了？"

陈平安别好养剑葫芦，站起身，将那个空碟子放在板凳上，对那尊阴神拱手抱拳："虽然不知道你为何愿意道破真相，可能还是杨老头的意思，但我还是要感谢你！"

阴神点点头。陈平安大步离去。郑大风确实如少年所说，的的确确悔青了肠子。

郑大风冷冷望向那尊极有可能坏了自己大吉卦象的阴神："是你的意思，还是老头子的意思？你最好说清楚！"

阴神淡然道："你猜？"

郑大风哈哈一笑，瞬间变得云淡风轻："你从来不会擅自行事，多半是老头子的意思了。"

阴神讥笑道："一个八境巅峰的纯粹武夫，神君之徒，竟然跑去相信所谓的卦象，你难道不知道哪怕范家没有动手脚，可那上上大吉，对你郑大风而言，会不会乾坤颠倒，成为货真价实的大凶之兆？"

郑大风神情凝重起来，抬头望向那尊阴神，点头道："受教了。"

阴神对此不以为然："既然神君愿意让你独掌一方，那你就别自作聪明，老老实实做事就是了。"

郑大风挥挥手道："给那少年摆了一道，又给你教训了一通，我烦得很，得离开巷子透口气。"

阴神消失。郑大风突然问道："孙氏祖宅的异象，是不是陈平安破境引起的？"

阴神的冰凉嗓音从墙角阴影中渗出："应该是。"

郑大风腋下夹书，拎着板凳和瓜子来到巷口，再次坐在槐树底下乘凉看美人。

一个身材高大、穿着普通的威严男子缓缓走来，他身后跟着一名身姿婀娜的年轻女子。

男人走到郑大风身边。年轻女子站在男人身后，对那个坐在板凳上用书扇风的药铺掌柜，她充满了好奇。

男人微笑道："老龙城孙嘉树的面子，就只值一张遮遮掩掩的面皮。郑掌柜，看得很准。"

郑大风转头瞥了眼男人："符箓，你连老龙袍都没有穿，看来不是来下逐客令的。"

男人笑着伸手指了指身后："我穿不穿老龙袍，在老龙城都无所谓，带着她来，才是真正的诚意所在。"

既是示威，又是示弱。示威是说在老龙城，符箓不用亲自出手，就能够驱赶你郑大风。示弱则是身为老龙城城主的符箓，愿意投其所好，带上一名双腿很长的女子，来到郑大掌柜眼前。

郑大风狠狠剐了几眼女子的美腿，这才转过头，继续对着大街来来往往的人流："符箓你口气这么大，怎么不一口气把云海吸进肚子里？"

符箓脸色难看，他伸手握住了悬挂腰间的一枚玉佩，这才脸色和缓下来。

女子战战兢兢，这是她第一次感受到父亲如此明显的怒意。

郑大风冷笑道："同样是生意人，你也配跟我比？"

符箓一笑置之："既然郑掌柜现在心情不好，那么有些事情，符箓稍后再提。"

郑大风现在的心情何止是不好,简直就是不好到了极点。

五文钱!就只是市井百姓经常过手的五文钱,却好像是压在他郑大风心头的五座大山!费尽心机,小心应对,好不容易成功骗取那少年亲口答应,不收取这笔账。郑大风其实在少年开口问出那三个问题,以及说出那句看似无心之言的"杨老头从不会欠人"之后,就已经心知肚明,不用奢望泥瓶巷少年跟自己讨要最普通的五文钱了。这个泥瓶巷小兔崽子鬼精鬼精的,不好糊弄!

郑大风气得不行,使劲扇动书籍:"难怪我一开始就不喜欢这个家伙,小小年纪,城府极深,哪里像个少年?"

郑大风突然停下埋怨,颓然无力道:"若是寻常少年,哪里活得到今天。"

这个汉子长吁短叹,开始心烦意乱地翻动书籍,书页哗啦啦响动,一个字也没看进去,他自言自语道:"难道真给那阴神一语中的,我真是自作聪明?"

翻到了书籍一页,正是《精诚篇》,还是一些个滥大街的典故串在一起,大杂烩,然后末尾再装模作样添上几句大道理。在郑大风这种真正学问深湛的人看来,若是将文章拆分开来,如同这名女子的俊秀眉眼,那名女子的醉人粉腮,其他一名美人的樱桃小嘴,处处是迷人的风景,可一旦胡乱拼凑在一起,反而不美,整体丑得不堪入目。

郑大风心不在焉地翻过一页,正是《精诚篇》的最后一点尾巴,还是些大到无边无际的空泛道理:

"相传古之赤子之心者,往往精诚所至,金石为开。故而正心诚意,是儒家君子的立身之本。

"又有道家圣人言,不精不诚,不能动人。真者,精诚之至也。这即是天下道教'真人'头衔的来历。"

郑大风很快翻过《精诚篇》,下一篇《忠孝篇》,又被迅速翻过,从头翻到尾,啪一下合上书籍,又开始将书当作扇子扇动清风。

这个汉子,仿佛是将书中的圣人教诲,当作了耳边风。

他自言自语道:"既然老头子说我这辈子无望第九境,那我还强求个什么?都求了这么多年了,难怪老头子说我机关算尽太聪明,也就只剩下聪明了。光是跟李二就打了多少次架?宋长镜不过是跟师兄打了一架,就破境了,我其实一开始就明白,求不来的,只是偷偷摸摸心存侥幸罢了。哈哈,如今在这老龙城每天看看美人儿,就在八境等死好了……"

郑大风闭上眼睛,不再偷窥女子身段的汉子,这一刻有些神色落寞。

一名身材堪称"雄武"的年轻女子,脸上涂满了脂粉,穿得花枝招展,她那大脸盘子就能够镇宅辟邪。当她停下脚步,看到汉子这般模样后,觉得有些心疼,心想多半是想要与自己告白,又不好意思,要不然自己就别再矜持了,先开口说了,省得自己的情郎难为情?

　　只是她刚咳嗽一声，想要润润嗓子，那汉子就已经猛然睁眼，拎着板凳跑回了巷子。

　　她叹息一声，摸着自己的脸颊，自怨自艾起来，要怪就怪自己的姿容，还是这般动人，倾国倾城。她猛然惊觉，哎哟一声，原来脸上脂粉给手指搓了下来，她赶紧使劲抹回去。

　　符畦没有以神通带着女儿返回符城，而是就这么悠闲地逛着街回去，身后一驾马车缓缓跟随。

　　女子叫符春花，是符畦的长女，与符畦长子符东海，都是有望接过家主之位的继承人之一。既然是家主或者说那件老龙袍的继承人，那么必然是天资极好的年轻人。符畦看似中年，实则已是四百岁高龄，十境修为，虽然比不上风雷园李抟景的那些名头，可是他身穿老龙袍，加上家族坐拥四件半仙兵，符畦完全有资格被视为一名货真价实的玉璞境。

　　符春花也已将近三百岁，与兄长符东海都是成名已久的金丹境，而且擅长搏杀，他们各自护送一艘渡船去往倒悬山百余年，历练丰富，遭遇生死一线的险境，早已不是一两次了。关键是符家子弟跻身金丹境，就意味着能够驾驭半仙兵，所以宝瓶洲一直流传这个说法，判断符家练气士的真实境界，需要往上提高半个境界才准确。

　　符春花犹豫了半天，终于忍不住问道："爹，为什么带我来见此人，而不是带南华?"

　　符畦笑道："不是早就说过了吗，是为了表示符家的诚意。这名郑掌柜，喜好长腿美人。谍报上，一清二楚。"

　　女子显然不信这套说辞。她也好，兄长符东海以及弟弟符南华也罢，都知道一点，他们苦心经营的人脉关系，远远不足以知晓宝瓶洲山顶的真正风景。而且他们身处父亲符畦羽翼庇护之下，既是乘凉，也是拘束，他们往往不敢太过越界，以免遭受符畦的猜忌。

　　老龙城符家，看似人人自由散漫，但那些只是无望染指老龙袍的家族废物，早就死心了，被排斥在家族决策圈之外，事实上，符家的规矩森严，其实半点不比帝王之家逊色。

　　最近百年，符东海负责经营与北俱芦洲的关系，她符春花则负责东南那个大洲的秘密谋划，而原本寂寂无闻、碌碌无为的符南华，直到那次出人意料地被选中去往骊珠洞天，之后才迅猛崛起，家族倾斜了大量的人力物力给她这个弟弟。显而易见，家主符畦对她和符东海这一百年的生意，并不满意。

　　符春花知道已经问不出结果，就换了一个话题："要不要我去提醒一声孙嘉树?"

符畦笑道:"孙嘉树?人家哪怕境界不如你,可好歹是孙家的一家之主,你一个金丹境练气士,凭什么敲打他?他家祖宅可还有一个元婴境的孙氏老祖。另外那个有希望跻身元婴境的金丹境练气士,你哥哥辛苦拉拢了几十年,至今才有所松动。符家若是这个时候敲打孙嘉树,你觉得那名金丹境还有脸面离开孙氏祖宅,来到咱们符家吗?"

符春花脸色惨白,生怕父亲误以为自己是在坑害兄长。

符畦微笑道:"不用紧张,我知道你的性子。其实这次孙嘉树顺势而为,押注在陈平安身上,也是想要试探我们符家,估摸着就怕我们不出手敲打他。一旦被孙家得逞,孙嘉树回到祖宅,摆出一副被符家仗势欺压的模样,你信不信,根本不需要孙嘉树说什么,那名前途远大的金丹境,经此一役,便板上钉钉地留在孙氏祖宅那边了。"

符春花问道:"难道孙嘉树就不怕那个少年死在我们手上?"

符畦抬头看了眼天幕:"你会这么想,也是人之常情。只是哪天你穿了老龙袍,才有机会知道一些真正的头顶事。"

符春花下意识地抬头看了眼那片云海。

符畦笑了笑:"还要更高一些。"

符春花心神微颤,仰头望去,充满了憧憬。

结成金丹客,方是我辈人。在成为金丹境之前,人人都觉得这是一句最快意的豪言,等到真正跻身金丹境,才会发现,这才是练气士的半山腰而已,仅此而已。

符畦突然说了一句:"比起孙家和孙嘉树,我符家和符畦,魄力还是要大一些的。我现在需要离开老龙城,去迎接几名北方贵客。你去找到南华,就说陈平安在孙家祖宅,我想知道他的选择。这会决定他能否成为老龙城城主,当然也会决定你有没有希望穿上老龙袍。希望我回到老龙城的时候,你们已经做出了正确选择。"

符畦摆摆手:"你上车回城。"

符春花听命行事,父亲已经拔地而起,潇洒掠入那座云海大阵,应该是往北方而去。

符春花顾不得是什么贵客,值得老龙城城主出城迎接,她坐入车厢后,就开始仔细思考这两个问题:她接下来应该如何选择才能获利最丰?弟弟符南华又会如何选择?

符春花发现自己脑中一团乱麻,好像不管做什么,都能挣到一点,但是距离自己的最佳预期,始终很远。

符春花到了弟弟符南华私邸,仍是没有头绪,便字斟句酌,小心翼翼地说出了父亲符畦的那番话,其中有删有减,有添有加。

符南华当然不会全信,但是符畦的大致意思,符春花不敢胡说。符南华从头到尾,仔细听完了姐姐符春花的诉说,刚要起身习惯性踱步思考,猛然坐回椅子,淡然道:"我已经想好了,做掉陈平安!"

符春花笑着扳手指头："灰尘药铺的郑掌柜,最少七境巅峰的武夫,甚至有可能是八境大宗师,与之交好的内城范家,再加上孙嘉树的孙家,其中有一名祖宅的元婴境孙氏老祖。虽说孙家其余三名金丹境练气士,不是祖宅受难,无须出手,但是到了万不得已的地步,孙嘉树多半可以说服三人出手。还有内城的孙氏供奉客卿。南华,你当真不再考虑考虑?"

符南华脸色淡漠："我只想如何以最小的代价,宰掉那个大骊少年。"

符春花又笑道:"你大婚在即,不怕出了变数? 而且那少年既然是出身骊珠洞天,就算是大骊子民,你就不怕此事坏了老龙城符家在大骊皇帝心目中的印象?"

符南华只是深思不语。

符春花最后嫣然一笑:"符南华,你最后想一想,姐姐说这些,到底是希望你毅然出手,还是希望你不要一意孤行呢?"

符南华只是沉吟不语。

符春花脸上的笑意越来越淡薄,最后干脆没了丝毫笑意,冷冷望向这个横空出世的弟弟。一个吃掉家族整座金山银山也才第六境的废物,也敢奢望老龙城城主宝座? 也配跟自己和符东海两个金丹境练气士争抢那件袍子?

符南华收回思绪,缓缓起身,动作如行云流水,气度雍容,他微微一笑:"符春花,你和符东海那点龌龊事情,可不止你娘亲一人知道。不过我很好奇,符东海跟你贴身侍女的那点龌龊事情,你又知不知道?"

符春花咧嘴一笑:"好弟弟,等我或是符东海当了城主,一定好好养着你。"

符南华仿佛完全没有听明白其中的威胁,洒然笑道:"在那之前,咱们姐弟还是要精诚合作,谋划一下如何杀掉陈平安才是,对吧? 毕竟你现在根本猜不透父亲的心思,不清楚我这个抉择,到底是帮我走向家主之位,还是远离。更何况父亲在考验我的同时,也在考验你,好姐姐,你可千万要小心应对啊!"

符春花眯起眼,神色阴沉。

符南华站起身后,转头望向大门方向,在心中默默道:"孙嘉树,你为了一个元婴境,就卖掉一个差点杀掉我的陈平安,这笔买卖,值得吗? 还是说……"

想到这里,符南华轻轻摇头,不可能,孙嘉树又不是疯子。可万一?

符南华直到这一刻,才开始犹豫起来,心中越来越烦躁。而符春花望向这个自己看着长大,却突然变得陌生的弟弟,终于有了一丝忌惮。

符畦独自御风北去,在千里之外停下身形,最终落在一艘来自大骊龙泉郡梧桐山的渡船之上。

上边有一个墨家豪侠许弱,横剑在身后,还有一个老蛟出身的林鹿书院副山长。

有这两人坐镇渡船,哪怕是去往倒悬山,都绰绰有余了。

两人护送之人,是一对少年男女,准确来说,是大骊皇子宋睦一人。

少女名为稚圭,她低眉顺眼地跟在自家公子"宋集薪"身后。从头到尾,少女都没有看符畦一眼,可能是符畦没有身穿老龙袍,加上这名老龙城城主没有自报名号,所以她没有认出?

这艘渡船直接穿过那片城头上空的云海,然后落在符城之内。符畦在亲自为大骊这一行客人安排好下榻之处后,来到符南华私邸,发现这个儿子神色萎靡地背靠一根龙绕梁。

符畦问道:"怎么符家上下毫无动静?"

符南华抬起头,望向父亲:"我想了很多很多,好像怎么做都是错的。符家,老龙城,大骊,骊珠洞天,孙嘉树,符东海,符春花……"

符畦突然笑了起来:"那你知不知道,其实不管你做什么,你都是下一任老龙城城主?"

符南华满脸呆滞。

符畦侧过身,低下头,好似在毕恭毕敬地迎接某人。

一个肆无忌惮大口大口地吸收"龙气"的少女,好似微醺地走入大堂,然后一屁股坐在椅子上。她抬起双手,轻轻拍了拍手掌,一件龙袍浮现在她身后,雾气腾腾,像是在以水雾清洗衣物一般。她站起身,那件龙袍自动穿戴在她身上,上边的九条云海金龙,开始活灵活现地流转游动起来。

她踢掉靴子,盘腿坐在椅子上,披着那件太过宽松的龙袍,显得有些滑稽。她皱着脸委屈道:"没了骊珠洞天的禁制,还要假装自己是一只蝼蚁,好辛苦啊。没办法,我暂时还打不过他们中的某些人,臭道士,阮邛,宋长镜,那个深不可测的墨家剑修许弱,等等等等,唉,总之挺多人的,算了,不提这些。还是这里好,不愧是当初登陆宝瓶洲的第一处风水宝地……龙气经过这么多年维护,还剩下不少,你们符家做得不坏,以后肯定有赏,大大有赏!"

符南华看着少女那张挺熟悉的稚气面孔,然后再转头看看满脸平静的父亲,最后再使劲盯着那件祖传老龙袍。符南华发现之前差点疯了一回的自己,这次是真的要疯了。

少女环顾四周:"为了顺利来到这里,我受了好多委屈啊。但是最委屈的是,所谓的顺利,还是那个臭道士施舍给我的……"

她突然伸手指向符南华,厉色道:"你这只蝼蚁,听说你连一个陈平安都不敢杀!你根本就不配姓……"少女转头望向符畦,"你们姓什么来着?"

符畦恭敬回道:"启禀小姐,我们姓符。"

少女有些悻悻然，气焰全无，慵懒地缩在椅子里，或者说蜷缩在那件龙袍之中。

符南华距离崩溃，只差一线之隔。

少女低头打量着老龙袍："历史上宝瓶洲九个皇帝的筋骨气血，嗯，还不错。"她视线下移，喃喃道："底端的云海差了点。"她眼睛一亮，露出一双金色瞳孔的诡谲眼眸。

好似猜中少女心思，符畦苦笑道："小姐，老龙城上空的那片云海，近期还不能收入龙袍之中，否则万众瞩目之下，动静太大，有心人很容易发现端倪。"

少女叹息一声："我知道轻重。"她醉眼蒙眬，像是一个醉酒汉，"到了这里，真不想再挪窝啊。"

她猛然跳下椅子，轻轻一抖，原本巨大如被褥的老龙袍，立即变得无比合身。她站在大堂上，望向门外，似乎在犹豫着什么。

孙氏祖宅，老祖听到现任家主的计划后，苦笑道："当真值得吗？就不怕此战之后，孙家一蹶不振，被符家联手四家一起吞并了咱们？"

孙嘉树脸色如常："我只恨孙家家底不够大，我孙嘉树只能赌这么大。"

孙氏老祖沉默许久，问道："如果被那少年知晓我们孙家的初衷？"

孙嘉树眼神坚毅："他不会知道的，就算他知道了真相，可我孙家为了他付出这么大的代价，以后他给的回报，注定只多不少。"

孙氏老祖再问："如此急功近利，当真合适吗？就不能像那少年的三境破四境，顺其自然，水到渠成？"

孙嘉树摇头道："我孙嘉树一个人，当然能等，可是东宝瓶洲和天下大势，不能等！"

这名孙家的元婴境老祖唯有叹息，不再劝说什么。

在那之后，少年从内城高楼那间屋子，走回孙氏祖宅的池塘。

连日来风和日丽，天下太平。孙嘉树还是隔三岔五回来一趟祖宅。还是每次回来，都要住上一夜，然后跟三名金丹境供奉赌上一次。最早一次是一枚小暑钱，第二次是两枚，第三次是四枚，第四次是八枚。

最终孙嘉树赌了四次，输了四次，在那之后孙嘉树就不再下注了。而那个陈平安，依旧每天会去守夜钓鱼，然后等待旭日东升、朝霞万丈的那一刻。

在陈平安住在孙氏祖宅的第二十天，孙嘉树还在以道家一门坐忘术深入睡眠，突然听到陈平安在远处大声喊道："孙嘉树，快看！"

孙嘉树猛然起身，靴子也不穿，推开窗户，眺望天空。只见东方云海之中，又有十数条金色蛟龙汹涌而下，然后又被那个背剑少年以古老拳架一一打回，次次出拳酣畅淋漓，毫不犹豫。

孙嘉树在这一刻怅然若失，道心失守，几近崩溃。

所幸孙氏老祖赶紧来到他身边，伸手重重按住他的肩膀："嘉树，无须如此。嘉树可以四季常青，人却绝无事事如意，当年为你取这个名字，正是为了今天。"

孙嘉树脸色发白，喃喃道："只差一次。"

他的心境虽然趋于稳定，但是他仍失魂落魄，心神不宁。

就好像失去了一整座老龙城。

老龙城内城，灰尘药铺外的巷口，郑大风望了一眼东方朝霞，心神恍惚之间，赶紧掏出那本书籍，翻到一页，不断默默朗诵那篇《精诚篇》。当天地异象结束之后，郑大风震碎书籍，不留下任何蛛丝马迹，走回巷子，哭丧着脸道："传道人，哈哈，竟是我郑大风的传道人……"

孙嘉树这一晚，本该宴请一个东南大洲的大人物，可是年轻家主临时起意，让内城孙府推掉这次接风宴。虽然很不合适，以致那边的管事破天荒提出了异议，但是孙嘉树没有做出任何解释，在书房中掐断了老宅与孙府的联系，然后去往后边的小祠堂。

那边的管事有些束手无策，孙氏元婴境老祖不愿孙府为难，已经百年光阴不在孙府那边现身的老人，亲自向那名管事面授机宜，这才让孙府上下吃了一颗定心丸。

沐浴更衣一番的孙嘉树，独自站在祠堂内，敬香后，如同面壁思过，沉默不语。

祠堂中除了灵位，墙上还悬挂着一幅幅孙家历代已逝家主的画像，多是如今孙嘉树这般不起眼的装束。这一代孙氏家主之位，属于爷传孙的隔代传承，孙嘉树爷爷在卸任家主之后，就去游历中土神洲。孙嘉树以弱冠之龄继承如此大的一份家业，这些年可谓甘苦自知。

孙嘉树望着那些挂像，有人在家族危难之际力挽狂澜，有人开辟出新的商路，有人为家族结识拉拢了上五境修士，有人一生碌碌无为，连累孙家在老龙城抬不起头，有人决策失误，害得孙家不断让出外城地盘，祖宗家业不断被蚕食分割，有人误入歧途，潜心修道，家族大权旁落亲戚之手……

孙嘉树很想知道将来自己被挂在墙上，后世子孙又是如何看待自己，是振臂奋发的中兴之祖，还是埋下了家族祸根的罪魁祸首，抑或是一个错失千载难逢良机的蠢货？

夜幕深沉，那名元婴境老祖缓缓走入祠堂，沉默许久，终于开口安慰道："事不过三，你愿意选择相信那少年，赌第四次，已经殊为不易，输在了第五次上，无须如此懊恼。那个有望跻身元婴境的金丹境供奉，其实愿意陪你赌这四次，本就倾向于留在孙氏祖宅，而不是被符东海拉拢过去。"

孙嘉树没有转身，依旧抬头凝望着一幅画像，点头道："这一点，我已经想通了，并无太多心结。在押注这件事上，事情没有变得更好，也没变得更差，结果我能够接受。

退一步说，我孙家还不至于少了一位未来的元婴境，就要死要活。"

孙氏老祖欲言又止，涉及孙嘉树的大道根本，哪怕是他，也不好随便询问。其余三名孙氏祖宅供奉，不管与孙嘉树个人关系如何好，再好奇那名少年的境界修为，也绝不会主动开口问，而只是当一个乐子在那边猜测。

孙嘉树摊开一只手掌："我与陈平安相处，从头到尾，都只是在做生意。不是我不把刘灞桥当朋友，而是陈平安此人太过奇怪，我忍不住要在他身上博一把大的。没办法，我孙嘉树是商人，是孙家家主。原来知道得太多，也不好。"

孙嘉树转过头，举起那只手掌："等到陈平安第二次打退朝霞金龙，等到符家的按兵不动，让我一切谋划落空，反受其害，我才知道自己这次捞偏门错得离谱，以致我眼睁睁看着自己失去了……一座老龙城。"

哪怕是被世间誉为地仙的元婴境老祖，也看不出年轻人那只手掌有任何异样，但是老人无比确定，孙嘉树看到的，就是最终的真相。

孙嘉树满脸悲怆神色："若只是少了陈平安一个本就不是朋友的朋友，失去一座老龙城，我孙嘉树打落牙齿和血吞，照样能忍！钱跑了，再挣就是。赚钱的能耐，我孙嘉树绝不会比任何人差！"

老人只能一言不发，静待下文。

孙嘉树收起手掌，握紧拳头，颤声道："可是经过这番波折，我发现自己的取财之道，原本一直坚信堂堂正正，是毋庸置疑的商家大道，最为契合'正大光明、源远流长'八字祖训，但是却被才认识不到一个月的陈平安，验证为偏门小道。商家老祖早就遗言后世，偏财如流水，来去皆快，兴勃焉亡也忽焉，故而绝不可取。"

孙嘉树转过头去，不让老祖看到自己的面容。

元婴境老人缓缓走到孙嘉树身边："事已至此，难道你就此心灰意冷，什么事情也不做了？"

孙嘉树双手放在嘴边轻轻呵气："符家莫名其妙地没有动作，里外不是人的，只有我孙嘉树。关键是我现在还不确定，陈平安认为我是怎么样一个人，他又到底是怎么样一个人，这才是问题症结所在。"

老人皱眉道："陈平安对你如何，不好说。可他的性情，你还没有吃透？"

孙嘉树无奈道："之前我觉得已经看透，所以哪怕事后他知道了真相，孙家该有的，陈平安不会少了一分，大不了以后形同陌路，老死不相往来。可现在，不好说了。我不确定陈平安对人对己，是否完全一致。"

老人拍了拍孙嘉树的肩膀："嘉树，你很聪明，又有天赋，当个孙氏家主，没有任何问题，哪怕是现在捅出这么个娄子，我还是这么认为。那我今天便不以老祖身份对一个孙氏家主指手画脚，只以长辈身份对晚辈多说一句，抛开种种算计，家族荣辱，以及宝瓶洲大势,你到底还是孙嘉树,是刘灞桥最好的朋友,陈平安又是刘灞桥介绍给你的朋友。你不妨以简简单单的朋友之道与之相处,暂时就不要考虑什么家族了。"

孙嘉树转过头,疑惑道:"可行?"

老人笑道:"不妨试试看,反正事情已经不能再糟糕了。有些事,不是你想躲就躲得掉的。人生在世,遇到一个坎不怕,努力走过去就是了。过不过得去,两说,你好歹尝试过。如你所言,孙家还扛得住。"

孙嘉树还有些犹豫狐疑:"那我试试看?"

老人转头望向祠堂外的天色:"去吧。别忘了,今天就是山海龟起航的日子。"

孙嘉树深呼吸一口气,转身离开祠堂,虽然下定决心,年轻人的步伐并不轻松。

"这次嘉树这孩子是真输惨了,输怕了。一口气接连输了三次,输小暑钱,错失一名有望跻身元婴境的百年供奉。输给不动如山的符家,最后输道心,本心开始动摇,最是致命。换成是我站在他这个位置上,恐怕只会比他更差,心境早已崩碎,连挽回的机会都没有。"

老人不再凝视孙嘉树的背影,重新望向那些挂像,笑了笑:"有此一劫,也算好事。总好过将来闯下大祸,再难亡羊补牢。太过顺风顺水,一直自负聪明才智,终归不是长久之道。诸位以为如何?"

墙壁上一幅幅挂像哗啦啦作响,似在附和。

符城内,宋集薪身边时刻跟随着那名林鹿书院副山长。

老龙城与大骊的买卖,早于符南华进入骊珠洞天时就已经敲定。宋集薪此行,不过是以大骊皇子宋睦的身份,象征性抛头露面。这一切,既是大骊国师崔瀺的运筹帷幄,更是皇帝陛下的旨意。此次宋集薪由龙泉郡渡口南下老龙城,在大骊京城调养身体的皇帝陛下,对宋集薪没有提出什么要求,以至宋集薪在渡船上的时候生出一些错觉——婢女稚圭才是此次远游的真正主心骨。

龙泉郡,老龙城。稚圭,王朱为珠。

宋集薪知道这些他知道的蛛丝马迹,和尚未水落石出的伏线千里,已经编织成一张大网,最终会形成一个南下一个北上的局面。大隋高氏愿意退让一大步,与大骊宋氏结盟;宝瓶洲中部有北俱芦洲天君谢实,拦腰斩断观湖书院对北方地带的严密控制。虽然书院第一次出手就雷霆万钧,扼杀了包括彩衣国、梳水国在内中部十数国蠢蠢欲动的战争苗头,但是宋集薪依稀看出了一条大骊铁骑的推进路径,势如破竹,长驱南下,策马扬鞭于南海之滨……

宋集薪对此默不作声,只是看在眼中,放在肚里。

宝瓶洲形势有利于大骊宋氏,不等于有利于他宋集薪。不提他跟庙堂重臣、柱国功勋们毫无交集,长春宫还有一个同胞弟弟,以及一个死心塌地偏爱幼子的娘娘。当初他去了一趟长春宫,名义上是骨肉分离多年,儿子认祖归宗后,应当主动问候娘亲,但是不管那位娘娘在长春宫表现得如何伤心,宋集薪内心深处,发现自己很难感同身受。宋集薪当时就像一个没有七情六欲的木头人,除了挤出一点泪水,跟那个曾被打入冷宫的权贵妇人就再没有更多的言语。只是她问一句,宋集薪答一句,不像是母子重聚,反而像是一场生搬硬套的君臣奏对。再加上一个弟弟宋和在旁边流泪,那次见面,母子三人应该都很别扭。

宋集薪独自走在符家的庭院廊道之中。他说想要自己散步逛逛,林鹿书院副山长便不再跟随。宋集薪一路上遇见了不少俊朗男子和丫鬟婢女,没有人知道他的身份,只不过宋集薪腰间的那对老龙翻云玉佩和老龙布雨玉佩,足够让他在符家畅通无阻。

今天稚圭又不知道跑到哪里去玩了。剑仙许弱也不知所终,这个据说在中土神洲都有偌大名头的墨家豪侠,宋集薪一直想要与其结交,但是总觉得对谁都和颜悦色的许弱,其实最不好说话,双方很难交心。也许哪天等自己走到那个位置上,才会好一些?宋集薪便忍着,以免适得其反。

一路行去,宋集薪欣赏着符家精心打造的山水园林和亭台楼阁,看多了,便有些无聊。以前他在小镇那些街巷瞎逛,不管身边有没有带着婢女稚圭,都没觉得风景如此不耐看。宋集薪想起稚圭,心中阴霾越来越浓郁。他很怕有一天,她不再是自己的婢女,一回头,再没有她的纤细身影。

就像现在这样,宋集薪转过头,空荡荡的廊道,只有不识趣的笼中鹦鹉在那里说着人话,还是拗口晦涩的老龙城方言。宋集薪转身走到鸟笼前,用手指重重敲击竹编鸟笼:"闭嘴!"

鹦鹉学舌极快极准,回了宋集薪一句宝瓶洲雅言:"闭嘴!"

宋集薪一挑眉头,又道:"宋睦是大爷。"

那只五彩鹦鹉默默转过身去,用屁股对着宋集薪,然后来了一句:"你大爷!"

宋集薪不怒反笑,心情好转,笑着离去。

符家有一座登龙台,是老龙城一处禁地,不在符城内,而是在老龙城最东边的海边大崖上。登龙台高数十丈,是老龙城最高的建筑,一直有个金丹境练气士在此结茅修行,以防外人擅自闯入。

今天符畦亲自领着一名客人登台观景,只有嫡子符南华作陪,再无他人。而且最奇怪的地方是符畦在登龙台脚就停下身影,让那名客人独自登上高台。

金丹境练气士跟符畦恭敬地打过招呼之后,看了眼符南华,就返回茅屋,继续感悟大海潮汐,用以砥砺神魂。

符睢轻声道:"南华,你之前没有选择对陈平安出手,是不是认为孙嘉树那么聪明的人,只会做出比你更聪明的举动?"

符南华老老实实回答:"除此之外,我始终在扪心自问,若是以老龙城城主的身份对待此事,我应该如何做。是公器私用,还是……"符南华神色尴尬,不再说下去。

符睢赞赏道:"如此看来,那天我跟你说的那些话,你是真听进去了。符家子孙,不能等到当了城主的那一天,才开始以城主身份行事。这点视野和眼界都没有,只知道为了一己私欲,打打杀杀,横行无忌,一旦遇上真正的上五境仙人,莫说是符家,整座老龙城又算个什么东西?"

符南华一狠心,咬牙道:"父亲,但是我如今境界低微,将来如何能够名正言顺继承城主之位?"

符睢哑然失笑:"如何?用钱砸啊。老龙城符家别的不说,钱是真不少。你以为当初我是怎么从金丹境跻身十境元婴境的?我所消耗的天材地宝,都够买下孙家在外城的三百里长街了。在那之后,我又是如何一步步走到十境巅峰境的?除了还算勤勉的修行,更多还是用钱堆出来的,不然你以为?"

符南华目瞪口呆,就这么简单?

符睢双手负后,抬头望向那个步步登高的清瘦身影,微笑道:"我看好你之外,她的意见,哪怕只是一句无心之言,还是最重要,形容为一锤定音也不夸张。老龙城符家有些人和事,你目前无法接触,但是接下来你会了解得越来越多,宝瓶洲山巅的真正风景,也会逐一呈现在你眼前。"

符南华的眼神炙热起来。

符睢笑意晦暗:"然后总有一天,你就会发现四周全是血腥味。"

那个拾级而上的外乡人,是一个少女。她走上登龙台后,满脸血污,不断有血泪从金黄眼眸中流淌而下。

她茕茕孑立,形单影只,环顾四周。九大洲,五湖四海,山上山下,尽是坟冢,皆是仇寇!

这一天陈平安依旧守夜钓鱼,然后掐着时辰,开始练习剑炉立桩,等到天亮后,又一次睁眼望向东边的海面上空,只是这次陈平安没有再惹来金色气流的下坠。陈平安咧嘴而笑,站起身朝那边挥挥手,像是在跟熟人打招呼。

陈平安收起鱼竿和鱼篓,返回孙家祖宅,结果看到孙嘉树在河边等待自己。

他在等陈平安,其实陈平安也在等他孙嘉树。

郑大风当初在内城小巷,怂恿自己摘掉那张遮掩容貌的面皮,之后更有阴神从中作梗。看似与孙家无关的只言片语,陈平安稍作咀嚼,就能尝出里头暗藏的杀机。

失望？当然会有。怒火滔天？谈不上。

刘灞桥介绍孙嘉树给自己认识，肯定是好心好意，所以愿不愿意来到孙氏祖宅，是陈平安自己的选择。归根结底，还是陈平安服从了自己趋利避害的本能。回头来看，这个选择可能不是最差的，但也不是最好的。

符家和孙家信奉的商贾之道，其学问宗旨是什么？孙嘉树在闲聊之中，其实已经透露过一些。

陈平安对孙嘉树的印象再次模糊起来，而且内心已经充满了戒备和审视。

一个人的本性单纯淳朴，完全不等同于憨傻迟钝。要做真正的好人，得知道什么是坏人。一个好人能够好好活着，就是对这个世界最大的善意。

这些浅显的东西，陈平安根本不用书上告诉他。市井巷弄的鸡飞狗跳，街坊邻居的鸡毛蒜皮，龙窑学徒的钩心斗角，不都在讲这些？

孙嘉树看着那个愈行愈近的背剑少年，深呼吸一口气，什么都没有说，只是作揖赔礼。

陈平安挪开脚步，避让了孙嘉树这个看似无缘无故的赔罪。

孙嘉树起身后，苦笑道："陈平安，我已经帮你安排了范家的桂花岛渡船，我孙家已经没有颜面请你登上山海龟。"

陈平安问道："孙嘉树，这是为什么？"

孙嘉树犹豫片刻，干脆蹲下身，面朝河水，捡起脚边的一粒粒石子，轻轻丢入水中："我之前想要富贵险中求，捞取一笔大偏财。故意隐瞒符家对老龙城的掌控力度，只让你戴上那张不足以遮掩所有真相的面皮，然后从那栋符家盯得很紧的高楼走出，赌的就是性情执拗的符南华咽不下那口气，要兴师动众带人杀你。在那之后，我会拼了半个孙家不要，也要保住你陈平安。事后你安然乘船去往倒悬山，就会觉得欠我孙嘉树一个天大的人情。我相信迟早有一天，孙家得到的回报，只会比失去的更多。"

陈平安还是提着鱼竿拎着鱼篓，站在原地，他问了一个关键问题："你怎么确保我的性命无虞？"

孙嘉树头也不回，伸手指了指头顶："有些人间最高处的人和事，符南华没资格知道，但是我孙嘉树作为孙家家主知道，老龙城城主符畦当然更知道。这场晚辈之间的意气之争，我只要押上全部家当，摆出不惜与符家玉石俱焚的姿态，那么符畦就会在狠狠敲打一番孙家之后，在某个火候主动收手。你陈平安当然只会有惊无险，不会死，而我孙嘉树就能够趁机跟你成为患难之交。"

直到这一刻，陈平安才满腔怒火，他脸色阴沉，悄然运转气机，将那股怒意死死压在心湖。

孙嘉树又丢出一颗石子："孙家这些年声势正盛，表面上与符家有了一争高下的实力,但是我看得稍微远一点。除了一门心思投靠大骊王朝的符家,五大姓氏中,范家紧随符家之后,其余三家也各有依附,有观湖书院,有北俱芦洲的仙家府邸,有东南大洲的顶尖豪阀,都找到了靠山和退路,唯独我孙家,一直举棋不定。我也看中了大骊宋氏,只是我找不到门路。早些年我让一名金丹境家族供奉去往大骊京城,别说是大骊皇帝,就连藩王宋长镜的王府大门都进不去。一个生意人,提着猪头找不到庙门的感觉,实在太让人绝望了。”

陈平安问了第二个问题:“你不把我陈平安当朋友,很正常,那么刘灞桥呢?”

孙嘉树肚子里早就想好的千言万语,竟然没有一句能够回答这个问题。孙嘉树满脸苦涩望向河水,直指人心,不过如此。

暗中观察此处对话的孙氏老祖,为孙嘉树捏了一把汗。

孙嘉树微微低头,双手托住腮帮,既然再无应对良策,这个聪明至极的生意人,便干脆顺着本心自言自语道:“我当然是把他当朋友的,但是可能今后只会多了你陈平安一个敌人,少了刘灞桥一个朋友。”

陈平安问了第三个问题:“你之所以说这些,是不敢杀我? 怕将来有一天,给人一脚踏平孙氏祖宅?”

孙嘉树摇头道:“我不想杀你。”他转过头,强颜欢笑,“陈平安,这句话,你信不信?”

陈平安没有回答。

孙嘉树站起身,像是卸下了万斤重担,不再那么神色萎靡,终于恢复了几分老龙城孙嘉树的风采:“该说的,不该说的,我都说了。之后不管你陈平安做什么,我都不会后悔。这点担当,我孙嘉树还是有的。”

陈平安叹了口气:“拿了行李,我就会去内城灰尘药铺,之后乘坐范家桂花岛去往倒悬山。”

孙嘉树点头道:“好。”

两人一前一后,默默走回孙氏祖宅,陈平安果真挎好包裹,走上了那条黄泥土路。

孙嘉树独自吃着早餐,还是咸菜、米粥、馒头。孙氏老祖坐在对面,刚要说话,孙嘉树说道:“这件事的来龙去脉,我会尽快跟刘灞桥说清楚。”

老人问道:“是怕陈平安抢先告发,到时候更加为难,还是自己良心难安,不吐不快?”

孙嘉树停下筷子,用心想了想,坦诚道:“好像都有。”

老人试探性问道:“干脆一不做二不休,在桂花岛渡船上做点手脚?”

孙嘉树解开心结后,精神振作不少,笑着摇头:“不能以一个错去掩盖另一个错,我是再也不敢心存侥幸了。”

听到这个答复后,老人也如释重负,笑道:“那这个闷亏,孙家就算没白吃。大势之下,先行一步,当然是最好,但是能够始终不犯大错,一样不容易。已经有了大家大业,就不能总想着孤注一掷，要不得啊。"

孙嘉树笑道："家有一老，如有一宝！"

老人站起身："你慢慢吃，好好调整心态，近期不要再有太大的情绪起伏。"

孙嘉树放下手中筷子，起身恭送，等到老人走出屋子，他才重新坐下，继续埋头吃早餐。

苦味难当。

孙嘉树若是应对不当，就要被孙氏老祖强行剥夺家主身份。这一点，先前相对而坐的一老一小心知肚明，而且双方都不觉得有任何不妥。

陈平安走出孙氏祖宅的地盘，来到一处繁华市井，向路人问了路，雇了一辆普通马车驶向内城。这一次开销就很正常，毕竟不用跟种种飞禽走兽、蛟龙属裔的骏马豪车，在那条大街上同行三百里。由外城进入内城才是一笔不小的花费。

坐上马车后，反而是陈平安在为车夫指路。车厢内多出了一尊阴神，正是灰尘药铺外出现的自称姓赵的那位，陈平安便尊称他为赵先生。

到了小巷外，陈平安付过车钱。今天郑大风没有在槐树下，而是坐在药铺柜台后发呆。他见着了陈平安也不觉得奇怪，告诉陈平安药铺是小，但是药铺后边很大。陈平安掀开门帘，发现这里竟然是与杨家药铺差不多的格局，后边有个青石板大院子，一样是正房和两侧厢房。厢房都空着，随便陈平安挑选。陈平安选了左手边一间，在屋内放下剑匣和行囊，只在腰间别了养剑葫芦。郑大风学着杨老头坐在正房外的屋檐下，拿着一支不知道从哪个古董店淘来的老烟杆，坐在板凳上吞云吐雾。

在陈平安看来，老人抽旱烟，是深沉如古井；郑大风抽旱烟，就只有滑稽了。

陈平安坐在自己屋子门口，说了准备乘坐桂花岛渡船一事。郑大风点头说这事很容易，保证范家把他陈平安当自家老祖宗一般供奉起来。

然后各自不对脾气的两个家伙，两两无言，一个抽旱烟，一个喝着酒。这让门帘后头那些个脑袋觉得好生无趣，很快纷纷散去。

郑大风百无聊赖地抽着旱烟，他实在不知道老头子为何好这一口，根本没啥滋味嘛。郑大风时不时斜眼瞥一下那个沉闷少年。月有阴晴圆缺，盈亏自有定数，随着骊珠洞天的破碎下坠，如今这小子的运道不算太差了。只说陈平安这次进入老龙城的时机，若非云林姜氏和大骊一行先后到来，符箓未必会如此好说话。

郑大风突然开口问道："随口一问，如果当初齐先生说你陈平安，这辈子都没办法跻身第四境，你会如何？"

陈平安思量片刻："那我应该会认命。"

郑大风似乎有些意外，然后翻了个白眼，越发觉得没劲。就这也能当自己的传道人？在这种事情上，陈平安跟自己不是一路货色吗？

郑大风不愿死心,问道:"认命之后呢?"

这种事情不痛不痒,陈平安就随口回答:"当然是继续练拳啊,还能如何?我当时需要靠练拳吊命。再说了,练拳又不只是破境,能够强身健体,多点气力总是好事。"

郑大风眯起眼,笑问道:"那如果你不小心走到了第三境瓶颈,看到了第四境的希望,咋办?"

陈平安转头看着这个汉子,差一点就要将梳水国老剑圣的那句口头禅脱口而出。他答道:"练拳是好事,破境更是好事,既然都到了瓶颈,当然是想着如何破境。"

郑大风啧啧道:"你难道就不会想起齐先生的盖棺定论,说你无法跻身第四境?"

陈平安瞪大眼睛,觉得郑大风这家伙的脑子肯定给门板夹过。陈平安喝了口酒:"齐先生的心意初衷,定然是想我好的。若破境是坏事,我就忍着;若是好事,而齐先生一开始想错了,难道我就真不破境了?"

说到这里,陈平安在心中喃喃道:"如果是这样,齐先生才会失望。"

郑大风脸色越来越凝重,已经顾不得抽旱烟:"齐先生怎么可能会错?!"

陈平安正色道:"如果我……还有机会站在齐先生面前,问先生你会不会犯错,你觉得齐先生会怎么回答?"

郑大风如遭雷击,双眼布满血丝,满脸痛苦之色,丢了烟杆,双手直挠头。他直愣愣望向陈平安,大声喝道:"陈平安!齐先生可有话要你带给我?!说,直接说。有的话,我便心甘情愿做你的护道人!十年,一百年都无妨!"

陈平安摇头道:"没有。"

郑大风猛然起身,像一只热锅上的蚂蚁,在院子里疯狂打转,脚步紊乱,连一个三境武夫都不如。

陈平安喃喃道:"该不会是走火入魔了吧?"

那尊阴神浮现在陈平安身侧,他早已遮蔽了院子这一方小天地的气象,不会有任何声音动静穿过那道门帘。

郑大风四处乱撞:"齐先生,我听过你的很多次传道授业解惑。你一定暗中将玄机说与我听了,只是我当初不曾领会而已。想想,好好想想,郑大风,不要急不要急……"

小院之内,地面上出现一缕缕杂乱罡风,凝聚如剑锋刀刃,好在有阴神从旁小心翼翼压制,才没有击碎青石板,撞烂廊柱门扉。

陈平安默默喝酒,用心仔细看郑大风和那些奇异景象。

郑大风满脸泪水,脚步不停,抬头望向陈平安:"齐先生可有道理教你,陈平安,你快快说来,不管是什么,只管说。不管是读书人三不朽的圣贤大道,还是为人处世的修身齐家,你只管说来……"

陈平安怀抱养剑葫芦,面无表情地问道:"凭什么?"

郑大风的声音几近哀号："你是我的传道人！陈平安，你才是我郑大风的传道人！"

阴神轻声提醒道："陈平安，事情不妙。如果郑大风再这么下去，极有可能变成一个魂魄分离的武道疯子，哪怕清醒过来，也一辈子无望山巅境了。而且我未必压得住他，这间药铺，连同这条巷子和临近街道，恐怕都要被郑大风全部打烂，死伤无数。"

陈平安的心境其实远远没有脸色那么平静。什么乱七八糟的传道人？要他一个刚刚跻身第四境的家伙，去指点一名八境远游境的大宗师？陈平安看着院中越来越多的罡风，如条条溪涧汇聚为江河，形成一道道高达七八尺的陆地龙卷，所经之处，青石地板悉数崩碎。

陈平安赶紧驾驭养剑葫芦里的飞剑十五，从中取出那些刻满他道理的小竹简。只能死马当活马医了，他将上边的文字内容一一说给郑大风听，可郑大风只是痛苦摇头，说"不对不对"。郑大风脚下生风，已经离开地面，像一只断线风筝胡乱飘荡，七窍流血，惨不忍睹。

哪怕陈平安将李希圣许多提笔写在竹楼墙壁上的美好诗词、文章佳句，竭尽所能记起，大声说出，郑大风还是摇头。此时这个远游境武夫已经再也说不出半个字，只能在空中踉跄出拳，尽量以此维持头脑中的最后一丝清明。

渡过武道山巅的八、九境之间的关隘被称为叩心关，比起三、四境和六、七境，风光更加壮阔，却也更加险峻。

至于渡过九、十境之间的关隘，更是恐怖骇人，被誉为撞天门，想要跨出那一步的难度，可想而知。

郑大风知道这一切，所以才会羡慕那个整天浑浑噩噩的师兄李二，才会嫉妒那个一次生死大战就跻身十境的宋长镜！

他与李二私底下交手，差点被李二打死的次数，一只手都数不过来！

为何一个四十岁左右的宋长镜都可以破境，偏偏一路攀升、势如破竹直达第八境的郑大风，就不行？！

为何老头子偏偏还要说他此生无望第九境？在他已经不堪重负的心关之上，再雪上加霜？！

为何翻过了那篇《精诚篇》，见过了传道人的两次出拳打退天大机缘，悟透了精诚之意，仍只是瓶颈有所松动，却死活跨不过去？

阴神下意识攥紧拳头，死死盯住那个几乎要心神崩溃的郑大风。这尊阴神好像在犹豫不决，到底要不要毅然出手。但是他始终不敢轻举妄动，若是他出手阻拦郑大风发狂，那郑大风的武道前程就真的毁了。

郑大风骤然停下身形，悬停在空中，浑身浴血，鲜红面容模糊不清："师父，我做不到了，我真的做不到，对不起……"

看着一身鲜血的郑大风,已经束手无策的陈平安没来由地想起了一个小姑娘,一年到头身穿红棉袄,活蹦乱跳,天真烂漫。

记得李槐说过,小姑娘经常会问一些她的先生都回答不上来的问题,而齐先生从不会觉得这有何不对。

陈平安仿佛心有灵犀,轻声呢喃道:"弟子不必不如师。"

一句细若蚊蚋的自言自语,在郑大风耳畔,却响若大潮拍打老龙城。

郑大风痴痴低头,望向那根老烟杆。他依稀记得,从来不愿跟他多说什么的老人,每次透过烟雾冷冷望向自己,每当这种时候,心高气傲的郑大风,与之直视的勇气都生不出来半点。

在今天之前,郑大风从来没觉得这有什么不对。世人不知老头子的身份来历,他郑大风知道。世人不知道老头子的神通广大,他无比清楚。世人不知老头子的辉煌事迹,他郑大风还是知道。既然如此,他郑大风如何能够以弟子身份和不过八境武夫的修为,去跟那位老人对视?

郑大风抬起头,深深呼吸一口气,伸手抹掉满脸血迹,轻声道:"原来如此。"

郑大风没有豪言壮语,没有放肆大笑,只是一步步向院子上方的空中御风走去,在心中对自己默念道:"师父,你已在极高处,没关系,弟子郑大风,会一步一步走来见你。"

这一天,有人步步登天,直接破开了那片云海。踩在高高云海之上,那人登高望向更高处。

一座老龙城,大风起兮云飞扬。

陈平安抬头望向高空，郑大风破境的气象之大，直接让那片符家云海显出真身，最终人与云海一起缓缓消失。陈平安忍不住忧心忡忡问道："会不会动静太大了点？"

阴神笑道："动静足够大，才能震慑鼠辈和豺狼。"

郑大风能够厚积薄发，一举打破瓶颈，这尊阴神当然乐见其成。神君与人做生意自然公平公道，可他们这些从那座小庙走出的阴物阴神，却无这份待遇。若是郑大风在此夭折，坏了神君的谋划，很可能惹来神君震怒，在千万里之外将他弹指灭杀。

一贯谨小慎微的陈平安认真咀嚼了一下这句话，觉得还真有道理。不过这种道理，暂时不适用于自己。无妨，就像那些刻在小竹简上的文字，先攒着，行走江湖技不压身，道理更是如此。

陈平安好奇地问道："会不会闹得满城皆知，以后郑大风想要做点什么，岂不是处处是符家和五大姓的盯梢眼线？"

阴神瞥了眼东海方向，摇头道："符畦已经出马了，借此契机，郑大风应该会顺势做下几笔生意。他从云海返回的时候，一定不会像上去的时候那么大张旗鼓。"

陈平安点点头，将所有翠绿欲滴的小竹简收入方寸物之中。这些竹简，既有当初为林守一、李槐做小竹箱时剩下的普通绿竹，更多的还是返回落魄山后，魏檗赠予的竹楼残余，都是从青神山迁出的棋墩山奋勇竹。在梳水国渡口青蚨坊做了买卖之后，知道了青神山竹子的价值连城，陈平安越发珍惜，以至好些在书上看到的美好句子，都要咀嚼几遍，才决定要不要刻在竹简之上。

阴神突然问道："能不能给我一片小竹简，写有'神仙有别，阴阳相隔；魂以定神，魄塑金身'的那片。"

陈平安毫不犹豫就摇头拒绝："不行。"你以为你是宝瓶、李槐他们啊，想要啥我就给啥？

但是陈平安随即想起头一回在小巷，阴神当面揭穿郑大风的心思，不管是不是杨老头的意思，好像都应该承情。想通了这个关节，陈平安立即就大方起来："好，送你就送你，一片竹简而已。"

阴神虽然不理解为何陈平安改变心意，之前他由于心意迫切，所以说得过于直白，其实他不愿占这个便宜。阴神微笑解释道："我方才话没说完，其实我是想跟你购买那片竹简，十枚谷雨钱，如何？"

陈平安刚从方寸物拿出那片竹简，听到"谷雨钱"三个字后，顿时有些头皮发麻，疑惑道："哪怕竹简是由青神山奋勇竹制成，可就这么点大，不值这个吓人的天价啊？"

阴神淡然笑道："卖给其他任何人，撑死了就是几枚小暑钱，但是对我而言，这片竹简加上这句话，就值这个价。怎么，嫌价钱太高，不卖？要便宜一些才肯卖？那就一枚小暑钱？"

陈平安站起身递过那片竹简，笑呵呵道："赵老先生，东西收好。"

阴神一手接过竹简，一手手心堆放着十枚谷雨钱。陈平安接过那把灵气盎然的谷雨钱，使劲看了两眼，然后赶紧收入方寸物中。

阴神打趣道："不确定真伪？小暑钱和谷雨钱的造假，在山上层出不穷。"

陈平安笑道："我本来就没见过真正的谷雨钱，而且我信得过赵老先生。"

陈平安酒也不喝了，将装有飞剑十五的养剑葫芦别在腰间。

小雪钱，相当于世俗王朝的一千两银子。一枚小暑钱，等于一百枚小雪钱。一枚谷雨钱，则等于十枚小暑钱。这就是山上货币交易所谓的"千百十"。至于为了骊珠洞天特制的金精铜钱，比起谷雨钱还要珍贵。

十枚谷雨钱！这会儿终于有点腰缠万贯的感觉了。

陈平安突然问道："赵老先生，不然我把那些竹简都给你瞧瞧，你找找有没有还想买的？"

阴神摇头笑道："钱囊空空，买不起了。"

十枚谷雨钱，其实是它此次跟随郑大风南下老龙城的所有积蓄。

之所以出此高价，是因为郑大风破境时自己神魂震动，一眼相中了那句谶语。冥冥之中自有天意，天底下所有人都可以不信，他不行。

陈平安又说道："没事，赵老先生您看上哪片竹简，我送您便是。"

阴神转头打量着这个少年，笑了笑，不再说话，重新仰头望向云海，觉得有点意思。

郑大风的御风登天,随后破境引来云海异象,男人脚底下的老百姓不会察觉到什么,但是几乎所有中五境练气士和武道大小宗师,都在情不自禁地仰头关注这一幕,尤其是符家。在登龙台底下等候少女稚圭的符畦,甚至亲自去往云海,见一见这个能够破开云海大阵的人物。

由于云海遮掩,外人看不清云海之上的男子容貌,大多数在老龙城身居高位的修行中人,别人只是凑个热闹,猜测那个山巅境强者的真实身份,是那个持有半仙兵的符家老祖破关而出,还是云林姜氏的老祖在为即将下嫁老龙城的家族嫡女敲山震虎?

老龙城商贸繁华程度冠绝宝瓶洲,作为三大洲物资的重要中转枢纽,这里鱼龙混杂,有钱人多,赌鬼也多,私底下好友之间的较劲,甚至是几家大的赌档的押注,如雨后春笋般冒了出来。众人赌得千奇百怪,有赌此人身份的,有赌此人会不会被符家打残的,有赌此人的性别甚至是姓氏的⋯⋯

内城范家府邸,现任家主和几个家族老祖、供奉客卿,全部都是百岁高龄往上的老人,此刻并肩站在一座高楼廊道,人人满脸喜气。以云海之上的人物的登天起始地,加上之前的情报,他们可以推断出此人正是灰尘药铺的郑大风。郑大风毫无征兆地跻身第九境,成为武道止境的山巅境大宗师,对于范家而言,这自然是天大的好事,而且郑大风未来数十年,不出意外都会待在老龙城,范家无异于多出了一个从天而降的山巅境武夫。八、九境之差,云泥之别!

纯粹武夫入门炼体,中期炼气,巅峰炼神,各有三境,越往后,尤其是第七境之后,相邻两境的差距,就会越来越像一道鸿沟。所以流传着一句武道俗语:高境对敌低境,杀人不过一拳事。只不过也有人觉得这个"杀"字,应该改为"伤"字,更加准确。

与棋坛国手的段位有点相似,同样是九段,分强九段弱九段。七、八段的棋手,偶尔以妙招神仙手击败弱九段国手,不是没有可能,但到底属于特例,不是棋坛常理。话说回来,宝瓶洲的棋手段位评定,尤其是八、九段,往往只是由某个朝廷的棋待诏与其轮番对弈,而各个棋待诏的棋力水平,本身就相差悬殊。

一位范家金丹境老祖抚须而笑:"范小子有这么一位传道人,真是好大的福气!"笑声四起。

骤然之间,老龙城上空的云海汹涌下沉,几乎所有人都措手不及就身处云海之中,四顾茫然。无论是练气士还是纯粹武夫,都感觉到一股令人窒息的压迫感,这一刻的气机运转,或多或少都出现了凝滞减缓的状况。不过转瞬之后,天地又恢复清明,云雾消散得半点不剩,很多蛰伏或是供奉于老龙城的金丹境修士,心情尤为沉重。

郑大风是以八境远游境御风而去,却是以九境山巅境步行返回小巷。

药铺里的女子们,从头到尾都在嬉笑打闹,没有任何异样感触,这既是山下人的井底之蛙,也是凡夫俗子的另一种安稳。她们见着了从铺子外边走入的掌柜,也没往深处去想。汉子手里拎了两坛从邻近大街买来的美酒,掀起门帘,低头弯腰走入院子。他将其中一坛酒高高抛给坐在板凳上的少年,他自己捡起老烟杆,再次坐在正房前的台阶上,沉默不语,既不抽旱烟,也不豪饮醇酒。

他开口第一句话,不是对老头子"钦定"的传道人陈平安说的,而是询问阴神:"老赵,现在是不是可以打开天窗说亮话了? 老头子到底还有什么交代? 陈平安过几天就要去乘坐桂花岛渡船离开此地,护道人一事,你能不能给句准话?"

阴神摇头道:"神君只叮嘱我,你若是破境成功,就好好享福;若是破境失败,就丢海里喂鱼。"

郑大风双手使劲揉着脸颊:"我的亲娘,还是一头雾水。"

郑大风将老烟杆搁在怀中,打开酒坛泥封,低头对着酒坛吸溜一下,如龙汲水,酒水凝聚为一线,自个儿跑到郑大风嘴中。郑大风抹了抹嘴,仰头望向那片云海:"老赵,你说老头子有没有猜到我此次破境看见的景象? 有没有料到我差点就要一鼓作气再撞天门? 有没有想到我看到了那道大门附近的景象,差点就要……"

郑大风哀叹一声,然后又低头喝了口酒,突然间眉开眼笑:"说不定老头子那句话,一开始就是两层意思。'终生无望第九境',哈哈,老头子真是顽皮……"

阴神扯了扯嘴角,觉得郑大风真是不知死活。

郑大风好似脖子给人掐住,四处张望,很是心虚。他赶紧起身,来到院子中央,面朝北方,自言自语道:"老头子,别见怪啊,弟子郑大风破境成功,却无法当面跟你讲这件喜事,内心愧疚得很。老头子你英明神武,度量大,莫生气,弟子唯有以三鞠躬三炷香聊表心意了!"

郑大风果真做手持香火状,向遥远的大骊方向拜了三拜。

陈平安很纳闷,杨老头怎么会教出李二和郑大风这么一对有着天壤之别的徒弟。不过一想到李宝瓶、李槐、林守一他们几个同样是性格迥异,相差十万八千里,陈平安就不感到奇怪了。

郑大风在敬香之前有一个古怪动作,陈平安看得一清二楚——郑大风举起一条胳膊,伸手在头顶绕了一下,仿佛那里藏有三炷香,给他拿回手中。

郑大风做完这件神神道道的事情,懒散地坐回板凳,好像真的打定主意开始享福了。他盯着陈平安,陈平安跟他对视。

一个好像是欠了一屁股债却死活不想还钱的无赖;一个像是在说你敢不还钱,我打不死你也烦死你。

阴神看着这两人,突然发现自己有点不懂现今的世道了。

有人掀起帘子,却没有立即走进院子,他一手将竹帘高高抬起,一手拎着一壶老龙城最好的桂花小酿,光是那只精美酒壶就能卖一枚小雪钱。唇红齿白的俊秀少年看到院子里还有外人，一时间便有些犹豫不决，站在原地，轻声问道："郑先生……我能进来吗？"

在少年走入灰尘药铺后，阴神就已散去身形。陈平安转头望去，是一名同龄人，看得出来是一个纯粹武夫，暂时应该还是三境。少年的呼吸吐纳平稳，牵一发而动全身的筋骨皮肉轻微颤动，血气精神流泻在外，这名老龙城少年的武道底子打得尚可，但是瑕疵较多，其纯粹真气在体内气府的"巡狩驿路"，似乎不够宽，且不够平整……

陈平安突然有些讶异，他发现自己竟然在俯瞰别人的武道境界。直到这一刻，陈平安才意识到自己真的跻身武道第四境了。

郑大风没有计较陈平安的神游万里，对着少年招手笑道："我知道瞒不过你爷爷。不过不是我说你啊，贺礼就是一壶范家酿造的桂花小酿？是不是太马虎了一些，我这个人从来是大事上含糊，小事上特别讲究。你把酒留下，麻溜儿回范家，找你爷爷提一提，做人可不能太小气了。"

少年哑然，无奈道："郑先生，我是听爷爷说了这事，偷跑出来送酒的，不是我家长辈的意思。不然先生等我以后继承了那艘桂花岛渡船，再准备一份大礼？这壶酒是我从家里偷拿出来的，回头可别跟我爷爷说啊，我这就给先生去跟家里讨要贺礼去……"

少年放下酒后，就屁颠颠颠跑了。郑大风没有阻拦那个风风火火的范家小子，斜眼看了一下暮气沉沉、死精死精的陈平安，心想：同样是少年郎，瞧瞧人家范小子，待人诚恳，出手大方，好说话，一身的优点；再看看你陈平安，五文钱的旧账，你能记这么久，长得还不白，古板迂腐，一身的臭毛病！

从少年的言语中，陈平安了解到很多内幕：少年出身于那个跟随符家一起押注大骊的老龙城范家，如今拜师于郑大风，未来会拥有那艘桂花岛渡船。再加上之前阴神透露，郑大风要与城主符畤做买卖。

陈平安心中微微松了口气，自己这趟选择范家渡船去往倒悬山，应该问题不大。

未来老龙城是神仙打架，还是群魔乱舞，是其他人需要考虑的事情，陈平安只需先待在药铺耐心等待几天，然后登上那艘桂花岛渡船，到达倒悬山，去往剑气长城，找到宁姑娘，送出背后那把剑……

郑大风伸手一抓，笑道："范小子，回来，你还真去帮我厚着脸皮讨要贺礼啊？"

其实少年回到家说什么，郑大风根本不在乎，他其实是觉得跟陈平安相处一院有点无聊，还不如抓个开心果回来解闷，省得跟陈平安大眼瞪小眼。关键是他一个九境武夫还不好撒野，甚至内心深处还有点晃晃荡荡。

已经快要跑出小巷的少年衣衫后领突然被人扯住，他踉跄后退，吓了一大跳，还以为遇上了刺客。听到了郑大先生响彻心扉的嗓音后，少年嘿嘿一笑，挥手示意那名金丹境家族供奉不用紧张。少年转身快步跑回灰尘铺子，对几名略微熟悉的女子喊了几声姐姐,又掀开帘子回到院子,身后是一阵阵欢快的莺声燕语。少年打心底喜欢这种氛围。

范家大门里的那些仙子女侠,当然更漂亮,更仙气,但是少年很早就知道,她们看到自己后流露出来的笑意,跟这里的姐姐们的笑意,是不一样的。一个是对着范家未来家主,一个是对着不知道哪个角落蹦出来的少年。

少年不反感前者,但是喜欢后者。

陈平安给少年搬了条凳子,少年赶忙快步接过,笑道:"谢谢啊。"

陈平安笑着摇头道:"不客气。"

少年拎着凳子,望向郑大风:"先生,我该坐在哪儿?"

郑大风大手一挥,打趣道:"去门口竹帘那边坐着,帮忙把风。"

"好嘞。"少年开开心心跑去坐在门口,还是正襟危坐的那种,腰杆挺直,眼观鼻鼻观心,双手老老实实放在膝盖上。虽然少年尽量让自己显得端庄肃穆,可是一双眼睛忍不住泛起笑意。笑意清澈得就像哗啦啦流淌的溪涧,开心时会有声响,不开心时也有,而不是那种水深无言,贵人语迟。

陈平安突然之间有些羡慕这个少年,门口少年身上,有一种他一直想要却求之不得的东西。

文圣老秀才当初喝醉了酒,被他背着,使劲拍着他的肩膀说,少年郎肩头要挑着草长莺飞和杨柳依依,不要去想什么家仇国恨,道德文章。

门口那个少年就是这样的,陈平安做不到。

郑大风仿佛察觉到陈平安的异样情绪,虽然未必知晓其确切想法。汉子想了想,笑着将那壶桂花小酿丢回给范家小子。

少年灿烂笑道:"郑先生,我可只敢喝一口啊。"

陈平安高高举起养剑葫芦,也跟着笑了起来,道:"一起喝。"

那少年愣了一下,使劲点头道:"那我这一口喝得多一些!哦,对了,我叫范二。不是小名儿,就叫范二。因为我前边还有个姐,叫范峻茂,所以我叫范二……好吧,其实有没有我姐,我爹娘给我取这么个名字,都挺让我伤心的。你呢?可以说吗?"少年喝了一大口酒,满脸通红,咳嗽连连。看来对于这个名字,他确实有点伤心。

陈平安喝过了酒,笑道:"我叫陈平安,平平安安的平安。"

范家那艘桂花岛跨洲渡船会在六天后出发,而孙家的山海龟渡船则已经率先出海远游。陈平安本想去亲眼看一下山海龟渡船的模样,但是想着老龙城最近人多眼杂,郑大风又刚刚破境,惹出天大动静,就告诉自己不要给人添麻烦,把这份好奇心就着酒水一起喝掉了。

接下来两天范家少年还是每天过来灰尘药铺，拎着桂花小酿跟郑大风讨教武学。郑大风虽然人不太正经，聊起武道一事时却正经了不少。虽然措辞还是花哨了点，可陈平安在旁听着，觉得郑大风的指导对于范家少年当下的武道破境，确实大有裨益，说是金玉良言都不为过。只是郑大风讲述的内容，对于陈平安没有什么用处，最后心底反而还有点疑问。

郑大风不介意陈平安旁听这些有关三境瓶颈的小打小闹，甚至巴不得陈平安一个心痒，自己蹦出来，要对范家小子言传身教，到时候他就乐得轻松自在，大可以跑去前边铺子，为姐姐妹妹们排忧解愁。只可惜陈平安只听不说，装傻扮痴，好像半点不对自己的武道四境感到骄傲。这让郑大风怨念更深，瞧瞧，一个比入定老僧、坐忘道人还稳得住的少年，要他风流不羁的郑大风如何喜欢得起来？

如果不是陈平安算是他的大半个传道人，如果不是每天能蹭一壶桂花小酿，郑大风早就让陈平安卷铺盖滚蛋，赶紧离开这间春光满溢的药铺，搬去范家府邸那边当贵客，只管在那边扯自己的虎皮作威作福。

这天范二听完了郑大风的疑难解惑，便跟陈平安闲聊起来，两个同龄人坐在屋檐下乘凉。

孙嘉树言行举止滴水不漏，让人生出如沐春风之感，少年范二就要稚嫩许多，但是也不是那种全然不知民间疾苦的天真。少年聪明，开朗直爽，而且家教极好，他爹娘多半是心大的，在取名字这件事上，就看得出来。

每当少年聊起自己的姐姐范峻茂时，都是满满的钦佩，要知道他与姐姐同父异母。范二对那名身为范家主妇的"大娘"，一样特别亲近。他总说自己亲生娘亲太娇惯着自己了，好是好，可就是担心自己会长不大。大娘对自己从来都是宠溺，但也讲规矩，对错分明。读书开窍了，习武有成了，待人接物做得好了，大娘都会嘉奖，说好在哪里，但是做错了事，大娘也会把范二当作一个大人对待，绝不会训斥喝骂，而是心平气和地与他讲道理，所以范二发自肺腑地敬重这位大娘。

少年范二愿意对刚刚认识没多久的大骊少年陈平安，说着这些独属于少年的开心和忧愁。陈平安就安安静静地倾听范二的诉说，听得津津有味。范二起先还怕陈平安觉得烦，后来见陈平安是真心喜欢，范二便会忍不住多喝几口酒。

陈平安也跟范二说了许多家乡龙泉郡的事情，聊了他当窑工烧炭、上山下水的事情。

范二紧随其后的问题，往往都很天马行空："陈平安你还要吃土啊？有米饭那么好吃吗？不管了，只要能扛饿就行！不然你教教我，哪些泥土更好吃些，以后我在家受罚挨饿之前，去祠堂路上就抓一大兜泥土！"

"你能从头到尾就靠自己一个人，烧出一件瓷器吗？陈平安，以后我成人礼的时候，你一定要送我一件瓷器啊！酒杯茶盏这种小东西就行了，不用太讲究，有个能让人认得出是啥的粗坯模样就成。我好跟人显摆，说这是我朋友亲手做的，他们一定吃瘪，眼馋死他们。"

"天井是什么东西？刮风下雨下雪的天气，咋办？那天井对着的池子，里头能养鱼龟虾蟹吗？"

陈平安一一回答，最后笑着说了一句最让范二高兴的话："我有个好朋友叫刘羡阳，现在可有出息了，已经一个人去了婆娑洲那么远的地方。下套子做弓箭都是他教我的，以后介绍你们俩认识啊。"

范二就在那边小鸡啄米，满脸期待。他已经开始盘算将来有一天陈平安带着刘羡阳登门做客，要如何安排他们俩的住处，每天喝什么酒吃什么菜，去老龙城哪儿玩……

有一天，范二没来灰尘药铺。

这天暮色里，药铺早早打烊，陈平安和郑大风在后院正房，吃着一名妇人做的一桌子饭菜。郑大风倒是想要凭借自己的"姿色"，让那名姐姐不收钱，好让他在陈平安面前长长面子。没奈何妇人六亲不认，斩钉截铁，一枚铜钱也不能少。

郑大风一手持筷，一手持杯，吃菜喝酒两不误，随口问道："你整天跟范家小子聊些有的没的，有意思？"

陈平安细嚼慢咽地对付饭菜，他放下筷子说道："有意思。"

郑大风嗤之以鼻："我离开骊珠洞天才这么点时间，你就捞到了这么多宝贝？咋来的，给说道说道？是不是一路踩狗屎撞大运来的？"

陈平安顶了一嘴："跟你不熟。"

郑大风斜眼道："跟范二就熟了？"

陈平安说道："比你熟。"

郑大风龇牙咧嘴："老头子愿意把珍藏已久的十五卖给你，对你是真不差。"

陈平安这次没有反驳什么。

郑大风又问："跟孙嘉树那个聪明蛋分道扬镳啦？"

陈平安点点头。

郑大风笑道："这个孙子很有钱的，不挽回一下？跟他成了朋友，哪怕是酒肉朋友，以后到了老龙城，保管你小子吃喝不愁。"

陈平安摇头道："也就那样了。"犹豫了一下，他补充道，"孙嘉树人不坏，就是有些事情，不够厚道。我如果是商人，不太敢跟他做大买卖。因为他这种人，对谁都有个估价，大致值多少钱，什么时候该做什么生意，孙嘉树一清二楚。对他来说，再好的关系，也就只是生意而已，谁能保证他不把人卖了挣钱？我可能看错了他，误会了他，可不管怎么样，孙嘉树今后如何，跟我是没关系了。"

郑大风笑道:"他没你想的那么简单,当然也没你想的那么差劲。以后这个人,会挺了不起。你今天错过了他,既是孙嘉树的损失,也是你小子的损失。你要是不信,咱们走着瞧。"

陈平安问道:"你是说钱财上的损失?"

郑大风一只脚踩在长凳上:"不然?天下熙攘,图个啥?名,不是钱?修为,不是钱?都是钱。"

陈平安笑道:"只是钱,那就更没关系了。"

郑大风知道陈平安的言下之意,舍不得钱,也最舍得钱,看似矛盾,实则不矛盾。归根结底,每个人尤其是修行之人的脚下大道,在于左右双脚的平衡,只要做到这一点,哪怕蹦跳着前行,一样能够走到众山之巅。

曾经并肩同行,又分道而行,未必就是陈平安和孙嘉树有高下之分、好坏之别,就只是不同路而已。事实上,关于眼前少年的心性,郑大风看得很透彻,不过人之砒霜、我之甘饴罢了。李二喜欢,他就不喜欢,可不喜欢归不喜欢,不得不承认,陈平安能够一步步走到今天,自有其道。再者,天底下有几人可以做他郑大风的传道人?

老头子可以做,但是不愿意,只承认师徒关系,不想在"道"这个字上琢磨更多。陈平安未必愿意,可世事无巧不成书,就是这么有趣。

郑大风不由自主地想到了一些深远处的景象,有些他已经近距离亲眼看到,有些暂时离着还有点远。汉子便有些慵懒乏味,决定结束这场还不如一桌子死咸死咸饭菜有滋味的对话,说道:"欠你的五文钱,在你坐上桂花岛渡船之前,我一定还你,肯定公道。这次我破境,也会跟你一并结账。既然老头子没说清楚护道人一事,我又没觉着是你的护道人,那我就当没这回事,至少跟你陈平安是如此。"

陈平安没意见,点头答应。

郑大风拿起老烟杆,开始吞云吐雾。抽旱烟久了,习惯成自然,觉得还挺不错,难怪老头子好这一口。

郑大风眼神恍惚。当初破开云海,郑大风差一点就要去做一天之内连破两境的壮举,然后郑大风看到了云海之上的一幕风景,这让他打消了念头。

纯粹武夫的九、十境之间,需撞天门,郑大风自然看见了天门,但是郑大风深信不疑,自己看到的天门,与任何一位已经跻身十境的武道前辈所看见的,绝不相同。

那道天门,的的确确出现了,但是不只有天门而已。

郑大风看到了天门前一根通天大柱之上,有一个面容模糊的神将,披挂着一副如霜雪般的庄严铠甲。神将被一把剑钉死在天门柱子上,金黄色的血液涂满了柱子。

郑大风当时仰头望着那具凄惨的尸体。有一个瞬间,仿佛那具神将尸体活了过来,在与他郑大风对视。神将嘴唇微动,似乎在说一个字:走!

郑大风那一刻差点就要肝胆崩裂，魂飞魄散，差一点就要沦为才破境就跌境的可怜虫。

当时符箓的出现，帮助郑大风挣脱了那种束缚，而此刻陈平安的问话，打断了郑大风的思绪："郑大风，我的三境，是被人一拳一拳打出来的，范二既然三境底子打得不算好，你为什么不帮他？"

郑大风直愣愣地看着眼前这个家伙笑出声："你觉得范二的三境底子，打得'不算好'？"

陈平安皱眉道："难道是'很不好'？"

郑大风差点被一口旱烟活活呛死，大笑道："不好个屁！按照宝瓶洲武夫的正常水准来说，范二的底子从一境到三境，打得已经够好了，而且范二本身就是个武道天才，你小子竟然说不算好？那宝瓶洲的纯粹武夫，都拿块豆腐撞死自己算了，不然用娘们的腰带上吊自杀也行。"

陈平安将信将疑，总觉得这个家伙是在推卸责任，一天到晚想着跟药铺女子嬉皮笑脸，不愿多花心思在范二身上。

郑大风笑眯眯道："如果我没有记错的话，李二当初的三境底子，可能比你都要差一点。不过你也别高兴得太早，你只是三境出色而已，李二的九境底子，堪称世间最强，我的八境也差不多。奇了怪了，谁有这么大本事，能用拳头把你打出先前那么个三境？总不可能是李二给老头子喊回骊珠洞天，手把手教你？"

陈平安摇头道："是其他人。"

郑大风这次是真好奇了，旱烟也不再抽："到底那人是怎么锤炼体魄神魂的？"

陈平安脸色微变，光是回想一下落魄山竹楼的境遇，他就觉得糟心。

郑大风笑道："随便说说，你只要大致聊一下，我就再送你一本最入门，但是被誉为'最没错'的武道剑谱。当初老头子从一个生前是剑修的阴神那边要来这本剑谱，我、李二和李柳三人都学过，只是对我最没有意义。老头子主要还是为了李柳，对你陈平安则未必无用。"

陈平安想了想，说道："淬炼体魄神魂，就跟捣糯米打麻糍差不多，信不信由你，就这么简单，不过后边我还要做点事情……"说到这里，陈平安双指粘在一起，指向自己的胳膊，"自己给自己剥皮，抽筋，一寸一寸慢慢来，眼睛不能眨一下。不用彻底剥掉皮肤，也不用抽断筋，每次都有人告诉我什么时候可以结束，之后就给人扛着去泡药桶，伤口很快就可以痊愈。"

郑大风问道："总共几次？一两次？三四次？"

陈平安咧嘴一笑："每天都要做，一双手数不过来。"

郑大风先是一脸匪夷所思，然后捧腹大笑："好好好，就冲你小子吃了这么多苦头，老子想一想就开心得不行。那部剑谱回头我整理好，保证不动任何手脚，完完整整送给你便是！"

陈平安翻了个白眼，这人够无聊的。不过想想也是，不无聊的话，能开这么间每天不挣钱光赔钱的药铺？

郑大风笑了半天，好不容易止住笑声："范二的先天底子不比你差，但是心境上，到底是大家少爷，磨砺得少了。说句不好听的，范二相比我们，仍然属于外强中干，经不起你这般折腾打磨，否则会碎的。"

郑大风双指捏住酒桌上那只杯子，杯子瞬间化作齑粉。他淡然道："武道要紧，还是命重要？"

陈平安开始起身收拾碗筷。

郑大风心情沉重起来，因为他突然发现，当初陈平安的本命瓷被打碎一事，水很深，比想象中还要深不见底。

没来由地，看着少年娴熟地叠放碗碟，郑大风有些可怜他。陈平安？除了姓氏没什么好说的，名字好像取反了吧？

郑大风随口问道："陈平安，你模样随谁，你爹还是你娘？"

陈平安脱口而出道："听老街坊说随我娘亲多一些。"陈平安瞥了眼郑大风："反正随谁，都比你长得周正。"

郑大风没好气道："滚滚滚，收拾你的菜盘子去！"对这个小子，老子果然就不该有那份恻隐之心。

之前在那座老龙城东海之滨的登龙台，城主符畦去往云海探查异象，久久未归。那个在海边结茅修行的金丹境供奉离开修道之处，来到少城主符南华身边，符南华这才意识到情况不对。符南华循着老人的视线，看到远处缓缓走来一个横剑于身后的男子，气态闲适，就像是一个游览至此的外乡人。符南华看不出对方深浅，轻声问道："此人修为很高？"

金丹境老者能够单独一人帮助符家坐镇登龙台，战力相当不俗，两件法宝攻守兼备，在整座老龙城都是名列前茅的强者。老人此刻脸上的神色绝不轻松，沉声道："想来极高。"

符南华有些震动，这话说得很有门道，不在"极高"二字，而在"想来"之上。这意味着一名金丹境大佬都看不出对方的真正实力，此人的境界比起老人的金丹境，只高不低。最可怕的是那名不速之客带着剑，有可能是剑修。

符南华再问道："来者不善？"

金丹境老者摇头道："不太像。"

那人悠然走来,全然不顾老龙城符家订立的禁地规矩,直接跨过那座无形的雷池阵法,走到老人和符南华身前。那人双手手肘抵在身后横放的剑鞘上,笑道:"我叫许弱,来自大骊,如今正在你家做客。"

当初渡船落在符城,符南华没有资格去迎接父亲符畦和大骊贵客,家族里只有寥寥数人"接驾",但是许弱的大名,符南华早有耳闻。现在听到此人自报名号,他赶紧压下心中激荡的涟漪,立即作揖行礼:"符南华拜见剑仙前辈。"

许弱笑着抱拳还了一礼。

符南华直身后,转头对金丹境老者笑道:"楚爷爷,没事了。"

不承想老人在错愕之后,作揖之礼,比符南华这个小辈更加虔诚,竟是久久不愿起身:"中土神洲翠微楚氏不孝子孙楚阳,替家族拜谢许大侠的救命之恩!"

许弱哑然失笑,当年翠微楚氏的那桩祸事,他不过是路过随手为之,替楚氏挡下了一座山上宗字头仙家的纠缠不休。许弱摆摆手道:"不用这么客气,我只是恪守墨家宗旨。"

老人仍是没有起身,颤声道:"大恩即是大恩,若非许大侠出手相救,楚阳便真成了丧家之犬,以后便是想要认祖归宗,也成了奢望。许大侠古道热肠,自是不会将这种事情放在心头,楚阳却绝不敢忘恩负义!"

许弱无奈道:"心意我领了,你总这么弯着腰,也不是个事儿。"

只看面相比许弱要年长一辈的金丹境老人,收起那份大礼,望向那个能够将名山大川融入剑意的强大剑仙,笑道:"不承想能够在东宝瓶洲遇见许大侠,楚阳在此结茅枯坐数十年,心里头那点对符家的憋屈怨气,今天算是彻底没了!"

符南华苦笑不已,不愧是老龙城金丹境第一人,脾气真是臭,还不如何念恩情!

无奈之余,符南华百感交集,楚阳早年游历到老龙城,何等跋扈,因为一件小事,与老龙城一个大姓家族起了嫌隙,打得天翻地覆,楚阳一人力战群雄而不落下风。到最后还是符畦亲自出手,先亲自跟此人大打了一架,再丢出一座金山银山,又让出登龙台这处风水宝地,才让楚阳捏着鼻子成为符家供奉之一。哪怕符家如此诚心诚意,楚阳照样跟符家坦言,以后符家任何恩怨,只要不涉及家族存亡,他楚阳都不会出手。若是符家谁胆敢挟恩图报,别怪他楚阳翻脸不认人,最后符家还是得捏着鼻子点头答应。

可这么一位有望成为地仙的金丹境修士,此时此刻,跟符南华年少时面对高深莫测的楚阳,心态如出一辙。

符南华突发奇想,这位墨家豪侠,会不会有他由衷仰慕的人?会不会在遇上那个人的时候,心甘情愿以晚辈自居,抬头望之?符南华发现自己根本无法想象那一幕。

许弱不与金丹境老者客套寒暄,径直走向登龙台。楚阳连出声提醒的意思都没有。符南华想要开口，但是很快就将那些言语咽回肚子。

随着老龙城云海骤然下坠，符畦很快就返回此地，出现在符南华身旁。看着登高而上的许弱，这名老龙城城主没有丝毫不悦，而是带着符南华直接回城，金丹境老者与符畦点头示意，便也返回海边茅屋，继续潜心修道。

符畦如此放心许弱接近少女稚圭，不单单是自知阻拦不了一位享誉中土神洲的剑仙，更因为许弱的墨家身份。墨家游侠行走天下，这本身就是一块响当当的金字招牌。

许弱走到大半，少女已经走下登龙台，素雅清爽的婢女装束，干净秀气的脸庞，不再满脸淌血，眼睛金黄。

两人在半路相遇，许弱停下脚步，跟随少女一起往下走去，轻声提醒道："落在某些儒家圣人眼中，你登上此台，就是在挑衅规矩。"

少女在许弱面前，不知为何没有在骊珠洞天和大骊京城的种种掩饰，脸色冰冷："既然我能活着爬出那口水井，还能活着离开骊珠洞天，就说明我活着这件事，早就是四方圣人默认的，登不登上这座高台，重要吗？"不等许弱说什么，稚圭已经自问自答："我看不重要，一点都不重要。"

许弱哦了一声，不再有下文。

少女笑道："当年诸子百家，唯独你墨家……"

许弱瞬间推剑出鞘两寸，整座登龙台都被一条无形的大江之水环绕包裹，江水声势浩大，以至原本汹涌撞向岸边的一股大海潮水都自行退去。结茅修行的金丹境老人猛然睁眼，又迅速闭上眼睛。

少女啧啧笑道："你的剑术是很高明，而且可以更高，但是这气魄嘛，真比不上你们墨家祖师呀。"

许弱皱了皱眉："差不多就可以了，得寸进尺不是好事，这里终究是浩然天下。"

少女眯起眼，撇撇嘴道："对呀，我怎会不知道，这儿就是一座古战场遗址，以前这遍地尸骸，堆积起来比中土神洲的大岳穗山还要高，鲜血比你引来的这条大渎之水本体还要多。"

许弱停下脚步，破天荒有些怒气："山崖书院齐先生就没有教过你？！"

少女脚步不停，步伐轻灵："教了啊，他最喜欢说教，只是我不爱听而已。"

许弱沉默跟随，在少女踏出最后一级台阶的瞬间，气势磅礴的江水剑意消散一空——信手拈来，随心所欲。

许弱当初对峙刚刚跻身玉璞境的风雪庙魏晋，同样是推剑出鞘些许，以高山剑意抵御魏晋的那一剑，看似旗鼓相当，其实许弱远远没有倾力而为。

许弱已经有太多年没有完整拔剑出鞘了。

当初在大骊王朝的红烛镇,许弱遇上了那个戴斗笠的男子。两人在喝酒的时候,许弱想要向男人请教一剑,但是那人只是笑着说,你不要挥霍了一剑鞘的精气神,继续攒着吧。许弱当时就知道自己与那人的差距有多大了。

如果不是受限于墨家门生的身份,许弱也很想去往剑气长城。那堵长城墙头上的剑仙,跟浩然天下九大洲的剑仙,根本是两回事。许弱如何能够不心神向往?

要不然借此机会,去一趟倒悬山?许弱心中一动,觉得似乎可行。

瞥了眼少女的背影,许弱叹息一声,还是算了吧,眼前这个看似弱不禁风的小丫头,可不是省油的灯,而且她的年龄真不算小了。

许弱再次停下脚步,好像没了护送她回到符家的意思。少女转头望去,有些奇怪。

许弱始终站在原地。少女只当是他的剑仙脾气上头,不愿意搭理自己。她反正无所谓,很快回头,继续前行。

许弱最后干脆转身,返回登龙台,走到最高处。这里曾是世间最后一条真龙的登陆地点,然后那条真龙一路向北逃窜,开辟出那条走龙道,最终陨落于宝瓶洲最北端的大骊王朝,没能入海去往北俱芦洲。

许弱不知道这一次,自称王朱的少女能够走多远。

范家的桂花岛渡船在今日黄昏起航。范二专程跑来为陈平安送行,两人在大清早就乘坐马车一起去往老龙城外。

郑大风昨夜在陈平安屋门口随手丢了一只包裹,然后这个掌柜早餐不吃,日上三竿也在蒙头大睡,打定主意要一觉睡到饱,其间没有理睬范二的敲门和陈平安的道别。

包括桂花岛在内的老龙城六艘跨洲渡船,都不在孙家那条城外大街的尽头,而是在最南边一座孤悬海外的大岛之上,需要换乘渡船去往那座巨大的岛屿,这座岛屿距离老龙城有三十多里远。

陈平安和范二乘坐的渡船在岸边停靠,范家马车早已等候多时。两个同龄人坐在车厢里,范二鬼鬼祟祟掏出一只钱袋,递给陈平安,轻声道:"家里管得紧,我没啥钱,陈平安,真不骗你,可不是我范二小气啊。这几个金元宝都是我的压岁钱,这还是一些熟悉的长辈偷偷给的,加上又不是什么山上神仙的小雪钱、小暑钱什么的,爹娘才会睁一只眼闭一只眼。一点心意,你一定要收下。还有这两壶桂花小酿,你带着路上喝,驾车的马爷爷帮我藏在了他的方寸物里头,到了桂花岛那边,他会偷偷拿给你的。因为郑先生说了话,咱家桂花岛渡船出海之后,肯定好好款待你,不缺这点酒水。可还是那句话嘛,这是我范二自己的心意,不一样的。"

陈平安摇头道:"钱我就不拿了,酒我肯定收下。"

范二有点伤心郁闷:"为啥? 你也不是那种嫌钱少的人啊? 咱们这样的朋友之

间,不都讲究一个千金散尽眼不眨吗?我这一路上其实挺心疼的,辛辛苦苦攒了五六年呢。"

陈平安轻轻撞了一下少年肩头,压低嗓音问道:"老龙城有花酒不?以后咱们岁数大一些……"

范二眼睛一亮,立即懂了:"放心,我这两年再多攒一些金元宝。"

陈平安一本正经道:"我有个很要好的朋友,说天底下最好喝的酒,就是花酒。这酒要是都没喝过一次,就不配称酒仙……范二,咱们到时候只喝酒啊。"

范二郑重其事道:"必需的!"

这座大岛之外,原来还有一座岛屿,岛上亭台楼阁连绵起伏,满山桂树,芬芳怡人。两座岛屿之间的海中有一条宽阔道路衔接两岛,众多豪奢马车只能于道路一头停车,可两名少年的马车却能直接驶往桂花岛渡船那边,惹来许多诧异的视线。

马车缓缓停下,陈平安和范二走下马车,范二苦着脸道:"陈平安,我就不送你上船了。这段时间我偷拿了我爹好些桂花小酿,他好不容易瞒着大娘藏下的酒,全给我偷拿没了,今儿回去肯定要罚我去祠堂……"

陈平安赶紧说道:"你千万别吃泥土,之前骗你泥土能当饭吃,是我开玩笑的。"

范二呆若木鸡,哭丧着脸道:"我昨夜挖了两斤泥土藏床底下呢,白挖了?"

陈平安哈哈大笑,从慈眉善目的老车夫手中接过两壶酒,倒退着走向桂花岛,对范二笑道:"走了啊!"

范二使劲点头,挥手告别,好像记起一事,大声喊道:"陈平安,我觉得你这个名字挺好的,跟我差不多。爹娘取名字的时候,都走心了!"

陈平安脸一黑,转身跑向上岛的山路。

范二有些得意:"让你骗我泥土能当饭吃。"

范二转过身,对老车夫笑道:"马爷爷,走,直接去家里的祠堂!"少年觉得自己这次的气概极为豪迈,看来那些酒没白喝,没白偷,现在自己已是浑身的英雄胆!

一直忍住笑意的老人说道:"范小子,你爹说了,这次不用去祠堂受罚。"

范二双手抱头,不知道该高兴还是懊恼。

老人看了眼自家少爷,又看了眼那个已经在桂花岛上的草鞋少年,没来由地觉得今天天气格外好。

陈平安登山而行,好像每走一步,就离那名姑娘近了一步。所以他越来越脚步如飞,直到走到了桂花岛之巅,他环顾四周,情不自禁地深呼吸了一口气,然后故意憋着这口气,因为陈平安突然想起了竹楼老人在崖畔说的一句话:"这一口气吐出之时,要叫天地变色!要叫神仙跪地磕头!要叫世间所有武夫,觉得你是苍天在上!"

然后陈平安又想起了梳水国老剑圣说的一句话:"如果有一个姑娘对你说,陈平安,你是一个好人……哈哈,你俩关系铁定黄了!"

陈平安顿时有些泄气,直挠头。

最后他想起了自己说过的一句话:"我爹姓陈,我娘也姓陈,所以我叫……陈平安。"

陈平安蹲下身,开始喝闷酒,忍不住嘀咕道:"陈平安你似不似个撒子?!"

第十章
群山之巅有武神

陈平安腰间挂了一块桂树制成的木牌，木牌正面刻着一句怪话："生于明月里，人间次第开。"反面为"范氏桂客"，桂客而非贵客，也挺奇怪。而且这块范二亲自送给陈平安的桂树木牌，还被人偷偷摸摸刻下了"范二之友"的蝇头小字。这肯定是范二的手笔，一个会偷偷往床底下藏两斤泥土的家伙，做得出这种事情。

很快，迎接陈平安的人就姗姗而来，行走之间，绝无半点妖娆诱人的意味。来者是一名中年妇人，虽然不过中人之姿，但是气质很好，清雅恬淡，而且陈平安观其气象，她应该是一名中五境的练气士。她自称是桂花岛渡船的挂名管事之一，笑言占着年纪大的便宜，陈公子可以喊她桂姨，桂花的桂。陈平安便喊了声"桂姨"，说这趟去往倒悬山，多有麻烦。

妇人微笑摇头："我们这些生意人，有贵客临门，从来不会觉得是什么麻烦事。"

她指了指陈平安腰间的木牌，解释道："凭借咱们家主才能送出的桂客牌，陈公子在桂花岛上购买任何东西，一律七折。"妇人忍俊不禁，笑意中有几分亲昵，"范小子捎了口信给我这个当姨的，所以陈公子可以再破例，全部打六折。"

陈平安虽然点头，但是在心中默默打定主意，只要不是特别一见钟情的心仪物件，这趟跨洲远游，就不要购买任何东西了。毕竟别人把你当朋友，你也得把别人当朋友。

妇人桂姨领着陈平安走向一座名为桂宫的高门大宅，一路为少年介绍桂花岛的风土人情，并特别提及了桂花糕和桂子酒，让陈平安一定要多尝尝。还说陈平安的独栋小院就有这两样东西，他不用客气，只管跟那名作为小院婢女的桂花小娘索要。

陈平安没有拒绝，拍了拍腰间的养剑葫芦，笑道："喝酒我喜欢。"

妇人瞥了眼那个朱红色酒葫芦，笑了笑："那就好。"

桂花岛上有上千棵桂树，山巅那棵参天古木，岁数比老龙城还大，是中土神洲的某个农家仙人亲手栽下的。桂花岛能够成为一艘跨洲渡船，历经千年而无损，甚至随着山上桂树的树根蔓延，加上范家以独特手法添土，桂花岛还会缓慢成长，都要归功于那棵祖宗桂花树。而范家售卖的桂花小酿，之所以标着天价依然是有价无市的行情，也是因为酿酒的桂花，取自千岁高龄的老桂。宝瓶洲与老龙城范家交好的巨商大贾，偶有购得，往往用以送礼或是独饮。

过了桂宫大门，妇人带着陈平安一路穿廊过道。庭院并不显得富丽堂皇，竟是小桥流水人家的样式。妇人最后领着陈平安到了一间叫"圭脉"的院子，他看到陈平安仰头多看了几眼匾额，解释道："桂花因为叶脉如同儒家礼器里的圭，所以被称为桂。这间院子，虽然占地不大，却是桂花岛灵气最为充裕的好地方。"

陈平安觉得有些暴殄天物，自己又不是练气士，灵气厚薄并无意义，这么一个洞天福地，还不如让别人花钱入住，便试探性说道："桂姨，我是纯粹武夫，给我住太浪费了，我换一处院子吧？"

妇人柔声笑道："不是钱的事情，陈公子只管放心住下。以公子和我家少爷的关系，哪怕以后此地成为公子的独有小院，不再对外人开放，我都不觉得意外。"

这两句话一下子戳中了陈平安的心坎，想到范二，陈平安便心安理得地走入这间雅致宁静的圭脉小院。

院中早有一个貌美少女等候，少女亭亭玉立，气质偏清冷，哪怕只是安静站立，都站得极有风韵。见到妇人和陈平安后，她立即对着陈平安展颜一笑，嫣然道："陈公子，我叫金粟，金色的金，粟米的粟，在古书上就是桂花之意。以后就由我来照顾公子的饮食起居。"清冷少女这一笑，颇有我花开后百花杀的风情。

陈平安有些拘谨，下意识抱拳还礼："以后就有劳金粟姑娘了。"他有些失落，摘下酒葫芦迅速喝了口酒。

妇人擅长察言观色，敏锐察觉到少年的一丝变化，却也没有深思。少年有些心事，也实属正常。

妇人告辞离去，她在门口看到了一个意料之外，更在情理之外的熟人，正是那名驾车送两人前来桂花岛的范家老车夫。妇人笑问道："是范小子还有叮嘱？"

老车夫面对桂姨，似乎相当礼敬，摇头笑道："是受家主所托，与陈公子一起去往倒悬山，在此期间，我恐怕要住在圭脉小院。"

桂姨眼神中的讶异更浓，问道："需要金粟住在别处吗？"

老车夫点了点头："最好是这样，让她挑一个近一点的院子，每天送些饭菜过来就行,其余事宜,无须操心。"

桂姨虽然心中疑惑,却也没有多说什么,转头跟脸色如常的金粟打了声招呼,一起离开。

老车夫不忘提醒了一句:"家主吩咐,还得叨扰桂夫人一件事,让山顶的那株祖宗桂树,分出一些树荫在圭脉小院,免得被外人有心窥探。"

桂姨点了点头,在桂花岛上百余名桂花小娘中摘得头魁的少女金粟,忍不住转头看了眼老车夫和草鞋少年。

在桂姨和金粟走出圭脉院子后,一阵清凉山风吹过此地,同时一片树荫笼罩院落。树荫只是一闪而逝,之后院中依然是阳光灿烂。

被范二称呼为马爷爷的老车夫面朝陈平安,开诚布公道:"我叫马致,是范家清客之一。我是一名金丹境的剑修,但是天赋不高,杀力不强,如果对上同境的符家供奉楚阳,我多半不敌。这次我是受家主所托,但是家主又是受灰尘药铺郑先生所托,要我来陪陈公子试剑。"

陈平安一听到"郑先生",就知道这应该是郑大风的酬劳之一,便在这间小院中第二次拱手抱拳。

老人笑着点头:"先不急,我就住在小院厢房。今天陈公子先好好休息,可以多逛逛桂花岛,否则明天开始试剑,陈公子就未必有这样的闲暇时光了。"

老人走向一间侧屋,关上门后,笑道:"如果郑大先生不是开玩笑,那么这回范家桂花岛的待客之道有点夸张啊,那个少年武夫当真扛得住? 我马致再不济事,好歹也是一名九境剑修啊。"

老人气府之中掠出一把一尺有余的墨色飞剑。它现世之后,开始萦绕老人缓缓飞旋,剑气浓厚,拖曳出一条条黑色流萤。满室森寒剑气,盛夏时分的暑气瞬间点滴不存。

陈平安住在面对院门的正屋。他关上门后,这才小心翼翼地打开当初郑大风丢在门口的包袱。包袱中有一本还带着新鲜墨香的书籍,刊印精良,书名为《剑术正经》。极有可能是郑大风通过范家的人脉关系,找了一家信得过的书坊,由他亲自刊印成册。仅是映入眼帘的书名四字,就极见功力,陈平安实在无法将其跟吊儿郎当的郑大风联系在一起。

除了这本《剑术正经》之外,包袱中还有一只不起眼的棉布小钱袋。陈平安掂量了一下,钱币数量不多,大约十数枚。陈平安误以为这是小暑钱或是谷雨钱,结果打开一看,吓得他赶紧捂住钱袋,竟是一袋子能让谷雨钱喊大爷的金精铜钱! 金精铜钱何等珍贵,陈平安无比清楚。包括落魄山在内几座山头是怎么到手的? 就是将一枚枚金精铜钱轻飘飘地丢出去的结果!

陈平安甚至没有清点数目,没有辨认金精铜钱的种类,二话不说,直接将金精铜钱收入了方寸物十五之中。

最后只剩下一块玉牌和一封信。

玉牌上没有任何篆刻和雕饰，质地细腻，摸上去其质感如同世间最好的绸缎，一看就是很好的老东西。到底有多好，以陈平安目前的眼力，瞧不出。

陈平安打开信封，信上笔迹，果真与《剑术正经》书名相同，必然是郑大风的亲笔手书。信上将几件事说得简明扼要。这部《剑术正经》，道不高，但已是武学的顶点，所载剑术，全是返璞归真的招式，很适合陈平安这种一根筋的人研习苦修。十五枚金精铜钱，是偿还五文钱。至于那块玉牌，郑大风在信上只说了三个字："咫尺物。"除此之外，便再没有任何介绍，渊源来历，如何使用，只字不提。但哪怕只有这三个字，分量就已经足够。

少年崔瀺当初远游大隋，这名大骊国师随身携带的，也就是一件咫尺物。

信的末尾，郑大风说马致陪他试剑，只是三笔买卖的一点小彩头，是为了让陈平安更好适应剑气长城对一名纯粹武夫的无形"厌胜"。金丹境剑修马致，到时候会祭出本命飞剑，既是指点剑术，也能教会陈平安如何对敌一个中五境剑修。

聊到这件事，郑大风变得有些不吝笔墨，还加了几句类似"吃得苦中苦，方为人上人"的话。陈平安拿着信，看着那些文字，就能想象郑大风写信之时满脸贱兮兮的贱笑。陈平安心知肚明，郑大风听说了自己的三境磨砺后，就没打算让自己在四境上舒服。估计这会儿郑大风在灰尘药铺正偷着乐，一想到陈平安要在桂花岛吃尽苦头，那家伙接下来一定喝凉水都像是在喝酒。

陈平安收好《剑术正经》以及玉牌，将咫尺物放入方寸物中。

陈平安没来由地想起了神诰宗贺小凉，她的方寸物和咫尺物，那才叫多，可谓琳琅满目。想起这个第一印象原本极好的仙子，陈平安现在心头唯有浓重的阴霾。

陈平安吐出一口浊气，出门游历桂花岛。

从山顶望下去，渡船尚未起航，山脚还有诸多练气士在陆续登船。收起视线，陈平安平视远方，三面皆是海水无垠的壮丽景象，让人心旷神怡，置身其中，倍感渺小。

陈平安记起一事。竹楼崔姓老人说他的三境，是天底下的最强三境。不是东宝瓶洲的最强三境，是这个天下的最强三境。

之后郑大风在闲谈之中提及此事，也说李二曾是底子最为雄厚的最强九境武夫，只不过他如今跻身第十境，陈平安猜测李二应该暂时失去了"最强"二字。

陈平安眺望远方，他听崔瀺说这个浩然天下极大，有五湖四海九大洲，宝瓶洲、俱芦洲、皑皑洲、婆娑洲和金甲洲等，如众星拱月，围住那座最大的中土神洲，而中土神洲又有数个大王朝，大骊唯有吞并半个宝瓶洲，版图才能与它们媲美。

陈平安忍不住去想一个问题：传说中的武道第十一境——武神境，天底下存在吗？

少年崔瀺当时嘿嘿一笑，没有给出答案。

金甲洲。

一处灵气稀薄到了极点的古战场废墟，一尊"生前"高达数十丈甚至百余丈的巨大神像，全部坍塌倒地，无一幸免，绵延开去，如同一条支离破碎的山脉。此地就成了一洲练气士的天然禁地。

经常有一阵阵毫无征兆的罡风席卷天地，对于金丹境之下的中五境练气士而言，置身于这种罡风之中无异于刀锋削骨。

有一个巍峨雄壮的残破佛像，似乎倒地前的形状是一位拈花而笑的佛陀。佛像在轰然倒地之时，胳膊齐肩而断，整条手臂横在大地之上。佛陀手指所拈花朵，早已粉碎，五指也只剩下三指，其中跷起一指，指向天空。仅是这一指就高达十数丈，可想而知，这尊神像在完好无损的情况下，是何等高大。

有一个赤脚的白衣少女站在手指上，双眼紧闭，双手掐诀，迎风而立。少女面容普通，就像市井坊间随处可见的一个小姑娘。有罡风来袭，如潮水般撞向少女。少女没有睁开眼睛，只是嘴唇微动，以金甲洲某地方言轻声道："开。"

罡风一分作二，如同被人当中劈开，从佛像手指两侧呼啸而过，唯有丝丝缕缕的漏网之鱼，成功拂过了少女脸颊，瞬间在她脸上割出一条条血槽，但是刹那之间，少女容颜就恢复如初。

风吹过少女，带走兰花香。

北俱芦洲附近的海域，一座大山之巅，山势如锥刺天，唯有山顶是一处碗口状圆形洼地，洼地如一口水井，深不见底，却依稀有火光映照"井壁"。在这座活火山的"井口"之中，有一个全身不着一缕的魁梧汉子，单手托住腮帮，盘腿坐在黝黑礁石上，沉思不语，四周全是滚动的岩浆。热浪翻天，男子浑然不觉。

男子天生重瞳，他有些愁眉苦脸，喃喃道："这七境门槛有点难破开啊，还得怪自己吃了太多灵丹妙药。两百斤，还是三百斤？看来等到跻身金身境，再不能傻乎乎地把那玩意儿当饭吃了。别的不说，需要天天拉屎就很麻烦，传出去真是有损六境武夫的面子。"

一把凌厉飞剑无声无息地从"井口"那边刺下，魁梧男子瘫软在地，颓然滑入火海之中。那把本命飞剑犹不罢休，在这座火山口的"井壁"四周迅猛飞掠，无数滚石坠入火海。

如果在北俱芦洲的别处，以这把飞剑的主人修为，和本命飞剑的锋锐程度，恐怕早就把一座山岳都穿透了。可是在此地，飞剑切割"井壁"石块，却极为受阻。

有一名背负长剑的长袍老者站在火山口上,在一剑刺中重瞳男子后,老人嗓音如雷鸣般响彻"井底":"终于找到你了,你这个挨千刀的王八蛋!别装死了,我知道你命硬得很。你自己选择这处逃无可逃的死地,葬身于此后,落得个尸骨无存,你一身罪孽说不定还能减轻几分。"

老者伸出并拢的双指,绕到肩后,轻轻在剑柄一抹。佩剑出鞘,冲入云霄,然后急速下坠,从火山口直奔那座火海,长剑钻入火海岩浆之中,发出轰然巨响,溅起数丈高的火焰浪花。火海之中,隐约有模糊身影迅猛游弋,那把长剑如同鱼叉,次次迅猛刺去。

火山山脚四方,各有一人在缓缓登山。有老道人在一块块山石上张贴一张张符箓;有僧人双手结印,然后轻轻拍向大地;有人手持一幅好似没有尽头的画卷,从山脚一直向上拉,如地衣铺地;更有青衫老者手持毛笔,在对着地面挥毫泼墨,写下一句句儒家圣人的教诲。

山顶老人在试图以双剑斩杀凶人之余,自嘲道:"我堂堂金丹境剑修,追杀一个未达七境的江湖武夫,竟然需要如此大费周章。"

老人想到那一桩桩惨事,不单是他的宗门祸事,还有山上山下无数枉死之人,这名金丹境剑修心中怒极,满脸怒容:"你这种杀人只为取乐的家伙,死不足惜!百死难赎!"

两军对峙,擂鼓震天。

大军之中,有一座临时搭建的高台,高台上竟然有一个慵懒斜躺在卧榻之上的锦衣男子,看着还不到三十岁。有两名国色天香的妙龄女子坐在卧榻两端,一名女子为年轻男子揉捏太阳穴,一名女子俯身弯腰轻轻敲打男子的小腿。更匪夷所思的是男子身后,竖立着一杆正在猎猎作响的主帅大纛。

小心翼翼地敲打锦衣男子小腿的美人瞥了眼另外那名女子,妩媚笑道:"公子,听说这次对方阵营,有一名八境剑修和一名九境兵家修士帮着压阵哩。看来咱们撷秀的前夫,真的很爱撷秀,冲冠一怒为红颜,真是可歌可泣。公子,不然你就把撷秀还给人家嘛,破镜重圆,也是美谈,反正……"说到这里,媚态美人抬起一手,掩嘴娇笑:"反正公子你也把咱们撷秀姑娘品尝得差不多了,何况她又是小心眼的,从来不愿跟姐妹们雨露均沾,岂不是害得公子扫兴?天底下哪有这么蛮横的丫鬟。"

另外那名被称为撷秀的绝色女子,置若罔闻,只是以双手拇指轻轻抵住锦衣男子的太阳穴,动作轻柔地小心推揉。

锦衣男子眯眼笑道:"撷秀害羞,公子我心疼她,至于你,是经得起折腾的,若是公子傻乎乎心疼你,一味怜惜,不解风情,你还不得造反?"

敲腿的女子满脸春意,对着那个撷秀轻轻挑眉。后者浑然不理睬对方的挑衅。

锦衣男子轻轻抬了抬脚:"为公子脱靴!"

那女子的眼神瞬间炙热起来,她跪倒在榻前,双手颤颤巍巍地为锦衣男子摘下双靴。

男人坐起身,伸了个懒腰:"咱们扶摇洲,竟然只比那个宝瓶洲大一些,太没劲了。"

他光着脚,伸手从女子撷秀领口探入,最后取出一枚带着美人体温的金色圆球,轻轻一捏,瞬间穿上一副经常会被误认为兵家神人承露甲的银色宝甲。这副宝甲的出奇之处在于布满各种伤痕,心口处更是露出一个好似被长剑刺透的小窟窿。

穿上不知名宝甲的年轻男子,缓缓向前走出几步,突然转头对名为撷秀的女子笑道:"你前夫万般事皆不如我,唯独一件事,我这辈子都追不上他,那就是讲笑话。"

他伸出一臂,伸手指向遥远的对方大纛,嘴角翘起,对女子说道:"比如请了剑修还请了兵家修士,你家公子差点就被他笑死了。"

那名为年轻男子脱靴的美人,坐在地上,背靠卧榻,捧腹大笑,风情万种。

年轻男人转向敌军大阵,仰天大笑:"他人妻妾好,别家寡妇更好!"

身穿宝甲的男子拔地而起,破空而去,直接跃过己方大军骑阵,在千军万马的头顶,如白虹挂空。

皑皑洲的最北方,无穷无尽的冰天雪地,风雪汹涌,不见天日。

有个女子身披一件雪白貂裘,貂裘偶尔被风雪吹得紧紧贴身,才可以发现这名女子的苗条身材。压得很低的巨大貂帽之下,露出一双明亮的眼睛。

此人腰间悬佩着只露出一小截的乌鞘长刀。她时不时会从大裘中探出手,以拇指轻轻摩挲刀柄。

露出的一段玉藕似的白皙手腕,好似比白雪还要白,而且还会泛起晶莹的色彩。

一名年轻女子胆敢独自行走于这片寒冷刺骨的冰雪之地,她走在了九大洲最北端的皑皑洲的最北方。一名金丹境练气士都未必敢如此托大,独自北游。

女子掏出一只坚硬似铁的馒头,轻轻撕咬咽下,视线始终凝视着前方。

皑皑洲这片极寒地带,荒无人烟,但是经常会有大妖出没,这些大妖占据天时地利,极其难缠。金丹境之中,除了剑修,其他人都不愿意来此,跟那帮狡黠阴险的大妖纠缠不休。 且惹来众怒,往往会陷入重重包围,那就真是叫天天不应叫地地不灵了。

女子停下脚步,刚好吃完那只馒头。前方风雪迷雾之中,缓缓探出雪狼的一颗巨大头颅。当它出现后,方圆百丈之内,风雪骤然停歇。

女子提了提貂帽,扬起脑袋,与那头高如小山的雪狼对峙。

她打了个饱嗝,然后只是一刀。片刻之后,天地之间始终毫无异样,她就已经开始收刀归鞘。

她继续向前,微笑道:"借你头颅一用,换点脂粉钱。"

当她走到那只雪狼跟前时,那只大妖才轰然倒地。

她看着那颗被一刀斩下的巨大狼头,有些犯难,这么大一颗脑袋,难道要自己扛回去?

她转头望向远处风雪之中,抬起手打招呼道:"你,过来,帮我将这颗脑袋带回去,饶你不死。作为犒劳,雪狼剩下的尸体全部归你。"

随后,女子在风雪中返程,身后跟着一头双手捧住鲜血淋漓狼头的搬山猿。

哪怕那具雪狼的无头尸体附近数头大妖蠢蠢欲动,暗中垂涎不已,但是始终没有谁敢跨入雷池半步。

浩然天下有五湖四海,各自疆域广袤。

在一座塌陷的"陆沉"版图上,有一座大湖。湖底有一处古战场遗址,有一名男子在狩猎那些魂魄不散的英灵,他将英灵捕获之后,就放入腰间的小鱼篓。

在一个大海上空极高处分出两层滔滔云海,两者相隔百余里。在高处云海中,有一个完全可以忽略不计的云海缺口,一个干瘦长眉的老人,盘腿坐在云井旁边,手中持有一根翠色欲滴的鱼竿,却无鱼线。在下边那层云海上,距离老人大概七八十里,有一大群云雾鲸飞掠而过。

老人做了一个抛竿姿势,青竹鱼竿顶端在阳光映照下,隐约可见一条极细的银白色丝线。鱼线捆绑住一头长达数里的巨大云雾鲸,天生神力的云雾鲸开始剧烈挣扎。

老人往后猛拽鱼竿,同时站起身,鱼竿被拉扯得弯出一个惊人的弧度。老人哈哈大笑道:"好家伙!力气还挺大!"

双方对峙了一炷香工夫,老人握住鱼竿在云海之上跑来跑去,骂骂咧咧,十分滑稽。

一名纯粹武夫能够御风远游,最少也是八境。哪怕只是八境武夫,也能轻松打死一头云雾鲸,便是与一群云雾鲸对峙,也是稳操胜券。

老人垂钓的玄机,在于以一口真气凝聚为细若发丝的鱼线,纯粹以此对敌一头云雾鲸的神力,并让鱼线始终不断,这才是最惊世骇俗的地方。

纯粹武夫,本身就强大在"纯粹"二字上。

中土神洲,一个曾是浩然天下九大王朝之一的庞然大物就此覆灭,国祚断绝。

一般而言,能够覆灭这么大一个王朝的势力,唯有九大王朝之中更大的某个存在。但是这一次,绝非如此。

亡国之城,硝烟四起的辉煌皇宫之中,有一骑缓缓前行,所过之处,武将士卒纷纷如潮水般退散。

这一骑，直接策马去往那座享誉九洲的大殿。

战马没有沿着龙壁两侧的台阶进入大殿，而是直接踩踏在龙壁之上，就像一匹野马在沿着山野斜坡向上而已。

骑马之人，身材高大，身披金黄色战甲，遮覆有隐藏面容的面甲。骑将手中所持的一杆符箓遍布、金光流动的长枪，比起寻常战阵铁枪，要长上许多。骑将的坐骑是一匹身为蛟龙后裔的龙驹，神骏非常，世所罕见。

这名骑将腰间还悬挂着一把无鞘剑，长剑无锋，锈迹斑斑，两个古篆小字漫漶不可识。

在骑马进入大殿之前，这名立下灭国之功的武将，突然高高举起手臂，向高空伸出一根中指。骑将做完这个动作后，似乎在等待天上的回应，他勒马停下片刻后，轻轻一夹马腹，继续前行。马蹄跨过大殿门槛后，这名骑将视线的尽头，是那张被称为天底下最珍稀的龙椅。

武将低下头，看了眼无鞘长剑。听说剑鞘遗留在了宝瓶洲那个小地方，是让人去取回，还是自己跑一趟？

这名武将摘下面甲和头盔，露出一头青丝，倾泻而下。

她，而不是他。

女子武神。

桂花岛山顶，陈平安站在暑气几无的老桂树的树荫下，不由得想起家乡的老槐树。眼前桂树叶茂如盖，而老槐树却已不在，陈平安伤感之后，会心一笑，他犹然记得红棉袄小姑娘扛着槐枝奔跑的画面。李宝瓶的活泼可爱，天不怕地不怕，跟老龙城范二的无忧无虑，能够把每一天都过得很美好，都让陈平安羡慕不已。陈平安希望自己有一天能够成为他们这样的人，不知道这算不算圣贤书上所谓的见贤思齐？

除了陈平安，老桂树下站着三三两两的渡船乘客，都是慕名而来的看客，对着这棵高龄老树指指点点。还有一些女子挑选位置站定，让几名专门候在此地的桂花岛画师为她们提笔作画，另有一家三口，让那名身为丹青妙手的练气士，帮他们画了一幅全家福，留作纪念。

范二先前在马车上提醒过陈平安，能够从老龙城去往倒悬山做生意的客人，境界有高低，出身有好坏，但是有一点是共通的，那就是这些人都不好惹。七弯八拐，谁都能搬出一两个通天人物或是仙家豪阀。

陈平安本就不是喜欢惹是生非的人，所以范二这份提醒，属于锦上添花。

陈平安安安静静站在远处，等一名中年画师停笔交付画卷后，陈平安才走上前去，与那个兴高采烈手捧画卷的女子擦肩而过。他瞥了眼一名女子练气士手中的画卷,不是家乡门上那种死板不动的彩绘门神,画卷之上,女子衣衫和青丝缓缓飘拂,一树桂叶亦是如涟漪般晃动。不过陈平安发现女子真容与画卷上略有出入,好像那位画师画得增色几分,陈平安叹为观止。这种画工,比起之前鲲船上的拓碑手法,各有千秋。

中年画师看到这个背剑少年,抖了抖手腕。他身后有一个桂花小娘端着小案,小案上摆放着文房四宝。

画师笑问道:"公子可是也要买画?我们桂花岛渡船此次跨洲远游,到达倒悬山之前,一路上会有十景,每一处都是世间独一份的美景,其中就有这株祖宗老桂树。沾了仙桂的光,我们笔下所绘画卷,会有淡淡的香气萦绕,可以保存百年而不褪色,而且可避虫蚁毁坏,绝不会让公子失望。"

陈平安在动身之前,就已经收起那块桂客木牌,他点头笑道:"我想要三幅,敢问先生,需要多少钱?"

中年画师愣了一下,不知道眼前的草鞋少年,是真人不露相的豪阀公孙,还是不谙世情的有钱子弟。一般人最多要一幅,哪里会一口气要三幅之多。画师微笑道:"一幅画十枚小雪钱,若是公子要三幅,可以便宜些,只收公子二十五枚。"

那个姿色远远不如金粟的桂花小娘嫣然而笑,柔声补充了一句:"公子若是持有桂花岛特殊木牌,还可以再打折。"

陈平安摇头道:"没有,我只是普通客人。"

一幅画十枚小雪钱,对于买酒从来拣最便宜的陈平安而言,实在是一笔无法想象的开销,但是今天陈平安没有任何犹豫,直接掏出二十五枚小雪钱,按照桂花小娘的要求,放在她端着的小案上,范家画师并不过手。然后中年画师让陈平安在桂树下接连换了几个位置,最后挑中一个景象最佳的地点。陈平安独自站在树下,面对画师的审视,明显有些拘谨,在画师和颜悦色地安慰了几句之后,才略微放松一些,四肢不再那么僵硬,但还是有些绷着脸。画师不敢过多指手画脚,想着大不了自己落笔之时,多花点心思。

那个桂花小娘忍不住有些笑意,这般腼腆的客人,在神仙汇集之地的桂花岛可不多见。一些胆大的男女还问能不能站在祖宗桂树上,让画师干脆来一幅登高望远图;一些女子则问能否折桂一枝握在手中,这些当然不行。

中年画师拿起笔,轻轻挥袖,那张产自青鸾国的珍稀宣纸从小案上滑落,缓缓飞掠到他身前,悬停不动,就像搁放在平整的画案之上。画师没有急于在纸上落笔,而是开始酝酿情绪。画师一手负后,一手持笔,凝望着那个树下少年。少年背负剑匣,双拳紧握,垂放在身体两侧,眼神明亮,肤色微黑,穿着一双不常见的草鞋,穿着朴素得有点寒酸,但是他收拾得干干净净,不会给人半点邋遢的观感。少年身高比起南方青壮男子,只是稍矮些许。

画技娴熟的画师惊讶地发现，自己竟然抓不住眼前少年的那股精气神，不是说少年没有，而是画师无法确定，总觉得自己不管如何落笔，都很难画到"十分神似"的境界。画师不愿露怯，以免煮熟的鸭子飞走。二十五枚小雪钱，他能抽成五枚，可不是小数目。

中年画师只好硬着头皮，假装胸有成竹地开始作画。第一幅少年画像，只能说十分形似。莫说他这种练气士，就是山下王朝的寻常宫廷画师，都可以做到这种程度。画师极其不满意，但是有苦说不出。

画完之后，画师略作休息，那个少年也摘下了腰间的酒葫芦，喝了口酒。喝酒之后，少年越发放松，他转头望了一眼北方陆地，脸上多了点会心笑意，大概是想到了什么美好的人或事。少年收回视线后，双臂抱胸，挺起胸膛，笑容灿烂。

画师无意间瞥见这一幕，灵光乍现，有了。于是第二幅画就明显多出几分灵气，少年郎离乡远游千万里的那份复杂情感，在画师笔端缓缓流泻而出。

中年画师休息的间隙，少年再次喝酒，然后便没了笑意，不再双手抱胸，而且好似不愿腰间的酒葫芦在画中出现，将其悬挂在身后。少年无形中的气势更加稳重，更像一名离乡再远也能照顾好自己的大人。

第三幅画，画师比较满意。

桂花小娘已经熟门熟路地将三幅画卷加上白玉画轴。陈平安一路小跑而来，看过了三幅画后，看上去很高兴，没有半点异议。中年画师其实有点忐忑，他对陈平安说道："希望公子能够满意。"

陈平安双手捧住三幅画卷，笑容灿烂道："很好了！谢谢啊！"

中年画师如释重负，笑道："以后公子若是还想买画，可以跟我预约。之后海上九景，我肯定都会准时作画，价格一律给公子打九折。我叫苏玉亭，公子只需跟渡船上任何一个桂花小娘问一下，到时候就可以找到我。"

陈平安点了点头，告辞离去。其实陈平安没好意思说，之后海上九景，他多半没机会再买画了。按照郑大风不坑死他不罢休的架势，以及陈平安喜欢自讨苦吃的脾气，陈平安此后不太可能离开圭脉小院半步。

回到圭脉小院的屋子，陈平安开始提笔写信，还是一笔一画都写得认认真真，匠气十足。之前在老龙城灰尘药铺，陈平安本想给山崖书院和家乡龙泉郡各寄一封信，只是他生怕横生枝节，不敢轻举妄动，毕竟老龙城姓苻。知道范家桂花岛上有飞剑传信的仙家驿站后，他就想着乘船后再说。刚好这次凑巧买了三幅画像，一幅连同书信送给李宝瓶，一幅家书寄往龙泉郡，到时候让青衣小童和粉裙女童两个小家伙，帮着他去爹娘坟头上坟，将那幅画烧掉，好让爹娘知道如今自己过得很好。所以陈平安当时在桂树下才会藏起养剑葫芦，可不能让爹娘知道他已经是一个小酒鬼了。

写完了两封信,带着两幅画,陈平安离开院子,去往仙家驿站。陈平安在门外遇到了桂花小娘金粟。虽然陈平安坚持自己一个人去驿站寄信,可是金粟也坚持要带路。金粟说她虽然现在不住在圭脉小院,但还是那间小院的婢女,如果陈平安连这种事情都要独自处理,她一定会被桂姨和范家责罚。陈平安无可奈何,只好让她跟随。好在一路上金粟始终默不作声,没有插手任何事,哪怕陈平安收起了桂客木牌,以普通客人身份交付小雪钱,女子也只当没有看见。

金粟将陈平安送回小院门口,就停步告辞。她回到住处,在一间雅静小院之中看到了桂姨,原来她们住在一处。哪怕是桂花岛上的老人都并不清楚,金粟是这个妇人的唯一弟子。

金粟坐在妇人对面,妇人笑问道:"怎么,有心事?跟那个少年有关?"

天生性情冷淡的金粟哪怕面对授业恩师,也没有太多笑容:"有点怪。"

桂姨笑道:"你如今还只是在桂花岛这一隅之地,跟着渡船在海上来来回回,其实跟人打交道的机会很少。你会觉得那个少年奇怪,很正常。"

金粟破天荒露出一抹少女的娇憨神色,赌气道:"我也下船去过几趟内城,见识过很多老龙城年轻俊彦。"

妇人哑然失笑:"然后就对孙嘉树一见钟情?甚至毫不留情地拒绝了符南华的好意?你知不知道,范家更希望你与符南华走得近一些。只不过范家虽然是生意人,但是家风一向不错,哪怕你不懂事,还差点闯出祸事,依然不愿强人所难。换一个老龙城大姓试试看?你这会儿早就要吃苦头了。"

金粟眼神凌厉:"范家待我不薄,我将来自然会报恩,可若是敢在这种事情上逼人太甚,我——"

不等女子说完,妇人身体前倾,伸手在弟子额头上重重一拍,气笑道:"少说些无用大话,一个跌跌撞撞跻身中五境的洞府境练气士,真当自己是什么了不得的修行天才了?只说天赋,你跟范小子差不多,在老龙城算是惊艳,可在整个宝瓶洲,就算不得最拔尖的了,若是再搁在整个浩然天下……"

说到这里,妇人叹了口气,收取一个合心合意的"得己意"弟子,何其艰难,想要弟子一路破境,步步登天,更是艰难。所以真正的山顶仙家,收取弟子一事从来都是重中之重,仅次于自身的证道长生。她认识两个十境地仙和一个玉璞境修士,为了考验未来弟子的心性,耗时最少的十年,最长的长达百年,万事俱备之后,才会接受弟子的拜师礼。

反正这里没有外人,心性高傲的年轻女子一不做二不休,起身挪了个位置,坐在妇人身边,抱住桂姨的手臂,撒娇道:"金粟不是还有一个好师父嘛。"

桂姨用一根手指点了一下女子,打趣道:"你是有一个好师父,我却有一个不让人省心的蹩脚徒弟。"

金粟抱住妇人胳膊，脑袋靠着桂姨肩膀，呢喃道："师父，你说孙嘉树喜欢我吗？"

桂姨没有回答问题，而是调侃了一句："春天已去，春心还在。"

金粟满脸娇羞，埋怨道："师父！"

妇人转头凝视着弟子的脸庞，和蔼地笑道："这么俊俏的好姑娘，男人怎么会不喜欢呢？"

金粟满心欢喜。

但是妇人随即叹息道："可是你有没有想过，孙嘉树不仅是一个出类拔萃的男人，还是老龙城的孙家家主，是野心勃勃想要成为孙家中兴之祖的男人，更是商家寄予厚望的门生弟子。就算你们俩最后排除万难，能够走到一起，你一旦嫁为商人妇，你的修行之路，会很难的。"

年轻女子神色黯然。

桂姨摸着金粟的柔顺青丝："大道风光无限好，可是行走不易，一切取舍，皆是修行，人生在世，本就是一场苦修。"

桂姨突然笑道："师父就不明白了，你为何偏偏看不上范家小子？多好一孩子，你要是能够真心喜欢他，师父哪怕拼了脸面不要，耗费掉与范家的千年香火情，也要促成你们两个的一段姻缘。"

金粟哎哟一声，连忙坐直身体："师父，千万别乱点鸳鸯谱，那范家小子傻乎乎的，没有半点豪杰气魄或枭雄之姿，整天瞎胡闹。我要是看上他这么个小屁孩，那才是真的鬼迷心窍。"

妇人笑着摇头。

金粟轻声道："师父你瞧瞧，范二结识的这个朋友，多无趣，榆木疙瘩似的，做什么说什么都一板一眼。这种人，哪怕家世再好，再让范家隆重对待，以后的成就也一定高不到哪里去。"

妇人略作思索，关于此事，既不认可，也不否定。

陈平安回到院了后，暂时便再无闲事挂心头，开始在院子里练习六步走桩。

金丹境老剑修其实不用离开屋子，就可以观察少年的练拳，但是老人仍然推门走出，光明正大地观看拳桩。陈平安对此不以为意，只是默默练拳。

在乘坐梳水国渡船之前，陈平安走桩练拳很慢。那条二十万里路的走龙道，以及之后的羊脂堂渡船上，陈平安当时已经处于一脚跨入四境门槛的状态，所以出拳极快，三十万拳，好像一个眨眼的工夫就完成了。如今彻底打破三境瓶颈，跻身第四境，陈平安再次放慢了出拳速度。

纯粹武夫的炼气三境,是炼气,而非修士的练气,是要在魂、魄、胆三件事上下死功夫的。

落魄山竹楼的崔姓老人,曾经说过陈平安这个最强三境,只要成功破境,之后炼气三境就会走得一马平川,畅通无阻。

对于如今第四境的打熬,陈平安总觉得有点飘忽空荡,不像前三境,步步都落在结实的地面上,所以陈平安暂时还感触不深,不知道自己的第四境算不算足够扎实。

崔姓老人建议,武夫的四、五、六三层境界,最好是在古战场遗址上寻觅机缘。诸多阴风煞气,至阳至刚的罡风,各种来历驳杂的紊乱气机,全部都是武夫用来淬炼魂、魄、胆的好东西。归根结底,还是"吃苦"二字。这是与天地斗。

退而求其次,是战场杀伐,置身其中,越是血战死战,越能够体悟"举世皆敌"。

再其次,才是江湖上的捉对厮杀,将江湖宗师或是中五境练气士作为磨刀石,砥砺武道修为。

那座剑气长城,剑气肆意纵横于天地间,先天排斥剑修之外的所有练气士,更别提纯粹武夫。不知有多少武夫拿捏不好分寸,或是护道人的本事不够大,贪图境界攀升,暴毙于剑气长城。所以老人才会要求陈平安必须跻身第四境,才出发去往倒悬山,登上那座城头,然后再活着走下剑气长城的城头。

至于陈平安需要在城头熬多久,如何拿捏分寸,尽量多爬几趟城头,老人没有多说一个字,应该是觉得这些纯属废话。

崔姓老人的眼光太高,在百年之前就已经跻身十境山巅境,所以他的眼光,一直望向了浩然天下的最高处。故而许多武道"明师"都要重复多次的言语,老人竟是一句也没有跟陈平安说。比如三、四境,六、七境之间的破境机缘,只字不提。以及武道每一境最强之人的玄机,也不去说。

老人说得越少,其实是期望越高。我手把手教出来的弟子,九境算什么?十境都不够看!你陈平安就该直奔那传说中的武神境!要我这个心比天高的崔老头儿,也觉得你陈平安是苍天在上!

世事就是如此奇妙,崔老头儿说得很少,陈平安反而领会很多。

孙氏祖宅的接连两次天大机缘,陈平安第一次是懵懵懂懂,只觉得那一拳不出不痛快,之后知道了真相,哪怕一次次守夜,好不容易等到了机缘降临,陈平安蓦然发现,自己这一拳还得再出!然后毫不犹豫就将那些金色气流化成的云海蛟龙,再次打回天上。

一老一小,都不讲理。

金丹境剑修马致,长久观看少年打拳之后,终于看出了端倪。老人摇头苦笑,只觉得见鬼了。

陈平安的魂、魄、胆都已有雏形，只待打熬。这意味着他从第四境到第六境会很快，堪称畅通无阻。如果一味追求武道攀登的速度，完全可以吓破旁人胆。

若非事先得知少年只是刚刚跻身第四境，老人其实不会如此震惊。可明明郑先生言之凿凿，少年就只是四境而已。天底下哪有如此蛮横霸道的第四境？

这个范家清客发现自己气府之中的本命飞剑，跃跃欲试，老人竟有了一丝向少年出剑切磋的念头。

练气士第九境的金丹境剑修，对一名第四境的纯粹武夫认真出剑？老人满心怅然，觉得自己真的是老了。不过老剑修很快就释然了，天大地大，自己这只躲在老龙城的井底之蛙，又看得到九洲多少天才？眼前背剑练拳的少年，不过是其中之一罢了。

老人突发奇想，笑问道："陈平安，你该不会是想成为天底下最强的四境武夫吧？"

陈平安刚好走完一次六步走桩，反身出拳不停，开口答道："必须是。"

老人只当这能够动用关系、劳驾自己试剑的少年郎，出身宝瓶洲最顶尖的豪阀仙门，少年心性，心比天高。这种朝气勃勃的年少轻狂，不讨厌。

老人并不知道，眼前少年所练之拳，就这么一个粗浅的拳桩，已经打了数十万遍。

黄昏中，先前被巨大岛屿遮掩的桂花岛渡船缓缓起航，若是有人在老龙城城头登高望远，就能够看到这艘渡船的庞大身影。当然，如果就在孤悬海外的这座岛屿上，会看得一清二楚，比如孙氏家主孙嘉树。

这次离开老龙城，孙嘉树没有让家族供奉跟随，因为他身边多了一个风雷园的年轻剑修——刘灞桥。

风尘仆仆赶来老龙城的刘灞桥，此时蹲在岛屿观景亭的栏杆上，远望桂花岛，略显疲惫萧索。疲惫是因为一路御剑南下，难免心力交瘁；脸上的落寞，则是百感交集，好似一股郁气从肚子里爬到了嗓子眼，想要一口吐出，却又怕伤到了朋友。

孙嘉树轻声道："为何不去桂花岛解释一下？"

哪怕刘灞桥是天资卓绝的剑修，这一路火急火燎地离开风雷园，御剑如此之远，仍是嘴唇干裂。他伸手抹了抹嘴唇，摇头道："我哪有那脸面去见陈平安。"

孙嘉树斜靠着亭柱，坐在刘灞桥旁边，苦笑道："这次是我对不住你。"

刘灞桥摆摆手："气归气，道理还是道理。陈平安是我刘灞桥的朋友，不等于就是你孙嘉树的朋友。我也没有想到陈平安藏着那么多秘密，连你孙嘉树都免不了财帛动人心。其实归根结底，是我的错，我还是低估了我这位朋友的本事。孙嘉树，你也别因为我这么说，就越发愧疚难当，不需要，也不该如此。"

孙嘉树将手臂搁在栏杆上，侧身望去，清风拂面，本就英俊的男子越发飘逸出尘。他轻声道："理是这个理，可是事情本不该变得这么糟糕的，你既不骂我也不揍我，这会儿还跟我讲道理。你刘灞桥是一个多么不喜欢嘴上讲道理的人,我孙嘉树比谁都清楚。所以怎么觉得你这是要跟我绝交的意思?"

刘灞桥摇头道:"不会。你想多了。"刘灞桥转头扯了扯嘴角:"真的。"

孙嘉树笑道:"你这次给我坑得这么惨,算不算我本将心向明月,奈何明月照沟渠?"

刘灞桥继续望向远方,咧咧嘴:"酸,比陈平安的咸菜还酸。"

孙嘉树笑了起来,只是在心中叹息一声。

两人起身返回老龙城,孙嘉树带着刘灞桥去了孙氏祖宅。

那位定海神针一般的元婴境孙氏老祖,对刘灞桥这个风雷园后起之秀,第一次见面就极其喜欢。作为地仙,老人如今已经难得动筷子了,今天仍是跟两个年轻人坐在一桌,吃了顿宵夜,全是刘灞桥爱吃的饭菜。

刘灞桥跟孙氏老祖插科打诨,跟早年一个德行,吹捧起来从来不知肉麻是什么,揭短也毫不含糊,把老人逗得哈哈大笑。

刘灞桥还要赶回风雷园,吃过饭就直接挂上那枚老龙翻云玉佩,御剑离去。孙嘉树在夜幕中,独自手持鱼竿,在岸边默默垂钓。

深夜时分,孙嘉树突然抬起头。

刘灞桥御剑折返,落在孙嘉树身后,一脚将这个孙氏家主踹到河里。之后风雷园剑修一言不发,继续御剑北去。

孙嘉树落汤鸡似的走上岸,反而开心地笑了。

孙氏老祖凭空出现在孙嘉树身旁,语重心长地道:"刘灞桥这种朋友,人这辈子,不管是一甲子还是百年、千年,能有一个都是福气,一定要好好珍惜。"

孙嘉树抹了一把脸,笑道:"今天才真正晓得了。老祖宗,以后能不能由着我任性一次,做一点孙嘉树想做的事情,但是以孙氏家主的身份?"

老人毫不犹豫:"孙氏列祖列宗,乐见其成。"

孙嘉树猛然间向老人一揖到底:"谢老祖宗开恩!"

老人爽朗笑道:"起来!不像话!臭小子,你如今才是一家之主。"

孙嘉树提着鱼竿和鱼篓,快步走回孙氏祖宅,当晚就去往内城孙府处理事务。

孙氏祖宅的一名金丹境供奉,在孙嘉树离开后没多久,就找到孙氏老祖,开门见山地笑言道:"孙氏有此家主,我愿与孙氏再续百年之约。"

老人大笑着答应下来。最后老人独自来到祠堂,默默点燃三炷香。

灰尘药铺。

范二既然不用去家族祠堂受罚,就大大方方来找郑先生闲聊。

少年登门的时候，汉子正趴在柜台上，调戏药铺里一个体态丰腴的妇人，问她家那个当车夫的男人，一天劳碌，晚上回家的时候还有没有力气。妇人在灰尘药铺早就习惯了掌柜的这点伎俩，满脸媚笑地回了一句，我家床铺都找木匠修了好几回了。

范二刚好听到这句话，便假装什么都没听懂。妇人有些娇羞，毕竟跟掌柜的胡乱说话，针锋相对，属于解闷好玩，在一般外人面前，她还真不敢如此豪放。郑大风不愿放过妇人，对范二笑着说道："以后你家要是也需要找木匠修床，可以找这位姐姐帮你介绍熟人。"

范二哦了一声。

店铺里顿时响起铺天盖地的讨伐声，有扬言要将掌柜嘴巴用针线缝起来的，有威胁给钱也不再做饭的。郑大风只当是挠痒痒，笑嘻嘻带着少年去往后院。两人落座前，范二已经主动帮郑大风捣鼓好老烟杆。后者吐出一口烟圈，一想到那小子总算滚出了老龙城，真是神清气爽。

范二坐在小板凳上，问道："郑先生，符家成亲，你去不去？"

郑大风没好气道："如果洞房花烛夜的新郎官是我，就去。"

范二小声道："听说符南华尚未过门的媳妇，长得……不是特别好看。"

郑大风嗤笑道："云林姜氏的嫡女，不好看？要是给我当媳妇，老子能每天不下床！"

范二无言以对，郑大先生什么都好，就是说话直来直往，让他有点吃不消。只说跟人聊天一事，还是跟陈平安在一起更有意思。

郑大风突然问道："陈平安把你当成朋友了？"

范二使劲点头道："对啊，我们是很要好的朋友了！"

郑大风仰起头吞云吐雾，玩味道："傻人有傻福。"

范二难得反驳这位武道境界与天高的传道恩师："先生，可不许这么说陈平安，他不傻，聪明得很，连我都要佩服他会那么多事情。我就觉得能认识陈平安，是我的福气。"

郑大风瞥了眼这个缺根筋的傻小子："难怪你们能成为朋友。"

郑大风收敛神色，沉声道："我刚刚亲自确定了两件事情。范二，你听好了。"

范二立即挺起胸膛，洗耳恭听。

郑大风伸出一根手指："我的师兄，李二，曾经是天底下最强的九境，而我郑大风，曾经是最强八境。所以李二生了一对很有出息的儿女，娶了个……这个就不提了，而我差一点，只差一点，就要完成一桩前无古人后无来者的壮举，由八境直入十境。再回头来看陈平安的武夫三境，两次引来天地异象，以及他现在的一身家当，所以有个说法，是对的，千真万确！"

范二瞪大眼睛，满是好奇。

郑大风神色凝重："只要成为整个浩然天下某个武道境界中的最强者，就可以得到一笔源源不断的福缘。当然，如果想蹲着茅坑不拉屎，也不行，该破境还是得破境，否则有违武道宗旨，反而不妙。"

范二小心翼翼地问道："先生，难道你是想说，我现在是天底下最强三境？可是我姐说我资质平平，很不咋的啊。难道她的眼光不如先生好？哈哈，刚才先生说难怪我和陈平安成为好朋友。难怪难怪，原来我们俩是天底下第一和第二的三境武夫……"

郑人风气不打一处来，指向竹帘门口，笑骂道："滚，去那边坐着。"

范二赶紧搬着小板凳去那边乖乖坐着，看来是自己想岔了。

这才跟陈平安相处了几天，原来挺聪明伶俐一孩子，就突然变得这么缺心眼了？郑大风狠狠抽了一口旱烟："你三境马上就可以顺势破开，到了第四境，我打算帮你争一争那一线机会，虽然很渺茫。但是我郑大风好歹是九境武夫，不比李二和宋长镜差太远。我就不信老子破天荒认真一次，还有什么绝对做不到的事情！"

范二怯生生道："最强第四境？"

郑大风点点头："总算没把脑子一起送给姓陈的。"

郑大风满脸正色，心中其实偷着乐，你陈平安在桂花岛和剑气长城吃尽苦头的同时，无形中还要渡过一个寻常武夫不用"奢望"、对你而言却是凶险至极的大关隘。到最后，哪怕你陈平安历经千辛万苦，过了那一关，结果最强四境却是你身边的朋友范二，而不是你小子，这是不是很有意思？

话说回来，一个浩然天下，武道之上行走的天之骄子千千万万，假如一个天资并不出奇的范二都敢不过，陈平安根本不用争什么最强四境。

范二憋了半天，还是忍不住说道："先生，按照你的说法，陈平安已经是第四境了，我如果偷偷摸摸当了这个第四境最强者，会不会有一天跟他撞在一起啊？先生，其实我当初习武，只是没有练气士的天赋，所以就想到达很高很高的那个武夫第八境，能够像练气士那样御风远游就行了。什么最强四境，我信心不大，而且也不那么想要啊……"说到最后，少年低下头，不敢正视郑大风。

郑大风满腔热血和雄心壮志，就这么给当头一盆冷水浇凉了。好在郑大风心智坚韧远超常人，否则也不会有今日的境界，他只当是自己的临时起意，又是一件无聊事而已。

郑大风笑了笑："先别急着否定，等你跻身第四境再说，到时候你改变主意的话，可以告诉我。"

范二笑道："好的。"

郑大风挥挥手："赶紧滚蛋，一点志气也没有，看着就烦。"

少年起身将板凳放回原位,走到竹帘门口的时候,转头嘿嘿笑道:"还不是随先生,喜欢享福。"

郑大风翻了个白眼。

少年路过前边生意冷清的药铺,那些妇人少女向他道别,少年一一回应。跨出灰尘药铺门槛后,范二抬头看了眼天色,不知道姐姐什么时候回家,万一这趟去往北方大骊,她不小心给他找了个不喜欢的姐夫,自己可要头疼了。姐姐好,爹娘好,老祖宗们好,客卿供奉们好,郑先生好,刚刚认识的朋友陈平安也好,唯独姐夫不好?得多别扭。

少年甩了甩脑袋,独自走在小巷之中,趁着四下无人,打了一通他觉得最威风霸气的王八拳。只可惜陈平安不在场,不然他一定会甘拜下风。

下一次见面,一定要学那江湖豪杰,跟陈平安斩鸡头烧黄纸,称兄道弟!

范二越想越开心,出拳越来越像王八拳,还不忘给自己轻轻呼喝助威。打完后,他啧啧道:"这一套拳法,真是打得荡气回肠!"

少年并不知道身后小巷灰尘药铺门口,站着一个身穿绿袍、满脸倦容的年轻女子。她喝着酒,瞧着少年的背影,嘀咕道:"范二这名字,爹娘真没取错,二到不行了。"

泛海远游的桂花岛渡船上,陈平安在夜色中的圭脉小院,一遍遍练习六步走桩。到达剑气长城之前,当真有望出拳一百万!

在走桩之后,陈平安开始练习剑炉立桩。到了后半夜,陈平安这才回到自己屋子。盛夏时分,少年躺在那张清凉如水的名贵竹席上,习惯性将木匣放在床里边,一伸手就能拿到。

少年闭上眼睛,缓缓入睡,脸上有些笑意。

他就要去那座剑气长城,去那座城头练习拳桩了。

在范二走出小巷的时候,那个年纪轻轻的绿袍女子已经步入灰尘药铺。

当她走入其中时,争奇斗艳的妇人少女顿时黯然失色。她们面面相觑,与这个女子同处一室,她们心中的自惭形秽感油然而生。

相比范二的客客气气,这个女子就没那么平易近人了,她大步走向竹帘,去往后院。从头到尾,没有哪个药铺女子敢出声阻拦。

郑大风坐在正屋台阶上,抽着旱烟。绿袍女子环顾四周,抬手一招,一条小板凳从厢房屋檐下瞬间出现在她身后,她坐着开始喝酒。

郑大风当然认得此人,他此次南下进入老龙城,所见第一人,就是这个名声不显的范家大小姐——范峻茂。

老龙城五大姓,符孙方侯丁。

不提地仙苻畦以及手握四把仙兵的苻家,孙家是出了名的底蕴深厚,拥有一位元婴境地仙坐镇祖宅。

方家虽无元婴境震慑群雄,却有两名七境武道宗师和一名九境金丹境剑修,在宝瓶洲南方的山下王朝,方家拥有极大的威势。他们的银庄、镖局、当铺、客栈星罗棋布。相比苻家和孙家,方家挣的是蝇头小利,走的是积少成多的路数。

侯家的顶尖战力——那拨中五境的供奉清客,不占任何优势,但是他们有一个离家多年的庶子已是观湖书院的贤人——虽然那位贤人离家之后,从未返乡祭祖,但是侯家的的确确因此受益深远,每年他们都会派人去往观湖书院拜年。

侯家除了去往倒悬山的那艘跨洲渡船,还拥有老龙城去往北俱芦洲最多的航线。这些航线路程大多不长,从数万里到三十万里,例如北段尽头在梳水国的那条走龙道,侯家就占据了半壁江山。侯家的零零碎碎加在一起,不容小觑。侯家与北俱芦洲南部仙家门派多有交集,经过最近两百年的苦心经营,已经在那边扶植起数个山上门派。

丁家原本差点就要从五大姓氏中除名,被一个虎视眈眈了将近百年的姓氏所顶替。尤其是丁家当初惹恼了老龙城金丹境第一人楚阳,也就是在登龙台结茅修行的那位,元气大伤,声势坠入谷底,

但是在这个时候,一个来自东南大洲的年轻人改变了一切。他初次进入老龙城,十分落魄,到最后也没能在老龙城惊起半点涟漪,离开老龙城之前,他仍是落魄不堪。

可在丁家几乎要彻底衰败之际,这个年轻人及时赶到老龙城,带人带钱,为丁家力挽狂澜,到最后不过是带走了一名女子而已。

老龙城的人直到那时候才得知,这个年轻人竟是东南桐叶洲最大"宗"字头仙家的嫡传弟子,辈分奇高。

在那之后,丁家就搭上了桐叶洲这条线,这些年发展势头迅猛,隐约间有了跟孙家掰掰手腕的迹象。

唯独范家,始终不温不火,不引人注意。家族内既无十境元婴境老祖,也没有真正拿得出手的强大的金丹境修士,更没有天资卓绝的后起之秀。范家从来都是步步紧跟苻家,大树底下好乘凉,靠着这一层关系,勉强保住了五大姓氏的头衔。所以与范家有嫌隙的侯家,就敢放言范家不过是城主苻畦的一条看门狗,年复一年吃着残羹冷炙,吃不饱饿不死,历代家主都胸无大志,混吃等死。

郑大风透过烟雾,凝视着不远处一袭墨绿长袍的年轻女子优哉游哉地喝着酒。

关于此人,老头子没有细说她的根脚,只说到了老龙城,先找她,只需要打个照面即可,然后才去跟老龙城城主苻畦商议买卖。

郑大风习惯了老头子的云遮雾绕,抽旱烟是如此,做事更是如此,所以他对名为范

峻茂的女子,懒得去刨根问底。当初他以八境武夫境界观察范峻茂,发现她只是一个尚未跻身中五境的稚嫩修士。但是如今他跻身九境之后,再来打量一番,郑大风发现自己当初看错了,当下范峻茂分明是金丹境的练气士。

女子只喝酒不说话。郑大风就陪着她沉默不言,反正女子长得水灵,是他占便宜。

郑大风突然发出一连串啧啧啧:"厉害厉害,以前总觉得在老龙城见不到比小镇更夸张的奇人怪事,今天真是长见识了。"

原来这个范峻茂在喝酒的时候,就跻身了第十境——元婴境,一举成为世俗眼中的地仙之流。虽然她已经尽量压制破境流露出的那点蛛丝马迹,可郑大风还是抓到了一点端倪,心中惊叹不已。

确认无误了,老头子对于此人,势在必得。甚至说不定此人早就是老头子心目中的胜负手之一。

范峻茂终于开口说了第一句话:"以后在老龙城,你听命于我。"

郑大风皱了皱眉头。

绿袍女子站起身,冷笑不已,然后做出一个古怪至极的动作——她抬起手臂,做了一个抛掷动作,脸上笑意森严,双手朝郑大风心口轻轻一戳,缓缓道:"嗖,死啦。"

郑大风站起身,这一刻,他不再是那个嬉皮笑脸的药铺掌柜,而是与李二有过五次"求死"之战的郑大风,那个曾经在小镇门外,打死过数十个来到骊珠洞天寻找机缘者的看门人。

女子微微一笑:"我现在打不过你。"但是她很快补充道,"暂时的。"

她整个人化为丝丝缕缕的墨绿色雾气,然后瞬间冲向云霄,与那片云海融为一体。下一刻,她坐在云海边缘,双脚悬空,轻轻晃荡起来,以至整个云海都随之微微起伏,就像市井少女荡着秋千。海上生明月。

观景女子的明亮眼神之中,亦是此景。

拂晓时分,陈平安就已经在小院里练习走桩,天地寂寥,唯有晨曦懒洋洋躺在少年的肩头。等到金丹境剑修马致推门而出时,陈平安已经走桩完毕,坐在石桌旁翻看那本《剑术正经》。陈平安在练拳间隙,其实没有停止过读书。他所读的书,既有自己沿途购买的杂书,也有当初从彩衣国郡守府邸书房"偷来"的山水游记,当然还有老秀才赠送的那本儒家入门典籍。他跟弟子崔东山那一路相伴游历,早已知道"正经"二字,不是俗语所谓"正儿八经"的"正经",而是极大的一个说法,一本书能够称为"经",已是世俗立言之巅,若是再加上一个"正"字,更了不得。

郑大风虽然看上去吊儿郎当,但是在某些事情上,其实并不含糊。

郑大风不喜欢陈平安,陈平安何尝就喜欢这个小镇看门人了?但是两看相厌,不等于只看对方惹人厌的地方;两看欢喜,则一样不等于只看到好的地方。

就像顾璨,小小年纪,性子阴沉,陈平安就很怕他在书简湖跟截江真君刘志茂朝夕相处,最后变成自己年幼时最讨厌的那种人。李槐刚离开家乡的时候,是典型的窝里横,不知道如今变得如何了?敢不敢在朋友受人欺辱的时候挺身而出,而不是像之前远游大隋时,次次只敢躲在他陈平安身后?林守一早熟沉稳,是修道的良材美玉,一路潜心问道。陈平安担心他若只是一心问道,连患难与共的李宝瓶、李槐他们,在大道之前,都只是挂碍,从而不念旧情,双方愈行愈远,这如何是好?

还有他最好的朋友刘羡阳,很早就扬言要去看家乡之外最高的山岭、最大的江河,他这辈子绝不能死在小镇这么个小地方,那么刘羡阳会不会在看惯了崇山峻岭和山上风光后,干脆就连家乡也不愿回了?

陈平安总会有这样那样的担忧,所以他才会由衷地羡慕范二的无忧无虑。陈平安跟邻居宋集薪和杏花巷马苦玄不太一样。两个注定是要一飞冲天的天之骄子,若是看到求之不得的好东西,宋集薪多半会冷嘲热讽,马苦玄如果心情不好的话,可能就会干脆一拳将其打碎——我得不到的,你也别想要了。

陈平安略微收起思绪,继续翻看那本被郑大风临时取名为《剑术正经》的剑谱。

若说正经很大,剑术就很小了,因为剑术是武夫剑客所学技击之法,往往只有练气士当中的剑修,才能言说"剑道"二字。梳水国剑圣宋雨烧,古榆国剑尊林孤山,松溪国剑仙苏琅,以及被马苦玄活活打死的彩衣国剑神,就都是山下武夫,大体上还是在混迹江湖,不被山上视为同道。

那个头戴斗笠、腰挂竹刀的家伙,是一个例外,明明是天底下最牛气的剑修,仍然喜欢自称剑客,喜欢浪迹四方。

这部剑谱上只记载了六招剑术,攻守各二式,攻为雪崩式和镇神头,守为山岳式和披甲式,此外两招,是用来淬炼剑客体魄神魂的剑术,不在杀敌而在养身,一为炼化,二为入神。炼化有点类似《撼山拳谱》的六步走桩,入神类似剑炉立桩,一动一静。

六招剑术之中,陈平安尤其喜欢雪崩式,剑势极快,人随剑走,就像一团乱雪,让人眼花缭乱。

六招剑术,有相对应的六幅图。绘有图画的那一页颇为神异,纸张异于相邻的雪白书页,呈淡银色,所绘之人在不停练剑,从起手到收剑,反复循环,一丝不苟,而且图画上的剑客,体内有一股金色丝线沿着特定轨迹缓缓流转。

天底下再烦琐复杂的剑招,归根结底还是死的,武道天才多看几遍,总能学个八九分形似。关键还是在出招时的真气运转路径,这就是一门上乘武学往往成为一姓家学的关键所在。那一口武夫真气,起始于何处气府,路过哪几个窍穴,最终停于何处,在这期间,是一鼓作气逛遍所有气府,还是快慢有变,都是有讲究的,都是大学问。为何有亲传弟子的说法？就因为这些东西往往不会记录在秘籍之上，而是师徒之间代代承袭，口口相传。

封面四字，《剑术正经》。序言数十字，大致讲述剑谱来源。正文，详细讲解六招剑术的运气方式。注解，是郑大风自己的感悟心得。

四块内容，郑大风竟然用上了四种书法风格：妩媚秀气，端庄文雅，雄迈奔放，以及病恹恹的纤细如柳条。有浓墨腴笔，有枯墨涩笔，有浓淡适中。毋庸置疑，这是郑大风在炫耀他的书法功底。

郑大风这一手，让陈平安大为佩服。陈平安心想郑大风不愧是整天游手好闲的看门人，每天在地上用树枝画来画去，都能练出这么一手功底扎实的书法。

金丹境老人在陈平安合上剑谱之后，才缓缓坐在少年对面："此处已经被山顶那株祖宗桂树的树荫遮蔽气象，只要动静不要太大，外边渡船的客人都不会察觉。陈平安，之前已经与你说过我的境界，今天是试剑第一天，在此之前，我多说一些，若是说到你已经听过的地方，你可以直接告知于我，我跳过去便是。"

陈平安点点头，端正坐姿。

老人缓缓道："山上有个说法，甲子老练气，百岁小剑修。说的就是六十岁才跻身中五境的练气士，已经算不得什么修道天才，但是第六境洞府境的剑修，哪怕破境之时已经百岁高龄，仍是一个年轻有为、前程似锦的练气士。为何？"

不用陈平安开口说话，老人已经自问自答："很简单，我们剑修，杀力之大，冠绝天下。成为练气士已属不易，成为剑修更加需要天赋，最后能否温养出一把本命飞剑，又是大门槛。好不容易养出飞剑之后，要养活这个吃金山吞银山的小祖宗，又是难上加难。我马致，两百七十岁，在八十年前就已经跻身金丹境，当时在老龙城还惹出不小的动静，五大姓氏有四个，同时重金邀请我担任供奉……好汉不提当年勇，不说这些陈芝麻烂谷子了，只说我在破境之初，就明白一件事，我这辈子都不用去想什么陆地神仙元婴境了，为何？"老人再次自问自答："一是天资不够，二是实在没钱。"老人说到这里，笑道："如果范家愿意倾尽家族半数的钱财，四处购买天材地宝，铸造剑炉，帮助我淬炼那把本命飞剑，说不定能够让我顺势突破九境瓶颈。但是范家再好，也不可能如此作为，毕竟我不姓范。"

老人虽然十分理解，可仍是满怀失落，沧桑脸庞上有些遮掩不住的落寞神色。范家如此，合情合理。

金丹境老人好像是在说服自己，好让自己宽心，继续自言自语道："就像那与道家三教比肩而立的龙虎山，还要分出一个天师府黄紫贵人和外姓天师。历代诸多外姓天师，不乏惊才绝艳的上五境神仙，甚至历史上还有过外姓天师道法压过大天师的情况，可是那一方天师印和一把仙剑，从来不会落入外姓天师之手。"

陈平安对此不难理解，点头道："兵者，国之凶器也。那些个大的仙家豪阀，其实势力跟一个国家已经相差不大。单说一个家族或者国家，若无半点规矩，哪怕得到当下的一时兴盛，也只会埋下祸根，后世子孙，恐怕就要花费数倍的力气才能正本清源。"

"然也！"金丹境老人附和点头。他一直将眼前少年误认为高门子弟，所以对于陈平安这番见解，老人没有感到任何意外。金丹境老人随即喟叹道："话虽如此，可是这个仙师辈出、妖魔作祟的复杂世道，还是有很多只凭自己喜好、只想一拳一剑打碎一切的人物。也不是说他们做得全然不对，说句心里话，那等无法无天的痛快惬意，旁观之人，内心难免都会有些艳羡。只是这种人可以有，但是绝不可以人人推崇。看久了热闹，真当那一拳那一剑莫名其妙砸在自己头上的那天，真心苦也。"显而易见，老人肯定遭受过这类祸从天降的无妄之灾。

老人叹息一声，金丹境修士，尤其是金丹境剑修，哪怕在中土神洲也会有一席之地，可到底还是做不得真正的逍遥神仙。

马致压下心境涟漪，微笑道："陈公子是武道中人，可既然要练剑，以我作为假想敌，就该知道练气士的底细……"马致突然停下言语："想来这些公子都已清楚，我就不唠叨了？"

陈平安摇头道："马先生只管说，好话不嫌多。"

马致微微一笑："练气士中五境——洞府境、观海境、龙门境、金丹境、元婴境。我所在的金丹境，能够将整座气海凝聚为一颗金色丹丸。至于金丹的品相、大小和意象，因人而异，一般来说，通过龙门境时期的丹室，就能大致推算出金丹的优劣。我正是当初丹室粗糙，侥幸结丹，金丹品相好不到哪里去，便知道自己无望元婴境了。若非如此，我马致一个金丹境剑修，为何仍是敌不过在登龙台结茅的楚阳？这些年老龙城，背地里不知道多少金丹境同辈，和那些个中五境的小家伙，以此取笑我马致。久而久之，便流传起了一句话，小时了了，大未必佳，马致是也……"马致说起这桩糗事，哈哈大笑起来，显然全无心结。

陈平安突然问道："马先生，能不能问几个关于你的修为境界的问题？"

马致点头道："自无不可。"

陈平安小心地问道："马先生是什么岁数跻身龙门境，丹室有几幅图画、几种场景？"

马致心中恍然，果然是山上第一等的仙家子弟，否则绝对问不出如此问题。那些个撞大运跻身中五境的山泽散修，可能一辈子都不知道龙门境的丹室可以有不止一幅画卷。真正的修道天才，可以有两幅丹室"壁画"。马致这一生接触过的前辈修士，有数名元婴境地仙就是两幅，而一个玉璞境神仙，则是三幅之多，惊世骇俗。

马致抚须而笑，并不藏掖，坦诚相告："先前提过一嘴，我马致是在一百九十岁的时候跻身九境金丹境，龙门境嘛，那就是很早之前的事情了，应该是一百二十多岁的时候。我修道较晚，否则百岁之前鲤鱼跃龙门，问题不大。"

陈平安一脸震惊，咽了咽唾沫。马致以为是少年惊讶于自己的修道天资，老人笑意多了几分。

殊不知陈平安之所以有此疑问，是记起了当初在泥瓶巷祖宅，一个姑娘充满懊恼和不满的自言自语，被当时竖起耳朵的陈平安给一字不差听了去："我只达到龙门境……丹室之内六幅图案……尚未画龙点睛，尚未天女飞天……"

陈平安默默摘下养剑葫芦，喝了口香醇的桂花小酿压压惊。

马致被蒙在鼓里，反而笑着安慰少年："陈公子，以你的出众资质，哪怕走的是武道一途，未来成就比我只高不低，只要脚踏实地，大道可期！不妨就从今日适应我的剑气做起。"

陈平安脸色尴尬，点点头："好！"

马致站起身，正色道："武道炼气三境——魂、魄、胆，其中三魂七魄，三魂为胎光、爽灵、幽精，我就以三种不同的剑气，先后帮你洗涮、冲荡和砥砺体内三魂。我自会拿捏好分寸，不会伤及你的元气。在此期间，你大可以同时练习那本剑谱上的攻守四招，前提是你做得到的话……"

老人笑容充满玩味，虽然不知少年为何早早具备魂、魄、胆的雏形，可是被一名金丹境剑修的剑气侵入气府，扫荡三魂，其中滋味，别说是咬牙练习剑术，能不能站稳脚跟还两说。话说回来，如果陈平安真能做到，哪怕只是支撑一时半刻，剑谱记载的那四招剑术，必定会进步神速。

"陈公子，小心了，我先以一分剑道真意，试探你三魂的厚薄程度。"马致笑了笑，一柄本命飞剑从老人心口处飞掠而出，悬停在两人之间，"此剑被我取名为'凉荫'。此剑是诞生在一棵参天大树的树荫之下，已经与我相伴两百多年光阴，算不得如何锋利，可是它与人对敌，却能悄无声息伤人神魂，还算不俗。"

陈平安别好养剑葫芦，使劲拍了两下养剑葫芦，让里头的初一、十五两把飞剑安静一点，不用出来跟同行抖搂威风。然后陈平安微微皱眉，纹丝不动，就连气息吐纳都与往常一模一样。老人心中倍感震撼。

郑大风抬头看了眼老龙城上空的那座云海，突然说道："怎么不穿裙子？"

那尊来自小庙的阴神在院中缓缓浮现，哭笑不得。

郑大风收回视线，笑问道："老赵，是不是我问什么，你都不会说？"

阴神摇头道："关于范峻茂此人，我并不比你知道得更多。不过当初在小庙内，我听一名陨落的外乡剑仙，说起过一个未必属实的小道传闻。"

郑大风来了兴致："说说看，反正咱哥俩整天游手好闲……"

阴神冷笑道："是你无所事事，我忙得很，穿针引线的活，不比打打杀杀容易。也不对，你每天其实也挺忙，忙着跟着一帮市井女子说荤话，君子动口不动手，你其实该去观湖书院的。"

郑大风笑道："老赵啊，伤感情的话一定要少说，咱俩能够共事一场，多大的缘分。"

阴神顶了一句："孽缘罢了。"

郑大风摇摇头，伸手指了指云海："她跟我才是孽缘，咱哥俩是善缘。"

之前范峻茂进入灰尘药铺后，阴神就自动退散，这既是礼数，也是规矩，所以阴魂并未听到两人之间的对话，但是他看得出来，郑大风和范峻茂有点不欢而散。而且那个范家嫡长女，从范郑二人第一次见面时的洞府境，到一趟大骊往返，重回老龙城，站在小巷药铺门口的时候，就已经是金丹境。这种境界攀升的速度，已经不可以用什么不世出的修道天才来解释，太过骇人听闻，难免让赵姓阴神想到了骊珠洞天内长大的某个少女。山上修行，所有惹人艳羡惊叹的天赋，可能都敌不过轻飘飘的四个字——"生而知之"。

惊为天人？这尊阴神心中微微叹息。好在这种人，放眼五湖四海九大洲，也是屈指可数。

郑大风提醒道："喂喂，老赵，醒醒，别发呆了，继续说那凄凄惨惨死在骊珠洞天里的外乡剑仙，关于符家这件半仙兵的云海，到底讲了啥内幕？"

阴神说道："不想说了，我还有事情要忙。"阴神就此消失。

郑大风一脸呆滞，突然怒道："你大爷啊！"

竹帘被掀起，露出一张稚嫩漂亮的少女容颜，正是那个喜欢坐在郑大风身边嗑瓜子的小丫头，她笑眯眯道："掌柜的，你是要认我做长辈呀？"

郑大风收起老烟杆，起身搓手，屁颠屁颠跑向少女："做啥长辈，显得多生分。"

少女眨眨眼："做了亲戚还生分，那得做啥才不生分？"

郑大风作势要搂过少女的肩头，少女一弯腰，后退两步，巧笑倩兮："咋的，要娶我啊？"

郑大风悻悻然缩回手："做兄妹，做兄妹。夫妻之间，要相敬如宾，也生分的。"汉子趴在柜台上，看着一铺子的婀娜多姿，"春色满园关得住啊。"

汉子突然笑道："赐子千金，不如教子一艺。教子一艺，不如赐子好名。这句老话，姐姐妹妹们，你们听过吗？"

只有那个被郑大风偷走那本书的少女，认得字能看书，可是她不爱搭理郑大风。那本书之后又被掌柜死皮赖脸地借走，借走之后竟然就不打算还了。一个药铺掌柜的，坑店伙计这几十文钱，也不害臊。后来汉子干脆就说书丢了，气得她拿起扫帚就是一顿打。汉子只好说那本书的钱，回头一起算在下个月薪水当中，按照一百文钱算，少女这才罢休。反正书也看过了,在家里放着也是放着,若是给从小就偏心弟弟的爹娘发现,指不定还要骂她败家呢。

汉子见没人响应,只好祭出杀手锏:"那个经常来咱们药铺的范家小子,你们想不想知道叫啥名字?"

所有女子都望向汉子。

郑大风幸灾乐祸道:"叫范二,一二三的二。这个好名字,是不是跟少年的模样很搭?"

没一个人愿意相信,只当是掌柜故意捉弄她们。

郑大风不再多说范二,自言自语道:"范小子学武,以后还要以庶子的身份继承家业。至于他姐姐,这个小娘们的名字取得不错,根柢盘深,枝叶峻茂。范家……有点讲究啊。"

郑大风把一侧脸颊贴在桌面上,望向药铺外边的小巷,风雨将至啊。

云林姜氏嫡女嫁入老龙城符家,嫁妆之厚,绝对会超乎想象,就是不知道,符家会以什么名头掀起这场腥风血雨,最终一家独霸老龙城,也有可能是两家。

郑大风笑了笑,这些乌烟瘴气,关老子屁事。他瞄了眼一位妇人,想着不然自己掏腰包花点钱,购买一些既昂贵又贴身的衣裙,送给她们穿上? 大夏天的,稍稍出点汗什么的,就会越发曲线毕露,玲珑有致。郑大风呵呵笑了起来,抹了一把口水。这才是神仙日子嘛。

什么被一剑钉死在柱子上的天门神将,什么宝光熠熠的霜雪甲胄,什么看破天机的范峻茂……事到临头再说不迟。

金丹境剑修蕴含剑道真意的一缕剑气,在对方毫无征兆的前提下,以迅雷不及掩耳之势,攻伐一个四境武夫的魂魄。

马致哪怕知道陈平安的三境底子打得极好,仍是觉得匪夷所思,至少也该有个跟跄吧?

陈平安误以为这位将近三百岁高龄的老神仙,此次"偷袭",太过手下留情,便笑道:"马先生,没事,我之前在三境淬炼神魂,吃过不少苦头,还算熬得住痛。只要剑气不伤及武道根本,马先生只管出手。"

"小心了。"马致点点头,略作思量,伸出一手,双指从本命飞剑凉荫中拈出三缕剑气,先后搓成三粒珍珠大小的小圆球,小圆球泛起幽绿寒光,如同采撷清凉树荫而成。老剑修弯曲手指,飞快轻弹三下,三粒剑气凝聚而成的凉荫剑气珠子,在掠入陈平安身躯的时候,发出细微的叮咚之声,分别针对胎光、爽灵和幽精三魂。

陈平安这次早有准备,摆出一个剑炉立桩立定,心扉门外,如同有访客三次敲门后，以尖锐利器刺向心扉门户，冰凉刺骨，钉入神魂，让人不由自主就想要打寒战。陈平安脸色仍是不变，他自有应对之法，那条犹如火龙的武夫纯粹真气，从别处迅猛游荡而来，瞬间抚平三处寒冷剑意凝聚的坑洼。

陈平安说道："马先生，再来便是。"

老剑修神色自若，心中已是犯起了嘀咕。他没有说话，双指并拢，在本命飞剑上轻轻一抹。这次不再是剑气凝珠的神仙手笔，而是从凉荫上直接剥落了一整条剑气。剑气没有急于掠向陈平安，而是微微飘荡，寒意流溢，让本就凉爽的圭脉小院一下子从盛夏倒转回到春寒时节。

那条剑气在两人之间蓄势待发。

马致缓缓道："胎光为人之本命元神孕育而出，世间剑修的本命飞剑，多以此作为一座先天剑炉，剑成之后，便将此处作为剑鞘，也是养剑之所。三魂在人体内飘忽不定，蛇有蛇路鼠有鼠道，三魂也不例外，各有一条大致魂路。先前我以剑气珠粒叩响你的心扉，不过是三碟开胃小菜，现在才是正餐。我会稍微加重力道，其中蕴含的剑意分量，要比方才重上不少。陈平安，接好了！"

陈平安点了点头。

就在陈平安做出这个细微动作的瞬间，老人嘴角一扯，剑气化虚，已经势如破竹地蹿入陈平安体魄。老人微笑道："将来与一名剑修对峙，生死之战，可莫要如此一心两用……"

纯粹武夫，本就是天地间最走极端的一拨人，先后三炼总计九境，炼体、炼气、炼神，由外而内，层层递进，而且能够不断反哺肉身，故而体魄之强健，自然比起练气士要更加出众。归根结底，在山上修士眼中，武夫追的不是大道，而是自身，事实上武夫寿命到三百岁就可谓登峰造极，远远比不得练气士。

相比练气士的内外兼修，纯粹武夫的肉身"气量太重"，反而会成为一种累赘，而武学的道太低，武夫又太过执拗，对于魂魄的打熬，竟然就是以一己之力，用那一口纯粹真气，自食其力。美其名曰，不向天地借力。

而练气士是架起一座长生桥，沟通内外两座洞天，以天地大洞天的充沛灵气，浇灌磨炼人身小洞天的神魂。天地同力，自然更容易长寿不朽。

此时此刻，陈平安神魂之中出现一阵抽筋之痛，自己动手的那种。只可惜陈平安还是剑炉立桩依旧，不动如山。

马致一挑眉毛。他虽然出手留力极多，可是金丹境的眼光摆在那里，四境武夫的顶点瑕疵，落在马致眼中，便会大如簸箕，四处漏水，皆是漏洞。陈平安的那一次点头，就是机会。马致虽然已经高估眼前背剑少年的体魄底子，可还不够，远远不够。当年陈平安在落魄山竹楼遭捶打，一副皮囊身躯，"享受"的是十境武夫崔姓老人的神人擂鼓式,三魂七魄,遭受的是云蒸大泽式和铁骑凿阵式。这些俱是老人毕生所学的武道精髓,是他走到十境巅峰后仍引以为傲的招式。

陈平安当时为了承受更多的神人擂鼓式,每一次呼吸吐纳,以及十八停剑气,早已浑然天成,之后又有抽筋剥皮之苦,无数次刺眼锥心之痛。虽然陈平安的神魂还远远算不得武夫第七境巅峰的无漏金身,可是马致的那条细微剑气,还真无法抓住陈平安的破绽,除非一力降十会,强行破开。

天下最强三境,含金量之重,只是传授拳法的光脚老人不屑说而已。

马致生出一点争胜之心,再从本命飞剑上拨出三缕剑气,化虚入体。这一次三剑齐下,他就不信陈平安的三魂路线当真无懈可击。

陈平安只是岿然不动,欲言又止。这一次他不敢再主动要求马老剑仙增加力道,总觉得会让老人脸上挂不住,不太妥当。那三缕剑气虽然凌厉阴沉,好像犁牛翻田,在体内那虚无缥缈的三条驿路上,以剑气强行犁出三条沟壑,就像心坎上流淌着三条冬日溪涧,透心凉,可是这种苦头,陈平安当初在竹楼时还是属于"开胃小菜"。

马致察觉到不对劲,不得不再次拔高陈平安的四境高度。他瞥了眼在身前微微颤动的飞剑凉荫,深呼吸一口气:"陈平安,我接下来要以凉荫强行化虚,挤入你神魂之中。这份剖心之痛,你要有心理准备,若是坚持不住,一定要主动开口。凉荫虽是我的本命飞剑,与我心意相通,但毕竟就像是闯入别家的洞天福地,被你的神魂遮蔽,很大程度上会影响我与凉荫的联系。寻常杀敌,大可以不管不顾,只要它天翻地覆就行,但是你我之间,另当别论,你千万别逞强。"

陈平安撤掉剑炉立桩,后撤一步,摆出一个古老拳架,一手握拳贴在心口,一拳高过头顶。若是他再抬起一腿,其实有点形似佛教寺庙的一尊天王相,只不过真意大不相同。此拳,正是陈平安在孙氏祖宅两次打退金色云海蛟龙的云蒸大泽式。

当陈平安由撼山拳剑炉变为这一拳架后,气势浑然一变。再不是马致眼中,那个与少年范二有说有笑的阳光少年,不再是走桩立桩时神气内敛的沉稳少年,而像是一位已经站在群山之巅的武道宗师。

这一拳将出未出,拳架而已。

真是好大的气魄!若是老龙城的那几位七境武道宗师,或是那位隐世多年的八境大宗师,有此惊人架势,也就罢了,可眼前少年才多大?马致都不知道今天自己第几次感到震惊了。

陈平安的心神已经完全沉浸其中,眼前不再有什么飞剑凉荫,不再有金丹境剑修。只有光脚老人在竹楼内的暴虐大笑,豪气纵横,一次次打得他生不如死,一句句骂他是个孬种小娘们,其中夹杂着一些老人根本不是对他陈平安,而是对整个天地放声的肺腑之言。

此拳一出，要将降下天威的神人打回天庭！要打得天地有别，由我这一拳来顶天立地！

陈平安脱口而出道："请出剑！"

听到一个晚辈少年如此略带挑衅意味的言语，老剑修没有丝毫不悦神色，心意一动，飞剑凉荫由实化虚，如铁骑冲杀，为君主开疆拓土。

陈平安脸色微白，双拳紧握，拳架微动，重重一跺脚。小院地面微微震动，一身巍峨山岳拳意向地底下蔓延开去。

马致微微皱眉，对着眼前少年，老人双指往下一划，如同武大以长剑要将敌人开膛破肚。

陈平安瞪大眼睛，使劲咬牙，腮帮鼓起，拳架再变，还是云蒸大泽式。他始收缩，双拳距离拉近些许。与此同时，所有流泻在身外的拳意迅速归拢体内，如双掌猛然合十，拍打一只苍蝇。

"如此托大，可不明智。"马致冷笑一声，并拢双指再向上一提，暗中增加了本命飞剑的剑意重量。

陈平安肩头微晃，一拳骤然递出，拳意汹涌，直冲天空，打得那道遮蔽小院气象的祖宗桂树荫，在这一刻露出了真相。它原来如同水帘覆盖在圭脉上空，被一拳罡气轰然砸中，泛起阵阵涟漪，以至小院外方的景象都开始模糊起来。

老人在心中愤愤道："我就不信了，堂堂金丹境剑修，教不了一个小小的四境武夫！"

老人郑重其事地后撤一步，一手负后，一手掐剑诀，厉声道："陈平安，真正的试剑正式开始！飞剑凉荫，将会虚实相间，对你的体魄神魂一并锤炼，用心对敌！"

少年眼神坚毅，根本不说话，只是收起那古老拳架，向后缓缓以寸步倒滑出去，真是行云流水，赏心悦目。

世间剑修，剑意万千，大不相同。金丹境剑修马致悟出的剑道真意，是本命凉荫一剑出世，愿人间再无炎炎酷暑，飞剑过处即是清凉胜地。

距离圭脉小院不远的那间寻常院子，桂花小娘金粟正在吃着一片甜瓜。岛上有一口天然的泉水，冰镇瓜果最是美味。金粟的传道恩师桂姨，对于人间美食早已没有兴趣，在一旁看着得意弟子的冷艳容颜，金粟寻常的东西，也流露出一份天然的清丽气度，心想难怪当年孙嘉树和苻南华这两个老龙城最出类拔萃的年轻俊彦，都对同一个女子心动不已。

孙嘉树是否喜欢金粟？当然是喜欢的，只是妇人不愿道破天机，因为她并不觉得金粟和孙嘉树，能够成为一对神仙眷侣。关于金粟的夫君人选，在妇人心中，才华横溢、已经走到台前的孙嘉树最次，符南华稍好，最好还是范二。

只可惜世间男女情爱，从来不以男子好坏、双方合不合适而论。

这要怪谁呢？桂姨有些自嘲，她还真的知道最早应该怪谁，只是如今就不好说了。

她微微讶异出声，忍不住转头望向圭脉小院那边。

金粟疑惑道："师父，怎么了？"

桂姨笑道："你好像看低了那个姓陈的少年郎。"

金粟又拿起一片甘冽去暑的甜瓜，无所谓道："就算他比天还高，跟我也没关系。"

桂姨好似听到了一些心声，点了点头，然后对金粟说道："你有事情做了。先去山脚铺子拿回药材，你马爷爷在那边留了口信，应该是早就准备妥当了。你回来后，等到马爷爷开口，再给圭脉小院准备一只大水桶。"

金粟茫然道："怎么那个少年客人要浸泡药水、打熬体魄？这不是炼体境武夫才需要经常做的事情吗？"她有些不情愿，"给一个少年做这些事情，师父，我有些别扭。这可真不是我是什么小姐身子丫鬟命。平时我给客人煮茶抚琴、清扫院落，与他们对弈、诗词唱和，我也勤快的，但是给人准备洗浴之事，我……"

妇人笑道："那么师父亲自去做？"

金粟叹了口气，仔细擦拭了手指："我去还不行吗？"

金粟离开小院后没多久，很快就返回小院，带了一拨气势惊人的别洲客人。她原本还有些忐忑，不知为何这些人执意要拜访桂姨，但是当她看到师父已经站在小院门口时，便有些定下心来。在金粟内心深处，师父无所不能，绝非寻常的范家客卿。虽然师父对于自身师承以及修道历程，从来讳莫如深，但是金粟可以确定一件事，以师父的眼光和口气，哪怕师父不是一名元婴境地仙，最少也是一名金丹境练气士。金粟还真不信天能塌下来。

那一行人，总计六人，老少男女皆有，全部来自东南桐叶洲。他们是此次航程范家最大的合作伙伴，桂花岛将近半数秘库地窖，都给他们大包大揽拿下。至于那些货物是桐叶洲哪些独有物产，金粟一个桂花小娘当然无法知道，她只听说他们是桐叶洲一个宗字头仙家的大人物。

不管如何，既然师父亲自出面了，金粟也就安心去往桂花岛山脚取药材。她离去之前，忍不住回望一眼，六人中有一个身材极其高瘦的老人，比起大多数老龙城男子要高出大半个头，鹤发童颜，最为令人瞩目。老人所穿的一袭浓黑如墨的长袍纤尘不染，必然是一件上乘法袍。

老人贴身护卫着一个年轻男子，年轻男子相貌普通，眉毛很淡，但是有一双极为狭长的眼眸。他眯起眼看人的时候，哪怕是洞府境的金粟，都要泛起鸡皮疙瘩，不敢与其对视。

桂姨微笑问道："不知诸位点名找我，是有何事？"

年轻男人眯起眼睛，凝视着眼前妇人，言语不算客气："你就是桂夫人？"

桂姨神色淡然："正是。"

男人眼神炙热起来："自我介绍一下，我叫姜北海，来自玉圭宗。如今我们宗门刚好欠缺一艘跨洲渡船，不知道桂夫人有没有兴趣加入玉圭宗？"

桂姨默不作声。

男人哈哈笑道："范家一切损失，桂花岛所有收入，以百年计算，我自会一枚铜钱不少，全部补偿给范家！相信范家不敢、不愿也不会拒绝我的提议。桂夫人，你觉得呢？"

东宝瓶洲是九大洲中最小的一个，与其相邻的东南方的桐叶洲却是不小，比起那个扶摇洲都要大上不少。而且桐叶洲的洞天福地，在九大洲当中数量算是多的，其中有两座福地的品秩极高。许多婆娑洲、俱芦洲的修士，都会万里迢迢赶往桐叶洲，各有所求。

在桐叶洲的版图上，桐叶宗和玉圭宗，一北一南，双峰并峙。帮助丁家逃过一劫的那个桐叶洲年轻人，正是出自桐叶宗。一座宗门，能够以一洲称号命名，屹立数千年不倒，本身就是一种实力的最佳展露。

一个宫装妇人笑道："姜少爷，你在宗门一向深居简出，咱们玉圭宗一向与人为善，不像那喜欢显摆的桐叶宗，想必是桂夫人听说得少了。"

桂姨摇头道："玉圭宗，我如雷贯耳。玉圭宗内掌握云窟福地的姜家，以及姜氏最近十数代皆是一脉单传，我都有所耳闻。"

姜氏男子笑了笑："既然这些桂夫人都知道，却还是这般不冷不热的态度，想必是觉得玉圭宗与老龙城范家不在一洲，又隔着一个桐叶宗，所以鞭长莫及？"

姜氏男子弯腰赔罪，脸上却是笑容阴冷，道："失礼了失礼了，措辞不当，桂夫人莫要怪罪。"

桂姨还是云淡风轻的模样，轻声道："有关大道誓约，涉及修道本心，不可轻易违背。姜公子的美意，我心领了。"

男子直起身："哦？"

桂姨突然笑道："那桩誓约还有甲子期限，姜公子如果真有诚意，不妨等等？"

年轻男子蓦然大笑："邀请桂夫人加入玉圭宗，算不得我姜北海的诚意，只要桂夫人愿意，嫁入姜家都可以。"

然后他自顾自摆摆手，哈哈笑道："玩笑话，当不得真。桂夫人且放心，咱们玉圭宗宗主和我姜氏家主，都对夫人仰慕已久，由不得我姜北海随心所欲地冒犯夫人。"

桂姨还是笑脸以对，挑不出半点毛病。女子姿色的高低，面容是否长得倾国倾城，未必决定一切。

那名瘦高老者目露激赏之意，只是他天生语气淡然，缓缓道："桂夫人好气度。如我家公子所言，玉圭宗确实极有诚意相邀，恳请夫人认真考虑。希望六十年后，能够在玉圭宗山门内，喝上一杯桂夫人亲手酿造的桂子酒。"

桂姨轻轻点头，双方就此别过。她缓缓走回小院，抬头看了眼老龙城方向，有些无奈，似乎还有一点小小的委屈。

老龙城云海之上，一个绿袍女子向后倒去，躺在云海之中打了个哈欠，懒洋洋道："找死之人，何其多也。无趣无趣，喝酒喝酒……"

她拿起那只普通的酒壶，抬臂举起，结果发现滴酒不剩。这让女子没来由地想起在那条地下河走龙道，自己取笑那个手握养剑葫芦仰头喝酒的小酒鬼，怎的，这么快就遭了报应？女子一想到这个，便有些愤懑，一个鲤鱼打挺站起身，随手从云海中拈起一把蕴含雨水真意的小云朵，丢进嘴里，将就着当作酒水咽下。她狠狠嚼着寡淡无味的"云酒"，心情糟糕至极。

她眼神阴冷地望向大海上的桂花岛，倒退着蹦蹦跳跳，从最南端的云海，就这么好似市井巷弄的稚童跳着方格子，一直跳到了云海的最北端。她站定后，开始迅猛前冲，高高扬起脑袋，摆出一个手持枪矛即将丢掷而出的姿势，骤然停下身形，暴喝道："去！"

云海翻涌如沸水。随着女子做出这个抛掷动作，一道被她从云海中撕扯而出的长达十数丈的雪白长剑，在老龙城上空一闪而逝。

大海上，距离老龙城已经十分遥远的桂花岛渡船。那名玉圭宗的高瘦老人，突然一掌拍飞身边的姜氏嫡子。老人站在原地，双臂格挡在头顶，那件法袍剧烈鼓荡，双袖之中有电闪雷鸣。

整座桂花岛轰然剧震，晃动不已，掀起巨大海浪。

姜北海转头怔怔望去，元婴境老人那件法袍已经损毁大半，幸好还有修复的可能，他的双臂血肉皆无，白骨裸露。

老人呕出一口鲜血，死死盯住老龙城上空，伸出一只惨不忍睹的手臂，沉声道："少爷，待在原地别动，不要靠近我，但也不要随意走动。"

陈平安悬挂腰间的养剑葫芦内，飞剑初一嗡嗡作响，如遇故友，雀跃不已。

那个原木已经打算收手的女子，看到老人那个伸出一臂的动作后说道："哟呵，这是再讨要一剑的意思喽？"

这个名叫范峻茂的绿袍女子，身体后仰，脚尖一点，向后暴掠而去，然后她重复了一遍先前的动作，大笑道："走你！"

她双臂抱胸，笑望向桂花岛，啧啧道："哪怕再过一千年，我还是最喜欢这种硬气的英雄好汉,好像成天伸长脖子嚷嚷着'来砍死我啊来砍死我啊'……"

桂花岛上,陈平安悄然按住养剑葫芦,先前那次根本来不及,这次总算及时抬头,抓到了一点点蛛丝马迹。

在一个金丹境老剑修都只有心神摇曳的时候,陈平安已经闭上眼睛,用心感受那一剑的精彩。

第十一章
大道之上

汹汹一剑从陆地来到大海中央的桂花岛，再有一剑紧随其后，仍是从老龙城云海之巅破空而至。

两剑之威，惊天动地。老龙城和桂花岛之间的海面，先后两次被天上剑气斩出沟壑。

在陈平安闭眼体悟剑意的同时，金丹境老剑修已经回过神来了，之所以他没有像陈平安这样去抓住一闪而逝的剑意，试图以他山之石攻玉，不是老剑修的阅历还不如一个四境武夫，而是老人深知，当自己的剑意塑造成形后，其他剑仙一剑之中蕴含的意气精神，若是胡乱借鉴和汲取，反而容易自相矛盾，使得自身的纯粹剑意变得驳杂。不过如果两者剑意大致相近，当然是好事。

马致那把本命飞剑凉荫的剑意根柢为树荫乘凉，故而剑意近春寒、大雪、清泉等，而远大火、酷暑、熔炉等，与那云海两剑取自沙场真意的绞杀、攻伐大不相同，因此老剑修不会循着蛛丝马迹，去采撷两剑剑意，化为己用。反倒是一些初入中五境的晚辈剑修，剑意尚未稳固，哪怕两种剑意截然相反，一样会有所裨益。

陈平安站在原地，下意识摆出了剑炉立桩。马致何等老辣，当然不会去打搅少年的这份小机缘。他甚至抬手一拂袖，不但打散了一些祖宗桂树凉荫的遮蔽，还主动抓取了一些稍纵即逝的丝丝缕缕剑气，让其渗入圭脉小院，让陈平安感受的剑意更深。

马致在这个过程中，对那名老龙城剑修的敬畏更浓。地仙一剑，威力大到摧山倒海，是一种震慑，算不得如何出奇。真正决定地仙剑修距离上五境到底有多远，其实已经不在表面威势,而是剑意的凝聚程度。若是剑气涣散,精神紊乱,一剑递出,威力大,剑意却是四处流溢,说明剑修对剑意的掌控还称不上尽善尽美。

那位从老龙城悍然出手的剑修,哪怕一剑递出,跨海如此遥远,剑意之凝聚,几乎等同于马致的百丈出剑,这让马致如何不惊叹佩服?

十境剑修,只差一步就可以破开瓶颈,跻身上五境。由于剑修杀力太大,在整个中五境生涯中往往锋芒毕露,所以比起寻常十境的陆地神仙,十境剑修反而要更加"出世"。就像风雪庙魏晋,在成为玉璞境剑仙之前,就彻底离开江湖,一直在闭生死关。

看来这位老龙城的老剑修,一定是被范家桂花岛上的某人惹恼得厉害,否则绝不会冒着惹来天劫的风险,如此凌厉出剑。

马致以心声相问于桂姨:"桂夫人,是何方神圣出手了?是针对我们范家的手段,还是跟外乡客人起了纠纷?"

桂姨犹豫了一下,含糊回答:"应该是一位老龙城的世外高人,跟桐叶洲玉圭宗的姜氏子弟,出现了一些冲突。咱们范家和桂花岛不用理会,保持中立即可。"

马致感慨道:"既然是山顶两拨神仙打架,咱们看戏就成。"

桂姨微微一笑:"理该如此。"

马致突然惊讶道:"玉圭宗姜氏?可是那个手握云窟福地的姜氏?"

桂姨却已经早早关闭心扉,掐断心声,不再理睬老剑修的询问。

马致对此不以为意,只当是那位身份特殊的桂夫人,担心桂花岛本体会被殃及池鱼,要专心应对。

马致眼见着少年还在立桩,便干脆收起了凉荫飞剑,坐在石桌旁。世间的洞天福地,总计十大洞天三十六小洞天七十二福地,为几个天下所共有,分三六九等,品秩高低有别。宝瓶洲神诰宗掌握的那块清潭福地,品秩就很低,而桐叶洲姜氏手中那块云窟福地,就极其不俗。

在陈平安睁眼后,老人笑问道:"如何?"

陈平安笑道:"只知道这一剑很厉害,到底怎么个厉害,说不上来。琢磨了半天,只模模糊糊抓到丁点儿意思,太可惜了。若是这一剑能够再慢一点,就好了。"

马致打趣道:"一位元婴境地仙剑修出剑前,还要跟你陈平安打声招呼?"

陈平安挠挠头:"这哪敢?"

陈平安突然忧心忡忡问道:"难道是有剑修想对桂花岛不利?"

马致摆摆手,神态闲适,笑着解释道:"不是,只是跟岛上的桐叶洲客人有过节,便出了两剑示威。这两剑很有讲究,不曾伤及桂花岛半点根本,这其实无异于在对桂花岛表达善意。否则地仙之间的过招,除非是在人迹罕至的偏远地带,否则一个收不住手,多多少少会有些气机流散,很正常。"

马致说得比较浅淡,想得更加深远,这个不知名的地仙剑修,要么是一个极其讲规矩的存在,要么就是跟老龙城范家有旧,后者的可能性显然更大。

在桂花岛别处,可就没有圭脉小院这么融洽和气的氛围了。姜北海的脸色阴沉得能够滴出水来。家族十境元婴境供奉老人倒在血泊之中,那件价值连城的法袍墨竹林,已经算是损毁殆尽,想要完全修复的开销之巨,恐怕还不如直接买一件新的上乘法袍。老人受伤不重,很快就摇摇晃晃站起身,只是瞧着凄凉瘆人。第二剑的威势,大多被他身上这件姜氏老祖赐下的珍贵法袍所抵消。

高瘦老人死死盯住陆地上的那座老龙城,咬牙切齿道:"贼子先后两剑暗算偷袭,欺人太甚!"

"苏老,到底怎么回事?"姜北海轻声询问,身体则一动不动,双脚扎根站在原地。其余家族扈从和玉圭宗嫡系如出一辙,个个纹丝不动,大气都不敢喘。

老供奉气急败坏,语气却颇为无奈,道:"只知道那两剑出自同一人之手,出剑之地,在老龙城上空的那片云海。难道是某位符家老祖手持一件半仙兵,向我们示威?"

姜北海思量片刻:"符家向来不喜欢丁家,而丁家跟桐叶宗关系不错,丁家之前正是靠着那个家伙才能在老龙城屹立不倒。我们玉圭宗跟桐叶宗那是千年之久的死对头了,照理来说,敌人的敌人就是朋友,哪怕我们这次选择范家的桂花岛渡船去往倒悬山,没有选择符家的吞宝鲸渡船,也不该对我们有这么大的怨气。符家不蠢,不会不知道玉圭宗的实力,也不会不清楚我们姜氏在玉圭宗的地位。而且符家一向跟范家关系很好……"

那名宫装妇人小心翼翼地道:"会不会是桂夫人的缘故?有可能是某位符家老祖心仪于她?"

姜北海压低嗓音,气笑道:"咱们又不是明着抢夺桂夫人?只是开诚布公谈买卖而已。若说桂花岛渡船是符畦的产业,桂夫人是那符畦的姘头,那么有此风波,还勉强说得过去。这座桂花岛渡船,是范家先祖当年凭借运气得来的,符家为此出头?真当我们玉圭宗是吃素的?你信不信,我只要稍稍添油加醋一番,咱们玉圭宗那两个脾气火暴的老祖,马上就会杀到老龙城兴师问罪?"女子总爱在情爱一事上动脑筋,男子喜好在江山一事上花心思。

高瘦老人以心声告诫姜北海:"少爷,我们此次去往倒悬山,不可禀告宗门!"

姜北海在心中点头苦笑道:"苏老,我知道轻重利害。"

老人深呼吸一口气:"我马上去趟老龙城,亲自去见一见那位剑仙,总得把这件事情了结了,咱们才能安心去往倒悬山。我尽量早点返回桂花岛渡船。"

姜北海轻声道:"苏老小心行事。"

"放心,绝不会辱没玉圭宗和云窟姜氏的名头。"

老人撂下这句话后，拔地而起，御风去往老龙城。在此之前，老人已经收起那件价值连城的法袍墨竹林，血肉模糊的伤口则以肉眼可见的速度痊愈，真正是白骨生肉的神仙手段，不愧是桐叶洲成名已久的元婴境大佬。

风云跌宕的两剑过后，桂花岛上，无论是范家人还是乘客都议论纷纷。好在几乎人人都是走南闯北的山上人氏，见多识广，虽然震惊，却也谈不上惊吓恐慌。加上桂花岛很快就出面安抚，风波很快就被平息下去。

金粟给圭脉小院送去了从山脚取回的药材，飞快返回师父桂姨身边。云淡风轻的妇人，难得有好心情煮了一壶茶水，见到弟子归来，递给金粟一杯热茶。金粟落座后，尚未品尝师父的手艺，心境就已经跟着沉静了下来。

妇人知道金粟一肚子疑问，却不想多说什么，只是微笑道："对于那位姜氏大少爷，这无疑是飞来横祸；对于你我师徒二人，则是喜从天降。金粟，你不用多问，此次出海，从倒悬山返回后，我会尽量争取让你与出剑之人，见一次面。"桂姨轻声笑道："天外有天，人上有人，可不是什么废话，以后你独自行走四方，还是收敛一点为妙。"对于最后一句老成之见的金玉良言，金粟并未如何上心，她早已转头眺望老龙城方向，充满了期待。一座与世无争的圭脉小院，根本无须计较这些山顶风云。

陈平安之后每天就是与金丹境老剑修练剑。后者做三件事，一是祭出本命飞剑，化虚入体，帮助陈平安淬炼三魂，夯实胎光、爽灵和幽精三条魂路的路基；再就是马致会压境，以剑修手段驾驭飞剑凉荫，跟陈平安对敌；最后则是旁观陈平安练习《剑术正经》的剑招，指点一二，矫正陈平安出剑姿势上的瑕疵。

陈平安练剑很有意思，他并没有抽出背后木匣里任何一把剑，每次只是做握剑式，假想自己单手持剑。马致对此有所疑问，结果陈平安给出的答案比较荒诞不经，说是背后双剑，被他取名为"降妖"的那一把，是别人的剑，不能使用；名为"除魔"的槐木剑，曾经在沙场战阵上拔出剑鞘一次，但是事后发现木剑实在太轻了。他觉得自己开始练剑后用的剑，最好去找一把分量足够的铁剑，否则手上轻飘飘的，拿剑跟没拿差不多，总觉得不对劲。

马致身为一名世俗眼中的天上神仙，对于剑术本就兴致平平，对于陈平安这种江湖剑客的执拗追求，其实谈不上有何感触，甚至内心深处还有一丝不屑。庄稼地里刨食吃，能刨出什么天材地宝？可若说陈平安是在剑意大道上下功夫，钻牛角尖，马致恐怕就要情不自禁，滔滔不绝地给陈平安说上三天三夜。

桂花小娘金粟会定时送来一日三餐。让这名女子如释重负的是陈平安没得寸进尺，真将她当作了端茶送水的丫鬟。哪怕是更换水桶中的药水，还是陈平安自力更生，这让金粟对这个年纪轻轻的范氏桂客，总算生出一丝好感。

再就是圭脉小院储藏的桂花小酿，需要隔三岔五就补充一次。以金粟的身份，不是不可以一口气给小院搬来数十壶醇酒,但是她最后还是放弃了这种一劳永逸的打算。这未尝不是希望和陈平安多见一面,看出那个外乡少年的深浅。毕竟一次跨海远游,对于她们这些早已熟悉航线的桂花小娘而言,略显枯燥乏味。所谓的桂花岛十景,例如明月共潮生,依稀可见月中生桂树,幻化出古代宫阙奇景的那座海市蜃楼,海上飞鱼群环绕桂花岛,等等,初看会倍觉惊艳,甚至会让人主动掏钱聘请画师画下一幅幅美景,可真正看多了,也就很难引人入胜。一些发生在桂花岛身边的奇人怪事,反而更能让她们这些桂花小娘觉得有趣。

陈平安现在每天卯时之初起床,天未亮,先练习六步走桩约莫一个时辰。老剑修马致会在辰时左右露面,优哉游哉喝上一壶桂花小酿,等到陈平安练完那个平淡无奇的拳桩,金粟刚好送来早餐食盒,两人用饭,耗时两刻钟左右,其间马致会大致说一下今天出剑的力道轻重、剑意侧重的缘由,和一些有关天下剑修的奇闻趣事。之后陈平安将食盒交还给等在院门口的金粟,大多数时候只是道一声谢而已。若是圭脉小院需要添酒,陈平安也不会难为情,跟那个年轻女子直说便是。

在马致的提议下,陈平安一天的修行由易到难,上午两个时辰陈平安先练习那本《剑术正经》的剑招,其间马致会毫无征兆地出剑,故意破坏陈平安一气呵成的剑招,所以陈平安既需要打磨雪崩式、镇神头等四种剑招,更需要时刻留心一名金丹境剑修的袭扰。偶尔,马致干脆就将下午的陪同试剑提前到上午。

午时末尾之前,两人一定会解决午餐,然后开始下午的切磋试剑。如今马致已经默默将境界从洞府境提升到观海境。他坐在石桌旁,自饮自酌,出剑不断,驾驭本命飞剑凉荫刺杀陈平安,导致不管陈平安以什么手段迎敌,是那些气势吓人的古朴拳架,还是从《剑术正经》新学来的攻守四招,或是一通乱拳打死老师傅的王八拳,只要你陈平安躲得掉满院子迅猛飞掠的凉荫,或是能一拳打退那把本命飞剑,都成。

往往一个下午不等练剑完毕,陈平安就已经皮开肉绽,衣衫褴褛。

有时候马致会放缓出剑速度,放过狼狈不堪的陈平安一马,多喝几口酒。桌上那些小菜碟里的酒鬼花生、蒜香花甲、椒盐小杂鱼干、凉拌猪耳朵,足够老人下酒了。但是每次陈平安难得喘口气之后,老人下一次骤然出剑必然雷霆万钧。可能当时老人嘴里还咀嚼着清脆的杂鱼干,陈平安却要被迅猛一剑刺入心脏,飞剑画弧返回,又从后背刺穿陈平安后心,然后老人就会嗤笑道:"若非飞剑化虚,你已经死了两次,就再也尝不到这份椒盐小杂鱼干了。陈平安,哪怕只是为了这份佐酒美食,你也该多努力啊。"

为了保证练剑的延续性,圭脉小院没有晚餐一说,只有宵夜,金粟只需将食盒放在院门口就行。

一般在酉时过后,陈平安就要站着挨打,借助飞剑凉荫在神魂之中的"穿廊过栋""驰骋驿路",打熬三魂的厚度和韧性。

老剑修最近已经不再详细解释他的出剑法门，只是小心拿捏分寸，让陈平安细细咀嚼那份苦楚便是。

陈平安对这段时光既喜欢又不喜欢。喜欢是知道这份磨砺对自身的武道修行裨益极大，不喜欢是这总会让他记起在落魄山竹楼中的磨难。好在老剑修出手比较含蓄，比起光脚老人好似天庭神人捶杀凡夫俗子的狠辣手段，要轻松许多。陈平安不但熬得住，而且还能趁此机会，练习六步走桩和《剑术正经》的两个剑招守势——山岳式和披甲式。比起自己修行的文火慢炖，有了老剑修的帮忙，无异于武火大煮，事半功倍。

久而久之，苦中作乐的陈平安琢磨出一件趣事，那就是只要咬牙坚持练习出剑迅猛且繁杂的雪崩式，配合老剑修飞剑淬炼带来的开膛破肚、锥心剁肝之痛，他的出剑就会更快。对于这一剑术攻招的领会，陈平安进展神速，到后来，陈平安每次"握剑"递出雪崩式，连他自己都觉得只要手中真有一把神兵利器，当真就会有几分剑气寒光冲天的气象。

一天练剑完毕，多在戌时和亥时之交。陈平安先去烧水，将药材放入水桶。在水烧开之前，陈平安去院门口拿食盒，一老一少将石桌当作餐桌，吃着宵夜。有时候陈平安伤得比较重，或是一身血迹太过凄惨，就会先去水桶浸泡，沐浴更衣后再吃宵夜。老剑修马致哪怕先行吃过，也会坐在石桌旁等着陈平安，在后者进餐期间，为陈平安讲解今日练剑的得失，如同复盘棋局。马致到底是一名金丹境剑修，眼光独到，而且比起落魄山竹楼的崔姓老人，马致更愿意仔仔细细说清楚一件事情。陈平安所有疑问，大多能够在马致的讲解中得到答案。

收拾完食盒，陈平安就会继续练习撼山拳谱的走桩。哪怕再过十年百年，不管到时候自己的境界到了何种高度，陈平安可能都不会落下这个堪称武道最入门的粗陋拳架。

子时过半，陈平安就会回到屋子睡觉。

几乎每天就是这样循环往复，不知不觉之中，桂花岛渡船已经日出日落三十多次，海上九景也已悄然过去三景。

又过去一旬，桂花岛渡船到了航线上的海上第四景，老剑修建议陈平安可以停下修行，去祖宗桂树那边赏景。

既然老人都这么讲了，陈平安就照做。拂晓时分，陈平安来到人头攒动的桂花岛山顶，举目远眺，看到一处巨大的豁口，豁口两侧是山势由高到低、依次下降的两座岛屿上的山脉，山峰之上，一座座建筑鳞次栉比，依山而建，云雾缭绕。

这处景象之奇，不在岛上那座孤悬海外、与世隔绝的仙家门派，而在于桂花岛渡船途经的两座对峙的悬崖峭壁。两侧峭壁之巅，各有一尊高达百丈的金身神像耸立，巍峨非凡，而且神像经历过无数年的光阴和流水冲刷，依然金光灿烂，哪怕是练气士都要望之生畏。

传闻那两尊神像雕塑的金身正神，一位曾是镇守南天门的神将，一位曾是掌管天下大渎水运的神祇，是天上诸多雨师的正神第一尊，名义上掌管着世间所有真龙的行云布雨。天门神将挂剑于身前，双手叠放抵住剑柄，好似正在俯瞰人间。那尊雨师神祇，面容模糊，云遮雾绕，分不出性别，其身上有不知由何种材质铸造的五彩飘带，萦绕身躯四周，缓缓飘荡，活灵活现，衬托得那尊金身消散不知多少万年的神祇，仿佛犹在人间施展神威，掌管着整个南方水运的流转。

陈平安挑了山顶一处栏杆内的长凳，盘腿而坐，面朝两尊神像，缓缓喝酒。

身边练气士交谈时所用言语，多是俱芦洲和桐叶洲的雅言，偶尔夹杂一些老龙城方言，陈平安自然都听不懂。好在不远处有一个桂花岛范家练气士，少女模样，却不是桂花小娘的装束，她嗓音清脆，应该是专门为乘客讲解此处海景的奇异所在。她以宝瓶洲雅言阐述"两神对峙"景象，说了两尊神像的渊源，还顺带说了那个仙家门派的悠久历史。有人询问为何桂花岛渡船不在岛屿靠岸，那名范家练气士便笑着解释，虽然渡船能够从中穿过，但是这个门派却从不接纳任何一艘渡船登陆，若有人胆敢擅自登陆，轻则被当场驱逐出境，重则被囚禁在岛上，历史上甚至还有过擅自登陆者被那个仙门直接斩杀的惨剧。最后少女练气士跟山顶众人笑着说，半旬之后的下一处景象尤为壮观，不可错过。

在桂花岛渡船缓缓驶过峭壁之间时，突然有一只绣球模样的物件急坠直下，掠向山顶赏景的某个年轻人。那人下意识伸手握住那只绣球，痴痴抬头，不知为何那个仙门要如此行事。

那个范氏少女练气士一脸震惊，然后火急火燎地喊道："公子，听我们桂花岛老前辈说，这是那个仙门中的女子在招婿，独独相中了你。这可是百年难遇的天大机遇！公子你若是尚未娶妻，一定要答应下来，哪怕已经……总之，只有这个仙门的嫡传仙子，才能够向途经的渡船抛下绣球。这等福缘，实在是不容错过，公子一定要谨慎对待……"

年轻练气士手握绣球，抬头望向峭壁某处，他正在经历一场心湖之间的问答。然后年轻男人好像通过了考验，以一根彩带裹成的绣球蓦然舒展开来，彩带一头系住了男子手腕，另外一头飞掠向山巅，就这样带着男子飘向了山顶一座位于神像脚下的彩楼。彩楼之中，有名国色天香的女子，脸颊绯红，手中攥紧那根彩带的一头，身边有数名气度不凡、仙师之姿的妇人，面带微笑，似乎在祝福这对天作之合的神仙美眷。

陈平安望着那个年轻男子的一步登天，既没有羡慕嫉妒，也没有感慨唏嘘这份世间奇遇，只是有点恍惚。那个年轻男子方才就站在十数步开外，当范家练气士说到"公子你若是尚未娶妻"的时候，男子明显神色微变，多半是福缘临头，便果断舍弃了家中糟糠之妻。

陈平安仰头瞥了眼彩楼方向,觉得那个抛出绣球的神仙女子修为可能很高,可眼神真的不太好。

回到圭脉小院,老剑修哈哈大笑,喝着酒就着小菜:"没想到还真有绣球抛下,只可惜不是你小子。可惜,太可惜了!要知道山顶彩楼抛下绣球的光景,说是百年一遇,半点也不过分,只可惜你小子没这份艳遇福分……"

陈平安嗤之以鼻,老人收敛神色,轻声道:"桂花岛十景,其实都蕴藏着大大小小的机缘。当然,这些机缘可遇不可求,只能看命。就像这海外仙岛的彩楼绣球,谁能想到一个洞府境的山泽野修,修道资质平平,反而成了最终的幸运儿?"

老人正色道:"若说其余九景,哪怕是去碰碰运气的念头都没有,也没关系,唯独接下来这一景象,必须亲身去桂花岛山脚走一趟,距离渡船外的海水越近越好。因为这份机缘,万一真给谁碰上了,那就是金丹境、元婴境也要艳羡不已的一份洪福。"

陈平安无奈道:"碰运气这种事情,我就不去了,还是在院子里练剑比较实在。"

老剑修瞪眼道:"去,必须去,哪怕是万中无一的渺茫机会,你小子也要去凑个热闹。修行路上,是不该奢望事事顺遂,可总该有点念想才行。你跑一趟,既能欣赏奇景,还能碰碰运气,便是没有撞上大运,又少了你什么?你这小子!切记,'万一'二字,既是练气士最怕的,也是练气士最梦寐以求的。"

陈平安小心翼翼地道:"马先生,我不是练气士,是纯粹武夫。"

老剑修一拍额头,起身道:"气煞老夫!这两天你自个儿练剑,我需要四处走走,散散心,成天对着你这么个闷葫芦,忒没意思。"

之后两天,老剑修果然没有露面,陈平安便自己练剑。再之后,老人只是风尘仆仆地返回圭脉小院,见了陈平安一面,说陈平安练得不错,继续努力便是,然后就又消失不见。陈平安只当老人自己有应酬,并不奇怪。

然后就到了桂花岛渡船跨洲航线的海上第五景——蛟龙沟。

因为老人又提醒了陈平安一次,陈平安就先跟金粟打了一声招呼。当天正午时分,金粟来到小院门口,提醒陈平安可以下山观景了。因为是范氏桂客,桂宫有专门的僻静道路下山,路上客人稀少。陈平安和金粟并肩走在路上,桂花小娘为陈平安解释那条蛟龙沟的由来。

那条海沟之中,栖息着数目众多的蛟龙之属,多是血统杂乱的蛟龙后裔,而它们当中一部分名副其实的水蛟,会凭借本能,去往大洲的上空翻云覆雨。水蛟一次往返,不知道要御风多少万里,等到返回巢穴,已是筋疲力尽,而且经常有蛟龙没有接到上边神祇的旨意,就擅自施展神通,降下雨露,往往容易泛滥成灾,所以它们经常会沦为世人眼中的"恶蛟",被当地练气士疯狂追杀。练气士之所以捕杀蛟龙,既是替天行道、为民伸张正义,也为蛟龙那一身价值连城的先天至宝。

陈平安听得一惊一乍,赶紧加快脚步,去往桂花岛山脚。他出身于世间最后一条真龙陨落的骊珠洞天,当然一定要亲眼看看蛟龙之属的真正模样,看看蛟龙沟里的那些灵物,算不算是真龙的徒子徒孙?

陈平安很快就来到山脚。渡口处停泊着一艘艘小舟,舟子皆是经常在蛟龙沟上摆渡的范家练气士。桂花岛渡船保证乘客泛舟游历海沟时,只要不大声喧哗,不擅自运用神通惊扰水底蛟龙,绝不会有任何意外。即便有危险发生,桂花岛渡船上的金丹境修士也会第一时间出手相救。

桂客登船,无须掏钱。其实哪怕需要支付小雪钱,陈平安也会掏这个腰包。他和金粟一起登上了一艘小舟,撑船的舟子是一名老者。陈平安发现老人手中丈余长度的竹篙,篆刻有一连串的符箓,其中四个好似蚯蚓的古体字,有点类似《丹书真迹》上记载的"作甚务甚"。符箓名为"斩锁符",品秩极高,而且此符末尾文字显示一旦成符,符纸自会渗出斑斑血迹,画符之人无须担心,此乃符箓大成之彰显。

陈平安询问金粟,竹篙上的符箓名称。她一脸茫然,似乎从未想过这个问题,便去问舟子。老人笑道:"这可真说不明白喽。自范家航线通航第一天起,竹篙上好像就有这些丹字符文了。我师父将小舟和竹篙一并传到我手里的时候,也说不出个所以来。咱们桂花岛只说这是打龙篙,能够吓退水底蛟龙。其实我们这些舟子自己都不信,咱们啊,还是更信这个……"老人从脚边口袋抓起一堆由雪白银箔折叠而成的纸人纸马,"若是遇上蛟龙在船底下游弋,只要抓起一把这些东西丢入水底,它们就会很快散去,百试百灵。没办法,若是绕过蛟龙沟,咱们这条航线就要多出二十多万里。不过好在蛟龙沟瞧着吓人,可其实数百年来,咱们桂花岛渡船跟那些蛟龙一直相安无事,所以公子无须担心。"舟子哈哈大笑,明显是个耿直老汉:"话说回来,真要出了事情,那就真是灭顶之灾,别说是咱们这艘小船,恐怕整个桂花岛渡船也不用奢望逃出生天。那么多蛟龙之属,若是一起兴风作浪,何等可怕? 要我说啊,哪怕是元婴境的剑仙,如果真敢在此出剑,惹来蛟龙反扑,一样难逃一劫。"

金粟脸色不悦,埋怨道:"客人就在船上,你说这晦气话作甚?"

撑船老汉汗颜道:"不说了,不说了,公子坐好,咱们这就去欣赏蛟龙沟的水中奇景,保证平平安安的……"

蛟龙沟,是一处海水清澈见底的古怪深壑,宽达十余里,长达数千里,下边盘踞潜伏着一条条海中蛟龙之属。这些蛟龙之属色彩不一,身躯蜿蜒,大小不一,有细如水盆,有粗如井口,水底之下,鳞甲熠熠,让人悚然不敢言语,唯恐惊扰到那些蛟龙,惹来杀身之祸。

舟子突然伸手指向空中某处:"公子你瞧,那就是一条布雨归来的疲龙。哟,好像还受了不轻的伤,多半是给婆娑洲的练气士当作了箭靶子,追剿了很长一段路程。可不是每条水蛟都有这般运气活着回来的,一些个死于归途的蛟龙尸体,往往成为跨洲渡船的意外收获。只是咱们桂花岛厚道,遇上漂浮海面的水蛟尸体,不会打捞上岸,反而拖曳在桂花岛礁石上,一路送到这蛟龙沟……"

陈平安和金粟顺着老汉手指方向,看到一条庞然大物从云海之中坠下,摔入远处大海之中,溅起巨大水花。所幸疲龙坠落之地距离桂花岛渡船有十数里远,对于泛海小舟没有什么影响,只是小舟左右摇晃的幅度稍大些而已。

小舟就在桂花岛渡船两侧缓缓向前航行,不会离桂花岛太远,最多两三里。海水清澈,一艘艘小舟如同御风悬停于空中的一把把飞剑,而水底深处,许多正在酣眠或是嬉戏的蛟龙之属,如同蜿蜒盘踞在起伏的山脉之上,让人浑然忘却当下是航行于海面之上。

陈平安突然眉头紧皱,伸手握住身后剑匣中的一把剑,沉声问道:"这蛟龙之属,算不算山泽精怪之一?"

舟子只当是少年见识不多,此刻小舟离开桂花岛已经有两里路之远,即将到达蛟龙沟的最深处,低头望去深不见底,少年便有了几分惧意。舟子笑道:"若是远古时代,这蛟龙之属还算天地之间的天潢贵胄呢,不过如今嘛,时过境迁,公子所说不差,这些家伙,就只能算是精怪之一喽。公子莫怕,桂花岛是此地的熟客。根据咱们范家的家谱记载,先祖还曾亲眼见到两名元婴境练气士大战于此,两位神仙脚下的蛟龙沟虽蛟龙蠢蠢欲动,可到最后都没有一条水蛟跃出水面。所以说那些不可大声喧哗的规矩,其实是咱们故意吓唬寻常客人的,公子既然悬挂桂客木牌,老汉我也就不故弄玄虚了……"

金粟没好气地瞪了眼舟子,这些范氏家族内幕,岂能轻易道破天机。

老汉缩了缩脖子,继续撑起竹篙,老实划船。他时不时往水底抛下一把雪白的银箔折纸,除了纸人纸马,其中还有折叠精妙的纸质的高楼和车辆。

老人突然瞪大眼睛,望向前方一处:"不好!有人故意陷害我桂花岛!"

桂姨几乎同时从山巅桂宫一掠来到这艘小舟,与舟子老汉一起望向最前边的一艘小船,怒道:"有人拿出了一只龙王篓,私自捕捉一条在浅水嬉闹的小水蛟!"

老人站起身:"可是姜北海故意报复?他们当初选择中途下船,我们让马致暗中跟随了差不多一旬时光,并无异样。还是丁家有人暗中使坏?可是丁家不该有龙王篓才对。符家?符家是有一只,可是没有理由坑害我们才对……"

桂姨摇头道:"暂时还不好说。当务之急,是安抚这条蛟龙沟,一旦引发众怒,便是上五境修士愿意相助,也会束手无策,有心无力!整座桂花岛,数千条性命……唉,这可如何是好?糟糕,所有人都已经被盯上了!此时谁敢御风升空……"

舟子神色凛然,立即放声道:"所有小舟立即靠岸,桂花岛渡船上所有练气士,不可擅自升空离去，否则就会被蛟龙沟视为挑衅。马致，劳烦你展示一手，免得客人以为我们在危言耸听！"

金丹境剑修马致，取出一柄长剑，迅猛丢向高空，去势快若奔雷，肯定要比一名金丹境修士的御风速度还要快。这把飞剑在呼啸远去的途中，才刚刚离开桂花岛几里路，就被一只云海之中的虚幻爪子重重按下，飞剑瞬间在高空爆裂。之后又是一剑被丢掷而出，还是如出一辙的下场。

桂姨转头对金粟和陈平安柔声道："你们俩先回圭脉小院，不管发生什么，一定要死死抓牢桂树树根，如此才有一线生机。"

金粟脚尖一点，已经离开小舟，身形飘落在岸边渡口。她回头一看，那背剑少年好像竟然还站在小舟之中，片刻后少年返回岸上，手中多了一根竹篙。

金粟问道："你这是做什么？"

陈平安回答道："打龙篙，说不定真有用。"

金粟用白痴的眼神瞥了眼少年，转身掠向山顶。

刹那之间，好似山崩地裂，整艘桂花岛骤然随着海面下沉百余丈。以桂花岛为圆心的方圆数里，所有海面都莫名其妙同时下降。

如此一来，原本在桂花岛和小舟之下的蛟龙沟，一下由海底景象，变成了隐没在水中的高大山脉。所有蛟龙之属的灵物，纷纷凝视着那座桂花岛，这才叫作真正的暗流涌动。

桂姨飘掠向前，最终悬停空中，以一种所有人都晦暗难明的古老言语，在跟远处一条金色鳞甲的水蛟交流着什么，后者眼神冷漠。

陈平安背后那把圣人阮邛所铸之剑降妖，已经在剑鞘中颤鸣不已。如果按照之前阮邛的提醒，遇上这等大妖，陈平安就该能跑多远跑多远，可这会儿陈平安能跑到哪里去？

陈平安既没有跑向山顶圭脉小院躲起来，也没有站在原地束手待毙。陈平安看了眼手中那根依旧保持翠绿的竹篙，想了想，盘腿而坐，将竹篙横放在腿上，以手指使劲抹去上边那些不合《丹书真迹》的符箓文字，然后凭借记忆，掏出那支李希圣赠送的毛笔小雪锥，呵了一口气，润笔之后，小雪锥毫尖朱红，如染浓墨。陈平安笑了笑，将竹篙放在左侧地上，左撇子少年屏气凝神，悬臂空中，手持笔管刻有"下笔有神"的毛笔，开始在竹篙上一笔一画地摹写斩锁符。

这叫死马当活马医。实在不行，就只能抽出背后那把圣人铸造的名剑，来一场古书记载的壮举，学那上古剑仙斩蛟龙了。

符成之后，那根翠绿竹篙之上，果真浮现出血迹斑斑的景象。陈平安心中微定，手持竹篙，脚尖一点，跃向一艘来不及系在渡口的漂泊孤舟上，独自站在其中，深呼吸一口气，伸出手掌往小舟两侧各自一拍，小舟如箭矢般迅猛向前激射而去。

陈平安一肩挑着竹篙，一手摘下养剑葫芦，仰头喝着酒，在心中默念道："斩锁符，斩什么锁什么，最好是上古剑仙的斩龙，咱们家乡铁锁井的锁龙。成与不成，在此一举。"

大海之中，蛟龙环伺，分明已是大难临头，神仙难逃。

驾舟而行的少年，落在桂花岛渡船上所有人的视野当中，则是极其潇洒的一幕。

一叶扁舟，悠哉前行。

肩挑竹篙，少年饮酒。

桂花岛就像位于一只大碗的碗底，海水就是碗壁。所有乘客，极有可能成为那些蛟龙后裔的盘中餐。

这将是一场久违的盛宴。

桂花岛与下边的海水已经悬停静止，四周全是蛟龙沟投来的阴冷视线。当下的形势极其微妙，桂花岛上寂静无声，既有对桂花岛的愤懑埋怨，也有对天降横祸的茫然失措，更有人在心中默默打着小算盘，掂量着自己的护身符，试图火中取栗。一旦成功活到最后，不说桂花岛的库藏，便是随手捞取几具练气士的尸体，就已是一笔天大的财富。

最前方，一直深藏不露的管事桂姨，悬停在海水峭壁之前，与那条金色老蛟对峙。双方言语晦涩，绝不是任何一洲的雅言，极有可能是上古时代蛟龙的特有言语，在当时被诸子百家雅称为"水声"。至于桂姨为何精通此言，为何胆敢孤军深入，独自与众多蛟龙对峙，桂花岛渡船上的乘客已经懒得深思，他们恨不得这个姿色平平的妇人摇身一变，成了上五境修士，力挽狂澜，然后带领桂花岛驶出这片该死的蛟龙沟。

妇人与金色蛟龙的沟通似乎并不顺利，她有些压抑怒意，尽量让自己的语气保持平稳，缓缓道："难道就没有半点回旋的余地？根据记载，范家仅是帮你们拖回布雨之蛟的尸体，就多达十二条。这么多年来，只要经过你们蛟龙沟，范家的摆渡舟子，必然会撒下大量的银箔折纸，作为礼敬于你们行云布雨的贡品，一次都不曾错过……"

这条浑身金色鳞甲的老蛟，眼神充满了冷漠："规矩就是规矩。如果可以不讲规矩，世上又岂会有这条蛟龙沟？"

桂姨还想辩驳解释什么，金色老蛟抬起一爪，重重按在水中，一时间水流汹涌，狂风大作。御风而立的桂姨，脸颊被迎面而来的风浪拍得一阵火辣辣的疼，但是她从头到尾没有伸手阻挡，更没有凭借地仙境的神通进行躲避，只是硬生生扛下了老蛟这次的怒火。

老蛟冷笑道："有人故意陷害你桂花岛，我又不是瞎子，自然一眼看穿。但规矩就是规矩，你们桂花岛自己识人不明，才使得渡船客人擅自使用龙王篓捕捉幼蛟，坏了我们双方的规矩。桂夫人你可以独自离去,渡船上其余活人,必须死在此地。"

桂姨摇头道:"我不会抛下他们。"

老蛟那双眼睛充满了冰冷意味的讥讽,还有一种类似老饕看中美食的炙热眼神,一冷一热,交替浮现:"我知道,所以才会有此一说。桂夫人,每次你路过我头顶,我必须老老实实恪守规矩,尊奉那几条破烂铁律,忍着不吃掉你。你知不知道,这需要多大的毅力?"

桂姨问道:"没得谈?"

金色老蛟缓缓挪动长如山脊的身躯,两缕龙须缓缓拖曳在清澈海水之中,宝光流转。它瞥了眼妇人身后不远处的一艘小舟。上边的舟子早已惨遭毙命,那名船客是个贼眉鼠眼的汉子,看似畏畏缩缩,左右张望,手中拎了一只好似蛐蛐笼的小篓,小篓为象牙材质,袖珍可爱。一条原本长达六七丈的年幼小蛟,在被捕获后,在那只龙王篓内体形缩小如泥鳅,它在篓中扑腾挣扎,不断发出哀鸣声。

当时为金粟和陈平安撑船的舟子老汉,此刻就站在提篓汉子那艘小舟旁边的水面上,严防死守,绝不能让这个罪魁祸首逃离。至于为何真实身份是桂花岛常驻金丹境修士的舟子老汉,没有果断出手抢夺龙王篓,原因有二,一是看似獐头鼠目的猥琐汉子,其四周有一把本命飞剑缓缓环绕,剑长一尺,通体如墨,不断有浓稠黑烟涌出,他至少也是一名龙门境剑修。二就是舟子老汉害怕这歹人一不做二不休,直接将龙王篓和幼蛟一起毁掉,那就真要一整座桂花岛都给这家伙陪葬了。

老舟子质问那汉子为何要做此等损人不利己的勾当,酿下大祸的汉子咧嘴一笑,只是打量四周景象,并不回答。老舟子几次试探,试图通过汉子的三言两语,推算出此人的幕后主使,是那中途下船的姜氏公子,还是与范家势同水火的老龙城丁家?可惜汉子始终置若罔闻,惜字如金,一个字也不愿多说。

老舟子对此无可奈何,他还需要等待桂夫人与那条老蛟的谈判结果,才能知道接下来如何行动。若确定真是死结无疑,那就只能先将眼前汉子打杀,竭力抢夺龙王篓。桂花岛能少死一人是一人!范家千年家业,绝不能毁在今天,毁在这帮上古时代的刑徒余孽嘴中!

老舟子平稳心境,不再奢望那个来历古怪的汉子开口说话,淡然问道:"你以为自己还能跑?在那条老蛟的眼皮子底下,从这条蛟龙沟逃脱?"

其貌不扬的汉子终于咧嘴笑道:"那我就试试看?"

"这只小篓可值好些谷雨钱,送你了!接住喽!"汉子突然高高抛出那只品相不高的龙王篓。这只龙王篓多半是上古蜀国某个山上割据势力大量制造的低劣次品。只不过随着时间推移,在漫长的岁月里,龙王篓经过一次次搜刮、收集和销毁,变得越来越罕见,几乎成为媲美养剑葫芦的珍稀存在。

老舟子没有立即伸手去接龙王簸,以免中了歹毒算计,而是驾驭灵气将其悬停在身前。舟子凝神一看,勃然大怒,原来那汉子不知暗中使了什么手段,簸中幼蛟竟然已经濒死,血肉模糊,筋骨暴露,奄奄一息。

那汉子大笑一声,本命飞剑化作滚滚黑烟护住全身,双指拈出一张金色材质的符箓:"回头给你们上坟敬酒,哈哈,只可惜世间再无桂花小酿……"符箓金光一闪,汉子瞬间消失不见。

鳞甲熠熠的金色老蛟一晃头颅,一根龙须如长鞭般迅猛拍打海水。明明龙须击打在身躯附近的空处,但是下一刻,两截身影从蛟龙沟上空的云霄之中颓然坠落,正是先前那个祭出符箓逃离蛟龙沟的剑修。哪怕那张符箓是价值连城且有价无市的第二等方寸符,能够一瞬远遁百里,即便赠送此符的人言之凿凿,蛟龙沟那帮畜生,绝对不会有谁能够阻挡此符,他也难逃身死道消命运。这名剑修男子生前自认算无遗策,抛出龙王簸,幼蛟将死未死,桂花岛与蛟龙沟如同两军对峙,桂夫人正在牵扯那条老蛟的注意力,加上这张号称能够躲避陆地剑仙一剑的金色方寸符,他借机逃离战场,有何不可?

老蛟又是以一根龙须凌空拍打一记,海水中响起一串好似春雷的沉闷炸响。那名被拦腰斩断的金丹境剑修,一颗本命金丹在空中化作齑粉,一大捧金色碎屑纷纷撒入蛟龙沟的清澈海水之中。粉碎的金丹连同两截身躯,一起缓缓下沉,引来无数条蛟龙之属汹涌跃向水面,如豺狼争抢食物。

剑修死不瞑目。一个没有根基的山泽散修,修出一个金丹境何其艰难?此人生前还想着做成这单大买卖之后,有了一份雄厚家底,便去找一处山清水秀、灵气充沛的好地方,做那仙家门派的开山鼻祖,开枝散叶,百年千年,世代安稳,再也不用次次剑走偏锋了……

老舟子确认龙王簸并没有被动手脚后,轻轻将其握在手中,他转头望去,叹息一声:"小家伙,你来这做什么?这场祸事,不是你可以掺和的,速速退往桂花岛。运气好的话,还能见着倒悬山,运气不好的话……"

老舟子不再继续说下去,这些个丧气话,哪怕是天大的实话,大战在即,多说无益。

陈平安喝过了一大口酒后,已经将养剑葫芦重新别在腰间。

老舟子没有看出异样,一直面对老蛟、背对桂花岛的妇人同样如此,可是金色老蛟那双瞳孔竖立的银色眼睛之中,却泛起一丝令人玩味的神情,老蛟并未当场揭穿那少年的小把戏。

陈平安问道:"老前辈,咱们桂花岛当下的形势,是不是已经不能再坏了?"

"坏到了极点。"老舟子点点头,不愿在此事上说谎,轻声道,"传闻那条老蛟当初跟范家先祖签订契约的时候,境界就相当于元婴境练气士。老蛟这类天生异种,修行往往极为缓慢,可一旦给它们爬到高处,真实战力,往往要高出所处境界一大截。更别提一条海沟的千百条蛟龙之属，其实力不弱于宝瓶洲的一个宗字头仙家。"

陈平安有点无奈："老蛟最低也是元婴境地仙？"

老舟子点点头，不知道眼前肩挑竹篾的背剑少年为何有此疑问。

陈平安抬头望向远处那条金色老蛟。后者也随之与他对视，银色眼睛之中充满了浓郁的嘲讽意味，它还故意瞥了一眼陈平安腰间的养剑葫芦。陈平安便知道老蛟已经看穿了自己那点小伎俩。

亲手递交这只姜壶的山神魏檗曾言，十境练气士之下，无法看破他施展在养剑葫芦上的障眼法，可眼前老蛟分明就是一名十境地仙。既然如此，那么陈平安假借喝酒默默牵引初一、十五化虚入体的手段，一定早就落入了老蛟的视野，陈平安压箱底的杀手锏之一，已经暴露在光天化日之下。

老舟子劝说道："小家伙，走吧。你这份少年侠气，很不错，可是注定于事无补，又何必逞英雄？还不如返回桂花岛，乖乖等着那一线生机。你留在这里，我肯定顾不上你的生死。你虽谈不上帮倒忙，但是以你现在的修为，跟送死没区别。"

老舟子本想说就算返回桂花岛，无非等死，可总好过在海中被蛟龙分尸吞食。但这些话到了嘴边，还是被他咽回了肚子。

陈平安拿下那根打龙篾，将竹篾递向老舟子，解释道："前辈，这是我做了修改的斩锁符，其上的符箓出自一本《丹书真迹》。根据记载，完整符箓应该有八个古篆，之前竹篾上只有'作甚务甚'四字，漏掉了，雨师敕令，而且符箓的云纹也偏差不小。"

老汉定睛一看，愣在当场，随后二话不说，伸手夺过那根世代相传的打龙篾，细细打量一番，以手心摩挲竹篾的符箓纹理："本名是叫斩锁符？缺了'雨师敕令'四个字？此符丹书字体、云篆纹路以及厌胜真意，确实品秩都很高。少年，你难道是符箓派道人？师从某位宗门大家？"

陈平安轻轻摇头。他并没有说自己是个武夫，只是以体内一口纯粹真气，学那福禄街的读书人李希圣，提笔画符，一气呵成。

老舟子喟然长叹道："可惜了，咱们只有这一根恢复原貌的打龙篾。若是数十根竹篾皆画有这道斩锁符，再配合一名精通奇门遁甲的阵法宗师，说不定还真可以震慑这条蛟龙沟。可惜了，太可惜了！"

桂姨已经飘掠退回，她看到这根竹篾后有些讶异，她淡然摇头道："没有用的。虽然此符渊源颇深，往往篆刻在锁龙柱或是刀剑之上，是上古神人捉拿、鞭笞获罪蛟龙的工具之一，确实能够厌胜蛟龙之属，可是那条老蛟道行高深，已经不太忌惮这个。"

陈平安递出竹篾之后，就在竭尽目力，偷偷观察那条老蛟。老蛟的银色眼睛中，似乎流露出一丝深沉的缅怀，很快就恢复如常，两根龙须缓缓飘荡，在海水中流光溢彩。传闻以千年老蛟之金须制成的捆妖索，堪称法宝中的法宝。

陈平安收回视线，突然说道："桂姨、老前辈，你们能不能帮我拖住一时半刻，我要重新画一道符。如果两位前辈另有打算，就当我没说，放心，我会尽量靠自己画完这道符。"陈平安的声音很轻，他眼神中的坚韧不拔令人动容："很重要的一道符！"

桂花岛上，山顶桂宫中，一名少年桂客正站在屋顶，抬头眺望四方，身边有一名忧心忡忡的老妪。少年身上所穿的一袭明黄色长衫，粗看并不起眼，它和陈平安的养剑葫芦一样，被高人施展了上乘障眼法。若是有人能够破开那道术法，一再端详，就会发现其中门道，长衫不是什么绫罗绸缎，而是由不计其数的泛黄竹片精巧编制而成。竹片虽纤薄，却异常坚韧。身披此衣，冬暖夏凉，而且能够让主人时时刻刻如同置身于一座小巧的洞天福地，大补修行，这才是真正的仙家大手笔。

此衣名为"清凉"，是一件出自竹海洞天青神山的著名法袍，曾经是中土神洲一个大王朝君主的心头所好。随着王朝覆灭，宝衣便失传已久，不承想穿在了这名少年身上。

少年用生涩的宝瓶洲雅言说道："柳婆婆，金丹境剑修那张百里方寸符都不管用，是不是我的千里方寸符也很悬了？"

老妪叹息道："那条老蛟自身修为其实不吓人，元婴境巅峰而已。不过他有高人相助，已经将这条海沟营造得如同一方小天地。它便化身圣人，坐镇其中，战力相当于一个玉璞境修士，同时占尽天时地利人和。"

少年皱眉道："那咱们咋办？"

老妪笑道："少主不用太过担忧，我便是拼了性命，也会将少主送出这条蛟龙沟。事后少主记得原路返回，去往那座抛下绣球的峭壁彩楼，自报名号，他们一定不敢怠慢。然后少主就可以顺顺当当返回皑皑洲，将此事说与老祖听。到时候自有天罚降落，将此地夷为平地，为我这个老婆子报仇。"

少年埋怨道："柳婆婆，生死是多大的事情啊，你怎么说得如此轻巧。我可不希望你死在这里，咱们还要一起回家呢。"

老妪脸色依旧云淡风轻，她慈祥地望向少年，微笑道："这也是无奈之举，总不能当着少主的面满腹愁肠，哭哭啼啼。这么大把岁数了，委实做不出来。"

老妪记起一事，看了眼少年手上的一枚玉扳指，轻声道："少主，这件祖传的咫尺物，千万记得藏好，不要轻易当着外人的面取出里头的宝贝。出门在外，不要轻易试探人心，人心一物，是最经不起推敲的。"

说到这里，老妪那张干枯的沧桑脸庞上有些恍惚，毕竟天底下所有的老妇人，也都是从少女一路走来的。

竹衣少年伸手指向那一叶扁舟："柳婆婆，你瞧瞧那个扛着竹篙的少年，他跟我差不多岁数吧？真的好厉害，有胆识，帅气！比我强多了，回头我一定要找位丹青圣手，将这幅场景画下来。"

老妪摇头笑道："可莫要学那少年意气用事。少主你可不是什么简简单单的千金之子、万金之子，你若是在这宝瓶洲和婆娑洲之间的地带真出了点什么意外，可就是天大的麻烦了。"

少年无奈道："柳婆婆，我已经经历好多次历练了，别总把我当孩子啊！"

老妪笑而不语。那些看似险象环生的历练，哪次不是某位老祖亲自盯着。

其实这次出门远游，一路无风无雨。他们从皑皑洲先去了一趟俱芦洲，再南下东宝瓶洲，途经神诰宗、观湖书院、云林姜氏，最后到达老龙城，之后又继续南下，登陆桐叶洲，北方桐叶宗和南边玉圭宗都去拜访过，少主还差点进入那座云窟福地。老妪始终想不明白，为何是自己单独一人担任少主的扈从，是不是太过草率了？一个元婴境练气士，境界是不算低，可少主身份是何等金贵？

就像这次蛟龙沟遇险，如果换成一个玉璞境剑修在少主身边护卫，少主都不用皱一下眉头，更不用担惊受怕，只需要隔岸观火就行了。

在桂花岛半山腰一栋普通屋舍外有座小凉亭，一个花容月貌的年轻女子坐在其中。她身穿短衫长裙，腰间系有彩带。面对这场莫名其妙的劫难，她虽然满脸怒容，对那个老龙城范家生出一肚子火气，可仍是耐着性子煮完茶，饮过茶，一件件收拾好茶具，这才开始思量对策。可是当她看到那名金丹境剑修身死道消的惨烈画面后，就有些灰心丧气，多半是死局了。

女子愁容满面，手指轻轻敲击桌面，喃喃自语："没理由运气这么差啊。在老龙城还给自己算了一卦，这才推掉山海龟渡船，选择的桂花岛渡船。照理说不会有错，应该顺路捞取一两笔机缘才对。怎么可能在此夭折？"

年轻女子站起身，脚尖一点，来到凉亭顶部，居高临下，顿时视野开阔。她咽了咽口水，由站姿缓缓变成蹲姿，开始掐指推演："难道有高人隐藏其中，还是破局之人尚未出现？总之，绝对不会是死局才对，绝对不会……容我来算一算，能够跟金色老蛟对峙的妇人，哟，原来你就是桂花岛……奇怪了，破局之人，仍然不是你……

"再来瞧瞧这个深藏不露的摆渡船夫，咦？竟然是从元婴境跌回金丹境的练气士？至今伤势还未痊愈，不愧是个有故事的舟子老汉，但是你也破不了局……

"至于这个初生牛犊不怕虎的少年，还是算了吧。扛着竹篙也就罢了，啧啧，还喝酒？太喜欢显摆了，真当自己是上五境的剑仙哪，傻了吧唧的……这样的话，破局关键，难道是山上有神仙正在袖手旁观？只等那条老蛟松懈，就会出手给予致命一击？容我算一算，还真有一个有意遮蔽气机的世外高人，只可惜……还不是！"

女子双手挠头，两颊通红，她显然有些焦躁不安，一时间发髻间的珠钗歪斜，青丝紊乱："莫慌莫慌，师父亲口说过，天下任何大势，其中始终藏着一个衍化万物的'一'，便是那位道祖，也一直在追求这个字。那条真龙是如此，骊珠洞天的真正玄机亦是如此，剑气长城仍是如此，皆是如此……"

在这名年轻女子心神失守的时候，主脉小院的桂花小娘金粟正好一步三回头，回首望去，看到了她师父跟金色老蛟的凶险对峙，看到了那个多半就是桂花岛金丹境修士的舟子老汉，当然还看到了那个泛舟前行、跑去添乱的背剑少年。金粟知道自己不该怨怼那名挺身而出的少年，可是不知为何，她对这名少年的恼火愈演愈烈，以致好像今日遭受的所有劫难，都要归咎于这个家伙，才能让她内心稍稍好受一点。

金粟不愿多想，更不愿承认，她之所以这般恼羞成怒，不是那个名叫陈平安的外乡客人做得不好不对，而是他的"一意孤行"，无形中衬托出了她的怯弱畏缩。她甚至连站在师父身边，与师父并肩而立的勇气都没有。

生死一线之间，有人贪生怕死，审时度势，避难而退；有人舍生取义，迎难而上，死中求活。对于脚下那条长生道路才刚刚起步的年轻人而言，一个未必错，一个未必对。

桂花岛外的海面上，两艘小舟比邻而泊。老舟子几次劝说无果，加上内心深处实在不愿眼睁睁看着这个少年丧命于此，便有些恼火，气道："既然桂夫人都说了老蛟的厉害，你还留在这里做什么，胡闹！"

妇人苦笑道："身陷重重包围，除了鱼死网破，其实没有什么机会了。"

老汉突然低声道："桂夫人，你必须活下去，范家……"

妇人摇摇头："我意已决。"

她转头望向少年，柔声问道："陈平安，那道符，真的很重要？"

陈平安使劲点头。

妇人深呼吸一口气："那条老蛟铁了心不念情分，处处以'规矩'二字来压我，事出反常必有妖。既然陈平安你愿意做点什么，那就做吧，我们两人帮你拖延一点时间，还是不难的。"

陈平安立即坐在小舟之中，背对金色蛟龙，与身为方寸物的飞剑十五心意相连，很快从袖中滑出一张青色材质的符纸，符纸好似从某部圣贤书籍上撕下来的书页。陈平安左手持小雪锥，轻轻呵了口气，但是当那支"下笔有神"的毛笔伸向那张符纸的时候，陈平安内心震撼不已，笔尖好像大雪时节深陷积雪的行人双脚，寸步难行！陈平安那一口纯粹武夫真气，竟是直接就此断掉！

之前数次书写金色材质符纸的宝塔镇妖符以及阳气挑灯符，陈平安从未遭遇过这种情况。陈平安反而生出惊喜。

陈平安宁愿身受内伤，神魂震荡，依然强行提起一口新气，手臂下沉，小雪锥的笔尖不断移向那张符纸。

你可以做点什么，但是必须保证不会将局势变得更坏。

在黄庭国破败寺庙前，那些鲜衣怒马的年轻江湖儿女，为了他们心目中的古道热肠、行侠仗义，差点坏了那帮正道练气士的大事，让那头作祟多年的狐妖趁机逃脱。这是好心办坏事的前车之鉴。

在彩衣国胭脂郡的城隍庙，那个手脚系着银质铃铛的郡守之女，每次出手相助，既是她的力所能及，又能够帮助陈平安适当分担压力，这就很好。

陈平安不断加重五指和手臂力道，呼吸吐纳和剑气十八停迅猛流转，这一口在体内势如破竹的纯粹真气，必须既快且稳。

气稳则神定，神定则符灵。归根结底，遥想当年，烧瓷拉坯也在于一个"稳"字，心稳才能手稳。

小雪锥的毫尖，终于缓缓触及青色符纸，一小粒光点瞬间炸裂开来，恰似海上生明月。

陈平安对此无动于衷，他的心神完全沉浸于那道斩锁符中，他要在青色符纸上写足八个字：作甚务甚，雨师敕令。

此时此刻的少年，盘腿坐于小舟之中，浑然忘我。对着一张古老书页，陈平安手持毛笔，不像是什么纯粹武夫，也不像是什么剑客，倒像是个在山水间抄书写字的读书郎。

这道符，成与不成，画完之后再说。就像那撼山拳，拳法到底高不高，先练完一百万遍再看。

今天如果不做点什么，陈平安觉得对不起自己练的拳，学的剑，喝的酒，认识的那么多人。

在陈平安提笔画符的那一刻，在金色老蛟的示意下，蛟龙沟就已经有所行动，狮子搏兔亦用全力，潜伏在这道沟壑的成百上千条蛟龙之属，与原本高耸空中的海水一起涌向桂花岛。唯独金色老蛟盘踞的那个方向，显得格外平静。

老舟子将手中龙王篓丢在脚边，一条幼蛟的生死已经无关大局。老舟子瞥了眼背对自己的背剑少年，陈平安整个人好似笼罩在素洁月辉之中，一人一笔一符纸浑然一体，就像一座方丈之间的小天地。老舟子心中赞叹一声，小家伙倒是有点大气象。老舟子自认自己年轻时候，可没有这份气度。

老舟子收回视线，轻声道："桂夫人，桂花岛危在旦夕，陈平安和这道符，暂时就交由我来保护，桂夫人只管坐镇渡船。再让马致和几个管事，赶紧对山上所有客人晓以利害，莫要再藏掖修为了。所有私人恩怨，以及报酬和赔偿，等桂花岛渡过此劫再谈。

"老蛟这次出手很是古怪，而且看它击杀那名金丹境剑修的手段，要么已经破境，跻身上五境，要么就是有人在蛟龙沟暗中布阵，将此地变成类似儒家学宫书院的存在。

说不定某个旁门左道的高人，看中了这块飞地，才让老蛟有了与婆娑洲儒家圣人叫板的底气。它一旦全力出手，没有我在，你一个人很难应付。"

三面海水如决堤般砸向"碗底"的渡船。

桂花岛上，除去山顶的那株祖宗桂树，其余一千多棵桂树，同时落叶纷纷，一片片落叶不等坠地，就一起整齐地飞向空中。桂叶陆续悬停后，形成一个半圆形，笼罩住桂花岛。之后桂叶瞬间被烧成灰烬，烟消云散，只留下一团碧绿灵气在原地，灵气凝聚成一粒粒大小圆球。这些大如野栗的桂叶灵球，向四周衍生出丝丝缕缕的幽绿丝线，相互牵引衔接。

海水汹涌，渡船如一叶扁舟，桂叶蕴含的灵气相互联结，如同舟子使劲抛撒出去的一张大网。只是这次"撒网"，不为捕鱼，只为遮雨。

海水砸在大网之上，浪花激荡，但是没有一滴水渗透大网落在桂花岛，渡船仅是微微摇晃。而且当那棵祖宗桂树呈现出枝叶急速生长的玄妙姿态后，山顶地面开裂，出现众多沟壑，露出老桂树盘曲的树根。整座桂花岛随即开始缓缓上升，竟像是要顶住海水的冲击，悬空御风，强行脱离蛟龙沟。

许多额头生角的水虬，冲杀势头最凶，一条条落在那张大网上，以利爪撕扯或是以头颅撞击那座桂叶大阵。

这类水虬，算是蛟龙之属里的勋贵成员，与最早掌管五湖四海的真龙关系相对亲近，和蛇鲤之流有着天壤之别。只不过多了一个"水"字，就要比单个字称呼的虬——这种名副其实的皇亲国戚，还是差上一截。水虬是上古大虬与海中青蛇交媾的产物，故而又被称为青虬，与喜好藏身于崇山峻岭的白螭，一在深海一在陆地，经常出现在文人骚客的文章之中，更是游仙诗的常客。

诸多蛟龙后裔尾随其后，凶悍地撞击大网，它们还施展天赋异禀的水术神通，裹挟万钧海水，一起冲击大网。

老舟子看到这一幕后，心疼不已，这可是桂夫人拼着一身来之不易的地仙道行，任由其真身的根本元气急剧损耗，为所有人谋取一线生机。

待在岛上的马致应该已经在跟客人交涉，就是不知道能否众志成城，一起合力渡过难关。

在陈平安竭力书写那张斩锁符的同时，金色老蛟一直在发号施令，让蛟龙沟一鼓作气攻破桂花岛，可是它自己却没有出手的意思，只是略作思量，摇晃百丈金鳞身躯，缓缓游向清澈海水的边缘，最后从涟漪之中走出一个身穿金色长袍的威严老人。老人双眉极长，垂挂到胸前，凌空前行。这条化为人形的老蛟，没有理睬需要分心驾驭桂花岛渡船的桂夫人，就连那条幼蛟的生死，金袍老蛟一样漠不关心，他像是一个缓缓走下山坡的登山游客，居高临下，俯瞰山脚的那两条小舟和舟上三人。

老蛟望向那个少年的背影，脚步不停，微笑道："小家伙，在那根打龙篙上动手脚，擅自书写斩锁符，我只当你年少无知，由着你偷偷摸摸藏好两把飞剑，可若是再得寸进尺……"

老舟子驾驭脚下小船，挡在陈平安的小舟身前，仰头望向那条性情大变的老畜生，嗤笑道："得寸进尺又如何，难道引颈就戮，讨一个舒服一点的死法？求你们这帮孽畜囫囵吞下，别细嚼慢咽？"

老蛟斜睨一眼老舟子，笑道："你们坏了规矩，都是要死的，至于怎么个死法嘛，其实不重要。难道你忘了，你们死后的魂魄，若是一点一点被我手下抽丝剥茧，做成几十支烛火明灯，点燃后，放在蛟龙沟最深处，承受那阴冷之苦。这份罪，可比人间刑场上的五马分尸、千刀万剐更加难熬，尤其是你这种金丹境老修士。道行越高，香烛品相越高……"

说到这里，金袍老蛟叹了口气，停下身形，一手负后，一手双指捻动垂挂胸前的金色长眉，无奈道："小家伙，我和这范家舟子都帮你拖延了这么久，一张雨师敕令的斩锁符而已，还没有画好？是不是道家的符箓派弟子，如今越来越不济事了？还是你自己学艺不精，画符本事不济？还是这张符箓威力太大，符纸太过珍贵，害得你下笔有些……涩？无妨，我已经好多年没有领教过斩锁符了，很是怀念，所以这点时间还等得起，少年郎慢慢来，莫要急。"

桂夫人哀叹一声，老舟子亦是差不多的心境。这就是圣人管辖一方天地的恐怖之处。如同儒圣坐镇学宫书院，真君身处道观，罗汉坐镇寺庙，武圣统辖沙场。

脸色苍白的桂夫人厉声道："如此暴虐行凶，你就不怕婆娑洲儒家圣人问责于你？！"

老蛟眼神怜悯道："桂夫人啊桂夫人，你不该待在老龙城这么一个烂泥塘的，作茧自缚，这么多年碌碌无为，两耳不闻窗外事，哪里晓得大势之下，顺之者昌逆之者亡。桂夫人，我虽然觊觎你的真身很多年，但是念在你出身不俗，我可以最后给你一次机会，归顺于我，与蛟龙沟共襄盛举，如何？"

桂夫人冷笑道："若是儒家圣人在此，你还敢大放厥词？！别说圣人，恐怕只是一个君子，就足够让你战战兢兢了吧？"

金袍老蛟笑着摇头："今时不同往日了，所以我才说你桂夫人眼界太窄。罢了，道不同不相为谋，吃掉你之后，我便可以顺利跻身玉璞境。到时候就算颍阴陈氏的儒家圣人，离开书院，来此问责，又能奈何？"

老蛟咧嘴一笑，笑意森森："知道你还心存侥幸，让那少年画出那道斩锁符，好吓住除我之外的所有蛟龙之属。你瞧瞧，我仍是遂了你的心愿，现在还觉得我是在虚张声势吗？"

老人一步踏出，瞬间来到陈平安乘坐小舟一侧十数丈外。陈平安好似不问世事的入定老僧，只是缓缓画符。

桂夫人和老舟子同时有所行动。桂夫人丢出一截桂枝，桂枝落在小舟船头，妇人默念一句"结根依青天"，桂枝瞬间生长成一棵一丈的小桂树，枝叶婆娑，开出了一丛丛金黄桂花，芬香扑鼻，树荫覆盖住陈平安。

老舟子则双手快速掐诀，默诵咒语，一脚重重跺在他所立小舟，双手手心相抵，十指交错，从指缝间绽放出绚烂光彩。老舟子一手大拇指抵住心口，一手小拇指指向金色老蛟，鲜红火光萦绕全身，如同一位身披红袍的天官，额头布满猩红篆文，怒喝道："金乌振翅，火神煮水！"从老舟子脚下小舟到金袍老人之间的海面，如同热锅沸水，雾气腾腾，然后从中飞出一只只金色乌鸦，它们拖着一道道火焰飞快扑向老蛟。

金袍老蛟只是随手一挥袖，从身侧两处海水中扯出两条碧水苍龙，与金色乌鸦碰撞在一起，数十只金乌瞬间被两条苍龙吞噬殆尽。虽然碧水苍龙饱餐一顿，腹中时不时闪烁火光，最终和金乌同归于尽，身躯崩碎，重归大海，可是老舟子手掐法诀，出手迅猛，可谓声势浩大，相较金袍老人的轻描淡写，高下立判，悬殊极大。

金袍老蛟嗤笑道："火神？这类上古神祇太杂了，而且因为一桩天大祸事，继承这份大统的神灵，往往名不正言不顺，比起历来传承有序、深受天帝倚重的水部正神，实在不值一提。你这小小金丹境，恐怕根本不知道'火神煮水'四字，本身就是在露怯吧？最早的那位火神，那可是放话要煮干四海、烧光五湖作天上云雾的。后世火部神灵，就只敢说煮水了，什么水，大江大河是水，小小溪涧是水，煮开了水，泡茶喝不成？"

老舟子这一道法诀被金袍老蛟轻松破去，并不气馁，在后者絮絮叨叨的话语期间，又换一诀，双手握拳，重重撞在一起，双脚踩出独门罡步，怒目相视，有护法力士之容，老舟子四周有一颗颗紫绕电光的雷珠环绕飞旋。老舟子最终双拳分离，一拳接连三下重捶心口至腹部，三处气府的灵气激荡不已，另外一拳恢复掌形，手心朝向天空："惊蛰鼓腹，雷泽洞开，听我敕令，代天施罚！"

万里无云的蔚蓝天空，凭空出现一个电闪雷鸣的巨大漩涡，一道雪白雷电突现，在空中几次转折，劈向那个金袍老蛟的头顶。

金袍老蛟身形在原地消失不见，但是那道劈空的雷电并未就此消散，直接穿透海水，落入蛟龙沟深处后，弹射而返，映照得这一处海底白茫茫一片。诸多隐藏在海底的蛟龙之属并没有参与此次围剿，它们被这道雷法惊扰之后，全部下意识闭上眼睛，不敢正视。

雷电掠出海面，飞向一处，金袍老蛟现出真身。面对这道不合常理的雷电，老蛟似乎终于有些恼火，没了先前闲适神态，没有继续躲闪，站在原地，微微皱眉，双指并拢，分别夹住一条金色长眉，迅速抹过，从手指尖滑出两抹金色剑芒，剑芒约莫三尺，与世间利剑等长，一剑迎向那道雷电，一剑直刺头顶那个与某座小雷泽相通的漩涡。金袍老蛟的两剑与雷电和漩涡再次玉石俱焚，在海面和高空两处，炸裂出绚烂光彩。

老舟子不愧是曾经亲身领略过地仙风光的稀少金丹客，手段层出不穷，他拔地而起，探出一臂，伸手一握，握住了一杆银光刺眼的丈八蛇矛，直刺金袍老蛟："孽畜受死！"

金袍老蛟扯了扯嘴角，再次消失。

老舟子这一矛去势并未丝毫减弱，反而力道加重，矛尖处竟是出现了一阵黑色涟漪，雪白矛尖没有任何凝滞，长矛势如破竹，如筷入水，出现了视觉上的偏移歪斜。

之后出现古怪一幕，老舟子周围站着数十个金袍老蛟的身影，而且各自身前的头顶，或者长达一丈，或者短不过一尺，都有一截矛尖刺向金袍老蛟的眉心。

所有金袍老蛟异口同声地笑道："真是拼了老命的地仙一击，难为你这个金丹境了。"

所有老蛟伸出一手，攥住了那矛尖。电光四溅，天地雪白。

唯独一个金袍老蛟并未开口说话，他站在陈平安那条小舟的正后方，刚好能够看清楚坐在桂树树荫中的陈平安，看不出具体根脚的青色符纸充满了浩然正气，那支毛笔也是好物件，便是老蛟都要垂涎。

看那张斩锁符的符纸空白，只完成了十之七八，少年手臂、手指和毛笔毫尖虽然尚未颤抖，可是心神已经不稳。由此可见，陈平安书写此符还是太过牵强。斩锁符虽然品秩不低，可是少年先前在竹篙上已经成功画符，说明这道符箓本身没有问题，而是那张青色材质的符纸，让那个少年难以下笔，恰如稚童负重登山，说是呕心沥血，都不算夸张了。

一张书写有雨师敕令的上品斩锁符，若是在自己成为一方圣人之前，金袍老蛟还会有所忌惮，毕竟这属于天生相克。在雨师河伯水君之流还属于正统神灵的那段岁月中，蛟龙都会礼敬这类好似衙门上司的存在。只是如今哪怕这张符箓再"硬气"，金袍老蛟都不放在眼中，他甚至有些渴望再次见到斩锁符。

毕竟在某段遥遥无期的屈辱岁月中，老蛟虽然年幼，但是所见所闻无比刻骨铭心。

老蛟就是要蛟龙沟深处，某些不愿跟随自己的同龄老家伙，再次亲眼见识到这张意义深远的符箓。如此说不定可以让这些萎靡不振的老家伙，再次生出一股血勇之气。

完完整整的蛟龙沟，只要拧成一股绳，绝不是一两个宗字头仙家府邸可以媲美的。

数十个金袍老蛟同时捏爆了那根长矛的矛尖。长矛是老舟子的本命之物，老舟子顿时跌坐在小船上，呕血不已。

除了一言不发凝视着陈平安画符的那个金袍老蛟，其余被激起浓重凶性的老蛟们哈哈大笑，几乎同时狠狠踩下一脚。他们脚下并无太大动静，但是庇护桂花岛的那座桂叶阵法，却像是一道脆弱城门被无数辆攻城车重重捶击，震荡不已，岌岌可危。一旦大阵破损,那些蛟龙之属瞬间就会冲入岛屿。与这些天生体魄浑厚的孽畜近身肉搏,别说寻常练气士不愿意,就是杀力最大的剑修和横炼最强的兵家修士,一样不愿意。

许多原本马致说得口干舌燥也不愿拿出压箱底法宝的中五境练气士顿时脸色剧变,再不敢藏私,纷纷祭出法宝灵器。一时间,桂花岛上流光溢彩,众多法宝灵器纷纷向高空掠去,帮助桂夫人和那棵祖宗桂树一起抵御金袍老蛟的踩踏阵势。

当岛上练气士倾力出手之后,一些个之前始终袖手远观的蛟龙沟大物也终于运用水术神通,水术如一阵箭雨般撒向桂花岛。

桂花岛哪怕有了练气士助阵,竟是依然处于下风。

这个危急时刻,竟然还有一名高瘦老者从蛟龙沟之外的海面飞掠而来,只是他显然在犹豫要不要涉险深入。

正是那个玉圭宗姜氏公子身边的元婴境扈从,他最终选择静观其变。

桂夫人不得不去桂花岛,她实在没有想到大阵如此脆弱不堪。已经顾不上陈平安的那道符,一旦她的本身和魂魄始终相离,桂花岛大阵经不起下一次冲击,到时候就算画符成功,桂花岛已经被攻破,肆无忌惮的蛟龙之属如入无人之境,桂花岛只会是兵败如山倒的凄惨局面。

桂夫人一掠而去,转头对老舟子无奈道:"照顾好陈平安!"

老舟子苦笑着点头,挣扎着站起身。只能尽人事听天命了。

四面八方的所有金袍老蛟,缓缓走向两条小舟。

只有那个始终站在原地的金袍老蛟,从头到尾凝视着陈平安,以心声告知陈平安道:"小家伙,你再不画完这道符,赶紧扭转战局,你们所有人就都要死了,桂夫人要死,老舟子要死,你也要死,都要死啊。"

"作甚务甚,雨师敕令",总计八字的一张斩锁符,陈平安到最后只写了六个字,而且极其不讲规矩,这道符不出意外,就已经算是作废了。

陈平安写完前面四个字已耗时很久,比起以前画符要漫长许多。在那个"雨"字上,陈平安不管如何运转气机,就连那一横都写不出,青色材质的符纸,好像根本就不愿意接纳这个字眼。两军对峙,陈平安孤军奋战,面对一座巍峨高城,能做什么?人力终有穷尽时,不因什么雄心壮志和坚韧毅力而改变。

陈平安死撑半天,仍是无法落笔。当陈平安手臂第一次出现颤抖时,一大口心头血涌至喉咙口,被他强行咽下。迫于无奈,陈平安直接跳过了"雨"字、"师"字关隘,又是一道天堑,陈平安再次绕过,好在"敕令"二字可勉强为之,在那口纯粹真气的强弩之末,终于写完了。

陈平安用完这一口气之后,已经筋疲力尽,持有小雪锥的那条手臂颓然垂下。本就是强提一口气,这次画符不成,无异于雪上加霜,陈平安这会儿体内气血翻涌,除了那口已经伤及本元的心头血,还有无数从内而外渗出的极其细微的血珠子,从神魂、气府、筋骨、皮肉中一点一点往外流淌、凝聚。

金袍老蛟第一次如此动怒,愤然骂道:"没用的废物! 等了你这么久,你竟然连'雨师'二字都写不出来?!"金袍老蛟一步步向前,"我再给你一次机会,重新动笔! 重新再画一道符!"

陈平安怔怔看着那张青色符纸,局势没有变得更坏,但是也没有变得更好。

好像跟神诰宗的那个道姑在大道上分道扬镳后,离开骊珠洞天后一路好运的陈平安,其运气就开始走下坡路,仿佛再一次回到了破碎下坠之前的骊珠洞天。这一次,更是直接身陷死地。

陈平安抬起头道:"你这么想我写完这道斩锁符,是在图谋什么吧?"

金袍老蛟仔细打量了一番少年,笑着点头道:"自然,只不过现在说这些已经没有意义了。浪费我这么多时间,你稍后的三魂七魄会被制成一支支蜡烛的灯芯,在蛟龙沟水底燃烧上百年。"

陈平安满身鲜血从七窍和肌肤渗出,潺潺而流。陈平安瞥了眼握有小雪锥的左臂,深呼吸一口气,缓缓提起:"死之前,我一定要写完这两个字。"

金袍老蛟眼神阴沉,笑道:"少年郎有志气,我拭目以待,而且我会亲自为你护法,可莫要再让我失望了啊。"

陈平安咧咧嘴,抬起右手手臂,胡乱抹了抹眼睛,擦去模糊视线的血污,大致看清楚本应书写"雨师"二字的符纸空白处,闭上眼睛,在心中默念道:"作甚务甚……作甚务甚……"

一瞬间,陈平安落笔于符纸。

金袍老蛟嗤笑道:"少年,这可不是什么'雨'字啊,是不是受伤太重,脑子也拎不清了?"

又一瞬间,金袍老蛟再无半点笑意。

符纸之上,不再是所谓的符箓的一点灵光,而是一缕神光在迅猛凝聚。

陈平安只是保持那个姿势,不是不想动,而是实在无法动弹了。

这张斩锁符,已经不再是真正意义上的斩锁符,因为书写其上的符箓不是"作甚务甚,雨师敕令",而是"作甚务甚,陆沉敕令"。

陆沉敕令!

那个金袍老蛟同样是纹丝不动,亦是心有余而力不足。

陈平安嘴唇微动,默默感受着笔下纸上的那些温暖神意,福至心灵,嗓音颤抖,轻声道:"书上有说过,圣人有云……"陈平安咳嗽不止,总算说出后半句话:"潜龙在渊。"

这口头上的八个字,仿佛比起符纸上的八个字,丝毫不逊色。

总计十六个字,落在蛟龙沟当中,简直就是一阵晴天霹雳。

"诺!"

"谨遵法旨!"

一个个声音从蛟龙沟深处响起,此起彼伏,连绵不绝。

天地寂静。

数十个金袍老蛟融入一个身形当中。金袍老蛟低下头,拱手抱拳,但是满脸狞笑:"领旨之前,少年死吧。"

蛟龙沟上空,一道粗如山峰的金色剑芒从天而降,直直落向少年头顶。

有人能救一救,但是不愿意,例如那个竹衣少年身边的元婴境老妪。有人想要救,但是为了范家大业,只能选择退缩不前,比如桂夫人。有人是无可奈何,不惜换命给少年,比如那个近在咫尺的老舟子。更多人是看热闹而已,大局已定,还需要紧张什么?

陈平安在这一刻,好似已洞悉一切人心世情,可是神色不悲不喜。他的袖中滑出一对印章——山水印,停在头顶上空。

那道金色剑光崩碎之后,一对山水印,只剩水印,山印已无。

大道之上,一人直行。

图书在版编目(CIP)数据

剑来6：剑符在扁舟 / 烽火戏诸侯著. —杭州：
浙江文艺出版社，2020. 4（2025.9重印）

ISBN 978 - 7 - 5339 - 6063 - 6

Ⅰ. ①剑… Ⅱ. ①烽… Ⅲ. ①长篇小说—中国—当代
Ⅳ. ①I247. 5

中国版本图书馆CIP数据核字（2020）第042538号

策划统筹　柳明晔
责任编辑　周海鸣
营销编辑　俞姝辰　徐轶暄
封面绘图　白衣巷九
责任印制　张丽敏

剑来6：剑符在扁舟

烽火戏诸侯　著

出版　浙江文艺出版社
地址　杭州市环城北路177号
邮编　310003
网址　www.zjwycbs.cn
经销　浙江省新华书店集团有限公司
印刷　杭州杭新印务有限公司
开本　710毫米×1000毫米　1/16
字数　337千字
印张　17.25
插页　2
版次　2020年4月第1版
印次　2025年9月第24次印刷
书号　ISBN 978-7-5339-6063-6
定价　43.00元